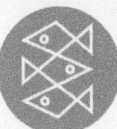

Sommer in der Provence. An einem See bei Caromb bietet sich ein grausiges Bild: Drei Tote liegen auf einem Waldparkplatz. Sie wurden erschossen, gleichsam hingerichtet mit einem präzisen Schuss in Kopf und Herz. Die Polizei tappt im Dunkeln. Albin Leclerc, Commissaire im Ruhestand, hört von dem Vorfall, als er seine morgendliche Runde mit Mops Tyson dreht. Am See trifft er auf seinen früheren Kollegen Theroux und den Staatsanwalt. Beide sind wenig erfreut über Albins Auftauchen, mischt sich der Rentner doch ständig in ihre Arbeit ein. Der Tatort erinnert Albin an einen älteren Fall.

Mithilfe von Caterine Castel, die vor kurzem aus Marseille in die Provinz strafversetzt wurde, recherchiert Albin im Umfeld eines militanten Waffenfreaks, aber auch eines hochnervösen Weinhändlers.

Als es noch weitere Tote gibt und die Polizei immer noch auf der falschen Fährte tappt, reicht es Albin. Gemeinsam mit Castel kommt er der Polizei zuvor. Die beiden stechen in ein Wespennest – und bringen sich damit in allerhöchste Gefahr.

Pierre Lagrange ist das Pseudonym eines bekannten deutschen Autors, der bereits mehrere Krimis und Thriller veröffentlicht hat. In der Gegend von Avignon führte seine Mutter ein kleines Hotel auf einem alten Landgut, das berühmt für seine provenzalische Küche war. Die Bände der Erfolgsserie um den liebenswerten Commissaire Leclerc und seinen Mops Tyson sind im FISCHER Verlag erschienen.

Weitere Informationen finden Sie auf www.fischerverlage.de

Pierre Lagrange

BLUTROTE PROVENCE

Ein Fall für Albin Leclerc

FISCHER Taschenbuch

5. Auflage: Oktober 2024

Erschienen bei FISCHER Taschenbuch
Frankfurt am Main, Juni 2018

© 2017 S. Fischer Verlag GmbH, Hedderichstr. 114,
D-60596 Frankfurt am Main
Die Nutzung unserer Werke für Text- und Data-Mining
im Sinne von § 44b UrhG behalten wir uns explizit vor.

Dieses Werk wurde vermittelt durch die Literarische Agentur
Thomas Schlück GmbH, 30827 Garbsen

Druck und Bindung: GGP Media GmbH, Pößneck
ISBN 978-3-596-29675-0

PROLOG

SECHZEHN LEERE METALLHÜLSEN standen auf dem wurmstichigen Holztisch. Akkurat aufgereiht wie kleine Soldaten, die darauf warteten, in den Krieg geschickt zu werden. Auf der Tischplatte befanden sich außerdem einige Verpackungen mit dunklen und hellen Sorten Pulver für die Treibladungen. Zudem eine Schachtel mit Zündplättchen. Parallel zu den messingfarben glänzenden Hülsen waren sechzehn spitze Geschosse aufgereiht. Sechzehn weitere kleine Soldaten, die ihrem Ziel entgegenfliegen und verheerenden Schaden anrichten würden. Zuvor mussten sie fest in die Hülsen gedrückt werden, nachdem die spezielle Pulvermischung hineingefüllt worden war. Am anderen Ende des Messingröhrchens brachte man die Zündplättchen an, auf die der Schlagbolzen traf und die dafür sorgten, dass das Pulver explodierte, wodurch die Geschosse auf eine Geschwindigkeit von rund sechshundert Metern in der Sekunde beschleunigt wurden. Nötig waren für die Herstellung einige spezielle Geräte auf der anderen Seite des Tisches, zum Beispiel die dort angeschraubte Wiederladepresse. Sie würde anschließend samt der anderen Werkzeuge und dem Rest Material spurlos auf dem Schrott verschwinden.

Es waren exakt sechzehn Geschosse und Hülsen, weil jeweils acht Patronen in ein Magazin passten, und mehr als zwei Magazine würde der Mann nicht brauchen, der jetzt summend zum Radio ging und es lauter stellte. Es war ein altes Gerät – einer jener Kästen, die vor Jahrzehnten in den Wohnzimmern standen und dort dekorativ auszusehen hatten. Es verfügte über große Tasten und Intarsienarbeiten aus Holz. Der Klang ließ nach all der Zeit nichts zu wünschen übrig. Warm und satt tönte die Stimme von Charles Trénet durch den Raum, der vom Meer sang, »La Mer«. Davon, wie es in der Sonne glitzerte und wie es bei Regen aussah. Ein Lied, das so rein war und beschwingt wie die Urlaubserinnerung an heiße Sommertage an der Küste.

Der Mann goss sich ein Glas Rotwein ein, nahm es hoch, schwenkte es und betrachtete die leicht ölige Flüssigkeit im Licht der Glühbirne. Das Lied war, dachte der Mann, so rein wie die Farbe des Blutes. Schließlich leerte er das Glas in einem Zug und machte sich an die Arbeit.

1

DIE KRÄHE schreckte auf, als es mehrmals krachte. Mit kräftigen Flügelschlägen schraubte sie sich vom Haupt der Madonna hinauf in den tiefblauen Himmel über der Provence. Es knallte wieder. Die Krähe krächzte, flatterte höher und höher in die klare Morgenluft. Der Mont Ventoux mit seinem grauen Gipfel war zu sehen. Einige entfernte Ortschaften und, mehrere hundert Meter tiefer, der hellgrüne See inmitten des viel dunkleren Grüns der Wälder. Seine Oberfläche glitzerte wie eine Glasscherbe in der Sonne.

Die Krähe drehte einige Runden. Sie spähte panisch nach links und rechts, nach oben und nach unten. Sie kannte dieses dumpfe, satte Geräusch und wusste, dass damit Gefahr verbunden sein konnte. Manchmal, wenn es im Frühjahr oder Herbst derart knallte, fielen einige ihrer Artgenossen einfach vom Baum, aus dem Himmel oder blieben auf den Feldern liegen.

Nach einigen Minuten nahm die Krähe an, dass wohl alles wieder sicher war. Sie reduzierte Geschwindigkeit und Höhe. Die dunkelgrüne Fläche unter ihr lichtete sich. Die Wipfel der Pinien rückten näher. Zwischen den Bäumen kamen graue und ockerfarbene Felsen, steinige Wege und eine nicht asphaltierte Straße zum Vorschein. Die Krähe segelte im Wind, stellte dann ihre Flügel steil und flatterte gegen den Auftrieb an, um abzubremsen. Sie flog über das von der Sonne verblasste Dach der kleinen Bergkapelle. Es war ein einfacher Zweckbau – weder besonders groß noch besonders klein. Der Stirnseite mit dem Eingang war eine Art Überdachung vorgelagert, damit Wanderer bei Unwettern Schutz finden konnten. Die Wände bestanden aus schlichten Bruchsteinen, die grob verputzt worden waren. An einer Seite befand sich eine Sonnenuhr.

Die Krähe spreizte die Krallen. Sie glitt über die gebrannten Dachziegel hinweg, vorbei an dem kleinen Glockenturm der Kapelle und landete schließlich zielsicher dort, wo sie eben schon gehockt hatte: auf dem Haupt der fast lebensgroßen Marienstatue. Die Figur stand zwischen einigen spitz in die Höhe ragenden Zypressen vor der Kapelle auf einem gemauerten Sockel, der von einem gusseisernen Gitter umgeben war, damit niemand auf die Idee kam, die Mutter Gottes zu berühren.

Eine Weile ließ sich die Krähe die heiße Sonne auf die schwarzen Federn scheinen und wartete ab, ob sich nicht doch noch etwas regen würde. Aber alles blieb ruhig. Einige Zikaden zirpten. Eine Eidechse flitzte über die bröckeligen Felsen und begutachtete den roten Bach, der die Steine nass glänzen ließ.

Die Krähe blinzelte und ruckte mit dem Kopf herum. In ihren schwarzen Augen spiegelten sich ein recht großes Fahrzeug sowie ein eher kleines mit nur zwei Rädern. Das große hielt im Schatten nahe der Kapelle. Das kleine lag auf der unbefestigten Straße, die an dem Gebäude entlangführte. Das Tier zuckte und blinzelte erneut. Es nahm einen sehr vertrauten Duft wahr. Wieder ruckte der Kopf herum. Hoch und runter. Die Krallen machten tickernde Geräusche auf dem Stein. Die Krähe spreizte die Flügel, flatterte aufgeregt und legte sie wieder an. Sie reckte den Hals, gab ein Krächzen von sich und schien sich nicht entscheiden zu können, ob sie ihren sicheren Standort verlassen sollte. Doch die Gier war stärker, und das Risiko schien überschaubar zu sein.

Mit wenigen Flügelschlägen glitt die Krähe hinab und landete auf dem steinigen Boden im Schatten einer der Zypressen. Die Eidechse machte sich sofort aus dem Staub, aber an ihr schien der Vogel ohnehin nicht interessiert zu sein. Er betrachtete stattdessen den roten Bach, der träge und in zahlreichen Mäandern vor sich hinfloss. Es war nicht der einzige. Es war vielmehr ein wirres Geflecht aus Bächen, manche breiter, andere schmaler, das die hellen Steine rot einfärbte. Das war Blut. Die Krähe hatte keinen Zweifel. Ihre Witterung hatte sie noch nie getäuscht. Außerdem lag ein weiterer Geruch in der Luft: der Geruch nach Tod.

Das Tier drehte sich um die eigene Achse. Es balancierte über die Felsen, machte einige Hüpfbewegungen und fand sich schließlich auf der Brust eines Mannes wieder. Er war weder jung noch alt, die Haare leicht ergraut, und er lag auf dem Rücken. Seine muskulösen Beine wirkten wie verknotet. Die Arme waren zu den Seiten ausgestreckt. Er trug etwas Buntes, Hartes auf dem Kopf und ebenso bunte, enganliegende Kleidung. In der Brust befanden sich ein Loch und ein dunkelroter Fleck. Das galt auch für die Stirn des Mannes. Der Hinterkopf war nur noch rudimentär vorhanden und lag in einer blutigen, matschigen Masse, die an Substanzen erinnerte, die die Krähe manchmal am Straßenrand fand.

Ihr Kopf ruckte nach rechts. Vor dem großen Fahrzeug lagen zwei weitere Menschen am Boden, ein Mann und eine Frau, auf dem Bauch. Ihre Kleidung hatte sich mit Blut vollgesogen und klebte auf dem Rücken zwischen den Schulterblättern fest. Beide Köpfe sahen aus, als seien sie explodiert.

Die Krähe blickte daran vorbei. In einiger Entfernung nahm sie in der flirrenden Hitze über der Straße einen dunklen Punkt wahr, der sich entweder entfernte oder näher kam. So genau war das nicht zu erkennen. Das Funkeln und Blitzen der Brille des Mannes, auf dessen Brust sie hockte, war außerdem viel interessanter und lenkte sie ab. Sie pickte einmal in die Brust, dann ein weiteres Mal. Als sie sich sicher war, dass nichts geschehen würde, hopste sie voran und kletterte auf das Kinn des Mannes. Der Mund stand offen. Ihre Krallen griffen um die Unterlippe und die untere Zahnreihe. Mit dem Schnabel tickte sie gegen die Brille, bis sie dem Mann von der Nase rutschte. Seine Augen starrten in den Himmel. Eines war blutrot unterlaufen. Es sah wirklich verlockend appetitlich aus, fand die Krähe.

Und machte sich ans Werk.

2

ES GAB EIN LEISES KNACKEN, dem ein schlürfendes Geräusch folgte. Schließlich knackte es erneut, schlabberte und matschte. Für einen Moment stoppte Tyson mit dem Fressen und Trinken und starrte abwechselnd Albin und Matteo an, die zurückstarrten. Dann machte er sich wieder über den Futternapf und die Schale mit dem Wasser her.

Albin saß an einem Metalltisch im Schatten der Platane vor dem Café du Midi, dessen Fassade verwittert und dessen Fensterscheiben stumpf waren. Die von der Sonne verblichene Markise mochte früher einmal rot gewesen sein. Darunter führten ausgetretene Stufen hinauf zu einer Bar Tabac, in der es auch kleine Snacks und Kaffee gab. Einer stand gerade vor Albin, schwarz und stark in einer dickwandigen Tasse. Der Aschenbecher, in dem Albins Gitanes glimmte, war knallgelb und mit einer Werbung von Ricard bedruckt. An der gegenüberliegenden Straßenseite hielten zwei Lieferwagen. Ein Postauto und der Transporter eines Paketdienstes rauschten heran und stoppten neben der Boulebahn, die sich an das Café anschloss. Ein geschäftiger Morgen in einem kleinen Ort.

Matteo lehnte mit einem Wischtuch in der einen Hand an Albins Tisch und fuhr sich mit der anderen über die Halbglatze. Sein Hemd, das von einem gewaltigen Bauch ausgefüllt wurde, war fleckig, die Hose ebenfalls, und Matteos

Doppelkinn war von grauen Bartstoppeln übersät. Er war nicht sehr groß. Aber neben Albin wirkten die meisten Menschen eher klein. Albin war ein normannischer Schrank mit zerknautschem Gesicht und fast weißem Haar.

Tyson fraß und trank weiter vor sich hin.

Matteo sagte: »Dein Hund hat die gleichen Tischmanieren wie du.«

»Immerhin hat er welche.«

»Wie kann man nur einen Mops besitzen?« Matteo betrachtete das Tier. »Ich kann mir nicht helfen, aber ich muss ständig an einen vernünftigen Hund denken, der zu heiß gewaschen wurde und dem jemand ins Gesicht getreten hat.«

Albin beugte sich schweigend nach vorn und nahm die Zigarette auf, um daran zu ziehen. Nun, er hatte sich das nicht ausgesucht mit dem Mops. Die Kollegen von der Polizei hatten ihm Tyson zum Ruhestand geschenkt. Damit Albin etwas zu tun hatte und ihnen nicht auf den Geist ging. Da hatten sie sich ziemlich vertan. Anfangs hatte Albin keinen Schimmer gehabt, was er mit dem Hund anfangen sollte. Inzwischen vertrat er die Auffassung eines deutschen Komikers, der gesagt hatte, dass ein Leben ohne Mops möglich, aber nicht erstrebenswert sei. Oder so ähnlich. Manchmal, auf langen Spaziergängen, unterhielt er sich sogar mit Tyson. Also: Nicht wirklich, nur in Gedanken. Immerhin besser, als vor die Wand zu starren und mit der Tapete zu reden.

Albin entließ einen Schwall Rauch in die Luft. Er legte die Gitanes zurück in den Aschenbecher, nahm die Kaffeetasse und trank einen Schluck. Der verdammt beste Kaffee, der südlich des Ventoux zu bekommen war. Nördlich davon war Albin ohnehin nicht sehr oft.

Er sagte: »Ohne das Spülmittel würde dein Kaffee nach nichts schmecken.«

Matteo schnalzte mit der Zunge. Er blickte auf, als die Kirchturmuhr schlug. Zehn Uhr an einem ganz normalen Morgen in der Provence. »Na ja«, entgegnete er und verscheuchte mit dem Wischtuch eine Fliege, »die Geschmäcker sind eben verschieden.«

»Stimmt«, erwiderte Albin und setzte die Tasse ab. »Hat dein Vater sicher ebenfalls gesagt, als er dich zum ersten Mal sah. Er hat dich doch mal gesehen?«

»Keine Witze über meinen Vater.«

»Keine Witze über meinen Hund.«

»Tyson *ist* ein Witz. Allein der Name.«

»Macht dein Vater immer noch Zwangsarbeit auf Guayana, oder wohnt er inzwischen wieder unter dieser Brücke?«

Matteo lachte und runzelte die Stirn. Er warf Albin einen Blick zu. Albin warf ihm ebenfalls einen zu und fragte sich, wie lange sie sich eigentlich schon kannten, Matteo und er. Jedenfalls konnte er sich nicht mehr an die Zeit erinnern, in der er Matteo nicht gekannt hatte.

Albin griff erneut nach der Zigarette und lehnte sich im Stuhl zurück, der unter seinem Gewicht ächzte. Er betrachtete die Straße und die Autos und vermisste darunter eine ganz bestimmte Art von Fahrzeug. »Sie sind spät heute Morgen. Irgendwas gehört?«

»Keine Ahnung«, erwiderte Matteo und stopfte sich das Wischtuch in die Gesäßtasche der ausgeleierten Hose.

»Sie sind sonst immer pünktlich. Kurz vor zehn ist ihre Zeit.«

»Meine Güte, sie werden schon noch kommen. Sie kommen immer.«

Albin stieß Rauch durch die Nase aus. Jeden Morgen kamen die Kollegen von der Polizei hier vorbei, die gerade auf Streife unterwegs waren. Sie legten am Café du Midi eine kleine Frühstückspause ein, tranken einen Kaffee und boten Albin damit eine ausgezeichnete Gelegenheit, sich zu erkundigen, ob und was gerade so lief. Er war jahrzehntelang Ermittler bei der Kriminalpolizei in Carpentras gewesen und konnte sich einfach nicht damit abfinden, auf einmal zum alten Eisen zu gehören und von jedem Informationsfluss abgeschnitten zu sein. In den Ruhestand geschickt zu werden hatte sich für Albin angefühlt, als ob man ihm von Gesetzes wegen die Halsschlagader zudrückte, um die Blutzufuhr zum Gehirn zu unterbinden. Menschen verfügten einfach nicht über einen An- oder Ausschalter. Vor allem nicht Menschen wie Albin, die Zeit ihres Lebens hundertfünfzig Prozent gegeben hatten und mit fünfundsechzig Jahren immer noch mindestens die Hälfte der jungen Kollegen in die Tasche stecken konnten.

Als er erneut an der Gitanes zog, kamen sie schließlich doch. Ein Streifenwagen fuhr vor und hielt mit knirschenden Reifen in einer Parkbucht am Café.

»Na also«, meinte Matteo.

Er lehnte sich vor, blinzelte und versuchte zu erkennen, welche Besatzung heute unterwegs war. Schließlich gab er ein »Ah« von sich und setzte sich in Bewegung, um das herbeizuschaffen, was die betreffenden Kollegen für gewöhnlich bestellten. Soweit Albin wusste, wäre in jedem Fall ein schwarzer Kaffee ohne Milch und Zucker dabei. Denn so trank Caterine Castel, die gerade auf der Fahrerseite ausstieg, ihn am liebsten. Was Dodo meistens trank, der bereits auf dem Bürgersteig stand und die Beifahrertür zuwarf, hatte sich Albin nicht gemerkt – was auch für Dodos richtigen Namen galt. Jeder kannte ihn nur unter diesem Spitznamen.

Dodo war recht lang und schmal. Castel eher klein und drahtig. Ihre Haut war tiefbraun. Sie trug eine Pilotensonnenbrille mit grünen Gläsern und die schwarzen Haare sehr kurz geschnitten. Sie erkannte Albin und ging gemächlich auf ihn zu, ohne ihren Gesichtsausdruck auch nur einen Deut zu verändern. Diesen Ausdruck, der einem sagte: Leg dich bloß nicht mit mir an! Wobei sie für Albin gelegentlich eine Ausnahme machte. Castel war früher ebenfalls bei der Kripo gewesen, allerdings in Marseille, und aus irgendwelchen Gründen, die Albin noch herausfinden würde, mit Uniform und Streifenwagen in der Provence gelandet.

Castel tippte sich mit den Fingern grüßend gegen die Stirn, wobei die Innenseite ihres Handgelenks einen tätowierten arabischen Schriftzug offenbarte.

»Leclerc«, sagte sie. »Guten Morgen. Die Spinne wartet schon in ihrem Netz, hm?«

Albin lachte leise. Castel zog ihren Einsatzgürtel hoch, stemmte die Hände in die Hüften und verzog die Lippen zu einem amüsierten Lächeln. Dann ging sie in die Hocke, um Tyson zu begrüßen, der bereits mit fiependen Geräuschen und Schwanzwedeln auf sich aufmerksam machte.

»So ein guter Hund«, sagte Castel und kraulte Tyson zwischen den Ohren. »So ein feiner Hund mit so einem blöden Namen.«

»Ich hab den Namen nicht ausgesucht«, sagte Albin.

»Ich weiß«, erwiderte Castel.

»Ihr seid spät dran«, sagte Albin.

»Sind wir das?«

Tyson gab brummende und knurrende Töne von sich,

während er sich auf den Rücken rollte, um sich von Castels kurzgeschnittenen Fingernägeln den Bauch bearbeiten zu lassen.

»Seid ihr aufgehalten worden?«, fragte Albin. »Oder ist irgendwo was los?«

Castel schwieg, lächelte und hatte nur Augen für den Hund.

»Also ist etwas passiert«, resümierte Albin, der Castels Schweigen als Zustimmung wertete. »Wo und was?«

»Darüber darf ich nicht reden, und das wissen Sie ganz genau, Leclerc.«

»Also ist es schlimm. Wie schlimm?«

Castel linste über den Rand der Sonnenbrille nach oben zu Albin, der den Blick interpretierte, nickte und fragte: »Wie viele Tote?«

Castel seufzte und stand wieder auf. Tyson wurschtelte sich zurück auf die Beine und schüttelte kleine Kieselsteinchen ab, die in seinem Fell hängen geblieben waren.

Castel sagte: »Sie geben nicht auf, oder?«

»Niemals.«

»Warum machen Sie sich nicht einen schönen Tag am Meer oder unternehmen eine Spazierfahrt?«

»Spazierfahrt?«, fragte Albin.

»Fahren Sie doch mal auf den Ventoux, was weiß ich, Leclerc. Caromb ist auch sehr schön.«

Albin verstand. Ein paar Tote in der Gegend von Caromb, das war los. Wo genau, würde er vor Ort sehen – Caromb war nicht sonderlich groß. Dort gab es einen kleinen Stausee, den Lac du Paty, ein beliebtes Ausflugsziel.

»Danke, Castel«, sagte Albin.

»Wofür?«, fragte sie unschuldig zurück.

»Dafür. Sie haben sich ein Eis verdient.«

Castel lachte hell auf. »Inzwischen dürften das schon zehn Eis sein, oder?«

»Na, na«, sagte Albin, drückte die Zigarette aus und fischte im Aufstehen den Autoschlüssel aus der Hosentasche, »nun werden Sie mal nicht unverschämt.«

3

DER LAC DU PATY lag oberhalb von Caromb. Die Gemeinde hatte vor ein paar hundert Jahren beschlossen, den Fluss Brégoux aufzustauen, woraufhin ein Mathematikprofessor aus Avignon eine Mauer konstruiert hatte, die zwischen 1762 und 1764 erbaut wurde. Das Wasserreservoir sorgte dafür, dass unten im Ort Wein, Oliven, Obst und Feigen angebaut werden konnten. Insbesondere auf die Feigen bildete man sich etwas ein, vor allem auf die Sorte Noire de Caromb, um deren Produktion sich die der Bruderschaft *Confrérie de la Figue Longue Noire de Caromb* angeschlossenen Bauern kümmerten. Solche Bruderschaften gab es für alles Mögliche, auch für den Wein. Caromb lag im Anbaugebiet Ventoux.

Zum See gelangte man, wenn man von der Avenue Charles de Gaulle in den Chemin du Paty abbog, wo sich auch ein Hinweisschild auf den See befand. Die engen Serpentinen schlängelten sich zwischen dichtbewachsenen Felsen hinauf, bis man schließlich zu einem Parkplatz gelangte, wo es ein kleines Restaurant gab. Eher ein erweiterter Imbiss. An dem einen Ufer des Sees gab es einen aufgeschütteten Sandstrand. Auf der anderen Seite lagen die Leute auf den Felsen oder auf Kies unter Pinien. Früher, erinnerte sich Albin, hatte man auch auf der Staumauer in der Sonne gebrutzelt. Das war aber heute verboten. Vor allen an den Wochenenden kamen viele Familien her, um sich im türkisfarbenen Wasser eine Abkühlung zu verschaffen. Es wurde gepicknickt und vielleicht der eine oder andere Fisch auf den Grill gelegt, den man im See oder am Fluss geangelt hatte.

Außerdem sah man oft Touristen, denn der See hatte dafür gesorgt, dass Caromb sich nicht nur zu einem beliebten Naherholungsgebiet für die Einheimischen entwickelt hatte. Es urlaubten auch jede Menge Leute auf dem unten im Tal an der Hauptstraße Avenue Charles de Gaulle gelegenen Campingplatz Le Bouquier. Kurz vor der Einfahrt zum Campingplatz führte ein schmaler Schotterweg hinauf auf den Höhenzug, der den See einfasste. Wenn man sich nicht auskannte, würde man die Zufahrt ohne Zweifel verpassen. Lediglich ein kleines Kreuz an einer Ecke deutete darauf hin, dass es hier zur Kapelle ging.

Albin kannte sich aus und setzte den Blinker nach rechts. Sein Geländewagen rumpelte über den schmalen Schotterpfad, der zunächst an Oliven- und Feigenbaumplantagen entlangführte und schließlich durch dichten Pinienwald. Er schaltete in den zweiten Gang, als der Weg steiler wurde, und kurvte durch die Serpentinen. Nach dem zehnten Schlagloch warf er einen Blick in den Rückspiegel, um zu überprüfen, ob mit Tyson alles klar war, der es sich auf der Ladefläche auf seiner Decke bequem gemacht hatte. Die Rücklehnen der hinteren Sitze blockierten jedoch die Sicht. Andererseits beklagte Tyson sich nicht, warum sich also Sorgen machen? Außerdem hatte er reichlich Platz in dem SUV, den Albin kurz nach der Pension gekauft hatte, weil er nun Hundebesitzer war und Hundebesitzer größere Fahrzeuge benötigten. Sicher, manche fanden es übertrieben: ein SUV und ein Mops. Albin scherte sich nicht drum. Sollten die Leute doch denken, was sie wollten.

Zudem war der Wagen praktisch wegen der vielen Einkäufe. Seit er mit Veronique zusammen war, die im Ort gegenüber von Matteos Café einen Blumenladen führte, galt Albin als Stammkunde im Supermarkt und auf dem Wochenmarkt. Früher hatte er sich vor allem von Nahrung aus Dosen, der Tiefkühltruhe und von seinen heißgeliebten Fertiggerichten für die Mikrowelle ernährt. Was Veronique, die ein wenig jünger war als Albin und sich für Anfang sechzig spektakulär gehalten hatte, nicht länger tolerierte. Ihr Ziel war, Albin das Kochen beizubringen. Weswegen auf dem Beifahrersitz ein Korb mit einer Einkaufsliste lag: Heute Abend sollte es mit Spinat gefülltes Brathuhn geben, und Albin musste dazu *Tomates à la Provencale* beisteuern. Was ihn laut Veronique nicht überfordern würde: Man musste nur Tomaten halbieren, abtropfen lassen und an der Schnittfläche in Olivenöl anbraten. Dann gab man kleingehackte Petersilie und Knoblauch in die Pfanne sowie ein paar Löffel Semmelbrösel, füllte die Persillade zusammen mit den Tomaten in die Gratinform, und ab mit dem Ganzen in den Ofen. Na ja, Ravioli aus der Dose waren einfacher zuzubereiten, aber diese Zeiten schienen endgültig vorbei zu sein.

Nach einigen Minuten erreichte er die oberhalb des Stausees gelegene Chapelle du Paty, die ein häufiger Zielpunkt für Wanderer, Radler und Mountainbiker in der Gegend war. Heute schien sie jedoch vor allem ein Zielpunkt für Polizei- und Notarztfahrzeuge, diverse private Dienstwagen sowie einen Kombi des Rechtsmedizinischen Institutes zu sein. Sie belagerten die Kapelle geradewegs, vor deren Stirnseite pfeilgerade Zypressen in den Himmel wuchsen, um deren Stämme rotweißgestreiftes Polizeiabsperrband gezogen war. Im Schatten unter den Bäumen nahe der Kapelle sah Albin ein großes Wohnmobil und einige Kriminaltechniker in faserfreien Overalls, die damit beschäftigt waren, Koffer aus ihren Autos auszuladen.

Albin stoppte den SUV mit knirschenden Reifen und stellte den Motor aus. Er beobachtete, wie ein Mann auf den Wagen zukam und dabei eine hilflose Geste mit beiden Armen Richtung Himmel machte. Der Mann in heller Jeans, T-Shirt und Turnschuhen war ohne Zweifel Theroux, gut zu erkennen an seiner übergroßen Pilotensonnenbrille, mit der er stets wie ein Pornostar aus den Siebzigern wirkte. Seinen Dienstausweis hatte er wie eine Kette um den Hals gehängt. Zwei Streifenpolizisten kamen mit ihm, und als Albin ausstieg, hörte er Theroux sagen: »Nein, lasst mal, das ist nur Leclerc, ich kümmere mich schon darum.« Worauf die Uniformierten nickten und sich wieder entfernten.

Albin ging um den Wagen herum, öffnete die Heckklappe und hob Tyson heraus. Dann schloss er die Klappe wieder und drehte sich um.

Theroux stand direkt vor ihm und sagte: »Albin, das kann doch wohl nicht wahr sein. Kannst du nicht irgendetwas Sinnvolles tun, statt uns dauernd auf die Nerven zu gehen? Fahr mit Tyson ans Meer oder geh spazieren, oder …«

»Was ist passiert?« Albin sah zur Kapelle hin und erkannte drei auf dem Boden liegende Körper, über die Tücher gebreitet worden waren. Er sah ein Mountainbike und außerdem jede Menge getrocknetes Blut auf den hellen Steinen.

Theroux erwiderte: »Du weißt, dass du hier nichts zu suchen hast! Ich muss dich bitten …«

»Ausgerechnet am Lac du Paty! Wo du hier dauernd mit der Familie herkommst. Dann noch an der Kapelle. Den Leuten ist nichts mehr heilig.«

Theroux nickte.

»Also: Was ist passiert? Beziehungsdrama?«

Theroux trat von einem Bein aufs andere. Er blickte an Albin vorbei, seufzte schwer und starrte zu Boden. Dann sah er wieder auf und erklärte: »Drei Tote. Zwei Männer, eine Frau. Jeweils einen Schuss ins Herz und einen in den Kopf.«

»Scheiße«, sagte Albin.

Und Tyson sah aus, als nickte er.

»Wurde etwas gestohlen?«, fragte Albin.

»Scheint nicht so.«

Albin nickte verstehend. Die Frage hätte er sich sparen können. Denn das Problem war Folgendes – das wusste Theroux, das wusste Albin, und das wussten mit Sicherheit alle anderen ebenfalls: Ein Schuss ins Herz und einen in den Kopf, das wies auf eine professionelle Handschrift hin. Hier ging es um gezielte Tötungen. Bei einem stinknormalen Raubüberfall ballerte ein Täter für gewöhnlich deswegen drauflos, weil er sich den Weg freischießen musste, Widerstand brechen oder sich Respekt verschaffen. Den Kerlen ging es schließlich darum, Beute zu machen und damit abzuhauen. Von einem solchen Täter war nicht zu erwarten, dass er sich Zeit nahm, ordentlich zu zielen – wozu auch? Sein Motiv war die sogenannte Stoppwirkung, und es war ihm völlig gleichgültig, ob er jemanden tötete oder verletzte. Hauptsache, dieser Jemand blieb liegen, rief keinen an und stellte sich ihm nicht in den Weg. Schoss jedoch ein Mensch einem anderen Menschen genau ins Herz und außerdem noch in den Kopf, ging es um mehr. Dann wollte er seine Opfer hundertprozentig töten und sich außerdem doppelt absichern. Tat ein Schütze das in drei Fällen – nun, das konnte man nur als eiskalt und berechnend bezeichnen. Hier war ein Täter am

22

Werk gewesen, der sich auskannte und mit Vorsatz gehandelt hatte. Keine Frage. Hier war es ums Töten gegangen.

»Identitäten bekannt?«, fragte Albin.

Theroux verneinte. Er zog aus der Gesäßtasche seiner Jeans eine Snack-Salami, öffnete die Verpackung und biss ein Stück ab. Tyson fing sofort an zu sabbern, bellte und starrte Theroux bettelnd an. Dieser jedoch ignorierte den Hund und erklärte: »Wir wissen noch nichts, Albin. Wir stehen ganz am Anfang. Bei den Opfern handelt es sich um zwei Männer und eine Frau. Der eine Mann ist offenbar ein Mountainbiker. Die anderen beiden waren mit dem Wohnmobil unterwegs.«

»Wer hat sie gefunden?«

Theroux seufzte und fuchtelte mit der Wurst herum. Tyson folgte jeder Bewegung mit dem Blick, zerrte an der Leine und winselte leise. »Ein anderer Mountainbiker«, erwiderte Theroux. »Jemand, der hier regelmäßig entlangfährt. Ihm fiel das Wohnmobil auf, dann die Leichen. Er hat uns verständigt.«

»Dann schauen wir uns das doch mal an«, sagte Albin.

Theroux sah Albin an, als habe er nicht mehr alle Tassen im Schrank. »Was?«

»Ich will mir das mal ansehen, rede ich Chinesisch? Hier, halt mal.« Albin streckte Theroux Tysons Leine hin. Tyson fiepte, immer noch fixiert auf die Salami.

Theroux machte ein genervtes Geräusch und ignorierte die Leine. »Hallo? Das ist ein Tatort, und du wirst ihn nicht betreten. Du solltest ihn nicht mal sehen und nicht einmal die gleiche Luft einatmen, wie …«

»Theroux!«, rief jemand. Einer von den Kriminaltechnikern. »Kommst du jetzt mal bitte herüber, oder brauchst du es schriftlich?«

Theroux blickte hinter sich. »Ja. Nein«, rief er gestikulierend zurück. Er wendete sich wieder zu Albin und tippte ihm mit dem Finger auf die Brust. »Du bewegst dich keinen Zentimeter, klar? Am besten, du setzt dich wieder in deinen Wagen und fährst zurück und …«

»Theroux!«, riefen die Techniker.

»Ja, meine Güte«, erwiderte er, warf Albin einen letzten scharfen Blick zu und ging dann in Richtung Wohnmobil.

Albin blieb stehen, wo er war. Er fasste in die Hosentasche und zog sein Handy hervor. Es war ein brandneues Smartphone, mit dem man alles Mögliche anstellen konnte, bloß noch nicht zum Mond fliegen. Das heißt: vermutlich nicht, vielleicht gab es aber doch einen Knopf dafür. Oder eine App, wie man das im Fachjargon nannte.

Eigentlich machte sich Albin nichts aus derlei Technik. Vor mehr als zehn Jahren hatte er ein skandinavisches Handy gekauft und damit stets in ausgezeichneter Tonqualität telefoniert. Es war leicht gebogen gewesen, fast wie eine Banane, und Theroux hatte gesagt, das sei das gleiche Modell wie die, die sie in »Matrix« verwendet hätten. Albin hatte damals kein Wort verstanden, inzwischen aber nachgegoogelt und herausgefunden, dass »Matrix« ein Film mit Keanu Reeves war.

Allerdings hatte das alte Gerät inzwischen den Geist aufgegeben und Veronique Albin daraufhin dieses nagelneue Digitaldingsbums aufgeschwatzt, mit dem man sogar ins Internet gelangen, filmen und fotografieren konnte. Schon sehr praktisch, da konnte man sagen, was man wollte. Zwar besaß Albin auch eine kleine Digitalkamera, aber die war nun überflüssig und die Auflösung des Handys ohnehin viel besser. Musste man sich mal vorstellen: Foto- und Film-Telefone!

Außerdem bot das Smartphone einige weitere Vorteile. Das Display war sehr groß und in Farbe, so dass alle Tasten gut lesbar waren, und man konnte die Schrift vergrößern, was sie leichter lesbar machte.

Außerdem trug man stets ein Navigationsgerät in der Tasche mit sich herum, das einem Satellitenaufnahmen und Luftbilder von allen Orten dieser Welt in Sekundenschnelle verschaffte und sogar dreidimensionale Ansichten lieferte. Für die meisten Menschen war das mittlerweile selbstverständlich. Für Albin war es wie ein Abstecher ins Wunderland gewesen, und er hatte zu Veronique gesagt, dass man sich überhaupt nicht darüber wundern müsse, dass die Einbruchsraten steigen, wenn jeder derlei detaillierte Informationen zur Verfügung habe und seine Taten minutiös planen könne.

»Albin«, hatte Veronique vorwurfsvoll geantwortet, »jetzt tu doch nicht so weltfremd.«

Dabei war er nicht weltfremd. Er wusste durchaus, dass es so was seit einigen Jahren gab. Klar. Aber das eine war, um die Wunder der modernen Technik zu wissen. Das andere war, sie am eigenen Leib zu erfahren. Es machte eben einen gewaltigen Unterschied, ob man selbst zum Mond flog oder bloß darüber las. Natürlich, Albin gefielen die guten alten und verlässlichen Dinge besser als die flache kabellose neue Digitalwelt. Er las Bücher und Zeitungen, weil er dem gedruckten Wort vertraute und nicht den flüchtigen Worten im Internet, die sich in permanenter Veränderung befanden und von jedem Blödmann dort eingestellt werden konnten. Papier hingegen war verlässlich. Mit einem iPad konnte man sich nicht den Hintern abwischen. Auch nicht, wenn sie dafür irgendwann eine App entwickelten. Nein, Albin war weder ein Technologiefeind noch ein Ignorant.

Es war vielmehr so: Albin hatte sich in den vergangenen

Jahren nicht um den Fortschritt gekümmert, sondern andere Dinge im Fokus gehabt. Währenddessen war die Karawane an ihm vorbeigezogen. Und nun, ja, nun erkannte er, dass um ihn herum eine Parallelwelt entstanden war und er offenbar zum alten Eisen gehörte. Was er nicht zulassen wollte. Er und rostig? Von wegen. Also hatte er gelernt, wie man das verdammte Smartphone verwendete, seine Funktionen nutzte und wie man damit das komplette Internet bediente, falls man das so ausdrückte.

Albin klemmte sich Tysons Leine zwischen die Knie und weckte das Smartphone auf, wobei er das mobile Gerät wie eine Tafel Schokolade in den Händen hielt. Das Hintergrundbild zeigte eine jüngere Frau mit einem kleinen Mädchen auf dem Schoß. Das Bild war auf einem Spielplatz entstanden. Beide lachten. Das eine war Albins Tochter, das andere seine Enkelin. Sie lebten in Paris. Mit beiden hatte er seit Jahren nicht gesprochen.

Er drückte mit dem Daumen auf das Symbol für die Fotofunktion. Schließlich nahm er das Handy hoch, suchte sich den passenden Bildausschnitt und machte ein paar Aufnahmen vom Tatort, zoomte mal hier und mal dort etwas näher heran und blickte erst auf, als die zwei uniformierten Polizisten von eben wieder an die Absperrung kamen und fragten, was, zum Teufel, er da mache.

»Bilder vom Himmel«, erwiderte Albin. »Und von der Madonna. Ich bin Hobbyfotograf.«

»Veralbern kann ich mich selber«, sagte der Fülligere von beiden.

Albin warf einen Blick auf die Namensschilder oberhalb der Brusttaschen der Polizisten. Der stämmige hieß Perault, der andere Fabius. Die Namen sagten ihm etwas.

Fabius fragte anerkennend: »Ist das das neue iPhone?«

Albin nickte und fotografierte weiter.

»Hat mehr Megapixel als manche Leute Gehirnzellen«, bemerkte Fabius.

Albin lachte.

Perault meinte: »Ist mir egal, wie viele Megapixel das Ding hat. Bitte hören Sie damit auf, Leclerc. Es ist doch armselig, wenn jemand wie Sie zum Gaffer mutiert.«

Albin fragte: »Perault. Sind Sie der Junge von Henri Perault?«

»Ja, und?«

»Und Sie, Fabius? Der Sohn von Laurent Fabius?«

»Das ist richtig«, erwiderte Fabius.

»Perault und Fabius, ich kenne Ihre beiden Väter. Waren gute Männer. Streifenpolizisten, wie sie im Buche stehen, solche gibt es heute gar nicht mehr. Die hätten niemals ältere Spaziergänger schikaniert, sondern ihnen freundlich über die Straße geholfen.«

»Leclerc, wir …«

Albin stellte die Handykamera in den Videomodus um. Er sagte: »Ich habe gerade die Aufnahmetaste gedrückt und könnte den Film auf Facebook schicken.«

Perault fragte: »Wozu?«

Albin hatte nur eine vage Vorstellung davon, was Facebook war und wie es funktionierte. Veronique war dort Mitglied und verschickte oft Bilder mit Sinnsprüchen, lustige Aufnahmen von Tyson oder kommunizierte darüber mit ihrer Familie. Sie hatte einmal versucht, es Albin zu erklären, und ihm Facebook gezeigt. Im Wesentlichen hatte Albin nur drollige Tiervideos gesehen und spaßige Bilder von Prominenten und sich gefragt, wozu das gut sein sollte. Aber natürlich wusste er, wozu die sozialen Medien heute imstande waren – zum Beispiel, um die Polizei zu diffamieren.

Albin erwiderte: »Ich sage Ihnen, wozu. Polizei belästigt einen älteren Spaziergänger und Hobbyfotografen und setzt ihn unter Druck. Unter diesem Motto könnte ich das Video verposten. Ihre beiden Väter würden sich die Haare raufen, wenn sie noch welche auf dem Kopf hätten.«

»Leclerc«, sagte Perault und machte einen Schritt auf Albin zu, »man nennt es nur Posten, nicht Verposten, und jetzt lassen Sie das bitte.«

Albin zögerte. Dann stellte er die Beine etwas auseinander, worauf Tysons Leine zu Boden fiel. Wie ein geölter Blitz schoss der Mops los, an den Polizisten vorbei in Richtung Theroux, immer dem Geruch der Salami folgend.

»Verdammt, der Hund wird den ganzen Tatort durcheinanderbringen«, sagte Albin, tauchte unter der Absperrung hindurch und folgte Tyson.

Die beiden Polizisten brüllten, er solle gefälligst stehenbleiben und zurückkommen, doch er kümmerte sich nicht um sie. Nach einer Weile schienen Perault und Fabius zu beschließen, dass sich irgendwer anderes um den unerwünschten Eindringling und seinen kläffenden Köter kümmern sollte. Vielleicht hatten sie auch zu viel Respekt vor Albin, um ihm nachzugehen und am Kragen zu packen. Jedenfalls folgten sie ihm nicht.

Albin ging an der Madonna und der Kapelle vorbei. Er schlängelte sich wie ein Slalomläufer durch die auf dem Boden angebrachten Markierungen der Spurensicherung und bewegte sich in Richtung des Wohnmobils. Nach seiner Einschätzung handelte es sich um ein durchschnittliches Modell. Weder alt noch neu, noch groß, noch klein oder besonders teuer. Auffällig war allenfalls, dass die Kennzeichen keine französischen waren, sondern deutsche.

Albin warf einen Blick auf die abgedeckten Leichen, schwenkte dabei das Smartphone auf die Körper als auch auf das Mountainbike und filmte weiter. Schließlich erreichte er das Wohnmobil, in dem sich einige Spurenanalytiker aufhielten. Sie sahen auf, als er in das Innere blickte. Er nickte ihnen zu. Sie konnten ihn offensichtlich nicht zuordnen und nickten zurück, bevor sie sich weiter mit der Arbeit befassten. Albin erkannte jede Menge in Beweismittelbeutel verpackte Gegenstände. Er sah einige Flaschen Wein auf einer Anrichte stehen. Manche waren leer, andere nicht. Er hielt mit dem Smartphone drauf, bevor er wieder einen Schritt zurücktrat, um die rostroten Blutflecken an der Seitenverkleidung des Wohnmobils zu betrachten. Als habe jemand eine Suppenkelle voller Bolognesesoße dagegengeschleudert, fand Albin. Er runzelte die Stirn und überlegte, dass ihn das ganze Szenario an etwas erinnerte, aber es wollte ihm nicht einfallen, an was. Schließlich ging er um das Fahrzeug herum – und stockte.

Albin sah zwei Gruppen von Menschen. Etwas weiter links standen Polizisten in Zivil und in Uniform, die sich im Schatten der Bäume mit einem älteren Mann unterhielten, der rote Radfahrer-Bekleidung trug und ein teuer aussehendes Mountainbike am Lenker festhielt. Der knallenge Bodysuit mit kurzen Ärmeln und Beinen ließ ihn etwas lächerlich aussehen – das taten diese Dinger mit den meisten Menschen, fand Albin. Noch alberner sah man aus, wenn man sie wieder auszog, weil der Schnitt dafür sorgte, dass man bis zu den Ellenbogen, den Knien und bis zum Kehlkopf knallbraun war und der Rest des Körpers kalkweiß. Allerdings wirkte der

Mann recht muskulös für sein Alter. Kantig und schneidig. Das Haar war grau, kurzgeschnitten und scharf gescheitelt, sein Mund nur ein schmaler Strich. Aus strahlend hellen Augen sah er Albin einmal kurz an, bevor er sich wieder den Polizisten zuwandte. Vermutlich, dachte Albin, handelte es sich um den Finder, den Theroux erwähnt hatte. Den Mann, der die Toten entdeckt hatte.

Die andere Gruppe war es jedoch, die Albin hatte stocken lassen. Da war zum einen Theroux, der sich bewegte, als stünde er auf heißen Kohlen. Tatsächlich versuchte er gleichzeitig, Tyson von seinem Unterschenkel zu lösen, als auch nach Tysons Leine zu fassen. Beides gelang ihm nicht. Weiter befanden sich dort zwei Männer in weißen Overalls, die Albin als die Einsatzleiter der Spurensicherung identifizierte und die sich, augenscheinlich schlecht gelaunt, Theroux' Tanz ansahen. Albin konnte ihnen die miese Stimmung nicht verübeln – Albin wusste, dass man sich bei diesem Wetter in diesen Overalls wie ein Brathähnchen im Backschlauch fühlte. Na ja, aber das Kernproblem war dieser andere Mann, der ebenfalls Theroux' Gezappel beobachtete, dann aber Albin entdeckte und in der Bewegung gefror. In einem Comic hätte man wohl Blitze gezeichnet, die Staatsanwalt Luc Bonnieux aus den Augen schossen.

Albin steckte das Handy wieder ein. »Tyson!«, rief er und schlug sich auffordernd auf die Oberschenkel. »Kommst du wohl her?«

Tyson kam nicht. Stattdessen näherte sich Luc Bonnieux mit forschem Schritt.

Bonnieux mochte Anfang fünfzig sein – ein vitaler und kerniger Typ Mann, dem man auf den ersten Blick ansah, dass er ein Alphatier war. Ein Karrieretyp, der bereits sehr weit gekommen war, aber dem Zenit seiner Möglichkeiten noch entgegenstrebte. Seine Haut war stets gut gebräunt und die leicht schütteren schwarzen Haare teuer frisiert. Hinter der randlosen Brille blickten seine Augen meist kalt, abschätzend und etwas angeödet, was ihm insgesamt eine leicht überheblich wirkende Aura verlieh. Albin konnte ihn nicht ausstehen, was fraglos auf Gegenseitigkeit beruhte. Heute trug er einen blaugrauen Sommeranzug und hielt das Sakko in der Hand. Das weiße Kurzarmhemd war scharf gebügelt. Der blaue Schlips saß akkurat. Seine blankpolierten Schuhe waren staubig. Als er vor Albin zum Stehen kam, nahm dieser den Hauch von einem zitronigen Aftershave wahr.

»So eine Freude und Ehre«, sagte Albin. »Der Herr Staatsanwalt persönlich.«

»Leclerc«, zischte Bonnieux.

»Mein Hund ist mir entwischt. Er liebt Theroux, wissen Sie?«

»Das ist ein Tatort, und Sie haben an einem Tatort nichts verloren, wie ich Ihnen bereits mehrfach erklären musste. Sie setzen sich einfach …«

»Ich will nur den Hund …«

»… über alles hinweg und denken, für Sie gelten Sonderregeln. Aber Sie sind raus, kapieren Sie das endlich! Ich kann bis zu einem gewissen Grad ja nachvollziehen, dass Sie sich immer noch zugehörig fühlen, aber – Mann, Sie sind Privatier und Rentner, und ich werde Ihnen per einstweiliger Anordnung und Androhung von empfindlichen Geld- oder sogar Haftstrafen verbieten, künftig polizeiliche Absperrung im Umkreis von mehreren hundert Metern …«

»Mein Hund …«

31

»Meine Güte, jetzt lassen Sie mich doch mit Ihrem Hund in Ruhe!«

Albin schwieg. Musterte Bonnieux. »Sie spucken beim Sprechen«, sagte er und ging dann an Bonnieux vorbei und auf Theroux und die anderen zu.

»Leclerc«, rief ihm der Staatsanwalt hinterher. »Ich lasse das nicht mehr durchgehen, verstanden? Das war die letzte Warnung!«

Albin marschierte schweigend weiter und schob das Handy zurück in die Gesäßtasche. Schließlich bückte er sich, nahm das Ende von Tysons Leine auf, zog ihn daran von Theroux' Bein zurück und sagte: »Nun ist aber gut, Tyson.«

»Meine Fresse«, schimpfte Theroux und nickt in Richtung von Staatsanwalt Bonnieux. »Da hast du dir jetzt schön was eingebrockt, Albin.«

Albin zuckte mit den Achseln. Er streckte die freie Hand zu den beiden Kriminaltechnikern aus, um sie zu grüßen. Der mit der Glatze war Bruno Grinamy, ein kleiner drahtiger Kerl und leidenschaftlicher Angler, der kurz vor der Rente stand. Der andere war Kevin Toullardin, hager und hochgewachsen mit einer Nerd-Brille, den Grinamy vermutlich beerben würde. Sie nannten ihn den »Star«, weil er bei einer Real-Crime-Sendung über die Serienmorde an rothaarigen Frauen aufgetreten war und davon berichtet hatte, wie sie mit geologischem und topografischem Profiling gearbeitet und Geräte eingesetzt hatten, mit denen man den Boden wie mit einem Radar abtasten konnte. Eigentlich alles Albins Idee, aber: egal.

»Beißen die Fische?«, fragte Albin an Grinamy gewandt und schüttelte ihm die Hand.

»Wie verrückt«, erwiderte Grinamy.

»Könnte mal eine Forelle gebrauchen.«

»Sag nur Bescheid.«

»Leclerc!«, blaffte Bonnieux, der wieder im Anmarsch war. »Schluss jetzt.«

Albin nickte allen zu. »Ich glaube, ich gehe jetzt besser. Viel Erfolg noch«, sagte er und griff dann Tysons Leine fester, um mit ihm zurück zum Wagen zu marschieren.

Er warf erneut einen Blick zu der anderen Gruppe, um sich das Gesicht des Radfahrers einzuprägen, schlängelte sich zwischen den Markierungen der Spurensicherung hindurch und hielt Tyson an der kurzen Leine, als sie die Leichen passierten – zwei lagen dicht am Wohnmobil, der Mountainbiker ein wenig entfernt. Albin wünschte Fabius und Perault an der Absperrung einen guten Tag, tauchte unter dem Flatterband hindurch und öffnete mit der Fernbedienung die Heckklappe des SUV. Er hob Tyson auf die Ladefläche – die zu hoch war, als dass der Hund selbst hätte reinspringen können, aber das hatte Albin beim Kauf nicht bedacht –, löste die Leine und steckte ihm ein Leckerchen zu. Schließlich schloss er die Heckklappe wieder, ging um den Wagen herum, setzte sich ans Steuer, ließ den Wagen an und fuhr los. Als er nach einigen Minuten wieder auf der Landesstraße angekommen war, setzte er den Blinker nach links. In diesem Moment fiel ihm ein, woran ihn das gesamte Szenario erinnert hatte.

4

ALBIN STAND am Spülbecken und wusch die Tomaten. Danach legte er sie auf ein Brettchen und zerteilte sie in der Mitte. In der Küche war es eng. Albin füllte den größten Teil davon aus. Seit er mit Veronique zusammen war, hatte sich hier einiges getan. Zum Beispiel war die Mikrowelle verschwunden. Früher hatte sich Albin darin rasch seine Fertiggerichte gemacht.

Außerdem gab es eine Reihe neuer Töpfe und Pfannen. Veronique hatte die, die sie bei Albin vorgefunden hatte, mit einer gelupften Augenbraue aussortiert und neue angeschafft, die ein kleines Vermögen gekostet hatten. Was auch für die Messer und das Besteck galt. Veronique hatte sich in dieser Hinsicht als wenig kompromissbereit erwiesen und Albin außerdem dazu genötigt, eine neue Sitzgarnitur fürs Wohnzimmer anzuschaffen. Sie hatte gesagt, dass in seiner alten ein Bandscheibenvorfall sozusagen mit eingebaut wäre – obwohl sich Albins Bandscheiben in einem tadellosen Zustand befanden.

Also hatte Albin eine neue Couch gekauft, die nun an dem kleinen Tisch vor dem Fernseher stand und etwa die Hälfte der zur Verfügung stehenden Quadratmeter in Anspruch nahm. Das Wohnzimmer war, wie der Rest der Wohnung, nämlich nicht sehr groß und eher schmal. Es befand sich in einem alten Wohnhaus in einer Seitenstraße, dessen Front meist im Schatten lag. Dafür strahlte die Sonne fast rund um die Uhr auf die Terrasse mit dem kleinen Garten, den Veronique ebenfalls auf Vordermann gebracht hatte, weil sie fand, dass man einen so hübschen Garten nicht dermaßen verwahrlosen lassen konnte.

Albin hatte sie einfach machen lassen. Er war immer schon der Meinung gewesen, dass man Fachleute nicht einschränken sollte, sondern ihnen Raum zur Entwicklung geben, um später selbst von den Resultaten zu profitieren. Und es stand vollkommen außer Frage, dass sich Veronique in häuslichen Dingen erheblich besser auskannte als Albin. Gegen sie war er ein Dilettant – und seine Wohnung inzwischen kaum noch wiederzuerkennen, die sich, nachdem er sie von oben bis unten neu hatte anstreichen müssen, von einem dunklen Loch in etwas verwandelt hatte, das man durchaus fotografieren und auf irgendetwas mit Insta- ins Internet stellen konnte, wie Veronique es immer ausdrückte. Was auch immer sie damit meinte.

»Das machst du sehr gut«, sagte sie jetzt direkt neben ihm, womit sie Albins neuerworbene Künste am Schneidebrettchen kommentierte, und schenkte ihm ein Lächeln. Sie war gerade damit beschäftigt, das Huhn vorzubereiten.

»Ich mache wirklich Fortschritte«, erwiderte Albin. »Dieses Mal sind die Finger an der Hand geblieben.«

Veronique lachte hell auf. Albin liebte diesen Klang. Es war der Klang von etwas, das in den letzten Monaten sehr vertraut geworden war. Veroniques Nähe. Albin empfand es geradezu als ein Geschenk, in seinem Alter noch einmal das erleben zu dürfen, was man gemeinhin als Schmetterlinge im Bauch bezeichnete. Ein neuer Frühling – ausgerechnet, wenn man im Herbst seines Lebens angekommen war.

Albin hatte dabei festgestellt, dass es ziemlich gleichgültig war, ob man sechzehn oder sechzig war – es fühlte sich immer gleich an. Jedenfalls soweit er sich erinnerte, und Albin meinte, sich noch gut an das erste Mal zu erinnern. An die kleine Isabelle mit den Korkenzieherlocken aus der Nachbarschaft und wie er etwa eine Stunde lang schwitzend und mit klopfendem Herzen mit sich gerungen hatte, ob er es nun wagen sollte, sie zu küssen oder nicht. Und das, obwohl er sich damals für den coolsten Burschen weit und breit hielt, den absolut nichts aus den Socken hauen konnte.

Der Unterschied zu damals war, dass man im Alter nichts mehr überstürzte. Dass man sich Zeit mit allem ließ, diese Zeit auskostete. Man musste sich und dem anderen nichts mehr vormachen oder sich gespielt wegen irgendetwas zieren und desinteressiert geben, um Interesse auf sich zu ziehen. Das war der Jugend vorbehalten. Im Alter wusste man, wer man war und was man wollte und was nicht. Was sich mit sechzehn völlig anders verhielt. Mit sechzehn glaubte man zwar, längst alles zu wissen, aber man hatte doch eher keine Ahnung von gar nichts und begann gerade erst damit, über den Rand des Tellers zu linsen, den man für die Welt hielt. Mit sechzehn änderte sich oftmals alles im Wochentakt. Gefühle, Geschmäcker, Vorlieben, einfach alles. Später änderte sich kaum noch etwas. Dennoch: Der Kitzel und das warme Gefühl im Herzen waren heute das Gleiche wie damals. Der ganze Rest aber hatte eine andere Qualität. Eine viel tiefere und unaufgeregte – vielleicht deswegen, weil man wusste, wie schnell alles wieder vorbei sein konnte und dass die Schmetterlinge nicht ewig fliegen. Ein Glück, wenn sie das überhaupt taten. Man hoffte nicht mehr auf die alles überwältigende romantische und emotionale Flutwelle, weil man wusste, dass derlei Tsu-

36

namis eher selten waren. Im Unterschied zu früher reichte es einem in einer Beziehung inzwischen vollkommen aus, wenn man sich gegenseitig wirklich mochte und respektierte, sehr gut miteinander auskam und das Leben gemeinsam genoss, weil einer den anderen gut ergänzte. Aber vielleicht waren es genau diese Dinge, die das ausmachten, was man gemeinhin Liebe nannte. Zudem änderte sich im Alter das Selbstbild und die Erwartungen an andere Menschen – fort vom romantischen Idealismus hin zum Realismus. Und Albin war fraglos kein Märchenprinz in strahlend weißer Rüstung, der einen Schimmel mit wehender Mähne ritt. Er war ein großgewachsener Rentner mit einem kleinen Hund.

Veronique buffte Albin mit dem Oberarm an. »Worüber denkst du nach?«

»Über dich.«

Sie lächelte. »Warum?«

»Wie lange willst du den Blumenladen noch führen?«

»Bis ich umfalle. Wieso?«

Albin zuckte mit den Achseln. Veroniques Blumenladen mitten im Ort war ein ausgesprochen hübsches Geschäft. Es befand sich im Erdgeschoss eines uralten Wohnhauses und mit Holz eingefasster Fassade, deren hellblauer Anstrich pittoresk verwittert war. Im Inneren zeigten die Wände das rohe Mauerwerk, und alles stand voll mit Blumen, die auf verblassten Regalen in Eimern oder aus Latten zusammengenagelten alten Weinkisten standen, an denen der Zahn der Zeit erheblich genagt hatte. Hatte Albin zumindest so lange gedacht, bis Veronique ihm erklärte, was »Shabby Look« bedeutete und dass man künstlich gealterte Dinge für Spottpreise in Online-Versandhäusern bestellen konnte, falls man auf ein nostalgisch anmutendes Interieur Wert legte.

»Ich beneide dich«, sagte Albin und zerschnitt einige weitere Tomaten. »Du hast eine Aufgabe.«

»Die hast du ebenfalls«, erwiderte Veronique. »Du musst dich um Tyson kümmern, und du solltest dich außerdem um deine Tochter und deine Enkelin kümmern.«

»Du weißt, dass sie nichts von mir wissen wollen.«

»Und du weißt, dass das nach wie vor eine sehr bequeme Ausrede ist, um deiner Verantwortung aus dem Weg zu gehen.«

Wiederum zuckte Albin mit den Achseln. Einerseits hatte Veronique recht. Andererseits hatte sie gut reden, denn mit ihrer Familie kam sie ausgezeichnet klar und stand in regem Kontakt, wozu sie oft ihr Handy oder ihren Tablet-Computer benutzte, den Albin einmal fast mit dem Schneidebrettchen verwechselt und sich dafür einen Rüffel eingefangen hatte. Veronique war mit beiden Geräten verwachsen wie ein Teenie, dachte Albin manchmal, wenn er sie beim Tippen beobachtete und dabei, wie sie über Dinge lächelte, die ihm verschlossen blieben.

Albins Tochter hieß Manon. Seine Enkelin Clara. Sie lebten, wie Albins Exfrau, in Paris. Der Kontakt war vor einigen Jahren abgebrochen. Manon hatte sich in diesen Autoverkäufer verliebt und lebte mit ihm zusammen. Der Kerl war nach Albins Meinung ein Psychopath und schlug Manon. Gar kein Zweifel. Albin war lange genug Polizist gewesen, um die Ausreden von Frauen in Fällen häuslicher Gewalt zu kennen, die Art von Verletzungen, die sie dabei erlitten, sowie die erlogenen Erklärungen dafür. Trotz ihrer Bitten, sich aus ihrem Leben herauszuhalten, war Albin nach Paris gefahren und hatte sich den widerlichen Kerl vorgeknöpft. Beim letzten dieser Gespräche war der Typ, also ... Er war mehr oder weniger die Treppe auf eine sehr ähnliche Art und Weise hinabgestürzt wie angeblich zuvor Manon. Eine billige Reaktion von Albin, ja. Eine, für die er sich längst verfluchte, denn er hatte dem Irren damit in die Hände gespielt und ihm ein Druckmittel gegeben. Der Kerl hatte Albin mit Anzeigen und einstweiligen Verfügungen gedroht, was zugleich Albins Suspendierung bedeutet hätte.

Manon weigerte sich seither, mit ihrem Vater zu reden oder Kontakt zu Clara zuzulassen – wer weiß, dachte Albin manchmal, ob nicht vielleicht eher das Schwein von Autoverkäufer dahintersteckte. Andererseits war Manon stur und nachtragend. Das eine hatte sie von Albin, das andere von ihrer Mutter, die ebenfalls kein Wort mehr mit Albin sprach.

»Jetzt bist du wieder ganz still«, sagte Veronique und legte das Huhn in eine Backform.

»Hm?«

»Du wirst jedes Mal stumm wie ein Fisch, wenn ich das Thema anschneide.«

»Welches Thema?«

Veronique verdrehte die Augen und ging zum Ofen. »Ruf sie an! Schreib Briefe! Schick E-Mails!«

Na ja, dachte Albin, ganz so war das ja nicht. Er hatte immer wieder angerufen, es dann aber irgendwann bleiben lassen. Jedes Jahr schickte er zu Manons Geburtstag eine Karte und außerdem ein Geschenk für die Kleine zu deren Geburtstag und zu Weihnachten. Es kam niemals eine Antwort.

Veronique sagte: »Setz dich einfach darüber hinweg, dass sie keinen Kontakt will. Melde dich. Du wirst merken, dass am Ende Blut dicker ist als Wein.«

»Wein«, sagte Albin. »Genau. Ich hole mal welchen.«

»Du weichst aus, Albin. Aber ich werde nicht müde, dir

damit auf den Wecker zu gehen. Ich nerve dich so lange damit, bis du dich wie ein anständiger Mensch verhältst. Eine Tochter braucht ihren Vater. Eine Enkelin braucht ihren Opa. So einfach ist das.«

Albin schob die Tomaten beiseite und legte das Messer ab, um in den Keller zum Weinregal zu gehen. Kurz blieb er hinter Veronique stehen, um ihren Hintern mit seinen großen Händen zu umfassen.

Er sagte: »In welch großartiger Stimmung muss Gott gewesen sein, als er sich diese Form ausgedacht hat.«

»Finger weg, während ich koche, du Macho«, herrschte Veronique ihn an.

Albin nahm die Finger fort und vergrub sie in der Hosentasche. Er senkte den Blick, schob die Unterlippe nachdenklich vor. Er blickte zu Tyson, der auf dem Teppich lag und Albin mitleidig ansah. Albin zuckte mit den Achseln. Schließlich ging er nach unten, wo er sich für einen St. Estèphe entschied und sich später fragte, warum eigentlich, denn er hatte seit Jahren keinen mehr getrunken. Er dachte an die leeren Weinflaschen im Wohnmobil und an die Toten bei der Kapelle sowie daran, woran ihn der Fall erinnerte: an die anderen Toten, die man vor einigen Jahren unter ähnlichen Umständen gefunden hatte.

5

ST. ESTÈPHE. Der Name hatte Klang, überlegte Albin, während am anderen Morgen der samstägliche Verkehr an ihm vorbeirauschte, und betrachtete das Foto auf seinem Handy. Er hatte es gestern geschossen, als er das Wohnmobil an der Kapelle betreten hatte. St. Estèphe war nicht mehr als ein Kaff mit gerade mal zweitausend Einwohnern. Es lag in Aquitanien in der Region Gironde etwas abseits vom Fluss auf der Médoc-Halbinsel, die vom Delta der Gironde einerseits und der Atlantikküste mit ihren endlosen Stränden andererseits umfasst wurde. Wenn man von St. Estèphe im Bordeaux sprach, meinte für gewöhnlich niemand den Ort an sich. Man meinte vielmehr das, wofür der Ort als Taufpate stand, nämlich die Anbauregion und den Wein, der dort hergestellt wurde.

Albin kannte sich ein wenig mit Wein aus. Er empfand sich als eher anspruchslosen Mann, aber auf seine Zigaretten ließ er nichts kommen, und beim Wein stellte er sich an. Also: Nicht, dass er eine Wissenschaft daraus machte oder einen Mordszinnober wie manche Ausländer und andere Möchtegerne anstellten, wenn sie eine Flasche vom Guten öffneten. Doch er schätzte bei Wein wie beim Tabak Qualität, und wie das dann eben so ist mit Dingen, an denen einem etwas liegt: Nach ein paar Jahrzehnten konnte man ein Lexikon mit seinem Wissen darüber füllen.

Paulliac war neben St. Estèphe die nächste Appellation im Médoc, zu denen noch St. Julien und Margaux zählten – und Paulliac war wiederum ein sehr kleiner Ort. Er lag unmittelbar am Ufer der Gironde und verfügte über ein hübsches Boulevard am Quai Antoine Ferchaud, wo sich Weinladen an Weinladen und Cafés, Bistros und kleine Restaurants unter Markisen aneinanderreihten. Meist war Paulliac von Touristen und Weingroupies überlaufen – was man ihnen nicht verübeln konnte. Im Hinterland und bis herunter nach Bordeaux gab es zahlreiche namhafte Topweingüter, schier endlose Weinfelder und dazwischen jede Menge beeindruckende kleine Schlösschen und Gutshäuser. Chateau Estournel, Chateau Labory, Chateau Margaux und, auf der anderen Seite des Flusses, Pomerol und Saint-Emilion – allesamt Namen, die man sich auf der Zunge zergehen lassen konnte. Aber auch der Rest, die Mittelklasse, war nicht zu verachten.

Es gab Hunderte Weingüter, von denen man die meisten persönlich aufsuchen, probieren und sich dann den Kofferraum vollladen konnte. Von den Médocs gefielen Albin die St. Estèphes am besten, weil sie nach seiner Meinung kräftiger und herzhafter schmeckten als alle anderen und damit denen etwas näherkamen, die er in der Provence gewohnt war, wo es natürlich ebenfalls Hunderte Weingüter gab, darunter auch sehr berühmte – wenngleich, da musste man sich nichts vormachen, man sich eher nicht mit dem Bordeaux messen konnte.

Der Wein, dessen Etikett Albin auf dem Handydisplay betrachtete, war der Hammer. Wie er schmeckte, wusste Albin nicht. Aber ihm war klar, dass es sich um ein Spitzenerzeugnis handelte, nämlich um einen Chateau Cos d'Estournel von 2008. Weine wie dieser waren durchaus Wertanlagen, wusste

Albin, und kosteten um die achthundert Euro. Das Chateau war einem indischen Tempel oder einer chinesischen Pagode nachempfunden. Ziemlich verrückte Sache. Wenn man daran vorbeifuhr – das Gut lag unmittelbar an der Straße –, dachte man ein wenig an Disneyland. Es war ein extrovertierter Bau, so extrovertiert wie der Weinhändler Louis-Gaspard Estournel, der das Anwesen Mitte des 19. Jahrhunderts gegründet hatte. Bevor er seine Weine verkaufte, schickte er sie mit dem Schiff nach Indien und wieder zurück, weil er fand, dass sie dann besser schmeckten. Diese wahnwitzige Art des Verfeinerns von Wein ruinierte ihn, und er starb verarmt, bevor das Chateau eine Einstufung als *Deuxième Grand Cru Classé* erhielt. Was so in etwa einem Oscar fürs Lebenswerk entsprach.

Auf der Anrichte im Wohnmobil hatten mehrere dieser Flaschen gestanden, und wenn man solche Fläschchen zum Abendessen im Urlaub trank – mein lieber Mann! Dann hatte man einerseits Geschmack, kannte sich andererseits aus und hatte, drittens, das nötige Kleingeld.

Matteo kam und brachte Albin einen weiteren Kaffee. Tyson stellte er einen neuen Napf mit Wasser hin. Der Laden war heute voll, weswegen er nicht viel Zeit zum Schwatzen hatte. Er warf nur kurz einen neugierigen Blick auf Albins Handy. Als Albin ihn daraufhin scharf ansah, machte Matteo nur eine abwehrende *Reg dich wieder ab*-Geste und verschwand im Inneren.

Albin wischte auf dem Display herum, betrachtete zum x-ten Mal die Aufnahmen vom Tatort und glich sie mit dem Szenario des Tathergangs ab, das er inzwischen als Theorie entwickelt hatte. Er fragte sich, wo Theroux steckte, und schickte ihm eine Textnachricht, dass er sich mal melden solle. Was er für gewöhnlich natürlich nicht tat, zumindest nicht nach der ersten Nachricht. Man musste ihn weichkochen, nach fünf Nachrichten langsam die Frequenz erhöhen und alle halbe Stunde eine senden. Irgendwann war Theroux in der Regel dann so genervt, dass er bereitwillig ans Telefon ging, wenn Albin anrief.

Aber heute war es sowieso anders, denn heute war Samstag, und Albin wusste ziemlich verlässlich, dass er Theroux in jedem Fall noch persönlich sehen würde.

Albin und Tyson merkten zeitgleich auf, als mit lautem Geknatter ein Motorroller heranfuhr und mit quietschenden Bremsen zum Stehen kam. Ein fürchterliches Geräusch, das schon Albin durch Mark und Bein ging, für Tysons empfindliche Ohren jedoch unerträglich sein musste. Vermutlich hatten sich Steinchen in der Bremse verfangen, vielleicht waren die Bremsbeläge abgeschmirgelt. Jedenfalls handelte es sich um ein auf fünfziger Jahre gemachtes Gefährt mit viel Chrom und Leder. Kein gewöhnlicher Motorroller. Darauf saß eine eher kleine Frau, die Albin ebenfalls für nicht gewöhnlich hielt. Sie trug kurze Jeansshorts, weiße Laufschuhe eines amerikanischen Herstellers und ein T-Shirt mit buntem Aufdruck. Nachdem sie gestoppt und den Motor abgestellt hatte, nahm sie den – ebenfalls auf Retro gemachten – Helm ab. Darunter kam die Kurzhaarfrisur von Caterine Castel zum Vorschein. Ihre Augen waren hinter einer Pilotensonnenbrille verborgen. Gleichwohl zweifelte Albin nicht daran, dass sie ihn ansah. So gezielt, wie sie nun auf ihn zuging, nahm er an, dass sie womöglich nur deswegen angehalten hatte, weil sie ihn hier hatte sitzen sehen.

»Guten Morgen, Leclerc«, sagte sie, lächelte und hockte sich hin, um den bereits vor Aufregung fiependen Tyson zu streicheln und ihm die Flanken zu klopfen.

Albin blickte unter den Tisch und verfolgte das Schauspiel. Er sagte: »Mein Hund ist offenbar in Sie verliebt.«

Castel lachte, ohne von Tyson abzulassen. »Ein Charmeur wie sein Herr, hm?«

»Sie meinen …?«

»Das war nur ein freundlicher Witz.«

»Ach so«, erwiderte Albin und setzte sich wieder gerade. »Ich dachte schon, Sie wollen mit mir flirten.«

»Das könnte Ihnen so passen.«

»Darf ich ehrlich sein?«

»Ja?«

»Sie sind nicht mein Typ und ohnehin viel zu jung.«

Schmunzelnd stand Castel auf und schwieg.

Albin sagte: »Dass Sie auf alte Kerle stehen und sofort bremsen, sobald Sie einen irgendwo sitzen sehen, ist nicht mein Problem. Aber keine Sorge, ich zeige Sie nicht wegen Belästigung an.«

Castel grinste immer noch. Sie hakte einen Fuß hinter das Stuhlbein, zog den Stuhl lässig vom Tisch ab, setzte sich hin und streckte die Beine aus. Sie sagte: »Sie können eine echte Plage sein, Leclerc. Kein Zweifel.«

Albin lächelte. Er trank etwas Kaffee und steckte sich eine Gitanes an.

Castel verschränkte die Arme im Nacken und streckte sich. Albin sah das arabische Tattoo auf der Innenseite ihres Handgelenks. Sie betrachtete ein wenig den Verkehr, dann blickte sie wieder zu Albin und sagte: »Ich war auf dem Weg zum Einkaufen, sah Sie hier sitzen und dachte, ich sage mal Hallo und nehme ebenfalls einen Kaffee. Mehr nicht.«

»Ich hätte Sie nicht als Motorrollertyp eingeschätzt, Castel.«

»Als was dann?«

»Keine Ahnung. Aber der Motorroller …« Albin zuckte mit den Achseln. »Er steht Ihnen.«

»Danke.«

»Was ist das für eine Tätowierung?«

Castel nahm die Arme runter und blickte auf ihr Handgelenk, als wolle sie nach der Uhrzeit sehen. »Ein Name«, sagte sie beiläufig. Dann wandte sie sich um und machte eine Geste zu Matteo, der gerade aus der Türe schaute und Castel offenbar erkannt hatte, obwohl sie heute keine Uniform trug. Eine Geste, die vermutlich bedeuten sollte: Einmal das, was ich immer nehme.

»Waren Sie in Caromb?«, fragte Castel dann und wandte sich Albin zu. Die Hand mit der Tätowierung ließ sie nun herabhängen, was Tyson dazu ermunterte, sie anzustupsen und sich zwischen den Ohren kraulen zu lassen.

»Ich war dort, ja.«

»Und?«

»Und was?«

»Und was war los?«

»Fünfhundert Euro, dass Sie wissen, was da los war, Castel.«

Sie lächelte schwach.

»Ich habe Bilder gemacht«, sagte Albin und schob Castel das Handy hin.

Castel fragte: »Haben die Sie nicht vom Tatort geworfen?«

»Hochkantig«, erwiderte Albin.

Castel nickte und beugte sich interessiert vor. Sie schob die Sonnenbrille ins Haar und schaute auf Albins Handy, scrollte mit Wischbewegungen durch die Galerie und vergrößerte mit anderen Wischbewegungen einige Bilder.

Albin lehnte sich zurück und betrachtete Castel eine Weile. Er rauchte und trank seinen Kaffee.

Er sagte: »Wir sind uns recht ähnlich, Castel. Fraglos sind Sie hübscher als ich, aber wir beide stehen auf dem Abstellgleis.«

»Wie kommen Sie darauf?«, fragte Castel, ohne aufzublicken.

»Was haben Sie in Marseille ausgefressen, dass man Sie in eine Uniform gesteckt und in die Provence auf Streife geschickt hat?«

Castel sagte: »Manchmal hat man eben keine Wahl.«

»Ich habe mich über Sie und Ihren Abgang umgehört.«

»Und was hört man so?«

»Nichts. Absolut gar nichts. Darüber mache ich mir so meine Gedanken.«

Castel schwieg.

»Ich weiß nur, dass Sie früher mit der BRI-BAC zu tun hatten, der Antikriminalitätsbrigade. Schwerer Raub, Geiselnahme, Bandenkriminalität. Die harten Jungs, und zwar auf beiden Seiten.«

»Aber nicht an der Front. Eher im Hintergrund.«

»Führungsoffizier?«

Castel machte eine abschätzende Geste, was Albin zeigte, dass er immerhin nahe drangekommen war.

»Außerdem Morddezernat«, sagte Albin. »Einige Jahre, bevor Sie dann die Abteilung gewechselt haben.«

»Stimmt«, sagte Castel und ließ für einen Moment vom Handy ab, als Matteo mit einem Tablett ankam, um Castel ihren Kaffee zu servieren. Er schwitzte und wirkte gestresst. Wortlos verschwand er im Eiltempo wieder nach drinnen.

Albin sagte: »Such- und Eingreifbrigade, Bandenkriminalität und Morddezernat in Marseille – das ist nichts für Weicheier.«

»Sagt man so, ja«, entgegnete sie beiläufig und widmete sich wieder den Aufnahmen vom Tatort.

Albin zog an der Zigarette und pustete einen feinen Strahl Rauch in den Himmel. »Also: Was haben Sie ausgefressen?«

»Warum interessiert Sie das so?«

»Wie ich schon sagte: Wir stehen beide auf dem Abstellgleis. Sie sind für den Streifenjob vollkommen überqualifiziert und ich für die Rente. Wir sind beide wie Raubtiere im Käfig. Wenn wir Blut riechen, werden wir aufmerksam. Wir können nichts dagegen tun, weil wir so sind, wie wir sind. Tyson wird nervös, wenn er Wurst wittert. Unser Trigger ist ein anderer, aber es funktioniert ähnlich. Es steckt in den Genen. Raubtiere sind einfach nicht für Käfige geschaffen.«

Castel lupfte eine Braue, verzog das Gesicht und fragte: »Boah, aus welchem Film haben Sie das denn?«

»Film?«

»Klingt reichlich martialisch für meinen Geschmack. Raubtiere. Blut. Ich weiß ja nicht …«

Albin zuckte die Achseln. »Vermutlich ist die weniger dramatische Erklärung, dass wir nichts anderes gelernt haben, und was wir am besten können, ist: uns um Verbrecher zu kümmern.«

»Das klingt schon einleuchtender.«

»Was soll ich denn machen, hm?«, fragte Albin. »Den ganzen Tag aus dem Fenster schauen oder vor die Wand starren? Für manche mag das eine wunderbare Beschäftigung sein, aber nicht für mich. Ich gehe nicht einmal gern spazieren.«

»Sie gehen doch dauernd spazieren.«

»Weil ich muss. Wegen Tyson.«

»Gefällt Ihnen das nicht?«

Albin machte eine So-lala-Geste. Tatsächlich gefiel es ihm nicht schlecht. Die Entschleunigung hatte etwas. Entschleunigung in dem Sinne, dass er früher überhaupt nichts um sich herum wahrgenommen hatte. Eine Straße war eine Straße, ein Feld ein Feld, ein Baum ein Baum gewesen. Heute nahm er hingegen die Schönheit einer Straße wahr und ihren Symbolcharakter als Weg in eine ungewisse Zukunft. Er sah die Details eines Feldes und wie es sich im Licht der Sonne und im Lauf der Zeit veränderte. Er erkannte die Vögel in der Krone eines Baumes, die Blüten und die Maserung der Rinde, die ihn manchmal an die Falten seiner eigenen Haut erinnerte.

Aber das sagte er nicht. Er sagte nur: »Manchmal ist es nicht so übel, wie man denkt.«

»Legen Sie sich ein Hobby zu«, erwiderte Castel.

»Ich brauche kein Hobby. Wozu soll das gut sein? Ich gehe nicht in die Oper, und Konzerte interessieren mich so wenig wie bildende Kunst. Ich sammle keine Briefmarken, habe keine Modelleisenbahn, lese nicht, und Urlaub in anderen Ländern geht mir am Arsch vorbei. Wenn ich länger als zehn Minuten nichts tue und nur herumsitze, drehe ich durch. Ich habe nur das, was ich immer hatte, verstehen Sie? Ich habe nie etwas anderes getan als das: Verbrecher in den Knast zu bringen. Dafür bin ich gemacht. Das ist mein Programm. Aber ich bin kein Fernseher, auf dem jahrelang rund um die Uhr CSI läuft, und dann stellt auf einmal jemand ein anderes Programm mit Landschaftsdokumentationen ein. Klappt einfach nicht.«

»Probieren Sie es doch mal aus.«

»Was denn?«

»Landschaftsdokumentationen.«

»Wozu?«

»Um sich daran zu gewöhnen. Museen, Urlaube, Opern und Theater können sehr bereichernd sein.«

»Kennen Sie Belfleur?«

»Nie gehört.«

»Er war bei der Gendarmerie. Ging in den Ruhestand und fing in einer Amateurtheatergruppe an. Sein erstes Stück war von Molière, ich war bei der Aufführung.«

»Ich dachte, Sie mögen kein Theater?«

»Mag ich auch nicht. Ich war nur wegen Belfleur dort. Er hatte mich eingeladen, und ich dachte: Meine Güte, tu ihm halt den Gefallen. Belfleur habe ich einmal bei einer Schlägerei mit besoffenen Fremdenlegionären erlebt. Er hat drei von denen umgehauen. Einfach den Schlagstock genommen und denen einen neuen Scheitel gezogen. Die hatten Einzelkämpferausbildung. Er nicht, und hat sie trotzdem aussehen lassen wie Chorknaben. Belfleur war so ziemlich der härteste Kerl, den ich je kennengelernt habe. Wenn jemand einen neuen Beton erfindet, sollte er die Marke ›Belfleur‹ nennen.«

»Und?«

»Das Stück hieß ›Der eingebildete Kranke‹, kannte ich vorher nicht. Schon mal davon gehört?«

»Natürlich. Im Gegensatz zu Ihnen mag ich Theater.«

»Und dann sehe ich also Belfleur, den härtesten Kerl der Welt, mit einer gepuderten Perücke auf einer Dorfbühne in engen Strumpfhosen herumhüpfen, schwafeln wie der Sonnenkönig höchstpersönlich und mit seinem bestickten, parfümierten Taschentuch herumfuchteln.«

Castel lachte.

»So will ich nicht enden, Castel.«

Castel lachte immer noch.

»Ich lasse mir meine Würde nicht nehmen. Schon gar nicht von Molière.«

»Sähe bestimmt süß aus, Sie als Sonnenkönig.«

»Ich sehe süß aus, wenn ich jemandem Handschellen anlege.«

»Das sagen Sie.«

»Jeder sagt das. Und für Sie, Castel, gilt genau dasselbe wie für mich.«

Castel blickte kurz auf, schmunzelte und schwieg. Kein Wort würde er über ihre Vergangenheit aus ihr herausbekommen, dachte Albin. Nach Castel könnte man ebenso gut eine neue Betonsorte benennen.

Also fragte er: »Was halten Sie von der Sache? Von den Toten an der Kapelle?«

Castel lehnte sich zurück, ließ von Tyson und dem Handy ab und nahm ihre Tasse in beide Hände. Sie sah Albin durchdringend an, trank einen Schluck, leckte den Milchschaum an der Oberlippe ab und sagte: »Was ich gehört habe, ist Folgendes: Bei dem toten Ehepaar handelt es sich um deutsche Touristen mittleren Alters namens Wolfgang und Dunja Kaltmann. Sie haben keine Kinder. Der tote Radler ist ein Jacques Latour aus Bordeaux, Anfang vierzig. Die beiden Deutschen haben sich auf einer Urlaubsreise befunden. Das Wohnmobil ist auf die Kaltmanns zugelassen. Der Radler war ebenfalls im Urlaub und hat in Caromb gezeltet. Die Kollegen gehen davon aus, dass die Kaltmanns an der Kapelle übernachtet haben. Am frühen Morgen kam dann der Täter und erschoss sie. Sie glauben, dass es gezielter Mord war, da nichts gestohlen und das Wohnmobil augenscheinlich nicht durchsucht worden ist. Der Anschlag galt den Kaltmanns, nehmen sie an, und halten Latour für einen unerwünschten Beobachter, der zufällig mit dem Rad vorbeikam und den Täter sah. Also wurde auch er aus dem Weg geräumt.«

»Alles nur Annahmen, oder deckt sich das mit den Zeugenaussagen?«

»Es deckt sich wohl einiges mit den Zeugenaussagen«, sagte Castel. »Latour hat den Campingplatz am frühen Morgen mit dem Rad verlassen. Das Wohnmobil der Kaltmanns war bereits am Vorabend an der Kapelle gesehen worden. Gefunden wurden die Leichen von einem weiteren Radfahrer. Es handelt sich um einen John Langley, fünfundsechzig Jahre alt und wohnhaft in Caromb. Er stammt aus Großbritannien und hat seinen Ruhesitz in die Provence verlegt.«

Albin erinnerte sich: der ältere schneidige Kerl.

Castel redete weiter, während sie ihren Kaffee leerte. »Langley hat die Polizei verständigt, kann aber keinerlei weitere Angaben machen. Er fährt täglich mit dem Mountainbike herum, um sich fit zu halten. Es gibt noch keine präzisen Annahmen über ein Motiv für die Morde. Es war wie eine Hinrichtung. Präzise Schüsse in den Kopf und ins Herz ...« Castel machte eine Geste, als wolle sie eine Fliege verscheuchen. »Die Kollegen denken: Entweder war das ein Irrer, dem es nur ums Töten geht. Oder es ist ein professioneller Killer angeheuert worden, um die Kaltmanns aus dem Weg zu räumen. Die Ermittlungen konzentrieren sich zunächst auf das private Umfeld der Opfer. Vielleicht ging es um Rache, persönliche Animositäten, Geld ...«

Albin zog an seiner Zigarette und zwinkerte Castel zu. »Sie hören ziemlich viel. So bloß auf dem Flurfunk, hm?«

Castel erwiderte nichts. Sie setzte sich die Sonnenbrille wieder auf und zuckte mit den Achseln, als könne sie kein

Wässerchen trüben. Dabei war Albin völlig klar, dass Castel nicht nur zufällig etwas aufgeschnappt, sondern wie ein Trüffelschwein nach Informationen gebuddelt und einige interne Quellen hatte.

»Also«, sagte Albin und schnippte etwas Asche fort, »noch mal: Was denken Sie über den Fall?«

Castel erwiderte: »Ich weiß viel zu wenig darüber. Ich frage mich, ob es wirklich nur um das Ehepaar oder vielleicht auch um Latour ging. Ob er womöglich gar kein Kollateralschaden war.«

»Warum?«

Castel tippte mit dem Fingernagel auf Albins Handy und schob es ihm über den Tisch wieder zu. Sie sagte: »Die Position der Leichen hat mich aufmerksam gemacht. Und der Tatzeitpunkt am frühen Morgen. Es muss vermutlich gegen halb acht oder früher geschehen sein.«

»Sagt die Rechtsmedizin?«

»Nein, die Logik.«

Okay, dachte Albin, was die Rechtsmedizin sagte, würde er noch in Erfahrung bringen.

Castel erklärte: »Die Logik sagt es deswegen, weil John Langley seinen Notruf um kurz nach acht Uhr abgesetzt hat. Er hat nach eigenen Angaben keine Schüsse gehört. Von Caromb aus benötigt man mit dem Rad sicher mindestens eine halbe Stunde bis zur Kapelle. Wäre er in der Gegend gewesen, hätte er die Schüsse gehört.«

»Falls er die Wahrheit sagt.«

»Falls er die Wahrheit sagt«, erwiderte Castel.

»Nur weiter«, sagte Albin.

Castel stellte die inzwischen leere Tasse ab. Sie sagte: »Die Toten lagen nur knapp drei Meter voneinander entfernt. Sie standen also nahe beieinander. Alle drei wurden außerhalb des Wohnmobils erschossen. Das spricht dafür, dass die Kaltmanns aus dem Wohnmobil gekommen sind und sich mit Latour davor unterhalten haben. Oder dass sie bereits draußen standen, als er kam.«

»Und der Täter dazwischen?«

»Entweder stand er bereits mit den Kaltmanns am Wohnmobil, als Latour aufkreuzte. Oder er kam später hinzu und erschoss sie der Reihe nach in kurzer Folge, so dass keiner die Chance zur Flucht oder irgendeiner anderen Reaktion hatte. Als die Opfer am Boden lagen, setzte er zur Sicherheit jeweils noch einen Schuss nach. Die Situation spricht für mich jedenfalls nicht dafür, dass Latour ein zufälliger Passant war.«

»Also«, sagte Albin, »die Kaltmanns sind vielleicht Frühaufsteher, kommen aus dem Wohnmobil, um mit dem Täter zu reden. Und Latour kommt auf dem Fahrrad hinzu, denn er dreht seine Runden lieber, bevor die große Hitze beginnt. Dann erschießt der Täter alle drei. Oder die Kaltmanns stehen mit Latour bereits am Wohnmobil und reden über etwas Unverfängliches wie das Wetter, und der Täter kommt hinzu. Oder Variante drei: Der Täter erschießt die Kaltmanns. Latour hört auf seinem Rad Schüsse. Er kommt hinzu, um nach dem Rechten zu sehen, stoppt kurz vor den Leichen – und wird ebenfalls vom Täter erschossen, der Latour als Zeugen aus dem Weg räumen will.«

»Drei denkbare Möglichkeiten«, sagte Castel.

»Es ergäbe einen Sinn, wenn Langley der Täter wäre, hm?«

Castel nickte. »Der erste Verdächtige ist immer die letzte Kontaktperson.«

»Der erste Verdächtige ist immer die letzte Kontaktperson«, wiederholte Albin.

Castel erklärte: »Langley könnte alle erschossen und die Waffe entsorgt haben. Dann hat er eine gewisse Zeit verstreichen lassen und den Notruf abgesetzt. Die Kollegen werden das ohne Frage alles überprüfen.«

»Aber da ist noch mehr, das Sie auffällig finden, denn …?«

Castel schnitt Albin das Wort ab. »Sehen Sie es denn nicht?«

Albin sah jede Menge. Sogar noch viel mehr als Castel bislang vielleicht ahnte. Aber er schwieg, weil er Castels Meinung hören wollte. Nicht zuletzt deswegen, um seine eigene zu überprüfen.

Castel sagte: »Wenn ein Profikiller zwei Menschen ermorden will, dann folgt er ihnen, beobachtet sie und schlägt im besten Moment zu. Der beste Moment wäre in der Nacht gewesen, wenn die Kaltmanns schlafen. Ein Profi hätte seine Ziele nicht herausgebeten oder zugelassen, dass ein Zeuge hinzukommt, der die Tat beobachtet oder ihn identifizieren kann. Außerdem ist es doch merkwürdig, dass die Kaltmanns mit dem Wohnmobil an der Kapelle übernachtet haben, wo es doch ganz in der Nähe einen Campingplatz gibt? Zudem waren alle drei Tote Touristen.«

Um zu sparen, dachte Albin, hatten die Kaltmanns wohl kaum auf den bequemen Campingplatz verzichtet – bei dem teuren Rotwein, den sie genossen hatten.

Castel fuhr fort: »Wir haben also einerseits eine professionelle Tatausführung, andererseits aber ein unprofessionell wirkendes Vorgehen. Das nur dann einen professionelleren Anstrich erhält, wenn Latour als Ziel mit einbezogen wird. Wenn der Täter alle drei auf einen Schlag ermorden wollte.« Castel machte eine Pause. »Möglicherweise wollte er alle drei zusammen haben, um ihnen ins Gesicht zu sehen.«

»Also persönliche Motive«, sagte Albin.

»Wer weiß.«

»Dann wäre es aber kein Profi gewesen.«

»Je nachdem. Ein Profikiller hätte sie sich eher nacheinander vorgenommen. Ein Profi hätte die Kaltmanns nachts im Wohnmobil erledigt. Er hätte Latour isoliert und ihn dann ebenfalls beseitigt. Glauben Sie mir, ich habe professionelle Morde schon gesehen, Leclerc. Ein Killer geht den einfachsten Weg.«

Albin sagte: »Latour könnte dennoch ein Zufall sein. Der einfachste Weg ist immer der beste, Sie haben es selbst erwähnt. Der Täter legt die Kaltmanns um. Latour hört das Geballer und schaut sich an, was am Wohnmobil passiert ist. Er wird als Zeuge aus dem Weg geräumt.«

»Mein Gefühl sagt mir etwas anderes. Es sagt mir, dass Latour involviert war.«

»In was?«

»Keine Ahnung.«

»Und das führt zu John Langley?«

»Er ist mein heißester Kandidat. Wenngleich ich nichts über ihn weiß. Er radelt zur Kapelle, legt alle um, ruft die Polizei und gibt sich als Zeuge aus.«

Albin lehnte sich im Stuhl zurück. Er warf einen Blick auf Tyson, der im Schatten unter dem Tisch lag und hechelte. Dann sah er wieder auf und nahm die bekannten Umrisse einer Person wahr, die an einem Samstagvormittag regelmäßig mit grünen Plastiktaschen vom Gemüsemann des Weges kam. So auch jetzt.

Theroux schlängelte sich mit raschem Schritt zwischen einem parkenden Geldtransporter und dem Lieferwagen einer Installateurfirma hindurch. Er kam direkt auf Albin zu, merkte auf, als er ihn erkannte – und merkte nochmals auf, als er Castel sah. Er schien sie zunächst nicht einordnen zu können, dann aber doch.

»Hallo, Albin. Castel«, sagte Theroux schwer atmend.

»Theroux, setz dich, mach mal Pause. Trink einen Espresso, du wirkst erschöpft.«

»Vergiss es, Albin. Außerdem bin ich spät dran.«

»Ich habe dir Hunderte von Nachrichten geschickt.«

»Kann sein.«

»Jetzt setz dich. Nur einen schnellen Espresso.«

»Nein. Du würdest sowieso nichts aus mir herausbekommen.«

Albin lachte. »Seid ihr nachher wieder am See? Du und die Familie?«

»Albin …«

»Ja ja, ich weiß schon.« Albin schmunzelte und zwinkerte Castel zu, die sich ebenfalls ein Lächeln nicht verkneifen konnte.

»Ich … Ich muss weiter«, sagte Theroux, nickte beiden zu und verschwand.

»Immer in Eile, der Gute«, sagte Albin. »Seine Frau schickt ihn jeden Samstag zum Einkaufen.«

»Und Sie lauern hier jeden Samstag, um ihn abzufangen?«

Albin setzte eine unschuldige Miene auf und erwiderte: »Ich mache nur ein Päuschen und schaue mir an, wie das Leben an mir vorbeizieht.«

»Das klingt etwas traurig.«

»Alles nur halb so schlimm, wie es klingt. Früher habe ich nie in Cafés gesessen und dem Leben zugeschaut. Ich habe was nachzuholen.«

Albin drückte die Zigarette aus, um sich eine neue anzustecken, womit er sich schweigend etwas Zeit ließ. Dann lehnte er sich zurück und sagte: »Ich erzähle Ihnen etwas.«

»Oh, bitte nicht«, machte Castel.

»Doch«, sagte Albin. Und erzählte.

»Vor einer Reihe von Jahren ist etwas sehr Ähnliches wie an der Kapelle passiert. Im Luberon wurde ein Ehepaar ermordet aufgefunden. Schüsse in die Brust und in den Kopf. Beide lagen vor ihrem Auto. Sie hatten an einem Waldparkplatz gehalten und waren ausgestiegen. Die Türen des Wagens standen noch offen. Der Schlüssel steckte. Es fehlte überhaupt nichts, gar nichts wurde gestohlen. Es waren Touristen aus Schweden. Ein Stennalf Gustavson und seine Frau.«

Castel schwieg eine Weile. Albin ebenfalls.

»Beide Male ein Ehepaar«, sagte Castel dann nachdenklich, »beide Male Touristen, beide Male ein einsamer Parkplatz. Das könnte auf einen Serientäter hindeuten.«

»Theoretisch, ja.«

Castel sah Albin fragend an.

Er erklärte: »Theoretisch deswegen, weil für den Mord an Stennalf Gustavson und seine Frau jemand einsitzt. Alfred Beauval, ein älterer Weinbauer. Er hat die Tat gestanden.«

Castel betrachtete Albin. Albin paffte vor sich hin.

Nach einer Weile sagte er: »Fragen Sie mich keine Details über den Fall von damals. Ich war mit den Ermittlungen nur ganz am Rande befasst. Dennoch ging es mir durch den Kopf.«

Castel blickte auf die Uhr. »Ein Weinbauer«, murmelte sie, »der so gezielt zwei Menschen hinrichtet?«

Albin drückte die Zigarette aus und zuckte mit den Achseln. »Alfred Beauval hatte ein astreines Geständnis abgelegt. Was will man mehr? Er sitzt im Knast und kann für die Morde an der Chapelle du Paty nicht in Betracht kommen.«

Castel stand auf und schob ihren Stuhl an den Tisch. Sie beugte sich herab, um Tyson noch einmal zu kraulen.

»Dennoch bemerkenswert, nicht?«, fragte Albin.

»Ja«, meinte Castel. Sie nahm ihren Helm und zog die Schlüssel für den Motorroller aus der Gesäßtasche ihrer Shorts. »Es wäre nicht der erste Fall, bei dem jemand in der Gegend herumläuft und Touristen erschießt.«

»Aber Beauval sitzt im Knast.«

Castel setzte den Helm auf. »Gleicher Modus, gleiches Szenario, identischer Opfertyp? Vielleicht sollte sich jemand den Fall Beauval nochmals genauer ansehen.«

»Wozu?«

»Nachahmungstäter?«

»Na, warten wir erst mal das ballistische Gutachten und alles andere ab, hm?«

»*Wir?*«, fragte Castel. Ihren Mund umspielte ein ironischer Zug.

Albin zuckte die Achseln. »Wen man so *wir* nennt. Die anderen. Theroux und der Rest.«

»Denn *wir* sind dafür nun wirklich nicht zuständig. Sie am allerwenigsten, Leclerc.«

»Ich bin bloß ein alter Mann mit Hund.«

»Absolut«, erwiderte Castel. »Und ich nur eine Streifenpolizistin. Noch einen schönen Tag, Leclerc. Ich muss jetzt wirklich los.«

»Ihren Kaffee bezahle ich.«

»Vielen Dank.«

»Kommen Sie doch abends mal zum Essen vorbei«, sagte Albin.

59

»Na ja«, sagte Castel und klang skeptisch, »ich weiß nicht, ob das eine gute Idee ist.«

»Bringen Sie Ihren Freund mit.«

»Ich habe keinen Freund, falls Sie darauf hinauswollen.«

»Halten Sie das etwa für die Einladung zu einem Rendezvous?«

Castel lachte, antwortete aber nicht.

Albin sagte: »Ich weiß nicht, was sich für merkwürdige Szenarien in Ihrem Kopf abspielen, Lieutenant Castel. Aber meine Freundin kocht hervorragend. Ihr gehört der Blumenladen dort drüben.« Albin verfolgte, wie Castel sich umsah. Er ergänzte: »Sie wird sich über einen Gast freuen.«

Castel nickte. »Schauen wir mal. Aber danke.«

»Ich meine das ganz ernst. Veronique würde sich freuen.«

»Verstehe«, sagte Castel, winkte mit dem Schlüssel in der Hand und setzte sich in Bewegung.

Albin wendete sich um. Als Castel schon auf dem Motorroller saß, rief er ihr noch etwas zu.

»Woher kamen diese Deutschen?«

»Frankfurt«, antwortete Castel und ließ den Motor an. »Dunja Kaltmann, gebürtig aus Kroatien. Sie war Zahnmedizinerin. Ihr Mann Gentechnologe, Latour war Biochemiker – der war übrigens alleinstehend.«

»Castel?«

»Was denn noch?«

»Halten Sie die Ohren offen. Ich wette, Sie haben noch ein paar Beziehungen. Nutzen Sie die.«

Castel erwiderte nichts und winkte nochmals. Dann rauschte sie los.

Albin verfolgte, wie sich ihre Umrisse im fließenden Verkehr verloren. Er schaute zu Tyson herab.

»Gentechnologe und Biochemiker«, sagte Albin zu Tyson, der hechelte und ihn aufmerksam anschaute.

Komisch das alles, dachte Albin. Denn Stennalf Gustavson stammte aus einer ähnlichen Branche wie die ermordeten Kaltmanns und Latour: Gustavson war ein promovierter Biotechnologe aus Uppsala, soweit Albin wusste. Den Namen der Stadt hatte er sich gemerkt, weil er so außergewöhnlich klang. Als ob man stolperte, der Kaffee überschwappte und man »Uppsala« sagte.

Nachdenklich spielte er mit seiner Zigarettenschachtel. Schließlich steckte er sie ein und überlegte, ob es heute Abend vielleicht Forelle geben sollte, wenngleich vom Huhn noch einiges übrig war und es kalt ohne Frage delikat schmecken würde. Nein, je mehr er darüber nachdachte, lief es auf eine Forelle hinaus. Am besten eine ganz fangfrische.

6

CASTEL FÄDELTE SICH durch den Verkehr und steuerte auf den Parkplatz vom Intermarché. Sie stellte den Motorroller ab und dachte über das Gespräch mit Leclerc nach. Sie war sich nicht sicher, ob sie tatsächlich weiterhin die Nase in Dinge stecken sollte, die sie nichts angingen. Aber auf der anderen Seite hatte Leclerc nicht ganz unrecht damit gehabt, dass sie anschlug wie ein Jagdhund, wenn sie Blut witterte.

So albern das vielleicht klingen mochte, wenn man es jemandem erzählte, der nicht aus der Branche stammte. Aber zutreffend war: Es war ein Trigger für sie, weckte die Instinkte und erregte die Aufmerksamkeit. Etwas machte »klick«. Sie war nun einmal so programmiert und über Jahre hinweg für bestimmte Dinge sensibilisiert worden.

Wenn ein Gärtner einen kranken Baum sah, machte er sich seine Gedanken. Wenn ein Bäcker einen Kuchen aß, fragte er sich, wie der Kuchen gemacht worden war. Wenn ein Journalist eine Neuigkeit vernahm, drehte und wendete er die Nachricht, stellte sich Anschlussfragen und bewertete sie. Und Castel war vom Wesen und ihrer Ausbildung her keine Verkehrspolizistin, sondern Kriminalbeamtin. So war das eben.

Leclerc, nun, der war ebenfalls kein Verkehrspolizist und gehörte gewiss nicht zum alten Eisen, was er bereits beeindruckend unter Beweis gestellte hatte. Klar, das passte den anderen nicht. Aber gab der Erfolg Leclerc nicht recht?

Castel nahm ihren Helm ab, klappte den Sitz des Motorrollers hoch, nahm die Einkaufstasche heraus, platzierte den Helm darin, ließ den Sitz wieder zuschnappen und verschloss ihn. Eine Einkaufsliste hatte sie nicht. Sie würde sich wie immer ein paar Mikrowellengerichte kaufen sowie ein paar Dosen zum Warmmachen. Castel legte nicht viel Wert auf gutes und gesundes Essen. Das heißt, wenn sie im Restaurant etwas bekommen konnte oder eingeladen wurde, dann schon. Allerdings wurde sie nicht mehr oft eingeladen und ging kaum noch in Restaurants. Und in der täglichen Praxis hatte sich gezeigt, dass bei ihren unsteten Arbeitszeiten keine Zeit zum Kochen war und entweder die Lebensmittel im Kühlschrank vergammelten, gar keine da waren oder sie schlicht und ergreifend zu erschlagen war, um sich etwas zu kochen – zudem: Für sich alleine? Wozu der Aufwand? In dem Mikrowellen- und Dosenzeug war alles drin, was der Körper brauchte. Wenn man sich erst mal daran gewöhnt hatte, schmeckte es außerdem ganz gut. Die Vielfalt von Fertig- und Tiefkühlgerichten war enorm. Die Haltbarkeit ebenfalls. Wozu sich also aufregen?

Sie zögerte einen Moment. Dann fragte sie sich: *Warum eigentlich nicht?*, und zog das Handy aus der Hosentasche. Sie suchte eine Nummer aus dem Speicher und tippte auf »Anruf«. Castel ließ es fast zehn Mal klingeln. Sie wollte den Anruf gerade wieder beenden, als am anderen Ende das Gespräch angenommen wurde.

»Caterine?«

»Hallo, Nadia.« Genau genommen: Nadia Sauvan. Sie klang überrascht und atemlos.

»Ich ... Ich komme gerade die Treppe hochgelaufen. Mein Handy lag noch oben, weißt du? Ich meine ... Caterine? Das ist ja ein Ding?« Sie lachte. »Wie geht es dir?«

»Alles gut. Es ist Sommer, ich bin inmitten der herrlichen Provence, was will man mehr?«, erwiderte Castel, lächelte und betrachtete den rappelvollen Supermarktparkplatz, auf dem es nach Abgasen stank. »Und selbst?«

»Oh, immer alle Hände voll zu tun. Die Kinder machen mich wahnsinnig. Louisa ist dreizehn, hat gerade zum ersten Mal ihre Tage bekommen und ist entsprechend gelaunt. Frederic ist am Montag in der Schule die Treppe heruntergefallen und hat sich die Schneidezähne ausgeschlagen – zum Glück sind es noch die ersten.«

»Du liebe Güte.«

»Ja. Aber Simon geht's gut. Er ist immer noch der netteste Mann, den man heiraten konnte – auch wenn er mir das nach wie vor nicht glaubt, der Idiot.«

Castel grinste.

»Cat, und dir geht es wirklich gut?«

»Sagen wir: den Umständen entsprechend. Ich lebe mich ein. Es geht schon.«

»Wie lange haben wir nicht mehr miteinander gesprochen?«

»Einige Monate? Du bist ohnehin die Einzige, die überhaupt noch mit mir spricht.«

Castel hörte Nadia seufzen. »Weil die anderen alle Dummköpfe sind und ihren Corpsgeist über persönliche Freundschaft stellen. Ich meine, du hast dir nicht ausgesucht, dass es kam, wie es kam. Niemand, der bei Trost ist, würde das wissentlich tun.«

»Es war alles ziemlich schlimm. Aber ich komme darüber hinweg«, sagte Castel.

Aber stimmte das auch? Nein, wahrscheinlich nicht. Sie würde es verdrängen können, aber nicht vergessen. Ihr Leben hatte sich verändert. Sie hatte sich verändert. Alles hatte sich verändert. Wie würde sie jemals vergessen können, was geschehen war?

»Ich freue mich wirklich, deine Stimme zu hören, Cat. Leider passt es gerade nicht so gut – die Kinder sitzen im Auto, wir wollen in die Stadt. Also: Ich will dich nicht abwürgen, okay?«

»Alles okay.«

»Sollen wir später sprechen?«

»Nadia, um ehrlich zu sein, wollte ich dich lediglich um einen Gefallen bitten. Es wäre großartig, wenn du mir helfen könntest. Wenn nicht, dann verstehe ich das auch.«

»Klar? Also: Klar kann ich dir helfen. Worum geht es?«

Castel sagte ihr, dass es um ein paar Namen ging und um Informationen über die betreffenden Personen.

»Cat?«

»Ja?«

»Wozu brauchst du das? Das sind keine Parksünder, oder?«

»Nein, das sind keine Parksünder. Ich will es dir so erklären: Ich mache mir einige Gedanken über einen hier bei uns laufenden Fall.«

»Du solltest dich besser raushalten.«

»Ja. Besorgst du mir die Daten trotzdem?«

»Du weißt, dass du damit sowieso nichts anfangen kannst, hm? Oder besser: nichts anfangen solltest.«

»Falls etwas auffällig sein sollte, weise ich die Kollegen darauf hin. Dann werden sie den ordnungsgemäßen Weg einschlagen und sich die Daten auf amtlichem Weg organisieren.«

Denn natürlich ließ sich vor keinem Gericht und bei keinem Staatsanwalt etwas mit Informationen anfangen, die mehr oder weniger auf dem Hörensagen beruhten und rechtlich nicht einwandfrei zusammengetragen wurden. Und um exakt solche Daten würde es sich handeln.

Nadia und Castel waren lange gemeinsam in einer Sonderbrigade der Police National beschäftigt gewesen, in der es unter anderem um das Sammeln und Bündeln von Informationen ging. Eine Abteilung der Kriminalpolizei, die eng verknüpft war mit der ›Brigade de recherche et d'intervention‹, kurz BRI, einer dem Innenministerium unterstellte Spezialeinheit, die auf schweren Raub und Geiselnahmen spezialisiert war. Wie alle anderen Spezialeinheiten wurden die schweren Jungs von der BRI Marseille zu Einsätzen angefordert und operierten nicht auf eigene Faust. Ihre Einsätze mussten vorbereitet und koordiniert werden, und an dieser Schnittstelle war Castel tätig gewesen. Nadia ebenfalls, und zwar in der logistischen Operationsunterstützung, wo sie als Nerd optimal platziert gewesen war.

Nadia hatte Zugriff auf internationale Datenbanken, in die man als normaler Polizist höchstens mit Stapeln von gerichtlichen Anordnungen einen Einblick bekam – und dann noch nicht einmal in alle, falls man überhaupt von ihrer Existenz wissen durfte. Einige Server waren unmittelbar mit Geheimdiensten und dem Militär verknüpft. Man verschaffte sich darauf Zugriff, wenn man Live-Satellitenbilder benötigte oder Informationen über Personen, die man aus rechtlichen Gründen eigentlich nicht bekommen dürfte, aber benötigte, wenn sich diese Personen zu Gefährdern oder Gefährdeten gewandelt hatten. In diesem Zusammenhang gab es eine riesige Datenmenge, die während des Ausnahmezustands nach den Pariser Anschlägen schlagartig legal zusammenge-tragen worden war. Es wäre naiv zu glauben, dass die Daten gelöscht werden würden, nachdem sich die Lage im Land wieder geändert hatte.

Nadia zögerte am Telefon. Sie sagte: »Ich muss wirklich los, Cat. Sind das harmlose Namen oder solche, um die ich mir Sorgen machen muss?«

»Harmlose Namen, nehme ich an.«

»Nimmst du an – oder weißt du?«

»Es sind keine Namen, die den Rotalarm anspringen lassen, okay? Namen von Mordopfern und Zeugen, mehr nicht.«

»Du weißt, was du tust?«

»Ja.«

»Mail mir die Namen, und ich sehe, was ich tun kann.«

»Danke, Nadia.«

»Schön, von dir zu hören. Demnächst reden wir mal aus-führlich, ja?«

»Unbedingt«, erwiderte Castel.

Dann beendeten sie das Gespräch. Castel schickte Nadia eine Mail mit den Namen. Dann ging sie endlich in den Su-permarkt und unterdrückte den Drang, über Nadias Frage nachzudenken, ob sie wirklich wusste, was sie da tat.

7

ALBIN FUHR über die Avenue Charles de Gaulle in Richtung Pernes les Fontaines. Die Klimaanlage sorgte im Inneren des Wagens für eine angenehme Temperatur. Der Himmel war strahlend blau und wolkenlos. Viel zu gutes Wetter, um sich im Autoradio Diskussionen über die neu aufgeflammte Debatte zum Transatlantischen Freihandelsabkommen anzuhören. Frankreich beschwerte sich darüber, dass das TTIP zentrale Prinzipien der französischen Kultur und Landwirtschaft in Frage stellen würde. Es war auch verrückt: Die Amerikaner handelten mit gentechnisch veränderten Produkten, die Europa kritisch sah. Andersherum hielten die Amerikaner französischen Käse wegen der Rohmilchanteile für bedenklich. Käse und bedenklich – französischer Käse! Total verrückte Welt.

Statt der Debatte lief in der Stereoanlage nun ein Lied von Sade. Veronique hatte Albin einige CDs von ihr auf das Handy überspielt und ihm erklärt, wie man das Smartphone mittels Bluetooth mit der Elektronik im Auto verband. Es war überraschend einfach. Dennoch hatte Albin keinen Schimmer, wie das technisch funktionierte. Es hatte etwas von Hexerei, dass komplexe Lieder einfach so durch die Luft und ohne Kabel von einem Gerät auf das andere übertragen wurden. Wenn man ehrlich war, war Radio zwar nichts anderes, doch oft genug hatte Albin selbst vor dem Faxgerät im Büro gestanden und sich gefragt, wie, zum Teufel, so etwas ging? Von Fotokopierern gar nicht erst zu sprechen. Man legte etwas drauf, drückte einen Knopf – und es kam ein exaktes Duplikat des Originals am anderen Ende des Kopierers heraus. Alltäglich, dennoch unglaublich. Aber man musste nicht alles verstehen.

Mitten im Ort, an der Kreuzung zwischen einer kleinen Kapelle, der Bank sowie dem Stadttor mit zwei Türmchen, machte die Straße einen scharfen Knick. Albin folgte ihm und passierte eine Reihe von in Ockertönen gestrichenen Wohnhäusern und Bruchsteinmauern, die mit Büschen und wilden Blumen oder scharf geschnittenen Hecken bewachsen waren, um dahinterliegende Grundstücke abzuschirmen. Die Straße war recht eng wie überall in den kleineren Städten oder Dörfern – wie zum Beispiel St. Didier in der Nähe, wo eine Zeitlang ein deutsches Paar ein sehr hübsches Hotel-Restaurant namens »La Serignane« geführt hatte, wie Albin wusste.

Er dachte kurz an das Chateau Ledrome und an Hanna Streuben. Er fragte sich, wie es ihr und ihrer Tochter ging – und außerdem, was mit dem Chateau geschehen war. Er sollte Jerome Lehmann mal danach fragen, der dort lange Jahre der Hausverwalter gewesen war und Albin außerdem immer noch für sein Bouleteam verpflichten wollte. Na ja, hier und da mal eine Runde Pétanque ging ja in Ordnung. Aber gleich im Team? Das war nichts für Albin. Er stand weder auf Vereine oder Gruppierungen noch auf Sport. Und am Ende war regelmäßiges Boule entweder etwas für Hobbysportler oder für alte Leute. Albin war weder das eine, noch fühlte er sich als das andere.

Am Ortsausgang von Pernes passierte Albin eine Tankstelle auf der linken Seite sowie ein kleines Einkaufszentrum, in dem es eine Bäckerei und eine Apotheke gab. Er erreichte einen Kreisverkehr, der einen rechts nach Avignon führte. Aber Albin steuerte geradeaus weiter, wo sich die Straße zur Route de L'Isle-sur-la-Sorgue entfaltete und man wieder Gas geben konnte. Albin kam an einigen Feldern vorbei, einem Schrottplatz und einem Baustofflager. Kurz vor einem Obstfeld mit angeschlossenem Verkaufsstand ärgerte er sich über einen mit Melonen angefüllten Traktor, hinter dem sich der Verkehr staute. Kein Mensch konnte überholen, grauenhaft. Schließlich bog der Trecker rechts ab auf den Parkplatz des Fruchtstandes, und die Straße erwuchs endlich zu etwas, das man eine ordentliche Nationalstraße nennen konnte. Sie führte zwischen Wäldchen und Plantagen an Feldern und Gewächshäusern vorbei, was auch hinter Velleron so weiterging, bis Albin L'Isle-sur-la-Sorgue erreichte.

Und sich selbst verfluchte, denn am Wochenende war hier natürlich der Teufel los.

Der Ort lag mitten in einem Geflecht von Seitenarmen der Sorgue und künstlich angelegten Kanälen. Über dem rauschenden grünen Wasser waren zahllose kleine Brücken mit schmiedeeisernen Geländern gespannt. Hier und da drehten sich alte Schaufelräder. Überall strahlten bunte Blumen mit den Baldachinen und Markisen um die Wette, die am Ufer des Flusses die Sitzplätze von Cafés und Restaurants an den alten Waschplätzen vor der Sonne schützten, wo man nur das Bein ausstrecken musste, um seinen Fuß ins kühle Wasser zu halten.

Im Ort herrschte deswegen solcher Betrieb, weil L'Isle-sur-la-Sorgue als ein Antiquitätenmekka galt und darüber hinaus dauernd Antikmessen und Märkte stattfanden, vor allem am

Wochenende. Nicht einmal zwanzigtausend Einwohner gab es hier, dafür aber mehr als dreihundert Antiquitätenhändler und Betreiber von permanenten Trödelmärkten. Sie hatten ihre Geschäfte zum Teil in riesigen Hallen vom Format eines doppelstöckigen Supermarktes.

Hier gab es wirklich alles, und zwar zu gepfefferten Preisen. Spezialisten für antiquarische Bücher, für amerikanisches Chromdesign der fünfziger Jahre, für Gemälde, für Art déco, Art Nouveau oder optische Geräte aus Messing, für Sessel, Tische, Stühle, Uhren, Gläser, Karaffen und Lampen oder Silberbesteck. Bei den Messen verdoppelte sich die Zahl beinahe, und die Straßen waren mit Ständen der Brocanteure und denen des Wochenmarktes, der jeden Sonntag stattfand, vollgestellt. Den Rest besorgten die Touristenmassen, die die verbleibenden Lücken regelrecht verstopften. Was auch für die Brücken galt, die ebenfalls vollgestellt wurden. Um noch mehr Platz zu nutzen, hatten sie den Marché Flottant erfunden, den schwimmenden Markt, und ließen auf den Kanälen und Seitenarmen der Sorgue geschmückte Holzkähne mit Marktwaren schippern. Wäre es technisch möglich, würden sie fraglos auch noch fliegende Märkte erfinden.

Albin stöhnte genervt vor sich hin und kroch von Ampelphase zu Ampelphase. Es dauerte eine ganze Weile, bis er schließlich den Ortskern hinter sich gelassen hatte und nach links in eine etwas ruhigere Gegend abbog. Einige Minuten fuhr er am Fluss entlang, bevor er wiederum abbog und auf einem Parkplatz in einem kleinen Wäldchen hielt. Er stieg aus, öffnete den Kofferraum und hob Tyson heraus. Er schloss die Klappe wieder, schaute herum, um sich zu orientieren, und folgte dann einige hundert Meter weit einem schmalen Pfad, an dem er ein verblichenes Schild mit der Aufschrift »La Pêche« entdeckt hatte. Tyson trottete neben ihm her.

Schließlich gelangten sie an einen idyllisch gelegenen Teich, dessen Wasser so grün war wie das der Wiesen und Bäume, die ihn umrandeten. Es gab hier einige von dieser Sorte, allesamt vom kalten, klaren Wasser der Sorgue gespeist. Die Teiche wurden als Zuchtbecken für Fische genutzt, die von Restaurants, Fachgeschäften und Bioläden angekauft wurden. Man konnte sich eine *Carte de Pêche* besorgen und mit dieser Angelerlaubnis und gegen eine kleine Gebühr selbst ein paar Forellen oder Äschen fischen.

So wie Bruno Grinamy von der Spurensicherung. Er stand am Ufer im Schatten unter einer großen Pappel und zog gerade mit der Angelroute in der einen und einem Kescher in der anderen Hand einen respektablen Fisch an Land. Grinamys Glatze glänzte wie eine polierte Bowlingkugel. Er merkte kurz auf, als Albin ankam, und bewegte seinen Kopf zu einem grüßenden Nicken.

»Leclerc«, sagte er und fummelte den Haken aus dem Maul des Fisches, bei dem es sich ohne Zweifel um eine erstklassige Forelle handelte. »Was führt dich denn hierher?«

»Die Fische und die gute Luft.«

Grinamy lupfte eine Braue. Mit einer kleinen Keule zog er dem Fisch eins über den Schädel, um ihn zu betäuben. Dann nahm er ein sehr spitz und scharf aussehendes Messer und stach dem Tier ins Herz, bevor er den Leib aufschnitt und begann, es auszunehmen.

Grinamy fragte: »Und was wirklich?«

»Du hast gesagt, wenn du eine Forelle brauchst, sag mir Bescheid.«

»Dazu musst du nicht herkommen.«

»Ich weiß.«

»Woher weißt du überhaupt, wo ich …«

»Jeder weiß, dass Grinamy am Wochenende angelt und wo er es tut. Ich bin zwar ein alter Knacker, aber noch lange nicht so verkalkt wie du.«

Grinamy grinste, warf die Fischinnereien beiseite und die Forelle in den Eimer. Gebückt fummelte er nach neuen Ködern.

»Wie lange hast du noch?«, fragte Albin.

»Nächsten Januar gehe ich in Rente. Danach bin ich drei Wochen auf Martinique.«

»Ist Martinique deine junge Geliebte?«

»Sehr witzig«, erwiderte Grinamy.

Albin grinste und nickte. Wie oft hatte er in den letzten Jahren und Jahrzehnten mit Grinamy zusammengearbeitet? Man konnte es nicht zählen.

»Also, Albin, worum geht es?« Grinamy kam ächzend wieder hoch, fasste sich ins Kreuz und streckte sich ein wenig.

Albin sagte: »Mich interessiert der Fall an der Kapelle. Die drei Erschossenen.«

»Wen interessiert der Fall nicht?«

»Irgendetwas Auffälliges gefunden?«

Grinamy warf Albin einen mitleidigen Blick zu. Dann öffnete er den Mund, wie um etwas zu sagen – sicherlich, dass Albin das überhaupt nichts anginge und er, Grinamy, Albin dazu sowieso nichts sagen dürfe, was ihm, Albin, zweifellos bekannt sei. Aber ab einem gewissen Alter wusste man, wie kostbar Atemluft war, weil jeder Atemzug der letzte sein konnte. Daher schenkte sich Grinamy derlei Anmerkungen und sagte lediglich: »Ja.«

Albin wartete ab. Grinamy schwieg und befasste sich mit seinem Angelzeug, dem Haken und dem Köder.

Albin sagte: »Die sind regelrecht hingerichtet worden. Es wirkte, als ob sich der Täter gut auskennt.«

»Das tut er fraglos. Aber er ist kein Profi.«

»Warum?«

»Weil er die Patronenhülsen hat herumliegen lassen.«

»Wie viele?«

»Sechs Stück.«

»Für jedes Opfer zwei Schüsse?«

»Für jedes Opfer zwei Schüsse aus nächster Nähe. Einen ins Herz, einen in den Kopf.«

»Habt ihr die Ballistik …«

»Natürlich«, kürzte Grinamy ab. »Die haben sich das schon angeschaut.«

»Und sonst?«

»Wir nehmen an, dass keine der Kugeln mehr in den Körpern steckt und alles Durchschüsse aus nächster Nähe waren. Wir haben fünf Kugeln gefunden. Zwei steckten im Wohnmobil, die drei anderen im Boden. Daher wissen wir: Er hat den Personen erst ins Herz geschossen, und als sie am Boden lagen, hat er nochmals in die Köpfe geschossen. Die sechste Kugel oder mögliche weitere Kugeln oder Hülsen suchen wir mit Metalldetektoren. Die Kollegen legen eine Wochenendschicht ein und grasen das ganze Gelände ab. Könnte sein, dass die fehlende Kugel noch in einem Körper steckt, im Knochen festsitzt. Mit den Hülsen war etwas merkwürdig.«

Albin schwieg und wartete ab. Als Grinamy nichts weiter sagte, fragte Albin: »Und was?«

»Wie schon gesagt: Als Profi lässt du nicht die Hülsen herumfliegen. Der hätte sich bloß bücken müssen. Die lagen alle

74

auf einem Haufen. Als Profi weißt du, dass man daran sofort die Art der Waffe feststellen kann. Wenn der Schlagbolzen auf den Zünder trifft, hinterlässt er eine Markierung. Dieser Abdruck ist bei jeder Waffe individuell. Egal, ob vom gleichen Typ. Das ist wie ein Fingerabdruck.«

»Ja«, sagte Albin. »Ich weiß. Apropos Fingerabdruck ...«

»Nein«, entgegnete Grinamy. »Keine Fingerabdrücke an den Hülsen gefunden.«

»Habt ihr den Zeugen untersucht? Diesen Langley?«

»Sicher haben wir das. Von oben bis unten – Theroux hat ihn direkt als Hauptverdächtigen aufs Korn genommen.«

»Klar«, kommentierte Albin und dachte: *Guter Mann, Theroux.*

Grinamy sagte: »Aber keine Fingerabdrücke von ihm am oder im Wohnmobil.«

»Schmauchspuren?«

»Nein. Nirgends.«

»Blut irgendwo?«

»Kein Tropfen.«

Damit war Castels heißester Kandidat so ziemlich aus dem Rennen. Keine Schmauchspuren – das bedeutete, dass Langley eher keine Waffe abgefeuert hatte. Ein Schuss war eine Explosion. Dabei flogen jede Menge mikroskopisch kleiner Partikel herum, die sich in die Haut bohrten. Natürlich konnte man Handschuhe anziehen. Die bedeckten aber selten die kompletten Unterarme, und Langley hatte ein Kurzarmtrikot getragen. Davon abgesehen konnte man Schmauchspuren auch in Kleidung nachweisen. Feuerte man außerdem aus der kurzen Distanz Schüsse auf einen Menschen ab, war es sehr wahrscheinlich, dass einen Blutspritzer trafen.

Albin fragte: »Gab es eine Hausdurchsuchung bei dem Zeugen?«

»Soweit ich weiß, nicht. Aufgrund der Spurenlage ergibt sich keine Basis dafür. Er dreht wohl jeden Morgen seine Runden mit dem Mountainbike und hat dafür Zeugen.«

»Hm«, machte Albin.

»Schon blöd, wenn du ein paar Leichen im Wald findest und dann als Verdächtiger gehandelt wirst.«

»Oder ganz schön geschickt, je nachdem.«

»Ja.«

»Wer ist der Kerl?«

»Langley?«

»Ja.«

»Keine Ahnung, Albin. Ich sichere Spuren und keine erkennungsdienstlichen Merkmale.«

»Was war das Auffällige, von dem du eben gesprochen hast?«, fragte Albin.

»Nach meiner Meinung ist der Täter Wiederlader.«

»Das heißt?«

»Manche Schützen stellen sich ihre Kugeln selbst her, weil sie auf spezielle Pulvermischungen und Geschosse stehen.«

»Das hat der Kerl getan?«

Grinamy nickte. Er war mit dem Köder fertig und wischte die Hände an der Hosennaht ab. »Man sieht es an den Hülsen und den Prägungen. Das macht die Suche nach Herstellern und Lieferanten etwas schwieriger. Das Kaliber sowieso.«

»Hat er eine .22er benutzt?«

»Nein«, sagte Grinamy. »Neunmillimeter Luger.«

»Hm«, machte Albin.

In der Tat war das bemerkenswert. Professionelle Killer

nutzten gerne kleinkalibrige .22er. Eher langsame und weiche Geschosse, die beim Auftreffen aufpilzten und großen Schaden im Gewebe anrichteten. Und wenn man sich damit auskannte, was ein Wiederlader ohne Frage tat, würde man eher nicht mit einer Neunmillimeter-Waffe losmarschieren. »Luger« verwies auf den Ursprung des Kalibers, das der Österreicher Georg Luger entwickelt hatte. Es handelte sich um 9x19-Millimeter-Patronen mit der Bezeichnung Parabellum, und die Neunmillimeter Parabellum war das am weitesten verbreitete Kaliber der Welt, das auch in Maschinenpistolen zum Einsatz kam. Erneut, dachte Albin, also eine Kluft zwischen Professionalität und Unprofessionalität. Ein Allerweltskaliber, aber höchst individuelle Patronen. Wozu der Aufwand?

»Was habt ihr mit dem Wein gemacht?«, fragte Albin. »Für den Privatgebrauch beschlagnahmt?«

Grinamy lachte heiser und lupfte anerkennend die Braue. »Da waren edle Tröpfchen dabei. Hast du die gesehen?«

»Ich habe kurz ins Wohnmobil geschaut.«

Grinamy musterte Albin. Er schüttelte den Kopf. »Du bist unerträglich, Leclerc.«

Vor allem für einen Spurensicherer, der alles akribisch genau protokollieren und dokumentieren musste, was einen Tatort im Nachhinein kontaminiert hatte. Jede Fußspur der Polizisten. Jeden Fingerabdruck. Und natürlich auch jedes Hundehaar von Tyson und jeden Schuhabdruck von Albin.

Albin sagte: »Ich habe ein paar Flaschen Estournel gesehen.«

»Da standen auch noch Chateau Montrose und Lafite Rothschild herum.«

Albin merkte auf.

Grinamy machte eine routinierte Bewegung aus dem Handgelenk heraus und warf die Angel aus. Mit einem leisen »Plitsch« landeten der Köder und der Schwimmer mitten auf dem See.

Grinamy sagte: »Es war der teure Montrose. Dazwischen eine Kiste ganz normaler Supermarkt-Montrose von 2006.«

Die Top-Weingüter, wusste Albin, verdienten ihr Geld natürlich nicht ausschließlich mit Spitzenerzeugnissen. Sie mussten sich in der Breite aufstellen. Daher gab es oft Sub-Label und Sub-Sub-Label zu erschwinglicheren Preisen, die man statt für dreihundert Euro die Flasche für dreißig Euro kaufte und dennoch von dem Wohlklang des Namens des Weingutes profitierte – also: Beide Seiten profitierten von dem Wohlklang.

Albin meinte: »Na ja, wenn ich in meinen Weinkeller schaue, lagern dort teure Flaschen neben alltagstauglichen.«

»Du hast Tausend-Euro-Weine im Keller?«

Albin lachte auf und schüttelte den Kopf. »So meinte ich das nicht.«

Grinamy blickte auf den See und schien über etwas nachzudenken. Schließlich sagte er: »Du weißt, dass ich dir das alles überhaupt nicht sagen darf, okay?«

»Ich habe dir sowieso nicht zugehört.«

»Gut. Ich möchte auf den letzten Metern keine Schwierigkeiten bekommen.«

»Absolut nicht.«

»Ich kann sowieso nicht verstehen, warum dich das alles noch interessiert und du nicht etwas Sinnvolleres mit deiner Freizeit anfängst.«

»Zum Beispiel auf Martinique herumliegen?«

»Zum Beispiel.«

Grinamy schwieg wieder. Albin schwieg ebenfalls. Er hörte den Wind in den Blättern rauschen. Eine heiße Sommerbrise. Schließlich sagte Grinamy: »Was außerdem merkwürdig ist ...«

»Ja?«

Grinamy senkte den Blick. Dann schaute er wieder auf und fixierte den Schwimmer auf der Wasseroberfläche. »Was merkwürdig ist«, fuhr er fort, »ist die Tatsache, dass es nicht nur ein Neunmillimeter-Luger-Kaliber gewesen ist. Die Ballistiker sagen: Mit ziemlicher Sicherheit sind die Kugeln auch aus einer Luger abgefeuert worden.«

Was, wie Albin wusste, man bei der ballistischen Untersuchung von Geschossen und Hülsen feststellen konnte. Fand man einigermaßen intakte Geschosse, ließen sich durch mikroskopische Untersuchungen Abriebspuren nachweisen, die sich durch den Drall des Laufes einer Waffe hineinfrästen und wie Kratzer aussahen.

Dadurch konnte man auf den Typ der Waffe schließen, denn diese Spuren waren ebenfalls sehr individuell. Jede automatische Pistole verfügte außerdem über eine Mechanik, mit der die Patrone aus dem Magazin in den Lauf geladen und nach dem Abfeuern ausgeworfen wurde.

Dazu gab es kleine Greifer. Diese hinterließen, wie der Schlagbolzen, Markierungen und waren wiederum von Waffentyp zu Waffentyp verschieden. Je seltener die Waffe, desto leichter ließen sich solche Spuren einem Modell zuordnen.

In diesem Fall einer Luger, wie Grinamy meinte. Eine alte Wehrmachtswaffe. Sie firmierte als Pistole 08 und wurde vom Ende des 19. Jahrhunderts bis in den Zweiten Weltkrieg hinein gefertigt und verfügt über einen charakteristischen Kniegelenkverschluss – man zog also keinen Schlitten zurück wie bei den meisten modernen automatischen Waffen.

Albin fasste zusammen: »Es erschießt jemand drei Personen am frühen Morgen – aus nächster Nähe, unter freiem Himmel. Er schießt erst ins Herz, dann nochmals in den Kopf. Er nutzt dazu eine Neunmillimeter, für die er sich selbst Geschosse angefertigt hat. Er kümmert sich nicht darum, seine Spuren zu beseitigen, und lässt die Hülsen liegen. Die Hülsen und Geschosse besagen, dass er eine antike Waffe eingesetzt hat.«

»Richtig.«

»Was für ein Typ ist das, der mit einer Luger herumläuft?«

Grinamy lachte und sagte: »Je nach Zustand der Waffe kann er froh sein, dass ihm das Ding nicht um die Ohren geflogen ist.«

Albin betrachtete den Schwimmer auf dem Teich und überlegte. Ein Kerl, der sich auskennt und sich zumindest teilweise wie ein Profi verhält – und dann mit einer alten Wehrmachtswaffe herumläuft? Vielleicht deswegen, weil man deren Herkunft schlecht nachvollziehen konnte. In den vierziger Jahren hatte es extrem viel Wehrmacht in Frankreich gegeben und damit extrem viele Waffen, die irgendwo liegengeblieben oder erbeutet worden waren. Auf so manchem Dachboden in der Gegend wurden immer wieder alte Karabiner oder sogar Handgranaten gefunden und von besorgten Bürgern bei der Polizei abgegeben.

Albin kratzte sich das Kinn, das dringend eine Rasur nötig hätte. Schließlich starrte er in den Eimer neben Grinamy, deutete mit der Stirn darauf und fragte: »Was willst du für eine Forelle haben?«

»Geht aufs Haus«, sagte Grinamy. »Nimm dir eine mit und lass mich endlich weiter in Frieden angeln.«

Das ließ sich Albin nicht zweimal sagen und suchte sich ein Prachtexemplar aus dem Eimer heraus.

»Und halt deine Nase heraus, Albin, klar?«, sagte Grinamy.

»In jedem Fall«, sagte Albin und wünschte Grinamy noch viel Erfolg.

»Und was bringt dir das jetzt?«, fragte der. »Was machst du jetzt mit den Informationen, Albin?«

Albin zuckte mit den Achseln.

»Siehst du«, sagte Grinamy. »Es ist unnützes Wissen. Du vergeudest deine Zeit und den Platz auf deiner Festplatte. Beides ist in unserem Alter sehr wichtig. Verschwende nichts davon!«

»Absolut nicht, Grinamy. Ich verschwende nichts.« Albin hob zum Abschied nochmals grüßend die Hand. Er schlenderte mit Tyson zurück zum Wagen und schwenkte die Forelle, die er am Schwanz festhielt, im Gehen nachdenklich hin und her.

8

AM 28. SEPTEMBER 1896 sorgte der einminütige Film von
der Ankunft eines Zuges am Bahnhof von La Ciotat für Panik in Paris. August und Louis Lumière hatten den Streifen
in dem kleinen Ort gedreht, der an der Mittelmeerküste zwischen Cassis und Saint-Cyr-sur-Mer etwa dreißig Kilometer
östlich von Marseille lag. Die Legende will, dass das ausge-
suchte Publikum annahm, der Zug werde jeden Moment die
Leinwand durchbrechen.

Die Filmtechnik hatte sich seither massiv entwickelt. Der
Bahnhof hingegen sah noch immer so aus wie damals – ein
typischer Kleinstadtbahnhof. Das Hauptgebäude war flach
und lang und in Ockertönen gestrichen. Vor den Fenstern im
Obergeschoss befanden sich Lamellen aus Holz, deren Lack
längst abgesplittert war. An der Mauer war ein Schutzdach
angebracht, damit Reisende entweder im Schatten oder im
Trockenen stehen konnten. Es war ebenso verwittert wie der
Anstrich der geschwungenen und mit dicken Nieten versehenen Metallträger, die es hielten. Im Grunde also der gleiche
Anblick, der sich dem überwältigten Pariser Publikum gebo-
ten hatte – mit dem Unterschied, dass er nicht schwarzweiß
und die Schalterhalle heute automatisiert war.

La Ciotat ist durch den Film der Lumières in die Ge-
schichtsbücher eingegangen. Weitere Besonderheiten gibt es
dort keine – außer, dass die kleine Stadt mit etwa dreißig-

tausend Einwohnern, alten Häusern und einem Hafen, in dem Sport- und Fischerboote vor Anker lagen, recht hübsch anzusehen war. Rundherum gab es zahllose Felsbuchten, die klein und kaum einsehbar waren. Ein Vorteil, wenn man ein Boot unbemerkt verlassen wollte. Man musste allerdings fit sein, um es von dort in kurzer Zeit bis zur Stadt zu schaffen, um rechtzeitig seinen Zug zu bekommen.

Die Frau, die in der Mittagsglut mutterseelenallein am Bahnsteig stand, war körperlich fit, entschlossen und verfügte über eine enorme Willenskraft. Sie war Mitte dreißig und hatte arabische Züge. Die Hitze schien ihr nichts auszumachen, obwohl die Sonne so hoch stand, dass die Frau kaum Schatten warf. Sie hatte lediglich das grüne Kopftuch aus Seide wieder angelegt, dass sie in der Schalterhalle beim Lösen eines Tickets nach Aix-en-Provence noch lose um den Hals getragen hatte. Es verdeckte nun ihre kurzen Haare wie die Sonnenbrille ihre fast schwarzen Augen, die sie eben noch ins Haar hochgeschoben hatte, weil das Display des Automaten schlecht zu lesen war.

Gepäck hatte sie nicht dabei. Neben ihr stand lediglich eine große Umhängetasche aus dunklem Militärdrillich mit ein paar neuen Sachen zum Anziehen sowie dreißigtausend Euro in gebündelten Scheinen. Alles, was sie benötigte, würde sie sich damit in Kürze besorgen und das restliche Geld aus ihrem Portemonnaie dazu verwenden, Taxis und ein kleines Zimmer in Aix zu bezahlen.

Sie schaute auf die alte Bahnhofsuhr. Dann schaute sie wieder zu den Gleisen, über denen die Luft flirrte. Aus dem diffusen Hitzeflimmern schälte sich die Kontur einer Diesellok. Leise ratterten ihre Räder auf den Schienen. Dann quietschten die Bremsen.

83

Die Ankunft eines Zuges in La Ciotat – sie hätte erneut blankes Entsetzen auslösen können. Aber es wusste ja niemand, wer die Frau war, die in diesen Zug stieg. Niemand kannte ihren Plan und ihr Ziel. Aber das würde sich ändern. Bei Allah, das würde es.

9

AM NÄCHSTEN TAG saß Albin auf der kleinen Terrasse seines Gartens und hörte der Kirchenglocke beim Läuten zu. Der helle Klang zerschnitt die Stille, die in der Hitze des Sonntagmorgens die Stadt bis in die letzten Winkel auszufüllen schien. Er konnte die Leere in den Straßen und Gassen und auf den Plätzen förmlich hören. Gelegentlich rauschte ein warmer Wind in den Blättern der Bäume außerhalb des Gartens. Überdeutlich vernahm er das Summen einer Biene, die sich von rechts näherte. Er folgte dem Insekt mit dem Blick und sah, wie es auf den Blüten des Lavendelbusches landete, den Veronique an der Mauer aus hellen Bruchsteinen gepflanzt hatte, die das Grundstück zur Straße hin mannshoch abschirmte. Die Biene kroch suchend über die violetten Knospen, drehte sich mehrfach um die eigene Achse und flog schließlich wieder davon, um sich auf dem roten Klatschmohn niederzulassen, den Veronique ebenfalls in das Beet gesetzt hatte. Sie traf sich heute mit einer Freundin in Avignon und war bereits dorthin unterwegs.

Dumpf und träge starrte Albin weiter vor sich hin und ließ die Zeit vergehen. Er zählte die Blöcke in der Bruchsteinmauer und meinte, in den Kanten und Graten Figuren erkennen zu können. Er dachte darüber nach, wie die Ägypter es geschafft hatten, hundertmal größere Steinblöcke aufeinander zu wuchten und daraus die Pyramiden als Grabmäler für ihre Könige zu errichten. Er zwinkerte die nutzlosen Gedanken wieder fort und betrachtete eine Weile Tyson, der im Schatten unter dem Sonnenschirm lag. Die Zunge hing ihm aus dem Hals. Er hechelte und schien ins Nichts zu blicken. Als ob er Albins Blick auf sich spürte, wendete er ihm den Kopf zu – die Stirn in Falten gelegt, wie es bei einem Mops üblich ist und was der Hunderasse einen stets besorgt wirkenden Gesichtsausdruck verlieh. Albin sah auf die Uhr. Drei Minuten waren seit dem Geläut vergangen. Es hätten auch drei Stunden sein können. Er zählte die Steine, aus denen der westliche Teil der Mauer bestand. Dann trank er einen Schluck Wasser. Die Eiswürfel im Glas knackten. Tyson beobachtete Albin immer noch mit dem gleichen Ausdruck.

»Na und?«, sagte Albin zu Tyson. »Reg dich nicht so auf. Ich zähle die Steine. Warum nicht? Ein Mann sollte stets wissen, woraus seine Mauern bestehen.«

Das ist ziemlich philosophisch, erwiderte Tyson und legte den Kopf fragend schief.

Albin blieb stumm. Unwirsch griff er nach dem Handy, das neben ihm auf dem Tisch lag. Er betrachtete erneut die Fotos und das Video vom Tatort an der Kapelle und versuchte, sich vorzustellen, was dort abgelaufen war. Denn aus dem *Was* und dem *Wie* konnte man manchmal auch zum *Warum* gelangen. Er klickte die Bilder wieder fort – und betrachtete das verbleibende: das Hintergrundbild, das Manon und Clara zeigte. Für einen Moment stellte sich Albin vor, dass Manon neben ihm saß und sie beide lachend dabei zuschauen würden, wie Clara und Tyson auf dem Rasen herumtollten. Vielleicht würde Albin ein Planschbecken aufstellen oder einen Sandkasten, oder beides. Drei Generationen Leclerc in einem Garten. Er öffnete den Kontaktdatenspeicher und wählte daraus Manons Mobilnummer. Er überlegte, ob er einfach auf Anrufen drücken sollte, stellte sich dann aber vor, dass sie vermutlich sowieso nicht zu Hause wäre. Also öffnete er das Fenster für die Textnachrichten. Er schrieb hochkonzentriert: *»Hier Papa. Ich habe ein neues Handy. Die Nummer ist die alte. Ich hoffe, alles gut. Ich habe jetzt einen Mops. Den Hund. Er heißt Tyson. Ich weiß, albern. Papa.«*

Albin schickte die Nachricht ab. Er legte das Handy zurück auf den Tisch und beobachtete das Display, auf dem nichts weiter geschah – außer, dass es sich nach einigen Minuten automatisch abstellte. Albin betrachtete die Mauer, den Rasen, den Himmel. Er sah Tyson an, und Tyson schaute fragend zurück. Albin sah auf die Uhr: Eine Viertelstunde war seit dem Geläut vergangen.

»Ich kann hier nicht mehr einfach so herumsitzen«, sagte Albin schließlich und stand auf.

Er ging ins Innere der Wohnung, wo es nur wenige Grad kühler war. Dort suchte er in einer Kommode nach Geschenkpapier und fand welches: eine nagelneue Rolle. Aus dem Altpapier im Keller holte er einen Schuhkarton und machte sich schließlich mit Hilfe von Tesafilm und einer Schere daran, den leeren Karton zu verpacken. Er ging in den Garten, schnitt eine Mohnblume ab, klebte sie auf den Karton, der – mangels Geschenkband und einer schönen Schleife – nun deutlich hübscher wirkte. Er schloss die Terrassentür, griff nach seinem Handy, dessen Display nach wie vor schwarz war, Tysons Leine und den Autoschlüsseln, was Tyson sofort aufgeregt werden ließ.

»Na komm, machen wir uns nützlich«, sagte Albin.

Er klemmte sich das Päckchen unter den Arm und ging mit Tyson zum Wagen. Er öffnete die Heckklappe, hob den

Mops auf die Ladefläche und schloss die Heckklappe wieder. Dann setzte er sich ans Steuer und fuhr los.

Etwa zehn Minuten später fand er auf dem von Menschen und Autos verlassenen Boulevard Albin Durand sofort einen Parkplatz unter den Platanen. Er nahm das Geschenk, holte Tyson aus dem Heckraum und überquerte mit ihm die Straße, über der die Luft flirrte. Auf der anderen Seite des Boulevards sah er sein eigenes Spiegelbild in der Glasfassade des Hotel de Police. Er öffnete die Tür und betrat das klimatisierte Foyer, was sich so angenehm erfrischend anfühlte, als ob man sich einen Schwall eiskaltes Quellwasser ins Gesicht werfen würde.

Am Empfang der Zentrale hatte eine junge Polizistin Dienst, die Albin hier schon einmal gesehen hatte. Er begrüßte sie freundlich. Sie erkannte ihn, grüßte ebenso freundlich zurück und bedachte Tyson mit einem Lächeln.

»Ich möchte zu Theroux«, erklärte Albin.

»Der hat keinen Wochenenddienst«, erklärte die Kollegin nach einem Blick auf ihren Computer. Was Albin natürlich wusste. »Rufen Sie ihn doch einfach an!«, empfahl sie.

»Nein«, erwiderte Albin mit einem Schmunzeln und zeigte den als Geschenk verpackten Schuhkarton vor. »Es geht um eine Überraschung.«

»Oh, hat er Geburtstag?«

»Sozusagen – einen Ehrentag. Es ist ein altes Spiel zwischen ihm und mir, und sicherlich freut er sich furchtbar darüber.«

Die Polizistin nickte. »Ich nehme es gerne an und sorge dafür, dass er es morgen bei Dienstantritt bekommt.«

Albin lächelte nach wie vor. »Ich würde es gern schnell auf seinem Schreibtisch abstellen. Hier am Tresen – das ist so öffentlich und unpersönlich und ihm außerdem vielleicht unangenehm. Das muss nicht jeder mitbekommen.«

Die Polizistin spitzte die Lippen, schien nachzudenken und einen Moment lang mit sich zu ringen. Schließlich kam sie zu dem Entschluss, dass Albin Leclerc, eine frühere Ikone der örtlichen Polizei und deren jahrzehntelanger verdienter Ermittler mit hohem Dienstrang, schon keine Gefährdung darstellte und in dem Päckchen sicherlich keine Bombe versteckt sein würde.

»Na gut«, sagte sie vieldeutig und zögernd. »Den Weg ...«

»Kenne ich natürlich noch. Würden Sie mir einen Gefallen tun?«

»Welchen?«

»Kurz auf meinen Mops achten?«

Die Kollegin gluckste fröhlich und nickte. Es war ihr anzusehen, dass sie Tyson süß fand – und Albin war sich sicher, dass ihr das Zerstreuung und ihm genügend Zeit verschaffen sollte.

»Schön bei der jungen Dame bleiben – und nicht flirten«, wies Albin Tyson an, der sich artig hinhockte.

Mein Hund, dachte Albin, *gehorcht mir aufs Wort. Fasst man das?* Und setzte sich in Bewegung.

Albin ging in Theroux' Büro, wo er das Geschenk platzierte. Er sah sich etwas auf dem Schreibtisch um und schaltete Theroux' PC ein. Während das Betriebssystem hochfuhr, verließ Albin das Büro und ging zum Lage- und Besprechungsraum, um sich dort ebenfalls etwas umzusehen. An zwei Whiteboards sah er Bilder vom Tatort an der Kapelle sowie diverse Ausdrucke und vergrößerte Abzüge von Personalausweisen. Er nahm das Handy aus der Tasche und machte von allem ein Foto. Schließlich ging er wieder in Theroux' Büro, wo der Computer inzwischen hochgefahren war. Albin loggte sich ein und hoffte, dass die Administratoren seinen alten Account noch nicht gelöscht hatten. Und stellte erfreut fest, dass das Passwort immer noch gültig war.

Er verschaffte sich einen Eindruck von einigen Dateien und öffnete die polizeiinterne Datenbank, in die er sich wiederum mit seinem alten Kennwort einloggte. Er öffnete die Akte zum Mordfall an den Kaltmanns, suchte heraus, was ihn interessierte, und nahm das Handy, um den PC-Bildschirm abzufotografieren. Schließlich schloss er alles wieder, loggte sich aus und stellte den Rechner ab. Er ging in die Teeküche, ließ etwas Wasser über seine Hände laufen. Er trocknete sie nicht ab und verließ den Flur des Kommissariats. Er lief die Treppe hinab und wedelte dabei mit den noch nassen Händen, als er im Foyer an den Tresen trat, wo die junge Polizistin gerade Tyson streichelte und zu Albin sah.

Albin wischte sich die feuchten Hände an der Hosennaht ab und sagte mit gesenkter Miene: »Entschuldigung, ich war noch kurz … Händewaschen, Sie verstehen.«

Die Kollegin verstand.

»Hat sich der Hund gut verhalten?«

»Ein ganz Braver ist er.«

»Gut«, sagte Albin, nickte ihr zu und ergänzte: »Danke schön. Und bitte kein Wort zu Theroux.« Albin legte den Zeigefinger an die Lippen, machte »Pscht« und zwinkerte verschwörerisch.

Schließlich verließ Albin das Gebäude und fuhr wieder nach Hause. Er setzte sich aufs Sofa und versuchte mehr schlecht als recht auf dem Handy zu lesen, was er da abfotografiert hatte. Erfolgversprechend war das nicht. Sein

Blick fiel auf den Flachbildfernseher und das Adapterkabel, das noch daran hing. Veronique hatte es dort eingestöpselt und Albin kürzlich einige Fotos und Videos von ihrer Familie gezeigt, die sie mit ihrem Tablet-Dings aufgenommen hatte. Albin stand auf, ging zum Fernseher und stellte fest, dass die Anschlüsse des Kabels zu den Anschlüssen an seinem Smartphone passten. Er hatte keine Ahnung, ob es funktionieren würde, aber er verband die Geräte und stellte den Fernseher an. Der Fernseher zeigte eine Talkshow, in der es um das Freihandelsabkommen ging. Man konnte dem Thema nicht entkommen.

Albin musterte die Tasten der Fernbedienung, probierte einige aus – und sah schließlich ein Bild, das das Display seines Handys zeigte, in Übergröße auf dem Fernseher.

»Ha!«, machte Albin. Tyson zuckte. »Hexerei!«

Und wenn Albin mit dem Finger über das Handy wischte, änderte sich auch das Bild auf dem TV-Gerät. Sogar vergrößern ließen sich die Aufnahmen. Die Schrift wurde gestochen scharf abgebildet. Einfach großartig, wenn Technik so funktionierte, wie man annahm, dass sie funktionieren sollte.

Nach einer Weile war Albin der Meinung, dass er den Stand der Ermittlungen ganz gut nachvollziehen konnte und außerdem verstand, in welche Richtung sie sich bewegen würden.

Es verhielt sich wie folgt: In Bezug auf die Tatwaffe hatten sich die Kollegen bereits Listen von bekannten Sammlern von Militaria und Kriegswaffen organisiert als auch die Besitzer von entsprechenden registrierten Waffen ermittelt. Eine Heidenarbeit, das alles zu überprüfen. Albin hatte angesichts der Listen eine Weile nachgedacht – und schließlich war ihm etwas dazu eingefallen, was sich nicht auf den Listen wiederfand. Darum würde er sich später kümmern. Eine handschriftliche Notiz der Kollegen hatte Albin ebenfalls nachdenken lassen – dabei ging es um die Anforderung von Akten zu ähnlichen Fällen in Frankreich, und Albin fragte sich, ob sie sich auch Unterlagen zum Stennalf-Gustavson-Fall kommen lassen würden, obwohl dieser bekanntlich vollständig abgeschlossen war.

Schließlich gab es die erkennungsdienstlichen Merkmale der drei Toten. Da war zunächst Wolfgang Kaltmann. Das Bild auf seinem Ausweis zeigte einen schmallippigen Mann mit wachen Augen und sich lichtendem Haar. Er hatte in Deutschland und den USA studiert sowie promoviert und arbeitete bei einem großen deutschen Unternehmen als Spezialist in einer Branche, von der Albin noch nie etwas gehört hatte. Es ging um synthetische Biologie. Was, zum Teufel, auch immer das sein sollte.

Dunja Kaltmann war eine attraktive dunkelhaarige Frau mit osteuropäischen Zügen. Sie stammte gebürtig aus dem ehemaligen Jugoslawien und arbeitete als Zahnmedizinerin in einem technischen Labor. Studiert hatte sie ebenfalls in den USA. Als Albin die jeweiligen Studienorte verglich, stellte er fest, dass die Kaltmanns zur gleichen Zeit an der gleichen Uni in Boston gewesen waren. Da beide kurz nach dem Ende ihrer Aufenthalte in den Vereinigten Staaten in Deutschland geheiratet hatten, lag der Schluss nahe, dass sie sich an der Uni kennengelernt hatten oder aber gemeinsam zum Studieren dorthin gegangen waren. Kinder gab es keine. Wolfgang Kaltmanns Eltern lebten nicht mehr, die von Dunja waren schon alt und wohnten in einem Vorort von Sarajevo. Ihr Bruder Danko war in Zürich ansässig, wo er als Geschäftsführer für ein großes touristisches Unternehmen tätig war.

Über ihn gab es deswegen Daten, wusste Albin, weil man bei Tötungsdelikten zunächst vom sogenannten ›Inneren Kreis‹ ausging. In über neunzig Prozent der Fälle waren Partner, enge Freunde oder Familienmitglieder die Täter oder die Initiatoren von Morden. Konnte man das ausschließen, arbeitete man sich vom ›Inneren Zirkel‹ weiter nach außen vor.

Aus diesem Grund gab es auch Daten über die Partnerin von Jacques Latour. Ihr Name war Chloé Brillard. Sie war älter als Latour, Anfang fünfzig, wohlhabende Witwe eines früh verstorbenen Versicherungsunternehmers. Matteo hätte seine Freude an ihr gehabt, denn ihren Typ konnte man mit Fug und Recht als den von Marine Le Pen bezeichnen. Sie besaß ein Haus bei Bordeaux, wo sie mit Latour lebte. Außerdem hatte sie ein Ferienhaus an der Mittelmeerküste, nämlich in Cassis. Es gab schlechtere Orte als diesen von roten und grauen Felsen eingeschlossenen Ort mit seinen bunten Häusern am Hafen inmitten der Calanques, des steilwandigen Küstenabschnitts nahe Marseille mit seinen zahllosen Buchten, die Fjorden glichen und wo es sich wunderbar wandern ließ.

Jacques Latour wirkte auf seinem Passbild ein wenig wie ein Weltenbummler. Kerniges Äußeres, Grübchen, leicht unrasiert und die von der Sonne blondierten Haare zum Pferdeschwanz gebunden. Ein Typ, den man ohne weiteres beim Trekking in Nepal antreffen würde. Über ihn war bekannt, dass er eher ein leidenschaftlicher Radler als ein Wanderer war, häufiger alleine mit dem Fahrrad urlaubte und dabei gerne in der Provence herumfuhr.

Auch die Kaltmanns verbrachten ihren Urlaub oft in der Provence, zum Teil mehrfach im Jahr, hatten sich dieses Ziel allerdings erst vor zwei Jahren auserkoren, wie einige kurzfristige Befragungen von der deutschen Polizei unter Kollegen und Freunden der Kaltmanns ergeben hatten. Für diese Trips hatten sie wohl das Wohnmobil angeschafft.

Griffige Anhaltspunkte für mögliche Tatmotive aus dem persönlichen Umfeld der Kaltmanns – Eifersucht, Schulden, Rache – waren bislang nicht bekannt, soweit Albin es beurteilen konnte. Auch nicht bei Latour, wenngleich seine Lebensgefährtin ausgesagt hatte, Latour sei ständig blank und nach ihrer Meinung internetspielsüchtig: Der Mann hatte sich für ein Poker-Ass gehalten, war aber keines. Er war vielmehr Lebensmitteltechniker und arbeitete bei einem größeren Chemiekonzern, der sich insbesondere mit der Produktion und Entwicklung von Dünge- und Schutzmitteln für die Landwirtschaft befasste. Sicherlich, da musste man nicht lang nachdenken, waren im Bordeaux die Hauptkunden fraglos die Weinhersteller. Außerdem musste man nicht lang überlegen, um sich vorzustellen, dass die reiche Witwe Brillard ihrem Liebhaber Latour die Schulden womöglich ausglich. Was keineswegs verwerflich war. Auf den ersten Blick jedenfalls schienen sie, die Gutbürgerliche, und Latour, der Weltenbummlertyp, nicht zueinander zu passen. Aber oft zogen Gegensätze sich ja an.

Albin sinnierte eine Weile vor sich hin. Schließlich nahm er das Telefon zur Hand und wählte eine Nummer in Nîmes. Beim Institut für Rechtsmedizin an der Universität meldete sich der Bereitschaftsdienst. Albin antwortete mit »Leclerc, Kripo« und fragte nach Dr. Berthe Saunier, die allerdings keinen Bereitschaftsdienst hatte. Also suchte Albin nach ihrer Handynummer und fand sie schließlich. Er wählte die Nummer und ließ es achtmal klingeln. Nach dem neunten Mal ging Berthe dran und klang etwas atemlos.

»Ja?«, keuchte sie. »Albin?« Offenbar hatte sie seine Nummer noch im Speicher.

»Berthe«, erwiderte Albin. »Entschuldige die Störung am Sonntag. Habe ich dich aus dem Garten geholt?«

Albin sah sie im Geiste vor sich. Schlank, groß, kurzgeschnittene blonde Haare und eine Nerd-Brille mit knallroter Fassung, vermutlich im verschwitzten T-Shirt, die Finger mit Erde beschmiert, in der einen Hand das Handy, in der anderen eine Schaufel. Die Gartenarbeit war ihre Leidenschaft. Berthe und ihr Mann hatten vor Jahren ein altes Bauernhaus in Schuss gebracht, zu dem ein großes Grundstück gehörte. Dort gab es auch einen kleinen Teich, in dem sündhaft teure Koi-Karpfen lebten, die sich ab und zu ein Reiher schnappte.

»Nein«, erwiderte Berthe. »Wir sind gerade in der Stadt und haben soeben noch einen Platz im La Grande Bourse ergattert.« Sie lachte erleichtert.

Selbst schuld, dachte Albin, dort an einem Sonntagnachmittag hinzugehen. Das Grande Bourse war ein traditionelles Eck-Café mit Jugendstilfassade an einem kleinen Platz unter den Platanen des Boulevards des Arènes, was nichts anderes bedeutete, als dass es direkt am römischen Amphitheater lag, in das früher einmal fünfundzwanzigtausend Menschen gepasst hatten. Heute passten nur noch dreizehntausend hinein, und die übrigen zwölftausend saßen vermutlich im Grand Bourse sowie den anderen Restaurants und Cafés rund um die Arena, wo man wegen der pittoresken Lage natürlich satte Aufpreise auf alles bezahlen musste.

»Glückwunsch«, sagte Albin.

»Was willst du?«, fragte Berthe.

»Was ist synthetische Biologie?«

Berthe atmete tief aus. Es klang nach Stoßseufzer. »Deswegen rufst du mich an?«

»Ja.«

»Bin ich dein Lexikon?«

»Ja.«

»Warum schaust du nicht im Internet nach, meine Güte?«

»Warum auf Wissen vom Hörensagen zurückgreifen, wenn ich es auch aus erster Hand haben kann?«

»Warum interessiert dich das überhaupt?«

»Kreuzworträtsel.«

Berthe lachte. »Nie im Leben.«

»Was ist also synthetische Biologie?«

Berthe atmete erneut tief ein und aus. Schließlich sagte sie: »Die Kernidee ist, dass Wissenschaftler komplexe Biosysteme herstellen, die so in der Natur gar nicht existieren. Dazu werden Zellen oder Mikroorganismen wie vom Reißbrett im Labor neu konstruiert oder komplett umgestaltet. Hast du irgendetwas davon verstanden?«

»Im Prinzip ja. Wozu macht man das?«

»Synthetische Biologie ist eine ziemlich trendige Branche, in der spartenübergreifend und nach Ingenieursprinzipien gearbeitet wird. Es geht um das Ziel, einzelne Gene zu manipulieren oder ganz neue Biosysteme zu erschaffen und in Lebewesen zu integrieren, um ihnen neue Merkmale zuzuordnen oder besondere auf andere Lebewesen zu kopieren.«

Mit anderen Worten, überlegte Albin: Frankenstein.

Er fragte: »Wozu braucht man das?«

Berthe erklärte: »Man kann Bakterien und Enzyme synthetisch herstellen und so gestalten, wie es einem vorschwebt. Man kann Gene und DNA auseinandernehmen, neu zusammenfügen und sogar erweitern. Man schafft also neues genetisches Material mit den gewünschten Eigenschaften – zum Beispiel für den Einsatz in der Medizin oder in der Landwirtschaft.«

Albin dachte an Fleisch, das nach Fisch schmeckte. Er dachte an gelben Broccoli mit acht Monaten Haltbarkeit. Er dachte an das Zeug, mit dem die Amerikaner Frankreich überschwemmen wollten, sich gleichzeitig aber vor traditionell hergestelltem Roquefortkäse fürchteten.

Albin fragte: »Das sind hochspezialisierte Experten, die sich damit befassen, hm?«

Berthe erklärte: »Klar. Man spricht beim Biohacking aber auch von Gentechnikfreaks – das ist eine Szene von Amateuren, wenn du so willst, die in ihren Hobbylaboren oder in Garagen herumschrauben. Wie Computerhacker.«

»Bitte?«

»Biotechnik ist inzwischen nicht mehr so schwer zu handhaben und nicht so teuer, wie du vielleicht denkst. Man kann molekularbiologische Werkzeuge und gentechnische Gerätschaften im Internet ersteigern. Das biologische Material bekommt man online bei entsprechenden Anbietern.«

»Wozu sollte man in seinem Heimlabor ...«

»Geld? Wissenschaft? Vorsprung?«

»Hm.«

»Stell dir leuchtende Bäume vor. Dann brauchst du keine Straßenlaternen mehr. Stell dir künstlich hergestellten Bio-Sprit für dein Auto vor. Und wenn du dich ein bisschen auskennst, produzierst du im Nebenerwerb Material für die Industrie oder die Pharmazie.«

»Leuchtende Bäume?«

»Ja.«

»Unsinn.«

»Nein. Es gibt Bioluminiszenz. Quallen oder Fische in der Tiefsee leuchten von selbst. Bakterien oder Pilze ebenfalls. Denk an Glühwürmchen. Implantiere diese Eigenschaften in Bäume, und sie leuchten von selbst –, und du sparst jede Menge Strom.«

»Also ich weiß nicht …«

»Albin?«

»Ja?«

»Wozu willst du das wissen?«

»Weil ich mit dem Begriff nichts anfangen konnte.«

»Steckst du deine Nase wieder in Dinge, die dich nichts angehen?«

»Niemals.«

»Es gibt aktuell einen größeren Fall bei euch …«

Albin lachte gekünstelt. »Sprichst du von den Morden an der Chapelle du Paty? Was habe ich damit zu tun? Das ist Arbeit für die Profis.«

Berthe schwieg.

Albin fragte: »Hattest du eigentlich die Opfer auf dem Tisch?«

Berthe schwieg weiter.

»Oder nicht?«

»Wie kommst du jetzt aus dem Nichts auf die Morde?«

»Du hast mich doch gefragt?«

»Aber nicht danach.«

»Also hattest du sie nicht auf dem Tisch?«

»Albin, ich möchte jetzt gern etwas zu essen bestellen. Es ist Sonntag, die Sonne scheint, und du solltest wirklich etwas Besseres zu tun haben, als ein erneutes Mal deine Privatermittlungen …«

»Wir sollten uns nicht streiten. Du hattest sie nicht auf dem Tisch. Und damit gut.«

Berthe erwiderte nichts.

Albin sagte: »Es war einfach nur eine Frage. Mich interessiert null daran. Ich habe aufgeschnappt, dass alle drei erschossen wurden, und zwar jeweils mit einem Schuss in den Kopf und ins Herz. Selbst wenn ich mich näher dafür interessieren würde, könntest du mir ohnehin nicht mehr sagen als das.«

»Richtig.«

»Also war es so.«

Berthe machte ein genervtes Geräusch. »Ja. Es war so. Aus nächster Nähe.«

»Keine Abwehrverletzungen.«

»Nein.«

»Bei allen nicht.«

»Nein.«

»Die haben gefrühstückt – und dann: Bämm.«

»Ja.«

»Der Mageninhalt ...«

»Ja. Frühstück. Ganz frisch. Reste vom Abendessen.«

»Rotwein.«

»Ja.«

»Na ja, ansonsten gab es ja sicherlich nichts Besonderes, das dir zusätzlich aufgefallen wäre.«

»Nein.«

»Wie Erschossene halt so aussehen.«

»Ja.«

»Du bist sehr kurz angebunden, Berthe.«

Berthe lachte spöttelnd. Sie sagte: »So, Schluss jetzt. Der Kellner kommt, und mein Mann und ich möchten nun einen schönen Sonntag erleben. Was du übrigens auch tun solltest.«

Albin erwiderte, dass er genau das nun tun würde. Er wünschte Berthe noch einen schönen Tag. Dann ging er zum Kühlschrank, nahm eine Flasche Weißwein und ein Glas heraus und ging nach draußen auf die Terrasse. Er stellte beides auf dem Tisch im Schatten ab und streckte sich entspannt auf dem Stuhl aus. Dann goss er sich ein Glas ein und betrachtete die Steine an der Mauer. Er musterte die kondensierten Wassertropfen am Glas. Er hörte das Schlagen der Kirchturmuhr.

Tyson lag neben ihm und schaute ihn an. Albin trank einen Schluck kalten Weißwein und schaute zurück.

Er sagte: »Keine Ahnung, Tyson, was dahintersteckt. Beim besten Willen nicht. Vielleicht sind die Motive privater Natur. Dinge, von denen wir noch nichts wissen. Vielleicht ist das alles ganz einfach. Vielleicht hatte Latour bloß Spielschulden bei irgendeiner Mafia und wollte sich von einem alten Kumpel aus der gleichen Branche Geld borgen, aber irgendwer hatte ihm schon einen Killer auf den Hals gehetzt. Vielleicht hatte die Witwe des reichen Versicherungsunternehmers eine spitzenmäßige Lebensversicherung auf Latour abgeschlossen. Vielleicht hatten die Kaltmanns massive Eheprobleme und Dunja Kaltmann ein Verhältnis mit Latour. Das weiß kein Mensch, Tyson. Am Ende ist das meiste wirklich einfach zu lösen, oder? Der einfachste Weg ist immer der beste.«

Andererseits, überlegte Albin, vielleicht auch nicht. Zwei tote Biologen in Caromb. Vor Jahren ein toter Biologe im Luberon. Schon ein ziemlicher Zufall. Wenngleich für den Fall im Luberon immer noch der seinerzeit geständige Alfred Beauval einsaß, der ungefähr Albins Alter haben musste. Den

Begriff Nachahmungstäter hatte Castel erwähnt. Und die Kollegen ließen sich die Akten zu ähnlichen Fällen heranschaffen.

Albin leerte den Wein, füllte das Glas wieder auf und ging im Geiste nochmals die Liste durch, auf der die Waffensammler und -händler aufgelistet waren. Er dachte außerdem darüber nach, dass es fürchterlich war, dass man sich Polizeiakten nicht einfach wie aus einer Bibliothek entleihen konnte. Immerhin bezahlte man das alles von Steuergeldern.

Sicher, er konnte natürlich Castel fragen, ob sie ihm vielleicht die Akte seines Herzens organisieren konnte. Oder Theroux. Aber die würden ihm beide was erzählen. Und auf anderem Wege ...

Na ja, dachte Albin und musterte Tyson, vielleicht brauchte er die Akte über den Mord am Ehepaar Gustavson gar nicht.

Eben, erwiderte Tyson.

Albin nickte. Manchmal waren ein paar persönliche Gespräche fruchtbarer, als Akten zu wälzen. Gleich morgen früh. Denn es gab viel zu tun.

10

AM FOLGENDEN MONTAGMORGEN kam Caterine Castel gerade aus der Dienst- und Einsatzbesprechung und ging zurück in das kleine Gemeinschaftsbüro, das sie kurz vor der Besprechung erst verlassen hatte. Die Streifenpolizisten nutzten den Raum, um ihre Berichte zu schreiben und zu lesen, weswegen hier alles ziemlich unpersönlich wirkte. An den Wänden hingen Whiteboards mit Einsatz- und Dienstplänen sowie Fahndungsplakate neben einem großen Stadtplan. Die Schreibtische wirkten abgenutzt. Es roch nach Reinigungsmittel.

Der Wetterbericht hatte für diese Woche Luft aus der Sahara angekündigt. Obwohl es gerade zehn Uhr war, lagen die Temperaturen bereits über dreißig Grad. Die Tatsache, dass die Sonne steil auf das Fenster schien, hatte das Büro über das gesamte Wochenende hinweg aufgeheizt, und die Klimaanlage war gerade erst eingeschaltet worden.

In der Besprechung waren die Jobs für heute zugeteilt worden. Die Polizei in Carpentras hatte alle Hände voll zu tun. Über das Wochenende hatten sich drei schwere und fünf leichte Verkehrsunfälle ereignet und ebenso viele Einbrüche. Außerdem war die Nachtschicht zu einem Fall von häuslicher Gewalt gerufen worden und musste zwei Sachbeschädigungen durch Vandalismus aufnehmen. Zudem wurde nach drei Fahrzeugen gefahndet, die parkende Fahrzeuge angefahren hatten und flüchtig waren. Und Castel wäre heute damit beschäftigt, an einer Geschwindigkeitskontrolle und Routineüberprüfungen teilzunehmen. Na großartig, und das bei der Hitze. Volltreffer.

Castel fasste sich im Hinsetzen prüfend unter die Arme. Die Achseln waren feucht, das hellblaue Uniformhemd bereits durchgeschwitzt. Sie beschloss, etwas Deo nachzuschießen, griff in die Umhängetasche, die über der Stuhllehne hing, und förderte einen Deoroller zutage. Mit der freien Hand schnippte sie gegen die Maus, um den PC aufzuwecken, der im Energiesparmodus lief. Das schwarze Bild verschwand. Auf dem Monitor erschienen drei sich überlappende Fenster, die Castel vorhin aufgerufen hatte. Das eine war der polizeiinterne Browser, auf dem Berichte und Bilder vom Einsatz an der Chapelle du Paty zu sehen waren. Das andere war das Archivsystem, in dem einige Einträge zum Todesfall Stennalf Gustavson aufgerufen waren. Das dritte Fenster war der normale Internet-Browser, der die Benutzeroberfläche eines deutschen Business-Netzwerks für die Kontaktpflege zwischen Unternehmen und Fachpersonal zeigte. Geladen waren die persönlichen Profile eines deutschen Gentechnikexperten namens Kaltmann und einer Zahnärztin mit gleichem Namen.

Castel fragte sich, wann sich Nadia wohl melden würde. Vielleicht heute noch. Vielleicht erst morgen. Sie würde natürlich ein wenig Zeit benötigen, um die Namen zu checken – und es war erst Montag, also warum sich den Kopf darüber zerbrechen, wann Nadia liefern würde?

Castel öffnete einen Hemdknopf und schob sich den Deoroller unter die Achsel. Sie zuckte zusammen, als es am Türrahmen klopfte. Dort stand Montfavet, ihr Chef, der eben noch die Besprechung abgehalten hatte. Er war um die fünfzig Jahre alt und trug eine randlose Brille, die nicht zu seinem übrigen Erscheinungsbild passte: Auf Castel wirkte er immer wie ein Proficatcher.

»Besuch für dich«, sagte er, und seine Miene sprach Bände darüber, dass ihm weder der Besuch gefiel noch die Tatsache, dass dieser Besuch zu Castel wollte. Als Montfavet zurücktrat, mit einem vieldeutigen Blick im Flur verschwand und an seine Stelle der Besucher trat, verstand Castel die Besorgnis.

In der Tür stand Gabriel Martinet und lächelte. Er war schmaler, als Castel ihn in Erinnerung hatte. Seine Haare waren kurz geschnitten und gelockt. Die Augen glichen Eiskristallen. Er trug ein leger aufgekrempeltes weißes Hemd und eine schicke Anzughose sowie eine schwere und teuer aussehende Uhr am Handgelenk. Unter seinem rechten Arm klemmte eine Aktenmappe. Statt einer Kette baumelte ihm der Dienstausweis am Hals.

»Du hast es weit gebracht«, sagte er schmunzelnd.

»Fick dich, Martinet«, erwiderte Castel und zog den Deoroller wieder hervor.

»Hast dich noch hübsch gemacht für mich, hm?«

»Stehst du seit neuestem auf Frauen?«

»Ich stehe total auf Laila Hadjali.«

Castel unterdrückte ein Zucken, schwieg und fröstelte innerlich, als der Name fiel. Sie verschraubte den Deoroller und verstaute ihn in der Tasche. Dann knöpfte sie die Uniformbluse wieder zu.

Martinet kam herein und schloss die Tür hinter sich. »Können wir hier reden?«

»Ich habe nichts zu sagen.«

Er kam näher, setzte sich lässig auf die Tischkante und warf Castel die Kladde hin.

»Können wir hier reden?«, fragte er erneut.

Castel zuckte mit den Achseln und blickte an ihm vorbei.

»Laila Hadjali«, wiederholte Martinet, spreizte einen Finger ab und schob die Kladde damit noch näher an Castel heran, bis sie ihr fast auf den Schoß fiel. »Sie war abgetaucht. Einfach so. Zack. Keine Ahnung, wohin.« Er schnippte mit dem Finger. »Wir sind aber sicher, dass sie zurück ist.« Martinet öffnete die Mappe. Darin waren einige Bilder zu sehen, zumeist unscharf. Sie wirkten, als seien sie von Überwachungskameras an einem Flughafen oder Bahnhof aufgenommen worden, und zeigten eine Frau mit einer großen Umhängetasche und einem locker um den Hals geworfenen grünen Tuch. Sie hatte ihre Sonnenbrille ins Haar hochgeschoben. Sie löste sich wohl gerade ein Ticket.

Castel fühlte sich, als sei die Temperatur im Raum schlagartig um zwanzig Grad gefallen. Sie kannte die Züge der Frau. Sie wusste, wer das war.

Martinet erklärte: »Neues Aussehen, neue Frisur, neuer Kleidungsstil. Falscher Name, falscher Pass. Seit den Terroranschlägen und dem Ausnahmezustand nutzen wir neue Gesichtserkennungssoftware und überwachen alle öffentlichen Gebäude. Wir wissen nicht, welchen Namen sie nutzt oder woher sie kommt. Wir nehmen an, dass sie im Ausland war und mit Schleusern wieder hereinkam. Als die Software ihre Züge zu sehen bekam, gingen die Lampen an, weil sie weit oben auf der Fahndungsliste steht. Irgendetwas von ihr gehört?«

»Ich habe nichts von niemandem gehört«, erwiderte Castel.

»Aber du erinnerst dich ohne Frage an sie, hm?« Martinet beugte sich vor und hauchte Castel den Namen zu. Sein Atem roch nach Minze. »Laila. Hadjali.«

Ohne Frage erinnerte sich Castel. Sie dachte an das arabische Quartier in Marseille zwischen dem Cours Julien und dem Alten Hafen in der Zeit vor dem arabischen Frühling. Es lag zwischen zwei Extremen und stellte das dritte Extrem dar.

Der Alte Hafen, der Vieux Port, war eines von Marseilles touristischen Zentren. Man blickte auf schicke Restaurants, erstklassig sanierte In-Viertel, zahllose Schiffe und Yachten, auf Felsvorsprünge und das blau und smaragdgrün leuchtende Meer. Man konnte hier Fähren besteigen und nach Chateau d'If fahren, die dem Hafen vorgelagerte berühmte Gefängnisinsel, von der der Graf von Monte Christo in Alexandre Dumas' bekannter Geschichte geflohen war – Marseilles Alcatraz, nur dass es viel älter war als *The Rock* bei San Francisco. Allein die Dimensionen des Hafens und das ganzen Drumherum erinnerten daran, dass man sich nicht in einem kleinen Badeort an der Côte d'Azur befand, sondern in Frankreichs zweitgrößter Stadt. Dennoch schien es am Alten Hafen, als habe man einen solchen Ort genommen und aufgeblasen.

Dann der Cours Julien, der große Platz mit den alten Bürgerhäusern und Bäumen, Bassins und kleinen Spielplätzen, mit zahllosen noch schickeren Cafés, Restaurants, Galerien und Geschäften in kleinen Seitenstraßen. All die feinen Villen und exklusiven Lofts. Die Clubs mit Blick auf den Hafen und die eleganten Partys, auf denen sie damals zu Gast war. Mit der Noblesse bis in den Morgen gefeiert, Ströme von Champagner, Yachten …

Und zwischen all dem Luxus und Schick das arabische

Quartier mit einem großen Basar, der vollständig in nordafrikanischer Hand war. Was im Übrigen für das gesamte Nouailles-Viertel galt, das aus zahllosen heruntergekommenen, alten und von oben bis unten mit Graffiti besprühten Häusern bestand. Man brauchte nur einmal abzubiegen und wurde vom trendigen Frankreich in eine andere Welt katapultiert – nach Marokko, Libyen oder Algerien. Es gab zahllose arabische Geschäfte, Gemüseläden, Ramschboutiquen, Schlachter, Goldhändler, Ein-Euro- und Handygeschäfte, orientalische Cafés, Frauen mit Kopftüchern und Männer mit Bärten im Kaftan. Es war eine Attraktion der Stadt, die wegen ihrer Nähe zu Nordafrika und als Hafenstadt immer schon ein Schmelztiegel der Kulturen gewesen war.

Inzwischen platzte Marseille regelrecht auseinander, und es lebten hier jede Menge illegaler Immigranten. Marseille war nicht mehr länger nur die zweitgrößte Stadt Frankreichs. Es war längst auch die größte nordafrikanische Stadt in Europa, und ihre nördlichen Bezirke hatten einen Ruf wie früher einmal Harlem oder die Bronx in New York. Dort gab es Zonen, in die man sich als Polizist nur bewaffnet wagte und Feuerwehr und Krankenwagen nur mit Geleitschutz. Die Arbeitslosenquote lag über fünfzig Prozent, der Bildungsgrad war gering, dafür der Grad an organisierter Kriminalität und die Zahl unregistrierter Waffen bis hin zu Sturmgewehren hoch. Jemand hatte einmal behauptet, mehr Kalaschnikows als in Marseille gäbe es nur noch in Kabul, Aleppo und Bagdad. Da war etwas dran. Mit einer dieser Kalaschnikows in der Hand hatte Laila Hadjali damals unten am Hafen herumgeschossen. Und die anderen auch …

Castel klappte die Mappe wieder zu und zuckte mit den Achseln.

»Ich weiß von nichts«, sagte sie. »Absolut gar nichts. Ich hoffe, ihr erwischt sie schnell.«

»Das hoffen wir auch«, erwiderte Martinet und musterte Castel, die unverwandt zurückblickte.

Er fragte: »Irgendeine Ahnung, warum sie wieder aufgekreuzt ist?«

»Nein. Aber …«

»Aber?«

»Aber jetzt schon. Du bist hier, weil du glaubst, sie sucht nach mir.«

Martinet lächelte. »Sehr elegant ausgedrückt.«

Castel schwieg.

»Vielleicht hat sie eine Rechnung mit dir offen?«

Castel unterdrückte erneut ein Zittern. Sie sagte: »Nein, ich … Kann ich mir nicht vorstellen, dass sie deswegen … Glaubt ihr das?«

Martinet zuckte mit den Achseln. »Vieles ist denkbar. Wir gehen jeder Variante nach. Du bist eine davon. Ohne guten Grund kommt sie jedenfalls nicht wieder her.«

»Nein«, erwiderte Castel.

»Wie gefällt dir der Job?«, fragte Martinet.

Castel sagte nichts.

»Wenn du mich fragst: Ich finde es entwürdigend. Du hättest ganz aussteigen und von der Bildfläche verschwinden sollen. Keine Ahnung, zu irgendeinem Sicherheitsdienst in der Bretagne oder ins Ausland. Die Scheiße steht dir immer noch bis zum Hals.«

Weil mir Schmeißfliegen wie du an den Hacken kleben, dachte Castel und schwieg weiter.

»Früher oder später schwappt sie über dich hinweg und verschluckt dich.«

Und du, dachte Castel, *wirst mir dabei auf den Kopf treten und dafür sorgen, dass ich vollends darin versinke.*

Martinet fragte: »Kennst du den Baron von Münchhausen?«

»Nein.«

»Ihm ging es ähnlich. Er stürzte in den Sumpf, zog sich aber selbst am Zopf wieder heraus.« Martinet schmunzelte und schüttelte schwach mit dem Kopf. »Das wird bei dir nicht funktionieren.«

Castel lächelte kalt. »Dann bin ich ja bald von der Bildfläche verschwunden, hm?«

»Deine Entscheidung.«

Castel schob Martinet die Kladde zu. Er nahm sie auf und legte sie auf dem Oberschenkel ab.

»Sind wir fertig?«, fragte Castel.

»Eigentlich: Nein. Aber für heute: Ja.«

»Ich muss gleich zum Dienst.«

Martinet schmunzelte überheblich. Er stand auf, nickte Castel zu. »Siehst aber gut aus in Uniform«, sagte er und ging zur Tür.

»Macht dir das eigentlich Spaß?«, fragte Castel.

»Was?«

»Andere zu demütigen. Du könntest dich auch ganz normal mit mir unterhalten. Tust du aber nicht. Daraus schließe ich, dass es dir Spaß macht, andere zu demütigen. Habe ich recht?«

»Und wenn es so wäre?«

»Dann wäre meine Meinung über dich bestätigt.«

»Es macht mir Spaß, Menschen zu demütigen, die es verdient haben, Castel«, antwortete Martinet, zwinkerte Castel zu und öffnete die Bürotür. »Wir sehen uns«, ergänzte er und verschwand auf dem Flur.

»Arschloch«, murmelte Castel.

Mit einem sehr unbehaglichen Gefühl widmete sie sich wieder dem Bildschirm und betrachtete die offenen Browserfenster. Sie dachte an den Baron von Münchhausen und fragte sich, ob es ein Nachteil wäre, dass sie so kurze Haare hatte: Einen Pferdeschwanz würde sie damit nie binden können. Dann stand sie auf.

Sie nahm ihre Tasche und ging los, um sich mit Dodo zur Streife zu treffen und ihre Dienstwaffe aus dem Schließfach abzuholen. Dabei rannte sie fast in Theroux, der gerade aus einem Besprechungsraum kam und sich im Gehen umblickte, wodurch er Castel nicht sah.

»Ups«, machte Castel und blieb stehen.

»Oh«, erwiderte Theroux und stoppte ebenfalls. Er wirkte gehetzt, machte aber dennoch eine Geste nach hinten und fragte: »Wer war das denn?«

»Wer?«

»Dieser Typ aus Marseille.«

»Gabriel Martinet.«

»Police Nationale?«

»Nein. DCRI.«

Theroux schaute sie an, als habe sie ihn gefragt, was die Quadratwurzel von 47 ist.

»*Direction centrale du renseignement intérieur*«, erklärte Castel. »Die gehören zum Innenministerium. Gegenspionage, Terrorismusabwehr, Bekämpfung von Cyberkriminalität und die Überwachung möglicherweise gefährlicher Gruppen und Organisationen.«

»Was wollte der denn von *Ihnen*?«

»Nicht so wichtig.«

Theroux schien ihr kein Wort abzukaufen. Ein anderer

Kollege kam den Gang entlang. Er klopfte Theroux im Vorbeigehen auf die Schulter und sagte. »Glückwunsch, mein Lieber, alles Gute.«

Theroux lächelte irritiert und nickte.

»Haben Sie Geburtstag?«

»Nein«, erwiderte Theroux. »Keine Ahnung, es lag ein Geschenk auf meinem Schreibtisch, aber ... Da war nichts drin, und jetzt glauben alle ... Irgendein blöder Scherz, den ich nicht verstehe.«

Er machte eine wegwerfende Geste, seufzte und sah Castel an, als ob ihm noch einige Fragen auf der Zunge lägen. Dann aber beschloss er, diese Fragen nicht zu stellen, und wollte weitergehen, blieb aber stehen und sagte: »Castel, ich weiß, dass irgendetwas in Ihrer Vergangenheit los war, weswegen Sie jetzt hier sind. Ich glaube, Sie haben nicht allzu viele Boni und sollten die nicht verspielen, indem Sie mit Albin Leclerc herumhängen. Auch wenn Sie kürzlich nur einen Kaffee mit ihm getrunken haben – seien Sie versichert: Er ist ein gerissener Hund und wird Sie nur benutzen, um an Informationen zu gelangen.«

Castel nickte, lächelte und bedankte sich.

»Ich meine das nicht blöd, okay?«, sagte Theroux und sah auf die Uhr. »Ich meine das freundlich.«

»Ich dachte, Sie und Leclerc könnten gut miteinander?«

»Ja. Nein. Konnten wir. Albin in allen Ehren, aber ...« Theroux zuckte mit den Achseln. »Er macht nur Ärger, weil er nicht loslassen kann. Der Staatsanwalt hat ihn im Visier, und wir alle können keine Schwierigkeiten gebrauchen.«

»Danke für den Hinweis, Theroux. Und ja: Er ist mit Sicherheit ein gerissener Hund.«

»Mehr wollte ich gar nicht. Angenehmen Dienst noch, Castel. Ich hab's eilig.« Theroux nickte ihr zu und ging an ihr vorbei.

»Theroux?« Castel drehte sich herum.

»Ja?«

»Nur aus reinem Interesse: Den Fall Stennalf Gustavson haben Sie im Auge?«

Theroux verharrte in der Bewegung und sah sie fragend an.

»Also nicht.«

»Was soll das für ein Fall sein?«

Castel sagte es ihm.

»Ist das auf Albins Mist gewachsen? Hat er Ihnen davon erzählt?«

Castel schwieg.

Theroux sagte: »Der Fall ist schon etwas her, lag nicht in unserer Zuständigkeit, und dafür sitzt jemand ein, der geständig war. Warum sollten wir den Fall mit ins Auge fassen?«

»Nur so eine Idee«, erwiderte Castel.

Theroux kam einen Schritt näher und blieb direkt vor Castel stehen.

Er sagte leise: »Ich weiß, was Sie andeuten wollen: Ein Mehrfachtäter, vielleicht ein Serientäter, der es auf Touristen abgesehen hat. Wir haben das in der Tat im Auge. Gerade in der Besprechung haben wir einige andere bislang ungelöste ähnliche Fälle miteinander verglichen. Es gab Morde an Touristen in Lyon auf einem Rastplatz vor einigen Monaten. Ebenfalls welche im Perigord und im Elsass an Campern vor einem Jahr sowie in den Pyrenäen. Es scheint keine Gemeinsamkeiten zu geben, aber wer weiß. Außerdem ermitteln wir bezüglich eines Auftragsmordes. Das sind die Schwerpunkte,

Castel, und der Fall Stennalf Gustavson hat damit absolut nichts zu tun, denn für diesen Mordfall gab es ein klares Motiv, das nichts mit einem Serientäter zu tun hat. Und außerdem einen geständigen Täter, der …«

»… dafür längst einsitzt«, ergänzte Castel.

»Ja.« Theroux nickte. »Und jetzt einen angenehmen Dienst und immer daran denken, dass wir alle keine Schwierigkeiten brauchen, okay? Ich muss los. Einsatz.« Er tippte auf die Uhr.

»Okay«, bemerkte Castel.

»Und keinen Ärger wegen Albin«, sagte Theroux im Weggehen. »Und mit der DCRI auch nicht. Ich meine es nur gut.«

»Ihnen ebenfalls einen angenehmen Dienst«, entgegnete Castel, tippte sich an die Stirn und setzte sich in Bewegung, um endlich ihre Sachen aus dem Schließfach zu holen. Im Gehen dachte sie über Laila nach und darüber, warum sie wohl aufgetaucht sein könnte. Etwa wirklich wegen ihr, wie Martinet gesagt hatte? Nein, das war absurd. So ein Risiko einzugehen, nur weil … Nein, unvorstellbar.

Castel dachte außerdem über die Gesetze der Schwerkraft nach. Selbstverständlich war es unmöglich, sich selbst am Schopf aus dem Sumpf zu ziehen. Aber wenn man plötzlich wieder Boden unter den Füßen verspürte und sich danach ausstreckte und mit den Zehenspitzen Halt fand, dann konnte man sich vielleicht auf andere Art und Weise vor dem Untergang bewahren – falls einem dabei keiner auf den Scheitel trat.

Spürte sie diesen Boden unter den Füßen? Ein bisschen schon, und zwar seit sie mit Leclerc geredet hatte. Merkwürdig, aber es war so. Sie hatte während des Wochenendes darüber nachgedacht. Er hatte ihr ein paar Dinge verdeutlicht, die sie über sich selbst vergessen hatte, weil sie sich mit ihrer neuen Situation anfreunden musste. Und … Na ja, Boden unter den Füßen war übertrieben. Es war mehr eine Ahnung als ein konkretes Gefühl von Halt.

Als sie die Waffe aus dem Schließfach zog und die Entnahme quittierte, beschloss Castel, dass sie diesem Gefühl intensiv nachspüren sollte, bevor Gabriel Martinet ihr den Absatz auf den Scheitel pressen konnte.

11

LAILA HADJALI ging mit raschen Schritten über den Cours Mirabeau und nahm nichts von der Schönheit der Flaniermeile in Aix-en-Provence wahr. Nicht die stolzen Bürgerhäuser, nicht die schicken Geschäfte und nicht den geschäftigen Verkehr auf der Straße, die von den auf dem Boulevard gepflanzten Platanen überwölbt wurde. Ihr Blick war nach innen gerichtet. Sie nahm nur wahr, dass sie ihrem Ziel langsam näher kam: dem Café les deux Garçons.

Laila trug eine neue Jeans, ein T-Shirt, Sneakers, eine große Sonnenbrille und ihre Umhängetasche mit den dreißigtausend Euro. In der Menge der Jeunesse der Studentenstadt fiel die agile Frau mit der sportlichen Figur kaum auf. Hätte irgendjemand jedoch gewusst, wer dort unter ihnen wandelte, wären sicherlich alle in Panik geflohen.

Dabei hätten sie mit dem Namen Laila Hadjali allein nichts anfangen können. Erst recht nicht mit dem neuen Namen, an den sich Laila immer noch nicht gewöhnt hatte. In dem Pass, für den sie zehntausend Euro bezahlt hatte, stand der Name Zada Mansour. Zada bedeutete die Glückliche. Laila war nicht glücklich. Sie war zornig und hasserfüllt, und mit jedem Tag, den sie auf der Flucht und inkognito in der Gegend von Marrakesch zugebracht hatte, war dieser Hass größer geworden.

Das Bild in dem Pass zeigte eine Frau Ende dreißig mit

mittellangen schwarzen Haaren, großen braunen Augen und einem kirschroten Mund. Er war früher regelmäßig mit sehr teurem Lippenstift geschminkt gewesen. Heute war er billiger. Sie trug auch keine Sachen von Prada, sondern hielt ihren schlanken Körper unter preiswerten Kleidungsstücken von den Basaren versteckt. Fraglos hätte sie sich längst wieder Schminke von Chanel und Designersachen leisten können, denn sie verfügte inzwischen wieder über eine Menge Geld, die auf Konten in Marokko und den Cayman-Inseln lagerte, über die Strohmänner wachten.

Anfangs waren genau diese Strohmänner ein Problem gewesen. Sie hatten ihre Lehnstreue aufgegeben, nachdem der König tot war, und es hatte sie einen Scheißdreck interessiert, als plötzlich die Prinzessin vor der Tür stand und ihren Teil forderte. Zumindest hatte es sie so lange nicht interessiert, bis sie in Klebeband gewickelt auf einem Stuhl in einer Garage saßen und Yussuf ihnen einen Finger nach dem anderen brach.

Yussuf, Lailas edler Ritter.

Allerdings trug Yussuf keine weiße Rüstung und ritt keinen Schimmel. Er trug in der Regel schwarz und war damals auf einer Yamaha mit Laila davongebraust. Yussuf war fast zwei Meter groß, gebaut wie ein Zehnkämpfer und beherrschte vier verschiedene Kampfsportarten. Er war wie ein zweiter Bruder für Laila und hatte im Auftrag ihres richtigen Bruders, Mahmoud, über sie gewacht. Als an diesem schlimmen Tag in Marseille am Hafen, als Mahmoud gestorben und Lailas bisherige Welt zerbrochen war, hatte Yussuf sie im Kugelhagel einfach gepackt, ihr die AK-47 aus der Hand gerissen und Laila in Sicherheit außer Landes gebracht.

Wieder und wieder sah Laila vor sich, was damals geschehen war. Und wie es geschehen war. Sie träumte Nacht um Nacht davon, wie der schwülwarme Abend am Hafen explodierte. Granaten flogen durch die Dunkelheit und erblühten in orangefarbenen Wolken, die alles um sich herum vernichteten. Sie erinnerte sich an das Prasseln der Kugeln, die das Blech von Fahrzeugen aufrissen. Sie träumte von dem letzten Augenblick, als Mahmoud sich zu ihr herumdrehte und schrie »Lauf!«, bevor eine Gewehrsalve seinen Körper aufzucken ließ, als sei er plötzlich unter Strom gesetzt worden. Sie sah ihn ständig vor sich – den Moment, in dem der Schalter umgelegt worden war, der ihr altes Leben für immer beendet hatte.

Caterine Castel hatte ihn betätigt. Cat.

Wegen ihr war Laila hier. Wegen ihr war sie vor wenigen Tagen in Algerien auf ein Schleuserboot gestiegen, um auf illegalem Weg und unentdeckt nach Frankreich zurückzukehren. Keines der gewöhnlichen Boote, sondern eines, mit dem die Schleuser Passagen für besonders gut zahlende Gäste offerierten. Boote, die auch ankamen und den Kontrollen auf See entgingen, weil sie unterwegs an Frachter andockten. Dann stieg man einfach auf den Frachter um und einige Seemeilen vor der Küste auf ein Fischerboot, mit dem man sicher an die Küste gelangte – an Stellen, wo es nirgends Passkontrollen gab und keine Kameras.

Schließlich war Laila in La Ciotat in einen Zug gestiegen, wo es vermutlich Kameras gab, und am Bahnhof von Aix-en-Provence ausgestiegen, der bestimmt ebenfalls videoüberwacht war, weswegen sie ihr Äußeres verändert hatte sowie eine Sonnenbrille und ein Kopftuch trug. In Aix nahm sie sich ein Hotel, kaufte ein Handy und eine Waffe von einem der Männer, dessen Namen Yussuf ihr mit auf den Weg gegeben hatte.

Und nun war sie auf dem Weg, um einen weiteren Mann zu treffen, nämlich im Café les deux Garçons.

Das Café hatte eben erst geöffnet. Es lag fast am Ende des Cours Mirabeau, der zwischen dem Kreisverkehr an der Fontaine de la Rotonde und dem Place Forbin verlief. Eine große dunkelgrüne Markise schattete die weißen Korbstühle ab, die fast allesamt besetzt waren – viele von Touristen, denn das Café, das eigentlich eine Brasserie war, hatte einen großen Namen und eine lange Tradition: Ein Schriftzug auf den Markisen verwies auf das Gründungsjahr 1792. Was nicht auf der Markise stand, war, dass das Café zu den berühmtesten der Welt zählte, wofür seine frühere Stammklientel gesorgt hatte: Cézanne, Zola, Picasso, Pagnol, Piaf, Camus …

Einer der Gäste passte nicht ins Bild. Er saß an einem Tisch in der äußeren Ecke, mit dem Rücken zur Glasfront des Cafés. Er trug ein Headset, starrte auf einen Laptop und erinnerte mit seinen zum Zopf gebundenen Dreadlocks eher an den Sänger einer Reggaeband. Was er nicht war, wie Laila wusste. Roger Delaunay war vielmehr jemand, der seine Computerleidenschaft in bare Münze verwandelte und als Crack galt, wenn man Informationen benötigte, an die man eigentlich nicht gelangen konnte oder durfte. Er blickte nicht auf, als Laila sich zu ihm an den Tisch setzte. Er wusste fraglos, wer sie war, was sie wollte. Sie beugte sich vor und hängte ihre Tasche an seinen Stuhl. Er nahm die Tasche beiläufig ab und verstaute sie in seinem Rucksack. Die Mühe, das Geld darin nachzuzählen, machte er sich nicht. Ihm schien auszureichen, dass Laila sich auf Yussuf berufen hatte.

»Ist nicht gerade mein Stammladen«, sagte Roger träge

und ließ sich endlich dazu herab, Laila anzusehen. Er grinste und offenbarte eine breite Zahnlücke. »Dachte, den Schuppen findest du am ehesten.«

»Ich habe ihn gefunden«, sagte Laila. »Hast du, was ich will?«

»Kommst schnell zum Punkt. Gefällt mir.«

»Und?«

Roger drehte den Laptop herum. Laila schaute auf das Display. Schlagartig rollte eine heiße Woge durch ihre Adern. Sie sah ein Bild von Caterine Castel. Sie trug eine Uniform und wirkte unwesentlich gealtert, sah aber auch nicht jünger aus. Es war ein Ausweisbild. Das Foto befand sich in einer Personaldatei der Polizei von Carpentras. Wieso Carpentras?, fragte sich Laila.

Roger klappte den Laptop zu und schob es in Richtung Laila. Er legte ein Netzteil obendrauf. »Hardware im Preis inklusive. Wirst sie brauchen. Alle Dateien sind in einem Ordner auf dem Desktop.«

»Sie war bei der Kripo in Marseille. Sind die Infos aktuell?«

»Nagelneu.«

»Sie war aber …«

»Jetzt nicht mehr.«

»Ah«, nickte Laila und verstand. Man hatte Cat versetzt. Oder sie hatte sich selbst versetzt.

Roger nickte ebenfalls. »Wie gesagt: Alles, was du brauchst. Von der Sozialversicherungsnummer bis zum Bibliotheksausweis.«

»Gut«, sagte Laila. »Hast du mir ein Auto besorgt?«

Kommentarlos zog Roger einen Schlüssel aus der Tasche und legte ihn zu dem Laptop. »Ein roter Clio. Steht rechts um die Ecke.«

Laila nahm Schlüssel und Laptop und stand auf. »Danke.«

»Immer gerne«, erwiderte Roger und tippte sich zum Gruß an die Stirn.

Laila nickte ihm zu. Dann drehte sie sich um und verschwand in der morgendlichen Menschenmenge auf dem Boulevard.

12

DER LUBERON war ein Höhenzug, der Albin an den grauen Rücken einer Seekuh erinnerte. An der höchsten Stelle war er mehr als tausend Meter hoch. Es gab Abhänge, Höhlen und Täler sowie jede Menge Dörfer, die auf schroffen Felsen seit mehr als tausend Jahren grau und ockerfarben in der Hitze glühten. Überall am Fuß des Luberon erstreckten sich Weinfelder und Obstplantagen. Einige Hollywoodstars residierten hier, und in Bonnieux, wohin Albin gerade seinen Wagen steuerte, hatten sie sogar einmal einen Hollywoodfilm gedreht, der auf einem Buch von Peter Mayle basierte. Gefiel sicherlich dem Staatsanwalt Luc Bonnieux sehr gut, der genau wie der Ort hieß. Rückte ihn in die Liga, in der er sich nach Albins Einschätzung selbst sah.

Außer den Amerikanern zog es weitere Promis hierhin – zum Beispiel seinerzeit Pierre Cardin, der in Lacoste gelebt hatte. Dem Lacoste, über dem die Ruine eines Schlosses der Landgrafenfamilie de Sade thronte, die über Hunderte von Jahren hinweg die Provence geprägt hatte. Tja, so viel Gutes hatten sie getan – und an wen erinnerte man sich? Natürlich nur an das schwarze Schaf, den Marquis, der in ebenjenem Schloss von Lacoste gehaust und seine intellektuellen Pornos geschrieben hatte.

Der Luberon war ein riesiger Naturpark. Bonnieux lag etwa in der Mitte. Von dort aus führte die einzige Straße hindurch, über den Höhenzug. Wollte man hingegen auf einem anderem Weg auf die andere Seite gelangen, musste man einmal um den ganzen Kalksandsteinklotz herumfahren, was einer Strecke von etwa zweihundertfünfzig Kilometern Umweg entsprach.

Aber Albin fuhr nicht geradeaus. Er bog nach rechts ab und steuerte in Richtung Menerbes. Die Straße war eng mit abgesackten bröseligen Seitenstreifen und ohne Markierungen. Ihr Zustand war teilweise schlecht, teilweise katastrophal, dazwischen gab es wenige Abschnitte, die akzeptabel waren. Sah man nach rechts aus dem Fenster, erstreckte sich ein Tal bis hin zum Ventoux-Massiv, das von Dunst verschleiert war. Sah man nach links, schaute man auf den bewaldeten Luberon. Hier und da gab es kleinere Waldparkplätze. Und ganz in der Nähe waren Stennalf Gustavson und seine Frau vom alten Alfred Beauval erschossen worden. Dessen Weingut führte nun sein Sohn Jean weiter und machte mit einem Schild, das Albin gerade passierte, auf seinen Betrieb mit Dégustation und sein Produkt *Domaine de Beauval* aufmerksam – nach Albins Wissen ein einigermaßen mittelmäßiger Wein, der eher an der qualitativen Unterkante des Anbaugebietes Côtes du Luberon rangierte.

Die Appelation Luberon zwischen Cavaillon und Manosque war im Prinzip von den Römern erfunden worden, die die Gegend circa 100 nach Christus bevölkert und mit Landsitzen für alternde Zenturionen mit einem unverschämten Durst nach Rotwein gepflastert hatten. Als es die Päpste um 1300 herum nach Avignon zog, explodierte der Bedarf nach erstklassigem Wein regelrecht. Erst Ende der achtziger Jahre des letzten Jahrhunderts wurde der Luberon als eine eigene Appelation und Bindeglied zwischen den Regionen Rhône und Provence anerkannt. An die vierzig Weinbaugemeinden gab es in der verlassenen Gegend, und man sagte den Erzeugnissen nach, dass sie geschmacklich zwischen den fruchtigen Weinen der Provence und den schweren der Rhône lagen, in jedem Fall über einen eigenen Charakter verfügten. Das Klima im bergigen und teils zerklüfteten Luberon war anders und die Temperaturen niedriger. Die Qualität der Produkte der *Domaine de Beauval* jedenfalls – na ja, konnte schließlich nicht jeder ein Leonardo da Vinci sein, oder?

Albin bog nach rechts auf den Schotterweg ab, der zum Weingut führte. Er hielt vor einem kleinen Kiosk, in dem sicher der Wein verkauft wurde. Aber es war noch geschlossen. Kein Wunder, war ja noch früh. Dennoch brannte die Sonne bereits vom Himmel und kündigte einen weiteren heißen und wolkenlosen Tag an. Albin ließ Tyson aus dem Wagen und verzichtete darauf, ihn anzuleinen. Der Mops gab einige brummende und knurrende Laute von sich – man sagte, dass sei die Art der Rasse, sich mit den Menschen zu unterhalten.

»Ich verstehe kein Wort. Red gefälligst deutlich«, murmelte Albin und ging mit großen Schritten auf die Domaine zu.

Das Anwesen glich im Wesentlichen der Anordnung eines ganz normalen Bauernhofes, nur dass er von Feldern mit Weinreben statt Getreide oder Mais umgeben war. Tyson, der das Brummen aufgab, hoppelte hinterher. Es war ziemlich wenig los – genauer gesagt, gar nichts. Aber auch das war kein Wunder. Die Erntezeit lag noch weit voraus.

Albin betrachtete das Haupthaus, die Scheunen und ein direkt daran angrenzendes Feld. Alles wirkte völlig normal und unspektakulär. Er nahm die Gitanes-Packung aus der Hosentasche und steckte sich eine an. Er schaute zu Boden, kickte einen größeren Stein fort und betrachtete einen schwarzen Skorpion, der darunter auftauchte und in Windeseile davonflitzte. Tyson blickte dem Tier ebenfalls nach. Schließlich merkten beide auf, als die hölzerne Schiebetür einer Scheune aufgeschoben wurde und ein Mann zum Vorschein kam. Er wischte sich die Hände mit einem Lappen ab, als habe er gerade ein Getriebe geschmiert, legte den Kopf schief und musterte Albin. Albin paffte eine Wolke in den Himmel. Es war nach wie vor die einzige.

»Kann ich Ihnen helfen?«, fragte der Mann und kam auf Albin zu.

Er trug eine grüne Latzhose und ein graues Polohemd, war mittleren Alters und weder groß noch klein. Er hatte einen hohen Haaransatz, eine spitze Nase und kleine Augen, die in die plötzliche Helle auf dem Hof blinzelten. Eine Schönheit war er nicht, und auf ersten Blick wirkte er auch nicht besonders klug. Manchen Menschen stand die Dummheit ins Gesicht geschrieben. Aber man konnte sich damit vertun. Bei manchen war das nur Fassade.

»Jean Beauval?«, fragte Albin. Ein Schuss ins Blaue.

Der Mann nickte und kam vor Albin zum Stehen. Er roch nach Schweiß, schwitzte aber nicht.

»Leclerc«, stellte sich Albin vor.

Beauval schwieg, schaute zu Tyson, dann wieder zu Albin.

Albin sagte: »Ich war früher Polizist. Ich schreibe ein Buch über wahre Kriminalfälle und recherchiere ein wenig in dieser Gegend. Vor einigen Jahren gab es hier den Touristenmord an einem schwedischen Ehepaar. Können Sie mir sagen, wo genau das passiert ist?«

Beauval schwieg weiter. Nach einer Weile sagte er gedehnt: »Ja, schon …«

»Aber?«, ergänzte Albin.

»Ich weiß nicht, wozu Sie das wissen wollen.«

»Habe ich doch gesagt.«

Beauval zögerte erneut und blinzelte Albin an. Er sah noch dümmlicher aus, wenn er das tat. Andererseits führte niemand ein Weingut, wenn er ein kompletter Idiot war.

»Was wollen Sie denn da schreiben?«

»Über das, was passiert ist.«

»Dann wissen Sie, ähm … Sie wissen dann, dass …«

»Natürlich«, kürzte Albin ab. »Ich kenne den Fall. Ich weiß das mit Ihrem Vater. Ich verstehe auch, wenn Ihnen unangenehm ist, dass ich Sie danach frage. Aber wen soll ich sonst aufsuchen? Und Sie wissen am besten Bescheid.«

Beauval rieb sich nachdenklich den Nacken. Dann zeigte er Richtung Hauptstraße und sagte: »Zwei Kilometer weiter, rechte Seite in Richtung Lacoste, eine Haltebucht. Aber eigentlich gefällt mir das nicht, wenn hier wer herumschnüffelt.«

»Der Einzige, der schnüffelt, ist mein Hund.«

»Sie stellen komische Fragen …«

»Ist ein freies Land, oder?«

»Schon.«

»Ist eine schlimme Sache für Sie, logisch. Dabei machen Sie so wunderbaren Wein. Trinke ich dauernd«, log Albin.

Beuaval nickte bloß und schaute demonstrativ auf seine Uhr.

Albin sagte: »Muss viel Arbeit sein für Sie, Ihre Frau und die Familie, so ganz allein …«

»Ich hab keine Frau, und meine Familie, na ja, wissen Sie ja, was damit ist.«

»Sie schmeißen den Laden ganz allein?«

Beauval nickte. »Ein paar Leute helfen mir natürlich.«

»Natürlich«, sagte Albin, zog an der Zigarette und fragte: »Wie war denn das damals genau?«

»Nee«, winkte Beauval ab. »Dazu sage ich nichts.«

»Wieso? Ihr Vater hat doch gestanden. Die Fakten liegen auf dem Tisch.«

»Dann wissen Sie ja eh alles.«

»Aber ich frage mich …«

»Ich finde, Sie sollten jetzt gehen.«

Beauval blickte Albin direkt an. Und jetzt sah er überhaupt nicht mehr dümmlich aus. Insbesondere nicht, als er leise sagte: »Sie verschwinden jetzt, sonst …«

»Sonst?«

»Sonst gehe ich rein und zeige Ihnen mein neues Gewehr.«

Jetzt schwieg Albin. Er zog an der Zigarette. Er inhalierte tief und pustete Beauval sehr langsam den Rauch ins Gesicht.

»Kein Interesse«, sagte Albin.

»Wiedersehen«, erwiderte Beauval.

Er blieb stehen, wo er stand, und sah Albin so lange nach, bis er mit Tyson zurück zum Wagen gegangen war, den Mops hereingehoben hatte und vom Hof gefahren war.

Albin wunderte sich nicht allzu sehr über Beauvals schroffes Verhalten. Es war ziemlich verständlich, so zu reagieren, wenn einer ankam, der mit seinen Fragen Dinge wieder aufwühlte. Na gut, mit seinem Gewehr zu drohen … Das ging durchaus reichlich weit. Aber so waren die tumben Bauern vom Land manchmal eben drauf, und vermutlich hatte Beauval Albin kein Wort davon abgekauft, dass er ein ehemaliger Polizist war, der ein Buch schreiben wollte. Vielleicht hatte er ihn für einen Pressefritzen gehalten. Wie auch immer: Blöderweise hatte Albin fast nichts Neues herausgefunden.

Außerdem dachte er über die Liste mit den Waffenhändlern und registrierten Besitzern einer Luger 08 nach – vor allem über die, die nicht auf der Liste auftauchten. Und fragte sich, wie es eigentlich dem alten François Delvaux so ging, den er seit Jahren nicht mehr gesehen hatte und der damals bei der Gendarmerie gewesen war, als sie den toten Schweden und seine Frau gefunden hatten. Delvaux, der Waffenfreak. Weswegen Albin nicht nach rechts Richtung Lacoste abbog, sondern nach links in die Richtung, aus der er gekommen war. Von Bonnieux aus war es eine gute Stunde bis zu dem neuen Zielort, und der Morgen war immer noch einigermaßen jung.

13

ALBIN STEUERTE den SUV in Richtung Le Baroux und Ma-
laucène, von wo aus man für gewöhnlich den Mont Ventoux
hinauffuhr. Das Massiv lag nordöstlich. Nordwestlich befanden sich die Dentelles de Montmirail – eine Felslandschaft
aus scharfen, parallel verlaufenden Bergkämmen. Wenn der
Luberon wie der Rücken einer Seekuh aussah, dann erinnerten die Dentelles an die Wirbel eines gigantischen Urzeit-
wesens, die bis zu sechshundert Meter hoch aus dem Boden
stachen. Ein Paradies für Wanderer und Kletterer – und auch
für Weinfreunde, denn rund um die Dentelles gruppierten
sich Orte wie Gigondas, Séguret, Baumes-de-Venise oder
Vacqueyras. Albin passierte Weinfelder, Obst- und Oliven-
plantagen. Hinter ihm war das Land flach. Vor ihm wurde
es zusehends bergiger. Noch vor Le Barroux bog Albin
ab. Rechts ging es Richtung Caromb, links in Richtung
Saint-Hippolyte-le-Graveyron.

Nach einer Weile verlief die Straße schnurgerade und
wurde von Zypressen gesäumt. Auf der einen Seite befanden
sich Rebstöcke, so weit das Auge reichte. Auf der anderen
wuchsen unzählige Olivenbäume. Schließlich bog Albin erneut ab und steuerte auf La Roque-Alric zu, einen kleinen
Ort auf der Spitze eines Felsens. Genervt stoppte er, als ein
Schäfer seine Herde über die schmale, mit geteerten Schlaglöchern übersäte Straße trieb.

Etwa fünf Minuten später setzte er die Fahrt fort und bog noch vor La Roque nach rechts auf eine unbefestigte Schotterpiste ab. Sie führte durch ein Pinienwäldchen und an einer verwilderten, längst verlassenen Plantage vorbei. Zu ihr gehörte ein verfallen wirkendes Steinhaus, das auf einer Art kleinem Hof lag, der von einer umgestürzten Mauer, Olivenbäumen und Zypressen eingefasst war. Zu dem Hof gehörte ein ramponierter Schuppen, dessen Dach halb eingefallen und mit Wellblech repariert worden war. Mochte mal ein hübsches Anwesen gewesen sein. Heute war es ziemlich hässlich und sah so heruntergekommen aus wie der verbeulte Renault, der vor dem Haus unter einem aus Latten gezimmerten Carport im Schatten stand.

Albin ließ den SUV genau dorthin rollen. Die Reifen knackten über Steinen und trockene Ästen. Er stoppte direkt hinter dem Renault, Stoßstange an Stoßstange – was sehr unhöflich gewesen wäre, falls man nicht, wie Albin, sicherheitshalber und aus Routine verhindern wollte, dass jemand in den Renault sprang und sich aus dem Staub machte.

Zum Beispiel François Delvaux.

Und der kam gerade aus der Tür, als Albin Tyson aus dem Kofferraum hob. Er blinzelte in die Sonne und schattete mit der Hand die Augen gegen das Licht ab.

Albin nickte ihm grüßend zu und zog sich die etwas lose sitzende Jeans an den Hüften hoch, während er zum Haus ging. Delvaux erwiderte den Gruß nicht. Er stand einfach im Türrahmen und musterte Albin. Die fast weißen Haare standen Delvaux unter der Schlägermütze vom Kopf ab, als sei er gerade aufgestanden. Er trug ein Hemd, dessen Farbe undefinierbar zwischen Braun, Schlamm und Oliv changierte und an den Ärmeln hochgekrempelt war. Delvaux' verbeulte, schmutzige Hose war vermutlich noch älter als die von Albin. Er war unrasiert. Seinen Gesichtsausdruck konnte man als verkniffen und mürrisch bezeichnen, was vielleicht nur auf die grelle Sonne zurückzuführen war. Vielleicht aber auch nicht.

»Leclerc?«, fragte er.

Seine Stimme rasselte. Der Atem roch schwach nach Alkohol. Er konnte Albin direkt in die Augen sehen – war also nicht gerade klein – und wirkte wie ein ebenbürtiger Partner im Armdrücken.

»Ja. Tag, Delvaux«, erwiderte Albin und deutete lässig eine militärische Grußgeste an.

Delvaux schien einige Augenblicke darüber nachzudenken, was, zum Teufel, Albin Leclerc zu ihm führte. Er blickte auf Tyson herab. Dann sah er wieder zu Albin, drehte sich um und sagte in der Bewegung: »Komm rein. Viel zu heiß draußen. Die verdammte Sahara wird uns alle noch auffressen.«

Albin folgte ins Innere, wo ein Halbdunkel vorherrschte und es nach einer Mischung aus altem Mann, altem Schweiß und altem Zigarrenrauch roch. Es war deutlich kühler und angenehmer – jedenfalls von der Temperatur her. Der Rest, nun ja …

In der Küche stapelten sich Teller, Töpfe und Pfannen. Der Flur stand voller Gerümpel. Das Wohnzimmer war ein schlichter Raum, in dem sich die Art von Mobiliar befand, das manche Leute zum Sperrmüll geben und wiederum andere auf einem Flohmarkt für immens viel Geld anbieten würden. An den Wänden lag teils das Fachwerk offen. In der Mitte stand ein alter Tisch. Darum gruppierten sich einige Stühle. Auf den Sitzflächen der meisten befanden sich Berge von Zeitungen, Illustrierten und Büchern. Das gleiche

Chaos herrschte in einem rustikalen Geschirrschrank, dem allerdings die Glasscheiben fehlten. Der Fußboden bestand aus schiefen Terrakotta-Kacheln, auf denen diverse Orientteppiche lagen. Was Albin darüber nachdenken ließ, ob irgendjemand vor vielen Jahren einmal versucht hatte, den Raum gemütlich einzurichten. Darauf deutete auch ein Sofa hin, über dem gerahmte Bilder hingen, die hübsche Ansichten der Provence zeigten.

Albin blieb am Tisch stehen. Er wechselte einen Blick mit Tyson, während Delvaux zu einem Schrank schlurfte, ein Glas herausnahm und es neben das bereits gefüllte auf dem Tisch stellte. Es war ein schlichtes, dickwandiges Wasserglas. Daneben befand sich eine Weißweinflasche in einem mit Eiswürfeln gefüllten Kühler. Wenigstens, dachte Albin, trank Delvaux mit Stil.

Delvaux füllte das neue Glas, schob es Albin hin und deutete mit einem Nicken zu einem der Stühle. Albin nahm einen Stapel Zeitschriften von der Sitzfläche, legte sie auf den Boden und setzte sich. Der Stuhl ächzte und knarzte.

»Dein Hund?«, fragte Delvaux.

»Mein Hund.«

»Sieht aus wie ein Nuttenhund.«

»Sie haben ihn mir zur Rente geschenkt.«

Delvaux lachte heiser. »Weil sie dich verarschen wollten.«

Albin erwiderte nichts. Er wollte es sich nicht gleich mit Delvaux verscherzen, betrachtete sein Glas und trank dann einen Schluck. Der Wein war eiskalt, schmeckte leicht und frisch, etwas würzig. Einer von den guten.

»Du wohnst ziemlich zurückgezogen«, sagte Albin.

»Damit mir keiner auf die Nerven geht. Woher weißt du überhaupt, wo ich ...«

131

»Wie man so etwas eben weiß«, kürzte Albin ab.

»Sollte mal eine Selbstschussanlage aufbauen. Oder einen Elektrozaun ziehen.«

»Damit dir keiner die Goldzähne klaut?«

»Man ist vor nichts mehr sicher. Und vor keinem. Sie wollen dir alle ans Leder.«

Albin trank einen weiteren Schluck und schaute sich genauer um. Kein Fernseher, kein Radio, kein Computer. Einige Steckdosen waren mit Alufolie umwickelt. Ebenfalls Lampenschirme. Schien so, als wolle sich Delvaux vor Strahlen schützen. Man hörte immer wieder von Verschwörungstheoretikern, die annahmen, man würde sie mittels irgendwelcher Wellen beeinträchtigen oder überwachen. Merkwürdigerweise handelte es sich dabei meist um Personen, bei denen man sich fragte, warum sich Geheimdienste oder die Außerirdischen ausgerechnet für solche Pfeifen interessieren sollten.

Delvaux erklärte: »Den Hof habe ich bei einer Zwangsversteigerung gekauft. Hat mich kaum ein müdes Lächeln gekostet.«

Albin lächelte müde.

»Also?«, fragte Delvaux, leerte sein Glas in einem Zug und füllte es wieder.

»Stennalf Gustavson«, sagte Albin und leerte sein Glas ebenfalls. Delvaux goss ihm nach. Die Flasche war nun leer. Delvaux griff sie am Hals, stand auf und schlurfte in Richtung Küche.

»Der Schwede?«, fragte er.

»Erinnerst du dich noch?«, rief Albin ihm nach.

Er hörte Rumpeln und Klirren. Er hörte, wie eine Kühlschranktür geöffnet und geschlossen wurde. Er vernahm das charakteristische Ploppen, als eine Flasche entkorkt wurde. Delvaux kam zurück ins Wohnzimmer.

»Ich erinnere mich, ja«, sagte er und goss Albin und sich selbst ein, bevor er die Flasche in den Kühler stellte und sich wieder hinsetzte. »Warum interessiert dich das?«

»Nur so«, sagte Albin.

Delvaux erwiderte nichts, betrachtete Albin aus hellen Augen und führte das Glas zum Mund.

Einem Expolizisten machte man natürlich nichts vor. Delvaux war, soweit Albin es noch auf die Reihe bekam, aus der Gendarmerie unehrenhaft entlassen worden, wie man so sagte, weil er es mit seinen nationalen Aktivitäten übertrieben hatte. Also: nicht, dass er ein Nazi wäre. Albin wusste, dass es damals um Delvaux' Aktivitäten gegen die Globalisierung innerhalb der Attac-Bewegung ging. Delvaux war, wie viele andere Polizisten, immer wieder zur Sicherung von Demonstrationen im Einsatz gewesen oder wenn wieder mal die Autobahnen blockiert wurden und dort Reifen brannten. Attac sowie weiteren ähnlichen Organisationen ging es im Prinzip um die Kontrolle der internationalen Finanzmärkte. Es ging um internationale Steuern, das Aus von Steueroasen, es ging um fairen Handel und Solidarität sowie Ökologie, Konsum- und Konzernkritik und alles Mögliche. Was im Prinzip nichts Schlechtes war. Aber natürlich ging es den Leuten auch ums Geld.

Delvaux hatte bei den Demos Geschmack an der Sache gefunden und sich privat engagiert und war mitmarschiert, als südfranzösische Bauernverbände Sturm gegen die Amerikaner liefen. Dabei ging es um Strafzölle, die die USA auf luxuriöse französische Importgüter legten, zum Beispiel auf Roquefortkäse – wie man an den aktuellen Diskussionen sah: ein Dauerbrenner-Thema für die Amis. Die Produzenten solcher Waren drehten damals total durch. Einerseits fürchteten sie um Absatzmärkte und ihr Einkommen. Andererseits wurde es als ein unverschämter Affront gegen die Grande Nation insgesamt und ihre vorrangigsten und exklusivsten Feinschmeckerprodukte gewertet, wenn man sie ablehnte und mit Strafen belegen wollte. Da musste man sich nichts vormachen. Das war ein arroganter Angriff gegen die nationale Identität, heute wie gestern, und ausgerechnet von den Amis, die orangefarbenen Käse aus Sprühflaschen auf Weizentoast aßen. Und Delvaux immer mittendrin.

Bei der Garde hatte er die Spitznamen »Revoluzzer« und »Asterix« bekommen und war außerdem angezählt worden, weil sich die Teilnahme an solchen militanten Protesten nicht mit dem Job als Polizist bei der Gendarmerie vereinbaren ließ. Man konnte sich nicht von montags bis freitags mit Pflastersteinen bewerfen lassen und am Wochenende die Fronten wechseln und dann Pflastersteine auf seine Kollegen schleudern.

Delvaux war entweder zu stur oder zu blöde gewesen, um das zu kapieren und entsprechend zu reagieren. Stattdessen machte er weiter mit, und die Demos wurden immer wilder und größer. Die Bauernverbände mit ihren Unterstützern verschanzten sich in Rathäusern – und gingen massiv ein McDonald's-Restaurant an. Delvaux nach wie vor im Epizentrum, und dann war schließlich Schluss mit lustig und dem Staatsdienst.

Albin drehte das Weinglas in den Händen. Eigentlich viel zu früh dafür, aber: Meine Güte, der Wein war lecker und erfrischte enorm.

Albin sagte: »Du warst doch damals mit am Tatort, wenn ich mich richtig erinnere. Bei der Festnahme ebenfalls.«

»Und im Gericht als Zeuge.«

Albin trank noch etwas.

Delvaux sagte grinsend: »Du hast ein Elefantengedächtnis.«

Dann machte er ein genervtes Geräusch, weil das Telefon klingelte. Er stand umständlich auf, schlurfte durch den Raum zur Couch, wo er das Telefon unter einigen Kissen fand und dranging. Albin hörte ihn irgendetwas reden, was nicht sehr freundlich klang. Schließlich warf Delvaux das Telefon zurück in die Kissen, schleppte sich zurück an den Tisch und füllte nochmals Wein nach. Albin spürte bereits, wie der zu wirken begann. Kein Wunder, wenn man den ganzen Tag zu wenig gegessen hatte, leicht unterzuckert war und auf nüchternen Magen mit Alkohol seinen Durst löschte.

»Das Kabelfernsehunternehmen will mir was aufschwatzen«, brummte Delvaux. »Dabei habe ich nicht mal einen Fernseher. Werde denen doch nicht die Türen öffnen, damit sie mich überwachen können.«

»Überwachen?«

»Mit ihrem Spionagezeugs im Weltraum. Oder über die Leitungen.«

Albin machte ein fragendes Gesicht.

»Sie bauen in Fernseher Dinge ein, mit denen sie dich beobachten und abhören können. Solltest dich mal darum kümmern, Leclerc, mach die Augen auf.«

»Wozu sollten sie das tun?«

»Sie überwachen alle, die Bescheid wissen.«

»Bescheid? Worüber Bescheid.«

Delvaux schwieg bedeutungsvoll und machte dann eine

ebenso bedeutungsvolle Geste. »Ich bin als politischer Aktivist bekannt, schon vergessen?«

»Ach ja, klar«, erwiderte Albin und dachte: Delvaux, der Staatsfeind Nummer Eins aus dem Land der paranoiden Verschwörungstheoretiker.

»Vielleicht«, fügte Albin an, »war es nur Werbung. Ich bekomme auch dauernd Werbeanrufe.«

»Die Blödmänner wollen einem etwas aufschwatzen, was kein Mensch braucht. Gehören vermutlich sowieso alle zu den amerikanischen Banken, die uns ausbluten lassen wollen.«

»Wer weiß«, sagte Albin.

»Also, was ist das mit dem Schweden, Leclerc?«

»Erzähl es mir einfach.«

»Wozu?«

»Weil es mich interessiert. Ich kann nicht mehr in die Akten schauen, weil ich Privatier bin. Also frage ich dich.«

Delvaux musterte Albin eine Weile. Danach musterte er sein Weinglas. Schließlich sagte er: »Ein Autofahrer fährt in der Gegend herum. Er kommt an diesem Waldparkplatz in der Gegend von Ménerbes vorbei, wo er einen Wagen mit offenen Türen stehen sieht. Was an sich nichts Besonderes ist, aber er denkt aus irgendwelchen Gründen: Da stimmt was nicht. Schaut noch mal in den Rückspiegel und sieht zwei Leute am Boden. Also bremst er, setzt zurück – und hat recht: Da stimmt was nicht. Er verständigt die Polizei. Wir fahren hin. Ich und Berger, unser Dienst hat gerade begonnen. Wir finden also diesen schwedischen Saab und Stennalf Gustafson mit seiner Frau. Beide erschossen. Schüsse in die Brust, Schüsse in den Kopf. Eine Riesensauerei. Aber so richtig. Schon mal gesehen, was ein Gewehr aus nächster Nähe anrichtet?«

Albin nickte. Er fragte: »Gewehr?«

Delvaux trank etwas. Er nickte und erzählte weiter. »Gustavson und seine Frau stammten aus Uppsala. Beide im besten Alter. Gut betucht. Hatten ein Ferienhaus gemietet. Im Ferienhaus war nichts gestohlen. Aus dem Wagen auch nicht. Gar nichts war geklaut. Sah so aus, als hätten sie angehalten, wären ausgestiegen und dann – bämmm! So in der Art war es dann wohl auch. Eine Woche später fahren wir mit der Kriminalpolizei aus Cavaillon los, Alfred Beauval verhaften. Patron vom Weingut Beauval. Berger und ich sehen uns groß an – Beauval? Was ist denn da los? Aber egal. Also verhaften wir ihn, und er gesteht die Morde. Hat das Jagdgewehr von seinem Sohn benutzt. Irre Geschichte.«

Albin trank seinen Wein aus.

Er fragte: »Warum hat Beauval das getan?«

»Eifersucht.«

»Eifersucht?«

»Oder Rache. Je nachdem. Ein Beziehungsdrama. Beauval hat alles gestanden, nachdem die Kollegen herausgefunden hatten, mit welcher Waffe die Schweden erlegt worden waren. Sie haben gecheckt, wem im Umkreis des Tatortes ein Gewehr mit dem fraglichen Kaliber gehört. Jean Beauval gehörte eines. Und wie es der Zufall will, ist das Gut von Beauval keinen Kilometer vom Tatort entfernt.« Delvaux spülte sich den Mund mit Weißwein aus und sprach weiter. »Also wollen sie erst Jean ans Leder – und aus dem alten Alfred bricht plötzlich alles heraus. Er sagt: eine Urlaubsliebe, amour fou. Die Gustavsons weilten einige Wochen im Luberon. Sie hätten Wein bei ihm gekauft, und die Frau habe wie verrückt mit ihm geflirtet. Und der alte Beauval – na ja: Wer lässt schon eine Schwedin links liegen? Er sagt aus, dass sie sich heimlich am Waldparkplatz treffen und vögeln. Dann verliebten sie sich. Bei Beauval spielt auf seine alten Tage alles verrückt. Schließlich kommt Stennalf Gustavson dahinter und macht seiner Frau eine Riesenszene. Zum nächsten heimlichen Treffen kommt er mit, um Beauval zur Rede zu stellen. Sie schafft es gerade noch, Beauval vorher zu warnen – und der dreht durch und nimmt das Gewehr seines Sohnes mit. Sie treffen sich also alle drei, es kommt zum Eklat, weil die Schwedin sagt: Ich bleibe bei meinem Mann. Und Beauval flippt vollends aus und denkt sich: Bekommt sie eben niemand. Der Rest ist Geschichte.«

Albin leerte sein Weinglas und goss etwas nach. Er war sich mittlerweile ziemlich sicher, dass er einen im Tee hatte.

Er fragte: »Es gab nur Beauvals Geständnis?«

»Ja.«

»Keine Zeugen?«

»Nein. Beauvals Geständnis und die Tatwaffe.«

»Keine Handyprotokolle oder ...«

»Verdammt, das war zu einer Zeit, da haben wir noch telefoniert wie vernünftige Menschen.«

»Hatte Beauval eine militärische Ausbildung?«

Delvaux zuckte die Achseln.

Albin sagte: »Ich dachte nur. Ich erinnere mich daran, dass er den Opfern in die Brust und in den Kopf schoss. Er wollte auf Nummer Sicher gehen, hm?«

Delvaux sagte: »Leclerc, ich erinnere mich an keine Details. Sie hatten Gutachten und alles Mögliche, was sie immer haben. Und ein blitzsauberes Geständnis. Was will man mehr?«

»Was will man mehr«, erwiderte Albin. »Weißt du noch, was das für ein Gewehr war?«

»Steyr Mannlicher CL II, Vier-Schuss-Magazin mit Kaliber .30–06 Springfield.«

»Und vier Schuss hat er gebraucht.«

»Nicht mehr und nicht weniger.«

»Kennst dich immer noch gut aus mit Waffen.«

Delvaux schmunzelte vieldeutig, sagte aber nichts, sondern trank noch einen Schluck. Natürlich kannte er sich nach wie vor brillant mit Waffen aus, gar keine Frage, dachte Albin. Denn genau das war der zweite Grund, der ihn hergeführt hatte. Einerseits Stennalf Gustavson. Andererseits … Nun. Delvaux galt früher schon als Waffennarr, und es war kaum anzunehmen, dass es damit besser geworden war. Gewohnheiten prägten sich im Alter vielmehr noch stärker aus – insbesondere, wenn man Zeit hatte, sich ihnen mit Leidenschaft zu widmen, sich für den Staatsfeind Nummer Eins hielt und seine Glühbirnenfassungen in Alufolie wickelte.

»Stell dir vor«, log Albin, »letzten Monat saniert mein Schwager seinen Dachboden. Sein Junge ist achtzehn geworden. Er hat das Haus von seinen Großeltern geerbt, will ihm eine Wohnung einrichten und war seit hundert Jahren nicht auf dem Dachboden. Er findet eine alte Munitionskiste mit Aufdruck von der Wehrmacht und darin jede Menge Munition, Handgranaten und ein paar Pistolen, die in Wachspapier eingewickelt und immer noch geölt waren. Sah alles aus wie nagelneu.«

»Taucht immer wieder mal auf«, sagte Delvaux und wirkte blitzwach und interessiert. »Beutebestände oder Sachen vom Widerstand. Waren das Wehrmachtswaffen?«

»Pistolen«, sagte Albin. »Drei Stück, wie fabrikneu. Mein Schwager ruft mich an und fragt, was er damit machen soll? Ich antworte: Na ja, eigentlich musst du damit zur Polizei und alles abgeben, zumindest die Handgranaten und die Munition. Die Waffen haben sicher Wert unter Sammlern. Allerdings muss man solche Sammler erst mal finden.«

»Was für Pistolen? Welche Marke?«

»Er hatte mir ein Bild geschickt, weil er annahm, ich kenne mich aus. Tue ich aber nicht. Walther? Mauser? Luger?«

»Es gibt reichlich Sammler«, sagte Delvaux und leerte sein Glas. Albin tat es ihm nach.

»Hast du die Bilder noch?«, fragte Delvaux.

»Nein, wozu?«

»Wie sahen die aus, die Pistolen?«

»Wie Pistolen.«

»Fabrikneu?«

»Ja. Was ist so was wert?«

»Kommt auf das Alter und den Zustand an. Tausender pro Stück oder mehr.«

»Na ja, die werden aus dem Zweiten Weltkrieg stammen.«

»Könnten auch aus dem Ersten stammen. Nagelneu?«, fragte Delvaux.

»Wie originalverpackt.«

»Und er hat sie noch?«

Albin sagte: »Soweit ich weiß. Wo verkauft man die?«

»An Liebhaber. Mit Hilfe von Antiquitäten-Experten oder Militaria-Sammlern.«

»Und wo *kauft* man sie?«

»Von Leuten wie deinem Schwager, die das zufällig finden. Wiederum von Militaria-Händlern. Im Internet. Gibt jede Menge Privatleute, die das anbieten. Du brauchst nur eine Besitzerlaubnis, und fertig. Dann kannst du dir alles mittels entsprechender Kleinanzeigen besorgen. Ist wie ein Auto zu kaufen.«

Nur, dachte Albin, dass man sich keine Waffe legal kaufen würde, mit der man drei Menschen erschoss. Eine solche Waffe würde man sich auf anderem Wege beschaffen.

Delvaux schob die Unterlippe vor. Er tippte mit den Fingern auf dem Tisch und schien über etwas nachzudenken. »Komm mal mit«, sagte er dann und stand auf.

14

ALBIN STAND EBENFALLS AUF und merkte bereits in der
Bewegung, dass er ziemlich einen sitzen hatte. Ihm fiel auf,
dass die zweite Weinflasche nur noch zu einem Drittel gefüllt
war. Er folgte Delvaux und bewegte sich dabei vorsichtig
vorwärts. Tyson lief ihm hinterher. Delvaux öffnete auf dem
Flur eine Tür, hinter der eine Treppe in den Keller führte. Er
schaltete das Licht an. Unten roch es nach feuchtem Moder,
dafür war es erfrischend kühl und sah aus, wie es in jedem
alten Keller aussieht: Spinnweben in den Ecken, Gerümpel
stand herum, an den bloßen Steinwänden waren alte Regale
befestigt, in denen Kisten und Kartons standen. Außerdem,
und das war der Unterschied zu anderen Kellern, gab es
einen enormen Fundus an Weinkisten und verstaubten Flaschen, deren Etiketten und Aufdrucke Albin mit der Zunge
schnalzen ließen.

»Mein lieber Freund, ist da drin, was ich denke?«, fragte
er mit Blick auf einen Stapel mehrerer Holzkisten mit ein-
gebrannten Schriftzügen. Er las Chateau Margaux, Medoc,
St. Julien, La Lagune, Grand Vin Classé und sah Zahlen wie
1996, 1978, 1962, 1982 – so genau konnte er das nicht mehr
lesen.

»In einigen schon«, sagte Delvaux und machte sich an
einem Schrank zu schaffen. »In anderen nicht.«

»Ich bin beeindruckt.«

Schließlich öffneten sich die Türen des Schranks, und was Albin sah, ließ ihn erneut mit der Zunge schnalzen. Albin sah die schlanken schwarzen Umrisse von zwei Maschinenpistolen und einem sehr langen Maschinengewehr. Sie wirkten wie Kriegswaffen aus der Zeit vor 1945. Er sah drei unterschiedliche Karabiner. Schließlich öffnete Delvaux eine Schublade, trat einen Schritt zurück und fragte: »Sahen sie wie eine von diesen aus?«

Albin trat einen Schritt vor und hielt die Luft an. Die Schublade war sehr lang und breit sowie mit Stoff ausgeschlagen. Darin befanden sich einige Pistolen, wie in einem Schaukasten im Museum und jeweils mit den dazugehörenden Magazinen. Albin, der eben vorgegeben hatte, keine Ahnung von Waffen zu haben, erkannte in den Gewehren eine deutsche MP 40 aus dem Krieg und eine amerikanische Thompson sowie ein deutsches MG 42. Er erkannte außerdem zwei deutsche Karabiner 98 und einen amerikanischen M1. Darunter lagen ein neueres M16 Schnellfeuergewehr sowie ein französisches Famas Militärgewehr. Alles tadellos gepflegt. In der Schublade sah Albin mehrere alte Colts, Browning und Walther Automatikpistolen – sowie eine Luger. Das Modell, das als Tatwaffe im Fall der Chapelle du Paty in Frage kam.

»Delvaux«, sagte Albin und hielt sich mit einer Hand an der offenstehenden Schranktür fest. »Du bist noch genauso irre wie früher.«

Delvaux lachte leise. Er sagte: »Nein, ich habe mich nur etwas spezialisiert. Also: Erkennst du eine davon wieder?«

»Diese hier«, sagte Albin und nahm die Luger in die Hand. Delvaux schien nichts dagegen zu haben. Albin wog die Waffe in der Hand. Sie glänzte schwarz. »Ist das Öl?«, fragte er, hob die Pistole an die Nase und inhalierte. Er roch nicht die Spur von Pulverdampf.

»Sicher, was denn sonst?«

»So eine war das jedenfalls.« Albin legte die Luger zurück. »Tausend Euro, sagst du?«

Delvaux nickte. Nahm die Luger und wog sie ebenfalls in der Hand. Er betrachtete sie. Nahm das Magazin, in dem messingfarbene Patronen steckten, und drückte es in den Handgriff. Es klickte leise und metallisch. »Diese stammt von 1920. Funktioniert, als sei sie gerade erst gebaut. Das war echte Qualität.«

»Woher hast du das ganze Zeug, meine Güte?«

»Woher man das so hat.«

»Alles registriert?«

Delvaux schmunzelte. Er lud die Waffe durch und damit eine Patrone in die Schusskammer. Das gefiel Albin nicht.

Delvaux erwiderte: »Wie bei dem Wein. Eher unterschiedlich. Wieso interessiert dich das alles, Leclerc?«

»Mein Schwager …«

»Weswegen interessiert dich das? Und diese Fragerei wegen dem Schweden, hm? Worum geht's hier?«

Delvaux stand da, die geladene Waffe in der Hand, der Blick herausfordernd. Natürlich machte man ihm nichts vor. Er war zu lang Polizist gewesen.

Albin gab sich Mühe, nicht auf die Waffe zu schauen und sich nicht davon verunsichern zu lassen, dass sich eine Patrone in der Schusskammer befand. Denn natürlich wusste Delvaux, wie eine geladene Waffe auf jemand anderen wirkte: immer einschüchternd. Vermutlich war das seine Absicht. Eine Provokation. Abgesehen davon war er fraglos reichlich angetrunken.

Albin erklärte: »Kann ich dir nicht genau sagen. Es gibt zwei Fälle, einen alten und einen neuen, und ich stelle mir Fragen. Du weißt, wie das ist: Man geht etwas Unbestimmtem nach und führt ein paar Gespräche in der Hoffnung, dass es plötzlich Klick macht und die Lampen angehen.«

»Was kümmert dich das? Du bist raus.«

»Manchmal steckt man mit einem Bein noch drin.«

»Welches ist der neue Fall?«

»Drei Tote an der Chapelle du Paty.«

Delvaux zuckte die Achseln. »Davon habe ich nichts gehört.«

»Aber ich.«

Delvaux betrachtete Albin. In dem schummrigen Licht konnte Albin den Gesichtsausdruck nicht deuten. Dann nahm er die Waffe hoch. Er umfasste ihren Lauf mit der freien Hand und drehte sie herum, den Griff Albin zugewandt.

Delvaux fragte: »Schon mal mit einer Luger geschossen?«

»Nie im Leben.«

»Gehen wir ein bisschen in den Garten.«

Albin nahm die Pistole an und fühlte sich schlagartig erleichtert. Er richtete den Lauf auf den Boden und legte den Zeigefinger neben den Abzug, tastete herum, ebenfalls mit dem Daumen. Hatte das Ding eine Sicherung? Vermutlich, bloß wo? Bei den modernen Waffen gab es automatische Sicherungen, kleine Hebel, die sich in Gang setzten, sobald man den Finger an den Abzug legte und leicht Druck ausübte. Aber bei den älteren Modellen?

Albin fragte: »Du ballerst im Garten herum?«

»Na, sicher nicht im Haus, was? Gehen wir hoch und reden oben weiter. Der Wein wird warm.«

15

IM NÄCHSTEN MOMENT geschahen einige Dinge beinahe gleichzeitig.

Im Flur gab es ein lautes Krachen. Holz splitterte. Etwas Schweres fiel auf den Boden. Es wurde gebrüllt. Stiefel trampelten. Albin fühlte sich, als bekomme er einen Elektroschock. Tyson bellte wie verrückt. Delvaux griff in den Waffenschrank und packte sich eine Maschinenpistole. Etwa eine Sekunde später flog die Kellertür auf. Albin wurde von grellem Licht geblendet.

»Auf den Boden!«, brüllten sich überlagernde Stimmen.

Eine ganze Horde von Männern in schwarzen Kampfanzügen und mit automatischen Waffen drängte in den Keller. Sofort ließ Albin die Luger fallen und Delvaux die MP. Das Scheppern ging im allgemeinen Lärm und Tysons Gebell unter.

Albin nahm die Hände hoch. Delvaux schien das ebenfalls zu tun. Bevor Albin irgendetwas sagen konnte oder auch nur darüber nachdenken, was hier gerade geschah, fand er sich schon auf dem Boden wieder. Er keuchte. Irgendjemand kniete in seinem Kreuz. In dem Gewirr der gebrüllten Befehle, dem Getrampel und dem Kläffen konnte er kein klares Wort verstehen. Auf seiner Netzhaut tanzten bunte Flecken. Überall zerschnitt grelles Licht das Halbdunkel. Seine Gedanken tanzten Tango, und der halbe Liter Weißwein sorgte dafür, dass sich alles um ihn herum zu drehen schien. Albin erkannte die Schnürsenkel von Kampfstiefeln. Schwarze Uniformen. Helme. Dann wurden ihm die Hände ins Kreuz gedrückt. Man legte ihm Handschellen an.

»Leclerc!«, keuchte er. »Ich bin Albin Leclerc.«

»Und ich der Kaiser von China«, murmelte jemand hinter ihm. Eine Stimme, die Albin nicht kannte.

Dann wurde Albin unwirsch hochgerissen, stieß sich den Hinterkopf an der noch geöffneten Tür des Waffenschranks. Er sah, dass Tyson knurrend und zappelnd an dem Stiefel eines der Männer zerrte. Dann schob sich eine Uniformjacke in sein Sichtfeld. Er erkannte Reißverschlüsse. Knöpfe. Das gestickte Wappen der Trikolore mit einer Buchstabenabkürzung. Und schon wurde er die Treppe hinaufgezerrt, stolperte und fiel fast hin, wurde auf dem Flur wiederum geblendet, dieses Mal vom Sonnenlicht. Ruppig führte man ihn nach draußen. Albin konnte sich nicht dagegen wehren.

Er öffnete den Mund, um erneut zu sagen, wer er war, und um zu fragen, was, zum Teufel, hier los war. Er hob den Kopf an, holte Luft und …

… starrte in ein Gesicht, das ihm sehr bekannt vorkam.

»Albin?«, fragte Theroux. Er legte den Kopf schief, als zweifle er an seinem Verstand. »Al … Albin?«, wiederholte Theroux.

»Theroux?«, fragte Albin.

Ja, keine Frage, das war Theroux. Nur, dass er eine schusssichere Weste trug. Darüber baumelte ihm sein Ausweis an einer Kette vom Hals.

»Sie kennen den Mann?«, fragte einer der Vermummten, die Albin im Griff hatten. Der andere war damit beschäftigt, sich Tyson vom Leib zu halten.

Theroux blickte in den Himmel, als wolle er die Mutter Gottes um Beistand anflehen. Dann sah er wieder herunter, nickte, machte eine Geste und sagte im Ausatmen: »Ja, ich kenne ihn. Das ist Commissaire Albin Leclerc. Excommissaire, mein früherer Chef.«

»Und jetzt?«, fragte die Stimme.

Theroux machte noch eine Geste und sagte: »Lassen Sie ihn los. Nehmen Sie ihm die Handschellen ab. Ich kümmere mich um ihn.«

»Er war bewaffnet«, sagte die Stimme.

Theroux starrte Albin an. »Was warst du?«

»Delvaux hat mir seine Waffen gezeigt«, ächzte Albin, dem die Schultern und der Hinterkopf schmerzten. »Er hat mir eine Luger in die Hand gedrückt.«

Theroux verdrehte die Augen und machte ein genervtes Geräusch.

»Immer noch loslassen?«, fragte die Stimme.

Theroux nickte, starrte auf seine Schuhspitzen und schüttelte mit dem Kopf. »Ich fasse es nicht«, murmelte er zu sich selbst. »Albin, ich … Ich kann es einfach nicht glauben.«

Albin atmete auf, als er losgelassen wurde. Und noch einmal, als man ihm die Fesseln abnahm. Er rieb sich die Handgelenke und verschaffte sich einen Überblick. Von François Delvaux sah er nichts. Dafür war der Hof inzwischen voll von Fahrzeugen. Albin sah Polizeikollegen in Uniform. Er sah welche in Zivil. Er sah einen Notarzt, einen Rettungswagen. Funkgeräte krächzten. Er sah die Mitglieder der Spezialeinsatztruppe in ihren Kampfanzügen. Einige nahmen sich die Helme ab, tranken Wasser aus Flaschen. Alle wirkten unaufgeregt. Entspannt. Sie hatten die Lage im Griff – Kunststück, mit einer Gruppe schwerbewaffneter Elitepolizisten zwei halbbesoffene Rentner festzunehmen.

»Tyson, Schluss jetzt«, sagte Albin mit Blick auf seinen Hund, der knurrend noch immer am Stiefel eines Polizisten zerrte, von ihm verscheucht wurde und wieder angriff. An sich ein amüsantes Bild, dachte Albin: ein hochtrainierter Zwei-Meter-Kerl mit Maschinenpistole, der sich vergeblich gegen einen wildgewordenen Mops wehrte – und herzerwärmend, wie todesmutig sich Tyson für seinen Chef einsetzte. Andererseits brauchte der Kerl nur einmal wirklich ernsthaft mit seinem Stiefel zuzutreten oder seine Dose Pfefferspray zu ziehen …

»Tyson! Aus!«

Albin pfiff. Eher widerwillig ließ Tyson endlich von dem Polizisten ab und trottete zu Albin – allerdings nicht, ohne seinen Gegner aus den Augen zu verlieren und ihn weiterhin zu taxieren.

»Albin«, zischte Theroux. »Was, zum Henker, machst du hier?«

»Hast du mein Auto nicht gesehen? Es steht doch da. Du kennst doch meinen Wagen?«

»Ich habe es nicht gesehen, nein.«

»Die Frage ist«, sagte Albin und rieb sich den Hinterkopf, »warum du mir die Rambos auf den Hals hetzt.«

Theroux blickte Albin eine Weile lang vielsagend an.

Albin deutete den Blick. Er vermittelte einerseits: *Noch ein Wort, und ich explodiere.* Er erklärte zweitens: Die Polizei hatte eine ähnliche Idee gehabt wie Albin und knöpfte sich jetzt die offiziellen und inoffiziellen Sammler von legalen und illegalen Waffen vor. Dabei überließ sie nichts dem Zufall, sondern schoss lieber mit Kanonen auf Spatzen, als zuzulassen, dass die Spatzen als Erste die Kanonen zückten. Denn bei durchgeknallten Waffenfreaks musste man mit allem rechnen. So einfach war das. Und vermutlich hatten sie deswegen vorhin einen Scheinanruf bei Delvaux getätigt und sich als Kabelfernsehen-Unternehmen ausgegeben, um festzustellen, ob der Vogel auch wirklich zu Hause war. Außer jede Menge Kriegswaffen hatten sie dummerweise nun auch noch Albin in Delvaux' Keller aufgestöbert, zudem mit einer Waffe in der Hand. Und das bedeutete, daran ließ Theroux' Blick ebenfalls keinen Zweifel, jede Menge Ärger für alle Beteiligten.

Albin machte eine beschwichtigende Geste und sagte: »Ich erklär's dir.«

»Na herzlichen Dank«, schnauzte Theroux, »da bin ich aber wirklich glücklich!«

Also erklärte Albin, warum er hier war. Dass er seine Erinnerungen über den Fall Stennalf Gustavson auffrischen wollte. Dass er sich außerdem über eine Wehrmachtswaffe wie die Luger 08 informieren wollte und wie man sie sich beschaffte. Er erklärte außerdem, woher er überhaupt von der Tatwaffe wusste.

Theroux sagte eine Weile gar nichts. Dann fragte er: »Heute Morgen habe ich vor der Besprechung ein Paket auf meinem Schreibtisch gefunden.«

Albin erwiderte nichts.

»Es war wie ein Geschenk verpackt, bloß: Da war nichts drin. Ein leerer Karton.«

Albin zuckte schwach mit den Schultern.

»Wer stellt mir denn übers Wochenende einen leeren Geschenkkarton auf den Schreibtisch?«

Albin wiederholte die ahnungslose Geste.

Theroux sagte: »Ich sollte vielleicht unten am Empfang nachfragen, wer Samstag und Sonntag Bereitschaft hatte und mir von dieser Person erklären lassen, ob jemand Samstag oder Sonntag erschienen ist, um mir ein Geschenk auf den Tisch zu stellen? Was vielleicht nur ein Vorwand war, um in meinem Büro herumzuschnüffeln?«

»Könntest du natürlich machen«, erwiderte Albin. »Aber ich glaube nicht, dass die wissen, ob das ein Vorwand zum Herumschnüffeln war. Denk mal nach: Wenn sie das wüssten, dann hätten sie die Person mit dem Geschenk doch gar nicht hereingelassen.«

Wieder schwieg Theroux einen Moment. Er sagte leise: »Albin, das geht so nicht. Du bist wie ein bockiges Kleinkind, schlimmer als mein Sohn. Du bringst uns in Teufels Küche. Du bringst dich selbst in Teufels Küche. Und wem nutzt es am Ende, hm? Niemandem.«

»Doch«, sagte Albin. »Der Wahrheitsfindung.«

»Du fühlst dich auch noch im Recht.«

»Eigentlich habe ich eher ein schlechtes Gewissen.«

»Das kannst du auch.«

»Ich habe dich enttäuscht. Das war mies von mir.«

»Allerdings.«

»Ich hätte wirklich etwas in den Geschenkkarton tun sollen. Wenigstens eine kleine Süßigkeit.«

Theroux seufzte, rieb sich durchs Gesicht und beobachtete das Treiben. Zusammen mit Albin verfolgte er, wie Delvaux zu einem Polizeiwagen gebracht wurde. Man würde ihn auf der Wache nach allen Regeln der Kunst befragen und unter Umständen eine Anzeige gegen ihn erstatten – je nachdem, ob er seine Sammlung legal oder illegal besaß. Wobei Albin auf das zweite tippte. Außerdem würden sie das Haus auf den

Kopf stellen, denn wenn sie schon ein Okay und damit einen Bescheid zu einer Hausöffnung hatten, dann mit Sicherheit auch einen für die Durchsuchung. Außerdem lag dort eine Luger herum. Das gleiche Modell wie die Tatwaffe.

»Ich muss dich mitnehmen«, seufzte Theroux, als die Türen klappten und der Polizeiwagen mitsamt Delvaux vom Hof fuhr. »Du musst eine offizielle Aussage machen, Albin«, sagte Theroux.

Albin nickte. »Aber du musst fahren.«

»Ich?«

»Ich kann nicht mehr fahren. Bist du schon mal SUV gefahren?«

»Aber wir nehmen doch nicht deinen Wagen ...«

»Soll ich nachher etwa zu Fuß hierhin und den holen? Theroux, stell dich nicht so albern an. Ich würde selbst fahren, wenn es ginge. Aber Delvaux und ich haben fast zwei Flaschen Wein getrunken. Keinen schlechten übrigens. Er weiß, was sich gehört.«

Theroux schüttelte verständnislos mit dem Kopf. »Was soll man dazu noch sagen, hm? Du bist ein hoffnungsloser Fall.«

»Apropos Fall«, sagte Albin. »Ihr seid auf der falschen Fährte.«

»Bitte?«

»Ich weiß, wie ihr denkt. Ihr fokussiert euch auf einen möglichen Serientäter. Tut ihr doch?«

Theroux zuckte mit den Achseln. Wenn er das auf diese Weise tat, bedeutete das meist eine wortlose Form der Zustimmung. Nach dem Motto: Ja, schon ...

»Welchen Ansatz habt ihr genau?«

»Du weißt doch, ich ...«

»Meine Güte«, sagte Albin und verdrehte die Augen.

Theroux zögerte. Dann machte er eine abwinkende Geste und erzählte Albin von einigen anderen Fällen in Frankreich, in denen Touristen erschossen wurden. Er erklärte, dass die Staatsanwaltschaft dem nachgehen wolle und Parallelen zöge. Kein Wunder, dass Bonnieux heiß darauf war. Wenn er die Morde in der Provence mit weiteren ungelösten Fällen von Touristenmorden in anderen Teilen Frankreichs in Verbindung bringen könnte, würde sich die Aufmerksamkeit der Öffentlichkeit und Justiz auf Luc Bonnieux richten. Der Begriff Serienmörder war ein absolutes Reizwort, man durfte es nur äußerst kontrolliert erwähnen und musste sich seiner absolut sicher sein, weil man mit der Erwähnung ganze Völker in Angst und Schrecken versetzen konnte – schönen Dank an die ganzen Schwedenkrimis. Zu Schweden sagte Theroux dann auch noch etwas – nämlich, dass der Fall Gustavson überhaupt keine Rolle spielen würde und könnte.

»Er spielt eine«, sagte Albin. »Jede Wette.«

»Warum?«

»Habe ich im Gefühl.«

»Wieso?«

»Diese beiden Männer an der Kapelle waren Experten für Gentechnik und Biologie. Gustavson war das ebenfalls. Darauf müsst ihr euch konzentrieren.«

»Albin, wegen der Sache mit dem Schweden sitzt ...«

»Ich weiß.«

»... und Jacques Latour, der Radfahrer aus dem Bordeaux: Die toxikologischen Gutachten haben belegt, dass er kokainsüchtig war. Das kann also auch ein normaler Drogenfall sein, der eskaliert ist.«

»Dann seid ihr mit eurem Serienkiller dennoch auf der falschen Fährte, hm?«

»Bonnieux hat die entsprechende Losung ausgegeben. Nicht wir.«

»Vergleich den Fall Stennalf Gustavson doch mal mit den Morden an der Kapelle: Schüsse in die Brust und den Kopf, Urlauber, Paare, alle aus einer Branche.«

Theroux sagte: »Jeweils unterschiedliche Tatwaffen und außerdem einen geständigen Mörder, nämlich Alfred Beauval. Du siehst Gespenster, Albin. Du steckst deine Nase sowieso in Dinge ...«

»Ich weiß. Schau es dir dennoch an.«

»Und was soll der Hintergrund sein?«

»Keine Ahnung. Industriespionage? Weiß ich, woran diese Gentechniker gearbeitet haben. Sieh es dir alles genau an, Theroux.«

»Meine Güte, ja, ich hab's kapiert.«

»Fahrt ihr übrigens bei allen Waffenfreaks in der Gegend jetzt das volle Brett auf?«

Theroux sagte nichts.

»Tut ihr nicht, oder? Je länger ich darüber nachdenke, desto mehr glaube ich, dass ihr noch etwas andere Gründe für diesen Auflauf habt, oder?

»Ja«, sagte Theroux. »Da gibt es noch andere Probleme. Es gibt Zeugen, die ausgesagt haben, dass sie ein dunkles Fahrzeug am frühen Morgen aus der Zufahrt zur Kapelle haben kommen sehen. Vielleicht einen kleinen Renault, Peugeot, Citroën oder Fiat.« Theroux deutete mit der Stirn auf Delvaux' Wagen. »Delvaux fährt einen dunklen Kleinwagen des entsprechenden Typs.«

Darauf also waren sie so scharf, dachte Albin. Sie würden sich den Wagen vorknöpfen und nach Spuren suchen. Was so weit gehen konnte, dass sie kleine Steinchen und Piniennadeln aus dem Reifenprofil kratzten und analysierten und mit den kleinen Steinchen und Piniennadeln verglichen, die es an der Chapelle du Paty gab.

»Und weiter?«, fragte Albin. »Du hast von mehreren Gründen gesprochen. Also: Was gibt's noch?«

Der andere Grund war der, dass unabhängig von jedem Verdacht, dringend etwas geschehen musste, damit Bonnieux vorweisen konnte, tätig zu sein. Oder genauer: Der andere Grund war Danko Vukovic.

16

DANKO VUKOVIC war nach Albins Meinung eine optische Mischung aus Cary Grant und Hannibal Lecter, so man die beiden überhaupt vermengen konnte. Vukovic mochte um die fünfzig Jahre alt sein, war groß und schlank und steckte in einem tadellosen Anzug, der entweder maßgeschneidert oder von Designern entworfen oder beides war. Er war jemand, der Präsenz ausstrahlte und auf den man gerne die Kamera richtete – was im Moment einige Journalisten auch taten, die ihn vor dem Eingang zum Polizeirevier am Boulevard Albin Durand umringten wie Motten das Licht. Sein Blick war stechend, die an den Ansätzen leicht graumelierten Haare schwarz wie die Nacht und mit einem teuren Schnitt versehen. Er hatte ein markantes Grübchen am Kinn und volle, feingeschwungene Lippen. Der Teint war dunkel, bis auf eine Stelle am Hals, die wie eine helle Pigmentstörung wirkte und das ansonsten perfekte Bild störte. Annähernd perfekt, denn der Mann wirkte gleichzeitig niedergeschlagen als auch wütend. Wozu er allen Grund hatte: Danko Vukovic war der Bruder der ermordeten Dunja Kaltmann.

Albin, Tyson und Theroux stoppten auf dem Bürgersteig und blieben neben der Menschengruppe stehen.

»Der macht uns die Hölle heiß«, murmelte Theroux, setzte sich die Sonnenbrille auf und raunte Albin noch ein paar weitere Informationen zu. Albin schwieg und lauschte und tat so, als sei das alles für ihn neu, dabei hatte er über Danko Vukovic schon ein bisschen gelesen.

Wie seine Schwester stammte er aus Sarajevo und war Geschäftsführer für Marketing und Unternehmenskommunikation in einem großen Touristikkonzern, der in Zürich ansässig war. Man hatte ihn über den Tod seiner Schwester informiert. Er war sofort angereist, um sich ins Bild zu setzen, Rede und Antwort zu stehen und seine Schwester zu identifizieren sowie ihre Leiche zu überführen. Was natürlich nicht möglich war, solange die Polizei sie nicht freigab – und das würde vermutlich noch einige Zeit in Anspruch nehmen. Vukovics Job machte jedenfalls verständlich, auf welche Art und Weise er der Polizei und der Staatsanwaltschaft Druck machte: Er verstand, die Klaviatur der Medien zu spielen. Was er gerade im Moment tat, indem er, soweit Albin es aus den Gesprächsfetzen verstand und die Situation interpretierte, eine spontane Pressekonferenz angesetzt hatte, zu der etwa zehn Personen erschienen waren. Einige filmten mit professionellen Kameras, andere machten Fotos, einige hielten ihre Handys hoch, um ein Video oder O-Töne aufzunehmen, zwei weitere streckten Vukovic Mikrophone hin, andere schrieben auf Spiralblöcken mit, was der Mann zu sagen hatte.

Albin hörte: »... zutiefst schockiert über die Umstände des Todes meiner Schwester und meines Schwagers sowie des weiteren Opfers und verlange eine schnellstmögliche Aufklärung. Meine Schwester hat als Kind den Bürgerkrieg überlebt, das Artilleriefeuer der Serben und die Scharfschützen auf der Sniper-Alley in Sarajevo. Sie war Ärztin und um das Wohl anderer Menschen besorgt, und sie wurde in diesem Land, in dem sie Erholung suchte, hingerichtet von einem …« Vukovic machte eine Pause und fasste sich an die Schläfen.

»Hingerichtet von wem?«, fragte eine Reporterin. »Was vermutet die Polizei?«

»Was wissen Sie genau über die Umstände?«, ergänzte ein anderer.

»Die Polizei spricht von Hinrichtung?«, hakte ein weiterer nach.

Vukovic blinzelte, holte Luft und straffte sich. Er sagte: »Falls es stimmt, was man mir sagte, dann wurde meine Schwester möglicherweise das Opfer von einem ›Lone Offender‹ genannten Typ von Serientäter, auf dessen Kosten mehrere Morde an Touristen gehen sollen.«

Albin hörte Theroux neben sich keuchen. Das war genau das, was der Polizei fehlte: ein Angehöriger, der halbgare Vermutungen auspackte, aus denen die Medien dann hundertprozentige Feststellungen zimmerten.

Vukovic redete weiter: »Eine schnellstmögliche Aufklärung dient auch den wirtschaftlichen Interessen Ihres Landes, denn solange dieser Killer nicht gefasst ist und die Justizbehörden nicht alles in ihrer Macht Stehende unternehmen, ihn zu fassen, ist in der Provence niemand mehr sicher – und das dürfte erhebliche Auswirkungen auf den Fremdenverkehr haben. Ich möchte Sie herzlich bitten, in Ihren Medien und auch über die sozialen Netzwerke nach dem Mörder meiner Schwester und meines Schwagers zu suchen. Ich setze hiermit auf jeden Hinweis, der zur Ergreifung des Täters dient, eine Summe von zehntausend Euro zur Belohnung aus. Danke für Ihre Fragen, meine Damen und Herren, ich muss mich verabschieden. Morgen früh werde ich den Tatort besuchen und Blumen an der Kapelle niederlegen. Menschen, die ihren Gefühlen Ausdruck verleihen möchten, sind herzlich eingeladen, mit mir dort zu trauern.«

Du Fuchs, dachte Albin. *Was für ein ausgebuffter, kaltschnäuziger Typ.* Vukovic fuhr tatsächlich schwere Geschütze auf. Einerseits konnte man ihm das nicht verübeln. Auf der anderen Seite machte er der Polizei die Arbeit schwer und setzte sie unter Druck.

Bonnieux würde fraglos in die Luft gehen und unter der Decke seines Büros rotieren wie ein Ventilator auf Speed, sobald er das hörte. Er würde vor Wut darüber Feuer spucken, dass Vukovic ohne Absprache ein Belohnungsgeld aussetzte. Und Albin war sich sicher, dass es nicht abgesprochen war. Kein Ermittler, der bei Trost war, würde dem zu einem so frühen Zeitpunkt zustimmen, weil man sich damit Horden von Irren an den Hals lud, die nur auf das Geld scharf waren, aber nichts zu sagen hatten und den Betrieb aufhielten. Bonnieux würde zudem darüber ausrasten, dass Vukovic diese Lone-Offender-Theorie auf den Markt geworfen und das böse Wort gesagt hatte: Serientäter. Ein Wort, auf das die Medien anschlugen wie ein Jagdhund. Damit brachte er die Öffentlichkeit, das Tourismusministerium, das Innenministerium und wer weiß wen noch in Wallung. Fraglos würden die Justizbehörden den Druck, den man ihnen deswegen machen würde, ungefiltert an die Polizei weitergeben und vielleicht sogar noch verdoppeln.

Prost Mahlzeit, dachte Albin, Danko Vukovic kannte sich wirklich aus und hatte als Marketingfachmann sicherlich jedes Wort mit Bedacht verwendet. Er hatte die Fäden in die Hand genommen und allen anderen gehörig Feuer unterm Hintern gemacht. Weswegen Albin Vukovic durchaus re-

spektvoll zunickte, als er sich an ihm und Theroux vorbei-
drängte.

Vukovic stockte kurz bei der Geste, schien zu versuchen,
Albin einzuordnen.

»Albin Leclerc«, sagte Albin und streckte die Hand zu
Vukovic. »Ehemals Kripo Carpentras. Ich bedaure Ihren
Verlust.«

Theroux blickte Albin irritiert an. Vukovic blinzelte, ergriff aber nicht Albins Hand.

»Ja«, sagte er, »vielen Dank.«

»Die Kollegen tun sicher alles für eine schnelle Aufklärung.« Albin hielt ihm immer noch die Hand hin, die Vukovic immer noch nicht ergriff. Stattdessen straffte er sich,
nickte und entgegnete: »Herzlichen Dank.«

Dann drängte er sich auch an Albin vorbei, um sich in
einen schwarzen Mercedes mit Schweizer Kennzeichen zu
setzen und davonzufahren. Als die Medienmeute sich ebenfalls auflöste, wurde der Blick frei auf die andere Seite des
Bürgersteigs. Dort stand Caterine Castel in voller Uniform
mit angeschnalltem Einsatzgurt sowie einer grüngetönten
Sonnenbrille. Sie schien ebenfalls zugehört zu haben und
gerade von einer Streife zu kommen. In der einen Hand hielt
sie ein Eis am Stiel, das sie sich wohl am Kiosk geholt hatte,
an dem sich die Polizisten in der Pause mit allem Nötigen an
Süßigkeiten ausstatteten. In der anderen hielt sie den Autoschlüssel, den sie mit einer Bewegung aus dem Handgelenk
immer wieder um den Zeigefinger herumschnappen ließ wie
ein Moslem seine Gebetskette.

Albin spürte, dass sich Theroux neben ihm regte.

»Also los«, sagte er, »verlieren wir keine Zeit. Ich hasse
das, Albin, weißt du das? Ich hasse es, dass wir das machen

müssen, und ich hasse es, wie du dich einmischst. Was sollte diese Nummer mit Vukovic? Warum laberst du den an?«

»Ich bin nur freundlich.«

»Von wegen«, zischte Theroux.

Albin antwortete mit einem Brummen und überlegte, ob er kurz zu Castel gehen sollte, um mit ihr zu sprechen, besann sich aber eines anderen. Und trat wieder einmal ins Hotel de Police, um eine amtliche Aussage zu machen.

17

LAILA ASS DAS BELEGTE BAGUETTE am Steuer. Nicht gerade ein großartiges Abendbrot, aber sie hatte in der letzten Zeit Schlechteres gegessen.

Sie dachte spöttelnd: *Carpentras. Du hast es weit gebracht, Cat.*

Vermutlich hätte sie nie im Leben gedacht, dass die Schatten ihrer Vergangenheit sie hier einholen würden. Die Schatten, die das strahlende Leben warf, das Cat hätte genießen können. Nein, falsch, sie hatte es ja genossen, und zwar in vollen Zügen. Sie hatte Bekanntschaft mit Leuten geschlossen, für die Menschen wie Cat allenfalls Staub unter der Gucci-Sohle waren. Sie war zu Gast auf Luxusyachten geladen, die pro Meter Rumpflänge eine Million Euro kosteten. Und war so naiv gewesen, anzunehmen, das alles habe keinen Preis?

Fick dich, Cat, dachte Leila, zerknüllte die Tüte aus der Bäckerei und entsorgte sie im Fußraum.

Neben ihr auf dem Beifahrersitz lagen ein Block und ein Kugelschreiber. Drauf hatte sie Castels Adresse notiert und außerdem Vermerke über ihre Dienstzeiten gemacht. Wann sie kam, wann sie ging. Okay, die bisherige Zeit hatte nur für einen kurzen Überblick gesorgt, aber das reichte Laila aus. Sie hatte nicht vor, eine wochenlange Observation vorzunehmen. Schnell rein, hart zuschlagen, schnell raus – das war stets Mahmouds Motto gewesen. Die Spezialeinheiten vom

Militär würden so arbeiten, hatte er gesagt. Laila hatte es sich zu eigen gemacht und war damit nicht schlecht gefahren. Man musste gut vorbereitet sein, durfte es damit aber auch nicht übertreiben, denn sonst kam man zu nichts.

Auf dem Beifahrersitz lag außerdem eine Pocket Rocket, Leilas bevorzugte Waffe. Es war eine subkompakte Glock 33 im Kaliber .357, die gut in ihre zierliche Hand passte. Sie war nur ein bisschen länger als ein Smartphone, hatte neun Schuss und war sehr leicht, verfügte aber über eine brachiale Mündungsgeschwindigkeit sowie eine hervorragende Ballistik. Man konnte sie fabelhaft verdeckt tragen oder in eine Handtasche stecken.

Das letzte Mal hatte Laila sie am Swimmingpool einer modernen Villa bei Nizza benutzt. Die Villa gehörte einem ziemlich korrupten Rechtsanwalt, der damit drohte, Mahmoud ans Messer zu liefern. Also waren sie hingefahren, um mit dem Anwalt zu reden. Er hing gerade am Pool ab, an dessen Beckenrand sich zwei halbnackte russische Pornostarlets oder Escorts räkelten.

»Mahmoud«, hatte er lächelnd gesagt, dabei aber Laila angestarrt und sich mit der Linken das eigene Sixpack gekrault, während er in der Rechten einen affigen Cocktail hielt. »Mahmoud, es gibt sehr belastendes Material in meinem Büro gegen dich, von dem ich nicht weiß, wie du es der Polizei erklären willst.«

Laila hatte einfach die Pocket Rocket gezogen, die beiden Miezen abgeknallt und gesagt: »Und jetzt gibt es sehr belastendes Material in deinem Pool gegen dich, du Scheißkerl, von dem *ich* nicht weiß, wie *du* es der Polizei erklären willst.«

Während das Wasser sich tiefrot färbte, hatte der Kerl um sein Leben gewinselt und danach gespurt wie eine Eins.

Mahmoud war wegen Lailas impulsivem Handeln komplett ausgerastet und hatte ihr dann Yussuf als Aufpasser an die Seite gestellt.

Jetzt wischte sich Laila die Krümel von den Händen. Sie klappte den Sonnenschutz im Wagen nach unten und überprüfte ihre Mundwinkel im Rückspiegel. Dann nahm sie die Pocket Rocket vom Beifahrersitz und steckte sie in die Gesäßtasche der Jeans. Sie verschloss den Wagen und schlüpfte durch die Büsche, um einen genaueren Blick auf das zu werfen, was Cat inzwischen ihr Zuhause nannte.

18

CASTEL WOHNTE etwas außerhalb von Carpentras. Als sie hergezogen war, hatte sie sich einige billige Appartements in gesichtslosen Vierteln im Zentrum angesehen. Die Wohnkomplexe und Mehrfamilienhäuser sollten modern wirken, erinnerten sie aber eher an die heruntergekommenen Viertel im Norden von Marseille, wo sich Architekten bei öffentlich geförderten Wettbewerben mit Mehrgenerationen-Projekten ausgetobt hatten. Am Ende hatten sie aber lediglich weitere soziale Brennpunkte geschaffen, und das war in Carpentras nicht anders, allerdings im Kleinformat. Mehr als ein Drittel der Bevölkerung stammte auch hier aus dem Maghreb oder Afrika. Es würde zu nichts Gutem führen, hatte Castel gedacht, wenn dazwischen eine Polizistin wohnte. Vor allem sie.

Schließlich war sie an der Chemin de la Légué fündig geworden, einer der typischen sehr schmalen Ortsstraßen, die wie eine Hohlgasse zwischen mit Schilf bewachsenen Böschungen, Eibenhecken und beschnittenen Pinien verlief. Jemand hatte dort ein ehemaliges Ferienhaus preiswert zu vermieten. Es war in einem rötlichen Ockerton gestrichen, der allerdings nicht darüber hinwegtäuschen konnte, dass der Bau aus den billigsten Materialen hochgezogen worden war. Castel hatte die Vermutung, dass das Häuschen wohl niemals von Touristen gebucht worden war und deshalb zur Vermietung stand. Es war eher hässlich und hatte kaum Fenster. Links und rechts befanden sich Plantagen. Die Zuwegung war geschottert und auf der einen Seite mit Müllcontainern zugestellt. Direkt daneben befanden sich zwei weitere Häuser im gleichen Stil wie die Castels, allerdings deutlich größer und als Mehrfamilienhäuser konzipiert. Castels Häuschen hatte knapp über sechzig Quadratmeter, eine Terrasse, war möbliert und verfügte gewissermaßen über eine Alleinlage: Zwischen den Mehrparteienhäusern und dem von Castel lagen etwa dreißig Meter, so dass das Gekreische der Kinder in den Gärten meist nicht sehr laut zu hören war.

Gerade senkte sich der frühe Abend über das Land, was die drückende Hitze nicht erträglicher machte. Castel stand unter der Dusche, den Kopf gesenkt, und ließ sich von dem scharfen, kühlen Strahl aus dem Duschkopf den Nacken massieren. Rechts von ihr pladderte das Wasser laut gegen den Duschvorhang. Ihre Hüften schmerzten. Links und rechts hatte sie verblassende blaue Flecken vom Einsatzgürtel, an den sich Castels Körper immer noch nicht gewöhnt hatte – vor allem nicht, wenn man damit im Polizeiwagen saß. Die zahlreichen Taschen daran und das Holster waren zwar gepolstert, was darin steckte, war allerdings nicht gepolstert. Außerdem schwitzte man unter dem Kunststoffgewebe, das einem wie ein mit Beton gefüllter Rettungsring aus Plastik auf den Beckenknochen saß. Und sie hatte bei der Verkehrskontrolle ziemlich viel geschwitzt, so dass sie sich nach Dienstende sofort ein Eis am Kiosk geholt hatte. Dabei hatte sie das Spektakel verfolgt, das dieser Danko Vukovic veranstaltet hatte – und Leclerc und Theroux gesehen, die ins Hôtel de Police gingen. Im Innendienst hatte sie dann gehört, dass die Kollegen eine Verhaftung vorgenommen hatten – irgendeinen irren Waffensammler, um festzustellen, ob er für die Morde an der Kapelle in Betracht kam. Sie hatte sich gefragt, ob Leclercs Erscheinen auf irgendeine Art und Weise damit in Verbindung stehen könnte – und das unbestimmte Gefühl gewonnen, dass das der Fall war.

Schließlich stellte Castel die Dusche ab. Sie zog den Vorhang zur Seite und stieg aus der Wanne. Sie griff nach einem Handtuch, trocknete sich damit ab und öffnete die Badezimmertür. Während sie ihre kurzen Haare im Gehen trockenrubbelte, ging sie durchs Wohnzimmer in Richtung Schlafzimmer.

Vor der Schlafzimmertür blieb sie stehen und stutzte. Adrenalin durchfuhr sie und weckte ihren Geist auf.

Die Schiebetür zur Terrasse, dachte Castel, und der Vorhang davor …

Bevor sie eben unter die Dusche gegangen war, hatte sie die Glasschiebetür ein wenig geöffnet, um frische Luft hereinzulassen. Aber nur einen Spalt weit, weil die Luft sehr warm war. Außerdem verdeckte der blickdichte Plastikvorhang den größten Teil der Glasfläche, denn die Sonne stand tief und schien abends mit aller Kraft auf die Terrasse und damit ins Wohnzimmer hinein. Deswegen war er meist zugezogen.

Beides war jetzt anders. Die Schiebetür stand mehr als nur einen Spalt offen. Der Vorhang war zur Seite geschoben. Das rötliche Licht der untergehenden Sonne füllte das Wohnzimmer aus.

Castel legte den Kopf leicht schräg, ohne sich umzudrehen, rieb sich mit dem Handtuch den Nacken und ging dann ins Schlafzimmer. Sie spürte den kräftigen Herzschlag in der Brust. Auf der Zunge schmeckte es metallisch. Sie dachte an den überraschenden Besuch von Martinet. Sie dachte an die Bilder, die er ihr gezeigt hatte. Sie dachte an Laila Hadjali, die unter falschem Namen und mit verändertem Äußeren wiederaufgetaucht war. Castel hatte sich nach dem Grund dafür gefragt. Ihr waren eine Reihe Möglichkeiten eingefallen, aber um eine zirkulierten ihre Gedanken schon den ganzen Tag über. Nämlich um den Grund, der Martinet in Wahrheit zu Castel geführt hatte. Martinet war fraglos nicht nur einfach so aufgetaucht, um Castel zu fragen, ob sie irgendetwas über Laila wusste oder gehört hatte. Er war auch deswegen aufgetaucht, weil er sich wie eine Hyäne an die Beute einer waidwunden Löwin heften wollte, um sie beim Fressen zu überwältigen. Beim Fressen von Castel. Denn Martinet hatte es angedeutet: Laila würde vielleicht nach Castel suchen. Und der Anlass dafür wäre Rache. Castel hatte sich das heute Morgen zunächst nicht vorstellen können. Oder besser: nicht vorstellen wollen. Inzwischen dachte sie anders. Denn sie kannte Laila.

Castels Hand zitterte, als sie das Handtuch aufs Bett warf und sich hektisch das lange T-Shirt anzog, das sie zum Schlafen nutzte. Sie biss auf die Unterlippe, zog leise die Schublade an der Ikea-Kommode neben dem Bett auf, griff zwischen ihre Unterwäsche und nahm ihre private kurzläufige Sig-Sauer und das geladene Magazin heraus. Sie schob das Magazin in den Handgriff, zog den Schlitten zurück und lud eine Patrone in die Schusskammer.

Mit der Pistole ging sie zurück zur Schlafzimmertür. Sie holte tief Luft – und stieß die Tür mit der Schulter auf. Den Bruchteil einer Sekunde später stand sie im Flur und zielte ins Wohnzimmer. Sie sah nichts. Sie bewegte sich voran, ruckte nach links, wo die Küchenzeile war. Niemand da. An der Wand entlang ging sie in Richtung Terrasse – der Blick von draußen würde durch den dichten Vorhang verdeckt sein. Schließlich machte sie einen Ausfallschritt zur Seite, blinzelte in das grelle Gegenlicht und zielte auf den Hinterkopf einer Person, die im Gartenstuhl neben dem Kunststofftisch saß.

»Mögen Sie kaltes Huhn, Castel?«, fragte Albin Leclerc und entließ eine Wolke von Zigarettenqualm in den Himmel.

Es gab klickende Geräusche auf den Bodenkacheln, als Leclercs Mops Tyson aufstand, zu Castel trottete und sie fragend ansah. Sie spürte seine kalte Nase an ihren Füßen. Castel atmete aus und nahm die Waffe runter.

Leclerc drehte sich über die Schulter zu ihr um, musterte sie. Schaute auf die Waffe, dann ihr wieder in die Augen. Neben ihm auf dem Tisch standen zwei Töpfe und eine leere Tragetasche. Dort standen auch zwei Teller, die aus Castels Küche stammten. Besteck lag darauf. Sie sah zwei Gläser. Eine Flasche Wein. Er musste also in die Küche gegangen sein, während sie im Bad war, und dann hier draußen den Tisch gedeckt haben.

Konnte man diese Dreistigkeit fassen?

Leclerc fragte: »Ich habe Sie offenbar erschreckt.«

»Sie haben mich ziemlich erschreckt«, bestätigte Castel.

»Ich habe geklingelt. Sie haben nicht reagiert. Ich hörte die Dusche. Also bin ich hinten rum. Die Terrassentür stand offen. Jeder Einbrecher hätte sofort hereinmarschieren und alles mitnehmen können. Das war fahrlässig. Sie sollten die Tür nicht offen stehen lassen – und das als Polizistin, also wirklich.«

»Sie …«, stammelte Castel, machte eine Geste mit der Waffe und fuhr sich durch das nasse Haar, »Sie können doch nicht einfach in fremde Wohnungen marschieren, Leclerc, und dann ... Pff, Sie sind unmöglich!«

»Wen haben Sie denn erwartet?«

»Nicht Sie jedenfalls.«

Leclerc nickte in Richtung der Töpfe. »Also«, fragte er, »kaltes Huhn? Es ist ziemlich gut. Es war noch etwas übrig, denn wir haben am Wochenende eine frische Forelle dazwischengeschoben. Ich habe in Ihrer Küche ein paar fragwürdige Nahrungsmittel gesehen und wette, Sie essen sonst nur diesen Mikrowellenmist oder Dosenfutter.«

Castel schmunzelte und wendete sich ab, um die Waffe wieder zurückzubringen.

»Ja«, sagte sie, »meistens.« Und ergänzte: »Leclerc, das ist sehr freundlich von Ihnen – aber ich finde, dass das alles etwas zu privat wird, okay?«

»Es kann nur privat sein, weil ich nicht mehr im Dienst bin, Sie Schlaumeier.«

»Trotzdem.«

»Der Mensch muss essen.«

»Ich möchte keine Schwierigkeiten, und ich fürchte, je mehr ich mit Ihnen zu tun habe, desto mehr bekomme ich.«

»Sie haben Angst vor mir?«

»Nicht direkt.«

»Haben Sie eine Ahnung, welche Schwierigkeiten *ich* bekomme, wenn ich mit dem kalten Huhn wieder zurückkehre und meiner Freundin sage: Das Mädchen wollte nicht essen?«

»Mädchen?«

»Soll ich lieber Fräulein sagen?«

»Castel wäre mir lieber. Von mir aus auch Caterine.«

Leclerc musterte sie eine Weile. Dann sagte er: »Die haben

sich auf einen ›Lone Offender‹ eingeschossen – einen Einzelgänger, der Touristen killt. Theroux hat das bestätigt. Aber ich glaube, das stimmt nicht. Es geht um etwas anderes. Ich weiß nicht, um was – aber es ist kein Serienkiller.«

»Die Mordkommission weiß sicher, was sie tut, Leclerc. Theroux hat auch mir von der Theorie berichtet.«

»Theroux ist jemand, der seinen Job macht. Er ist jemand, dem man manchmal die Augen öffnen und ihn in eine bestimmte Richtung schieben muss. Sie sind anders, Castel.«

»Ich bin aber bei der Streife.«

»Wo Sie nicht hingehören.«

»Was soll ich mit der Information anfangen?«

»Meine Stelle ist nach wie vor unbesetzt und vakant.«

»Und?«

»Sie wissen, was ich damit sagen will.«

Castel dachte an den Baron von Münchhausen und seinen Zopf. Sie strich sich über die noch feuchten Nackenhaare. Sie sagte: »Ich sehe da keinen Zusammenhang.«

»Doch, tun Sie«, erwiderte Leclerc. »Sie sind keine Streifenpolizistin. Stellen Sie das unter Beweis. Zeigen Sie denen, woraus Sie gemacht sind. Gehen Sie zurück zur Kripo.«

»Ich weiß nicht, ob ich das tun sollte.«

»Doch, das wissen Sie.«

»Leclerc, seien Sie ehrlich: Es geht Ihnen doch in erster Linie nur darum, einen Insider zu haben, der Sie mit Informationen versorgt. Sie wollen mich für Ihre Zwecke instrumentalisieren.«

»Das ist zum Teil richtig, zum anderen Teil aber nicht.«

»Ich lasse mich nicht instrumentalisieren.«

»Sie sind eine Zauderliese.«

Castel lachte erstaunt. »Wie nennen Sie mich?«

»Zauderliese.«

»Ich glaube, es hackt, Leclerc.«

»Warum? Sie wissen selbst, dass Sie eine Zauderliese sind. Dabei dachte ich, Sie sind taff und wissen, wo die Musik spielt. Ihnen ist irgendetwas über die Leber gelaufen, das ist alles. Sie bekommen kalte Füße. Als wir kürzlich einen Kaffee getrunken haben, klangen Sie ganz anders, Castel, viel mehr nach meinem Geschmack. Ich denke, jemand hat Sie strammstehen lassen und eingeschüchtert. Deswegen sind Sie auf einmal so skeptisch und stellen sich wie eine Prinzessin an. Eben wie eine Zauderliese. Das Dumme mit Zauderliesen ist aber: Sie treten auf der Stelle. Es geht nicht vor oder zurück. Was wollen Sie, Castel: auf der Stelle treten, sich rückwärts bewegen, oder gehen Sie lieber nach vorne?«

Castel war einen Moment lang sprachlos. Denn natürlich hatte Leclerc trotz aller Dreistigkeit recht. Es war etwas passiert, ja. Martinet war in der Zwischenzeit passiert und in das Hôtel de Police marschiert, damit es auch ja jeder mitbekam. Und jeder, ohne Ausnahme, riet Castel, den Ball flach zu halten. Zudem war Laila Hadjali wiederaufgetaucht. Ein weiterer Grund, sich unauffällig zu verhalten.

Castel sagte: »Vielleicht bin ich eine Zauderliese. Sie sind jedenfalls das, was man auf Englisch *Pain in the ass* nennen würde.«

»Einen Schmerz im Arsch kann man mit Salbe behandeln. Gegen Zauderliesen ist noch nichts erfunden worden.«

Castel lachte, sagte aber: »Sie haben keine Ahnung, Leclerc.«

»Mehr als Sie denken. Auf Sie wird Druck ausgeübt, oder Sie üben den Druck selbst auf sich aus. Na und? Damit muss man leben. Druck gehört dazu.«

»Sie sollten sich nicht um mein Leben kümmern. Das kann ich alleine.«

Es beeindruckte Leclerc kein Stück. Er hielt weiter den Topf geöffnet und sagte: »Sie sollten sich jetzt vor allem hinsetzen und etwas mit mir essen.«

Leclerc tippte auf den Topfdeckel und hob ihn an. Es roch lecker und sah auch ziemlich appetitlich aus.

Leclerc sagte: »Und tun Sie nicht so, als würde Ihnen der Fall auf einmal am Hintern vorbeigehen. Sie haben heute bei der Pressekonferenz von diesem Vukovic zugehört und Ihre Schlüsse gezogen. Ich wette, Sie haben außerdem schon in ein paar Akten geschaut und sich intern etwas über den Fall informiert – und zwar völlig egal, was dabei für ein Druck auf Ihnen lastet und wer Ihnen am Zeug flicken will. Ich weiß, wie Sie ticken. Also verkaufen Sie mich nicht für dumm, Castel.«

Castel sagte nichts.

»Kaltes Huhn?«, fragte Leclerc und fächelte Castel mit der freien Hand etwas von dem Aroma zu.

Sie verdrehte die Augen. Dann musste sie ein wenig schmunzeln. Sie zog sich mit dem großen Zeh den Gartenstuhl heran und setzte sich. »Ich habe noch nie jemanden getroffen, der so stur ist wie Sie. Sie geben einfach nicht auf.«

»Wer sich aufgibt«, erwiderte Leclerc, »kann sich gleich in den Sarg legen. Und das ist mir zu früh. Nur darum geht's, Castel.«

19

DAS KALTE HUHN hatte Castel ausgezeichnet geschmeckt. Sie streckte sich jetzt im Stuhl aus und ließ die Hand herabbaumeln, um Tyson damit zwischen den Ohren zu kraulen, was er sich nur allzu gern gefallen ließ. Castel betrachtete Albin eine Weile, der nun damit beschäftigt war, alles wieder zusammenzupacken und in die Küche zu tragen. Castel hatte ihm helfen wollen. Aber er hatte dankend abgelehnt und gemeint, es handle sich schließlich um eine Einladung zum Essen, und Gäste hätten sich nicht um das Abräumen zu kümmern.

»Sie wollten sich wohl zu Hause nicht von Ihrer Freundin mit einer jüngeren Frau beim Rendezvous überraschen lassen, hm?«, fragte Castel ironisch.

»Keine Sorge«, erwiderte Leclerc. »Wie ich schon sagte: Sie hat mir das Huhn eingepackt und mich überhaupt erst auf die Idee gebracht. Halten Sie mich bloß nicht für so romantisch, dass mir das von alleine einfiele. Außerdem sind Sie nicht mein Typ, wie Sie wissen.«

Castel lachte. Albin zwinkerte und verschwand mit den Tellern in der Küche. Eben, beim Essen, hatte er gestanden, dass er selbst früher haufenweise Fertiggerichte in sich hineingestopft hatte, aber damit nun Schluss sei und ihm seine Freundin das Kochen beibringe. Sogar beim Huhn habe er geholfen, was Castel mit einem respektvollen Nicken quittiert hatte. Er hatte auf Castels Frage hin außerdem erklärt, was er mit Theroux heute am Hôtel de Police wollte und ihr von Delvaux und dem Zugriff der Spezialeinheit erzählt – also lag Castel nicht so falsch mit ihrer Annahme, dass Leclercs Finger im Spiel gewesen waren. Eines musste man ihm lassen: Er ließ nicht locker, gegen alle Widerstände, und es schien ihm wirklich vollkommen egal zu sein, was andere über ihn dachten. Vielleicht war das aber auch nur eine Masche. Er war eigentlich intelligent genug, um zu verstehen, was er da jeweils anrichtete, ignorierte es allerdings. Was ihn in Castels Augen zu jemandem machte, der vermutlich auch über seine eigenen Abgründe auf diese Art und Weise hinweggehen würde. Einfach stur darüber hinwegsehen und weitermarschieren. Was unter Umständen und in gewissen Lebenslagen keine schlechte Eigenschaft wäre.

Ein wenig erinnerte Leclerc sie in dieser Hinsicht an ihren Vater. Er und ihre Mutter lebten heute in Marseille in einem Alten- und Pflegeheim. Ihre Mutter war dement. Ihr Vater litt an Multipler Sklerose. Castel besuchte beide gelegentlich, aber sie fuhr meist mit einem beklemmenden Gefühl hin, war bedrückt, wenn sie da war, und fuhr traurig wieder zurück. Beide waren nur noch Schatten ihrer selbst. Verblichen wie der Ausdruck eines Fotos, das zu lange in der prallen Sonne auf der Fensterbank gelegen hatte.

Castel merkte kurz auf, als sie gedämpfte Gongtöne von drinnen vernahm – die Signale für eingegangene E-Mails auf ihrem Handy. Aber sie kümmerte sich jetzt nicht drum, das könnte sie später immer noch tun. Sie ahnte ohnehin, was das für Mails waren. Sie konnten nur von Nadia stammen.

Leclerc kam gerade wieder zurück aus der Küche, wischte

sich die Hände an der uralten Jeans ab und setzte sich ächzend hin. Er goss Castel etwas Rotwein nach, sich selbst ebenfalls.

Castel fragte: »Haben Sie eigentlich keine Familie? Ich meine – abseits von Ihrer Freundin?« Castel spielte auf das Hintergrundbild an, das Leclerc auf seinem Handy nutzte, sprach das aber nicht aus.

Leclerc trank einen Schluck, stellte das Glas zurück und griff in die Gesäßtasche seiner Jeans. Er förderte seine Geldbörse zutage, klappte sie auf und nahm zwei Fotos heraus, die er Castel hinschob.

»Meine Tochter und meine Enkelin. Sie leben in Paris. Sie haben die beiden sicher schon auf meinem Handy gesehen, als wir kürzlich bei Matteo einen Kaffee tranken.«

Castel kommentierte das nicht. Sie betrachtete die Bilder und lächelte.

Sie fragte: »Besuchen Sie sie oft?«

»Nein.«

»Und andersrum?«

»Nein.«

»Warum nicht?«

»Der Kontakt ist leider abgerissen.«

»Darf ich fragen, wieso?«

Leclerc nahm die Bilder, schob sie in die Geldbörse und diese zurück in die Gesäßtasche seiner Jeans. Er erklärte: »Ich habe etwas getan, das sie mir nicht verzeiht. Ich war ein Dummkopf. Seither spricht sie nicht mehr mit mir.«

»Was haben Sie ihr getan?«

»Sie hat sich in diesen Autoverkäufer verknallt. Nach meiner Meinung ein Psychopath. Ich war mir sicher, dass er sie schlägt.«

»Oh«, machte Castel.

»Also habe ich mit meiner Tochter geredet. Ich habe auch mit ihm geredet. Beide wiesen meine Unterstellung weit von sich. Andererseits habe ich oft genug misshandelte Frauen gesehen. Ich weiß, welche Art von Verletzungen sie erleiden, und ich weiß, wie sie sich herausreden und ihre Kerle verteidigen.«

»Was bei Ihrer Tochter der Fall war?«

Leclerc nickte. »Als es erneut geschah, habe ich mir den Kerl vorgeknöpft.« Leclerc zuckte mit den Achseln. »War eine Dummheit von mir.«

»Sie haben ihn zusammengeschlagen«, stellte Castel fest.

»Sagen wir so: Er fiel die Treppe hinab.«

Castel verstand. »Hoffentlich«, sagte sie, »wurde es danach besser und er hat die Botschaft kapiert.«

»Es wurde eher schlechter. Meine Tochter drehte durch, weil ich mich auf diese Weise in ihr Leben eingemischt habe. Der Psycho drohte mir mit einstweiligen Anordnungen und anderen Dingen, die zu einem Rauswurf bei der Polizei hätten führen können. Und das war die große Dummheit: Ich habe mich in seine Hände begeben. Psychopathen stehen auf so etwas und wissen, wie sie es anstellen, Macht über andere zu gewinnen. Einen zu manipulieren. Da habe ich ihm eine Steilvorlage gegeben. Ich hasse das. Ich war ein Idiot und habe mich dämlich angestellt. Ich hätte es besser wissen und mich beherrschen müssen.«

»Vielleicht«, sagte Castel, »sollten Sie einfach noch einmal probieren, mit Ihrer Tochter Kontakt aufzunehmen. Vielleicht ist Gras über die Sache gewachsen.«

»Sie ist stur. Ich bin stur.«

Castel schmunzelte. »Blut ist dicker als Wasser.«

»Ist ja nicht so«, erwiderte Leclerc, »dass ich das nicht schon öfters gehört hätte.«

»Tochter haben zu ihren Vätern eine spezielle Beziehung, glauben Sie mir. Sie wird ihnen vergeben. Vielleicht hat sie das längst, aber steht unter der Fuchtel ihres Psychopathenfreundes.«

»Mir wird schlecht, wenn ich mir das vorstelle.«

»Aber sie hat ihn noch nicht verlassen?«

»Nicht, dass ich wüsste.«

»Dann fragen Sie sich, ob Sie es weiterhin zulassen wollen, dass dieser Irre den Kontakt zwischen Ihrer Tochter, Ihrer Enkelin und Ihnen blockiert und kontrolliert und sie vielleicht weiter misshandelt.«

Leclerc betrachtete Castel eine Weile schweigend. Dann sagte er: »So habe ich das noch gar nicht gesehen.«

»Wirklich nicht?«

Leclerc verneinte.

»Aber es liegt doch auf der Hand: Wenn Sie nichts dagegen tun, lassen Sie es weiterhin zu«, sagte Castel.

Leclerc nickte, lehnte sich zurück und trank einen Schluck Rotwein. »Manchmal«, sagte er und schwenkte die ölige Flüssigkeit nachdenklich im Glas, »sieht man den Wald vor lauter Bäumen nicht, oder?«

»In der Tat«, antwortete Castel.

»Also«, sagte Leclerc nach einer weiteren Pause, »da wir gerade Wahrheit oder Pflicht spielen – was ist mit Ihnen los, Castel?«

»Was soll mit mir los sein?«

»Sie schleichen nicht mit einer Waffe durchs Haus, weil Sie Einbrecher erwarten. Sie wissen genauso gut wie ich, dass diese Typen ihre Zielobjekte vorher beobachten und keiner so dämlich sein wird, in ein Haus einzusteigen, das jeden Morgen von einer Frau in Polizeiuniform verlassen wird, die jeden Abend in Polizeiuniform zurückkommt.«

An der Folgerung war etwas dran, dachte Castel.

Leclerc ergänzte. »Außerdem ist das eine private Waffe. Eine Sig-Sauer mit kurzem Lauf, die man ausgezeichnet verdeckt tragen kann. Professionelles Handwerkszeug.«

»Nun, ich bin Profi, nicht?«

»Sie reden sich heraus und lenken ab.«

Castel nickte. »Ja«, sagte sie, »tue ich.«

Sie leerte ihren Wein, sah in die untergehende Sonne und spürte Leclercs Blick auf sich. Er sagte kein Wort, schwieg einfach und wartete ab, bis Castel die Stille füllen würde. Was sie schließlich tat.

Castel sagte: »Ich war wie verrückt in diesen Mann verliebt. Mahmoud Hadjali. Er stammte aus Libyen, lebte aber schon seit vielen Jahren in Frankreich. Wir lernten uns in einem Club in Marseille kennen. Er sprach mich an, lud mich auf ein paar Drinks ein. Er sah wahnsinnig gut aus, war geistreich, gebildet, hatte Humor und war ein fabelhafter Zuhörer. Außerdem hatte er Stil, Unmengen von Geld und war im Reedereigeschäft tätig. Wir hatten einen phantastischen Sommer und einen intensiven Winter. Wir waren praktisch miteinander verlobt. Ich lernte seine Familie kennen – den Teil, der nicht in Libyen lebte. Er lernte meine kennen.«

Castel hob die rechte Hand und zeigte Albin das Tattoo auf der Innenseite ihres Handgelenks. »Das ist sein Name auf Arabisch. Und das Arschloch war wirklich so eiskalt und abgefuckt, dass er sich meinen Namen ebenfalls hat stechen lassen.«

»Was ist passiert?«, fragte Leclerc.

Nun, dachte Castel, es war jede Menge passiert. Bilder schossen ihr durch den Kopf. Gefühle durch das Herz. Sie schluckte schwer und erklärte: »In Marseille war ich eine Zeit in der Mordkommission tätig. Ich war allerdings auch mit Bandenkriminalität befasst. Das eine geht in der Stadt manchmal nahtlos in das andere über. Eines Tages fällt mir mein Handy herunter und spinnt herum. Ich nehme es mit ins Präsidium und frage einen Kollegen aus der Technik, ob er sich das mal ansieht und ob da noch etwas zu retten ist, weil ich Angst um meine ganzen Kontakte und gespeicherten Nummern habe. Nach einer Weile kommt er zu mir und sagt, er habe Spionagesoftware auf meinem Gerät entdeckt und außerdem solche, mit denen man ein Handy unbemerkt als Wanze einsetzen kann.«

»Das geht?«

»Ja. Man kann SMS mitlesen oder es per Funkcode aktivieren, ohne dass der Besitzer es merkt. Dann wird über das Telefonmikrophon alles übertragen, zum Beispiel aus einer Einsatzbesprechung. Ich habe dann zu Hause meine Wohnung auf den Kopf gestellt und eine Wanze gefunden. Außerdem eine Überwachungskamera. Der Einzige, der einen Schlüssel zu der Wohnung hatte, war Mahmoud. Und das Handy war ein Geschenk von ihm. Ich war wie paralysiert. Schließlich stellte sich heraus, dass er mich gezielt angegangen war, um einen Kontakt zur Polizei zu erhalten und zu wissen, was wir planen. Mahmoud war Teil eines kriminellen Netzwerks. Schiffe seiner Reederei wurden zum Drogen- und Waffenschmuggel genutzt. Die Waffen wurden zum Teil leider auch an terroristische Zellen geliefert, die mit einem Teil des Erlöses vom Drogenumschlag sogar finanziert wurden. Also: Er hatte ideologisch nichts mit Terrorismus zu schaffen. Er war Geschäftsmann. Ihm ging es ums Geld – egal, von wem. Und ich hatte von alledem keinen Schimmer. Nicht den geringsten.«

»Scheiße«, sagte Leclerc.

»Ja«, erwiderte Castel. »Sie müssen sich das so vorstellen: Heroin wird über die arabischen Staaten nach Nordafrika gebracht, die seit dem arabischen Frühling zum Teil in islamistischer Hand sind. Sie finanzieren den Dschihad mit dem Drogenhandel. Und Waffen gibt es dort unten auch mehr als genug. Jedenfalls ...« Castel seufzte und leerte den Rotwein. Es hörte sich alles so einfach an, wenn sie es erzählte. Aber es war alles andere als einfach und leicht, darüber zu sprechen und sich dabei an die Geschehnisse zu erinnern. »Jedenfalls«, fuhr sie fort, »war Mahmoud – wie gesagt – kein Islamist oder Terrorist. Er war ein Schwerkrimineller, und über mich hatte er die Polizei angezapft. Er hatte mich benutzt. Und die Polizei wiederum benutzte mich, um an Mahmoud zu gelangen. Sie drehten den Spieß um. Ich hatte gar keine Wahl und musste mitspielen. Außerdem wollte ich mich an ihm rächen, und wir bekamen obendrein die Chance, ein wirklich verzweigtes Netzwerk zu knacken, das zudem an der Finanzierung von Terroristen beteiligt war. Da wurde plötzlich am ganz großen Rad gedreht, Leclerc.«

»Und Sie dazwischen. Das konnte nicht gut ausgehen, hm?«

»Nein«, sagte Castel. »Wir stellten Mahmoud und seiner Bande eine Falle, ich war der Köder. Seine Schwester hat im letzten Moment etwas gemerkt. Ihr Name ist Laila. Laila Hadjali.«

Leclerc zuckte mit den Achseln.

Castel fuhr fort: »Es gab einen Zugriff von Spezialeinheiten und eine entsetzliche Schießerei in einem Lagerhaus der Reederei am neuen Hafen. Am Ende waren acht Menschen tot, darunter Mahmoud. Seine Schwester konnte entkommen und untertauchen – sie hat verstanden, was da ablief und dass ich eine Rolle dabei spielte. Laila stand an Mahmouds Seite und unterstützte seine kriminellen Aktivitäten. Sie war ein Teil des Netzwerks, konnte aber niemanden mehr warnen, sondern nur noch sich selbst in Sicherheit bringen.«

Castel erinnerte sich an den Moment. Wie sie in Lailas schwarze Augen starrte und in den Lauf von Lailas Schnellfeuergewehr. Überall um sie herum krachte es. Explosionen von Blendgranaten leuchteten auf. Funken stoben von Querschlägern an Stahlcontainern in der Lagerhalle am Hafen.

»Warst du das?«, brüllte Laila. »Cat! Warst du das?«

Und Castel schwieg, die Hände erhoben. Ihr Schweigen war Antwort genug. Sie wartete auf den Schuss, aber Laila schoss nicht, denn um sie herum schlugen mit einem Mal zig Kugeln in den Containern ein. Es knallte und krachte, und Castel konnte den arabischen Fluch nicht verstehen, den Laila ausstieß, als sie jemand von hinten packte und mit ihr verschwand. Aber sie hatte den Ausdruck in Lailas Augen gesehen. Ihrem Blick wohnte ein Versprechen inne, das nichts Gutes verhieß.

Castel erklärte weiter: »Es wurden dreihundert Kilogramm Heroin gefunden sowie jede Menge Waffen und Sprengstoff. In der Folge gab es eine ganze Reihe von weiteren Razzien und Festnahmen. Es war ein voller Erfolg.«

»Aber man hat Sie nicht zur Heldin gemacht.«

»Nein. Sie haben mich vor die Wahl gestellt: die Polizei verlassen oder weg aus Marseille und ab in die Versenkung.

Sie erklärten mir, das sei auch zum eigenen Schutz, um die Tarnung aufrechtzuerhalten: Alles war damals so eingefädelt worden, als sei ich ahnungslos, wissen Sie? So, als habe die Polizei mich ebenfalls überwacht, um an Mahmoud heranzukommen. Abgesehen davon glaube ich, dass sie mich eh aus den Augen haben wollten. Der Fall machte bis ganz nach oben zum Innenminister Furore. Die konnten mich mit der Vorgeschichte nicht mehr in Marseille behalten: das ausspionierte dumme Liebchen eines Schwerkriminellen ...«

»Klar«, sagte Albin. »Hätte ich auch nicht zugelassen. Ich hätte Sie ebenfalls rausgeworfen.«

Die Worte trafen Castel wie ein Eispickel ins Herz. Gleichwohl bestand kein Zweifel daran, dass Leclerc recht hatte. Castel hätte nicht anders gehandelt.

»Und so kamen Sie dann in die Provence«, fügte er an.

»So kam ich dann in die Provence in den Streifendienst, weil da kurzfristig eine Stelle frei geworden war«, bestätigte Castel.

»Es ist noch eine andere Stelle frei.«

»Sie sagten es bereits.«

»Schon mal von synthetischer Biologie gehört?«

Castel blinzelte bei dem radikalen Themenwechsel. Sie verneinte.

Leclerc schilderte, was es damit auf sich hatte. »Denken Sie über Folgendes nach: Zwei Männer, die aus der Gentechnikbranche stammen und hier Urlaub machen, werden erschossen. Ein Schwede, ebenfalls aus der Branche, wurde vor Jahren hier getötet.«

»Scheint ein gefährliches Pflaster für Gentechniker zu sein.«

»Genau«, meinte Leclerc. »Darauf will ich hinaus. Ich

spinne mal etwas herum und ignoriere, dass für den Mord an dem Schweden jemand einsitzt, der geständig war, denn: Vielleicht haben diese Leute jeweils zusammen an Projekten gearbeitet oder an illegalen Dingen.«

»Sie können ein Geständnis nicht ignorieren.«

»Habe ich auch nicht vor. Ich blende es nur aus.«

»Trotzdem.«

»Es gibt auch falsche Geständnisse.«

Castel schwieg.

»Vielleicht«, redete Leclerc weiter, »wussten die Wissenschaftler zu viel über schmutzige Geschichten. Jedenfalls gibt es solche Zufälle nicht: drei Männer aus ein und derselben Branche auf die gleiche Art und Weise ermordet, nämlich erschossen, und zwar innerhalb weniger Jahre in einem Umkreis von fünfzig Kilometern. Jeder einen Schuss in den Kopf und in die Brust. Beim Schweden und seiner Frau sowie bei den Opfern an der Kapelle.«

»Das klingt nicht nach Zufall, nein. Aber es kann dennoch einer sein. Übrigens habe ich Herrn Delvaux heute noch aus dem Polizeigebäude herausmarschieren sehen. Sie haben offensichtlich keinen Haftbefehl erlassen. Man hat keine Schmauchspuren an den Händen festgestellt, sein Wagen wird aber noch untersucht. Er muss allerdings mit einer Anzeige rechnen, weil seine Waffensammlung zum Teil illegal war.«

Leclerc lächelte. Er sagte: »Sehen Sie?«

»Was sehe ich?«

»Wenn Ihnen das alles am Hintern vorbeigehen würde, hätten Sie nicht die Ohren aufgesperrt und auf dem Flurfunk gehört, was mit Delvaux passiert ist.«

»Erwischt«, sagte Castel.

Leclerc fragte: »Und was hört man auf dem Flurfunk über diesen Zeugen? John Langley?«

Castel zuckte mit den Achseln.

»Dabei war er doch kürzlich noch Ihr Favorit?«

Castel zuckte erneut mit den Achseln. Leclerc schwieg. Er schien nachzudenken. Schließlich sagte er: »Wir sollten mehr wissen. Mehr über die Opfer. Mehr über Langley.«

»Ich habe in die Akten geschaut«, erwiderte Castel.

Leclerc grinste.

»Ich hatte nicht viel Zeit dazu. Aber es ist mir dabei nichts weiter aufgefallen. Protokolle von Langleys Zeugenaussage waren noch nicht in der Datenbank.«

Leclerc nickte und schien über etwas nachzudenken. Castel war sich nicht sicher, ob sie wissen wollte, worüber. Sie stand auf. Sie ging ins Wohnzimmer, um ihr Handy zu holen. Sie kam zurück, setzte sich wieder hin und öffnete das E-Mail-Programm. Sie überflog den Inhalt der beiden eingegangenen Mails. Sie seufzte schwer und sagte: »Ich bin etwas verwirrt. Aber ...«

Sie zögerte. Dachte nach.

»Aber: Was?«, fragte Leclerc.

»Wissen Sie, warum der Bruder der Ermordeten heute bei der Polizei war?«

»Um eine Aussage zu machen?«

»Das auch, aber ...« Castel rutschte auf dem Stuhl herum und las weiter in den E-Mails. »Soweit ich gehört habe, könnte es sein, dass es familiäre Streitigkeiten gegeben hat.«

»Oh?«

Castel nickte. »Ich weiß nichts Genaues. Da weiß sicherlich Theroux mehr, aber vielleicht schauen Sie sich das einmal an.«

Castel schob Albin das Handy hin, damit er die E-Mails selbst lesen konnte. Sie stammten wie erwartet von Nadia.

Leclerc nahm das Handy und hielt es sich vors Gesicht. Er kniff die Augen zusammen, legte den Kopf in den Nacken. Dann legte er das Handy zurück auf den Tisch und sagte: »Die Schrift ist mir zu klein. Warum sagen Sie mir nicht einfach, was drinsteht, und leiten mir die Mails weiter?«

Castel nickte.

»Was sind das für Informationen, und von wem stammen sie?«, fragte er.

»Ich habe jemanden um einen Gefallen gebeten, das ist alles. Ich bin mir sicher, dass das keine sonderlich geheimen Daten sind und die Kollegen ebenfalls darüber verfügen – und falls nicht, sollte man darauf hinweisen, damit sie sich diese besorgen können, und ...«

Leclerc machte eine windmühlenartige Bewegung mit der Hand, wohl um Castel zu verdeutlichen, dass sie endlich zum Punkt kommen sollte.

Schließlich erklärte sie: »Es gibt auffällige Bewegungen auf dem Konto der Kaltmanns. Transaktionen in Höhe von jeweils 25 000 Euro. Überweisungen, die sie getätigt haben.«

»An wen?«

»An den Bruder.«

»Danko Vukovic?«

Castel nickte.

»Der sollte doch genug haben, oder?«

»Vielleicht waren es Schulden?«

»Hm«, machte Leclerc. »Die Kaltmanns und Schulden. Geld kann stets ein Motiv sein.«

»Da ist noch etwas«, sagte Castel. »Eine Heiratsurkunde von Dunja Kaltmann, die Witwe ist.«

»Natürlich ist sie Witwe, oder? Eine tote Witwe.«

»Sie war schon vorher Witwe.«

Leclerc schien nicht zu verstehen.

Castel sagte: »Sie war mit einem Amerikaner verheiratet – vielmehr: mit einem seit Jahren in den USA lebenden britischen Staatsbürger. Die Ehe wurde aber nicht geschieden. Sie war noch gültig, als die Kaltmanns geheiratet haben. Inzwischen ist ihr Ehemann in den USA aber verstorben. Ein Herzinfarkt vor zwei Jahren.«

»Sie ... Sie war zweimal verheiratet? Gleichzeitig?«

»Es scheint so.«

»Eine Doppelehe?«

»Eine regelrechte Doppelehe.«

»Eine Heiratsschwindlerin?«

Castel zuckte mit den Achseln.

Leclerc schwieg, schien etwas sagen zu wollen, dachte dann wieder nach und nahm noch einmal Anlauf. Er sagte: »Castel, stellen Sie sicher, dass Theroux und die anderen das erfahren, wenn sie es noch nicht wissen.«

»Sicher.«

»Oder ich rufe ihn an.«

»Das tun Sie nicht, Albin. Ich regle das schon.«

Leclerc dachte einen Moment nach. »Okay«, sagte er dann.

Besser, wenn Theroux es von ihr erfuhr, überlegte Castel, als dass Leclerc sich weiter in Schwierigkeiten brachte. Abgesehen davon konnte sie damit vielleicht ein bisschen punkten. Es konnte natürlich auch für Ärger sorgen, weil Theroux womöglich Castel statt Leclerc strammstehen lassen würde. Aber wahrscheinlicher war, dass er erkannte, dass Castel lediglich einen alten Kontakt genutzt und damit nichts Verwerfliches getan hatte. Außerdem würde Theroux seinerseits damit punkten können, wenn er die Informationen verwendete. Castel hielt ihn ohnehin nicht für den Typ, der einen Kollegen in die Pfanne hauen würde. Wie auch immer: Die neuen Erkenntnisse machten das Ganze nicht einfacher. Es wurde immer verworrener.

Das schien auch Leclerc zu finden, der sich den Nasenrücken massierte.

»Castel?«

»Ja?«

»Ich blicke nicht mehr durch. Ich muss mich neu sortieren.«

Das, dachte Castel, war kein Wunder, denn mit einem Mal lagen völlig andere Karten auf dem Tisch.

»Und ich muss mit Langley reden«, ergänzte Leclerc. »Mit dem Zeugen.«

»Das tun Sie bitte nicht!«

»Er ist Engländer, oder? Der Mann, mit dem Dunja Kaltmann verheiratet war, war ebenfalls Engländer, richtig?«

»Das ist richtig, aber was kann es bedeuten?«

»Weiß ich nicht.«

»Halten Sie sich raus, Leclerc.«

»Okay.«

»Ich meine das ernst: Lassen Sie das sein.«

»Klar.«

»Leclerc! Versprechen Sie es.«

Leclerc schmunzelte. Er machte eine entwaffnende Geste und sagte: »Ich werde nicht zu ihm fahren und ihn um eine Privatvernehmung bitten.«

»Ehrenwort?«

»Bei allem, was mir heilig ist.«

Leider befürchtete Castel, dass Albin Leclerc nichts heilig war. Zumindest nicht sonderlich viel.

20

ALBIN HIELT SICH an sein Ehrenwort. Er fuhr nicht nach
Caromb, um John Langley zu einer Privatvernehmung zu
bitten. Er fuhr lediglich nach Caromb, um dort mit Tyson
spazieren zu gehen. Da der Ort nicht groß war, war es kein
Wunder, dass er dabei zufällig an Langleys Haus vorbeikam
und bei dem schönen Wetter Langley vielleicht im Vorgarten stand. Dass man sich guten Tag sagte, wenn man sich
begegnete, fiel sicherlich nicht unter einen Verstoß gegen
das Ehrenwort, sondern der Anstand gebot es. Und gegen
einen kleinen Plausch konnte nun wirklich niemand etwas
einwenden.

Caromb glühte an diesem Vormittag unter der Hitze. Der
Himmel war wolkenlos. Über den engen Straßen flirrte die
Luft. Alles wirkte wie ausgestorben. Es waren kaum Autos
unterwegs, Fußgänger ebenfalls nur wenige. Die Bewohner
schienen lieber in ihren Häusern zu bleiben, statt sich der
Hitze auszusetzen. Die typische Sommerlethargie in einem
typischen provencalischen Dorf. Nicht einmal der Wind
brachte Abkühlung. Er zerrte lediglich an einigen halb ab-
gerissenen Plakaten, die an alten Mauern klebten. Er ließ die
Blätter in Platanen rascheln und die roten »Se vendre«-Schil-
der an den Zäunen der Häuser klappern, die zum Verkauf
standen.

Solche Schilder gab es in vielen Orten, weil die Dinge sich

in den letzten Jahren eben so entwickelt hatten, wie sie sich entwickelt hatten. Die Provence galt zwar weltweit als Inbegriff eines idyllischen süßen Lebens. Aber trotz seiner touristischen Attraktionen, von denen die Landschaft selbst die größte war, rechnete man das Vaucluse zu den ärmsten aller rund einhundert Departements in Frankreich – mit einer sehr hohen Arbeitslosigkeit. Sie lag bei fast sechzehn Prozent und damit deutlich über dem Landesdurchschnitt. Die Dörfer waren pittoresk, ja, aber wenn man sie jeden Tag anschaute, wirkten sie eher verfallen. Viele Wohnungen standen dauerhaft leer, weil Mieter fehlten oder sie sowieso oft nur als Feriendomizile dienten und damit lediglich zeitweise bewohnt waren. Und wer von stillen Sommern in der Provence träumte, der sollte mal im Winter vorbeischauen. Da war es nämlich wirklich still. In den Städten gab es Ladensterben und bei den großen Antiquitätenmessen inzwischen Umsatzrückgänge, weil die reichen Amerikaner und Engländer nach den Anschlägen von Paris und Nizza ihre Reisen storniert hatten. Und über allem loderte eine Fackel in den Farben der Trikolore – das Symbol des Front National, der im Süden immens stark war: In der Region Provence-Alpes Cote d'Azur hatten die Rechten bei den letzten Wahlen über fünfundvierzig Prozent geholt und stellten längst jede Menge Bürgermeister. Gewiss, wenn man als Tourist herkam und sich im Sommer alles anschaute, dann war man geblendet und sah das in der Regel alles nicht. Aber es gab einige Menschen, die genauer hinsahen und ihre Urlaube nun lieber anderswo verbrachten.

Sollten sie doch, dachte Albin, dem Politik nach wie vor ziemlich egal war. Das konnte man sträflich oder fahrlässig nennen, ja. Aber Politik war nie sein Metier gewesen. Er hatte Bürgermeister und Abgeordnete aller Couleur kommen und gehen sehen. Nicht einer hatte verhindern können, dass Menschen andere Menschen umbrachten und sich Leute wie Albin darum kümmern mussten. Was waren diese Parlamente anderes als Hotelzimmer: Die einen kamen, die anderen gingen, und die nächsten hatten schon gebucht. Und was änderte sich, hm? Was hatte sich geändert, seit so viele Front National wählten, weil sie den Rest der Mannschaft für Nullen hielten? Was hatten sie in den Kommunalparlamenten anderes erreicht als vorher die Sozialisten? Ging es irgendwem jetzt besser, oder ging es den Leuten eher schlechter als vorher? Waren Mord und Totschlag passé? Konnte die Polizei Feierabend machen und die Beine hochlegen?

Nein, konnte sie nicht. Na also. Denn Politik war gegen Schwerkriminelle so ineffektiv wie ein Messer bei einer Schießerei. Ob sie die Täter nun mit sozialpsychologischen Programmen überzogen und jedem von ihnen dreizehn jungfräuliche Therapeutinnen zur Seite stellten oder sie zukünftig alle wieder in Chateau d'If einkerkerten und in die alten Strafkolonien nach Guyana verschifften – gleichgültig. In den USA zum Beispiel gab es die Todesstrafe und sehr viel schärfere Strafen für alles. Hinderte das irgendwen an irgendetwas? Nein. Weil es nun mal so war: Mord und Totschlag hatte es immer gegeben und würde es immer geben. Kriminalität war eine Hydra. Schlug man einen Kopf ab, wuchs der nächste nach. Seit Tausenden von Jahren ging das so, und zwar in jeder nur erdenklichen Regierungsform. Von daher, dachte Albin, bleibt mir also vom Leib mit Politik, und macht der Polizei die Arbeit nicht schwer.

Der Wind ließ nicht nur die Schilder klappern und fegte den Staub über die Straßen. Er raschelte außerdem im wilden

Wein, der eine Art Carport neben John Langleys Haus wie ein Baldachin überrankte. Darunter stand ein silberner Audi-SUV mit offenstehenden Türen und geöffneter Heckklappe. Die Einfahrt war zur Hauptstraße hin, der Avenue Charles de Gaulle, mit einem weißen Metalltor aus Gitterstäben abgegrenzt, die an den oberen Enden fein ziseliert waren. Der Zaun umfasste das gesamte Gebäude, das aus dem Kanon der übrigen Bauten ein wenig hervorstach. Es wirkte wie das alte Haus eines wohlhabenden Bürgers, das umfassend und recht hübsch saniert worden war. Es hatte keine blanke Fassade aus grauem Bruchstein wie die übrigen Bauten links und rechts davon, sondern es war in einem blassen Apricotton frisch verputzt. Die Fensterläden aus Holz waren nicht von der Sonne verblichen und an vielen Stellen aufgeplatzt. Sie schienen aufgearbeitet worden zu sein, waren in einem dezenten Taubenblau lackiert und verfügten über zahllose Lamellenschlitze. Es gab außerdem keine schlichte Eingangstür. Vielmehr wurde der strahlend weiße Metallzaun von zwei Pfosten aus Sandstein unterbrochen, zwischen denen sich ein elegant gearbeitetes Tor befand. Dahinter lag eine Art Vorgarten, dessen Boden aus unregelmäßigen, geschliffenen Steinen gepflastert war. Darin eingelassen waren an einigen Stellen akkurat angelegte Pflanzenbeete mit Lavendel- und Rosmarinbüschen. Ein kleiner Orangen- und ein Olivenbaum spendeten spärlichen Schatten. Die Haustür aus dunklem Holz war breit und wirkte schwer. Sie stand offen und war von einem Rahmen aus wiederum hellem Sandstein eingefasst. Darüber schwebte eine Art Fries, in dessen Mitte ein Steinmetz ein Wappen geschlagen hatte.

Albin blieb vor dem Metalltor stehen und betrachtete durch die Gitterstäbe den kleinen Vorgarten. Tyson inter-

essierte sich eher für die Düfte am unteren Ende der knie-
hohen Mauer, auf die der Zaun gesetzt worden war. Aus
dem Vorgarten heraus konnte man den Carport erreichen.
Es gab dort eine Pforte, die ebenfalls offen stand. Ein Keil
war daruntergeklemmt. Insgesamt hatte Albin den Eindruck,
dass gerade entweder das Auto beladen oder entladen wurde.
Allerdings war niemand zu sehen, der damit beschäftigt war.
Hielt sich vielleicht im Inneren auf. Also musste man nur
abwarten, bis er wieder herauskam – oder reingehen.

Albin probierte, ob sich die Pforte öffnen ließ. Das war
der Fall. Er wartete einen Moment und hielt die Tür offen,
bis Tyson es bemerkte und hindurchschlüpfte. Er wartete
noch etwas länger, bis Tyson über den gekachelten Boden bis
zu den Treppenstufen des Haupteingangs gelaufen war, auf
einer Stufe stehen blieb und sich neugierig umsah.

Schließlich ging Albin ebenfalls durch die Pforte und
rief: »Tyson, kommst du wohl zurück – so ein ungezogener
Hund!«

Tyson zuckte kurz, schaute Albin verdattert an.

»Du kannst nicht einfach so dort hineinlaufen, Tyson!«

Albin blieb vor dem Mops stehen und linste ins Innere des
Hauses. Er wartete, ob sich etwas tat. Schließlich bemerkte er
eine Bewegung im Halbdunkel – und beugte sich umgehend
herab, um so zu tun, als wolle er Tyson anleinen.

Einen Moment später erschien John Langley. Albin erkannte ihn sofort wieder: den Mann mit dem scharfen Ad-
lerblick und den grauen Haaren, den er am Tatort an der
Chapelle du Paty im Radrennfahrerdress mit Mountainbike
gesehen hatte.

Langley hielt eine Sporttasche in der Hand. Außerdem
trug er eine khakifarbene Chino, Laufschuhe und ein rotes

Poloshirt. Mit fragendem Blick kam er auf Albin zu. Aus der Nähe wirkte der Blick noch stechender und Langley ziemlich durchtrainiert für sein Alter. Er war kein Koloss, vielmehr ein drahtiger Kerl ohne ein Gramm Fett zu viel. Braungebrannt und hellwach. Am Unterarm tätowiert.

»Kann ich Ihnen helfen?«, fragte er. Langleys englischer Akzent war kaum zu überhören.

»Entschuldigung«, erwiderte Albin. »Ihre Gartenpforte war nicht ganz geschlossen. Mein Hund hat sich hereingedrängelt. Wir gehen gerade ohne Leine Gassi, und ich sehe mir ein wenig die Häuser an – schon ist er fort, und ich entdecke ihn dann hier.«

Langley nickte verstehend. Er blickte zur Pforte. Er blickte wieder zu Albin. Er sah auf Tyson herab, der wiederum Albin ansah, als wolle er fragen: *Was erzählst du denn da für einen Quatsch?*

»Die Pforte ist normalerweise geschlossen«, sagte Langley.

Albin zuckte mit den Achseln, beugte sich erneut herab und nahm Tyson dieses Mal tatsächlich an die Leine.

»Vielleicht der Wind«, bemerkte Albin. »Sie verreisen?«

»Geht Sie das etwas an?«

»Absolut nicht«, sagte Albin, beugte sich wieder hoch und streckte Langley die Hand hin. »Albin Leclerc. Kriminalpolizei. Das heißt: früher.«

Langley nickte knapp und schien zu verstehen. Er zögerte einen Moment. Dann stellte er die Sporttasche ab und schüttelte Albin die Hand. Sein Griff war sehr fest. Die Hand trocken, nicht feucht oder verschwitzt. Albin warf einen Blick auf die Tätowierung. Die Tinte wirkte verwaschen. Das Emblem war demnach schon vor vielen Jahren gestochen worden. Es zeigte eine Weltkugel, die von Lorbeerzweigen eingefasst war. Darüber schwebte eine Krone, auf der ein Löwe saß. Die Krone war auf ein Banner gepflanzt, in dem »Gibraltar« geschrieben stand. Am Südpol der Weltkugel befand sich ein Anker und darunter ein weiteres Banner mit der Inschrift »Per Mare, per Terram« – über das Meer, über die Erde. Nach Albins Meinung handelte es sich um das Wappen einer Militäreinheit. Schwer zu sagen, welche: So genau kannte Albin sich nicht aus.

Langley sagte: »Ich habe der Polizei nichts weiter mitzuteilen.« Und ließ Albins Hand wieder los.

»Ich bin in Rente«, erklärte Albin. »Ich führe keine Vernehmungen durch.«

»Und kommen hier zufällig mit Ihrem Hund vorbei.« Langley ließ die Frage wie eine vorwurfsvolle Feststellung klingen. Er sah Albin abschätzig an.

Albin blickte ungerührt zurück, zuckte mit den Achseln und sagte: »Wer wagt, gewinnt.«

Langley erwiderte: »Es hat sich herausgestellt, dass das nicht immer zutrifft.«

»Aber es ist eine motivierende Grundeinstellung«, meinte Albin.

»Das Motto vom britischen SAS.«

Albin legte fragend den Kopf schief.

»Britischer SAS«, erklärte Langley. »Special Air Service. Ich selbst war früher bei den Royal Marines, wie unschwer zu erkennen ist.« Er zeigte sein Tattoo vor. »Allerdings bin ich wie Sie im Ruhestand. Haben Sie sicher von Ihren Polizei-Kollegen schon gehört.«

»Nein«, entgegnete Albin.

Und dachte: Donnerwetter. Soweit er wusste, waren die Royal Marines eine britische Spezialeinheit. Die Burschen, die man für militärische Sonderoperationen einsetzte. In solchen Clubs wurde man nur aufgenommen, wenn man ein knallhartes Training überstand, anschließend eine knallharte Dienstzeit, die aus weiterem knallharten Training und diversen knallharten Einsätzen bestand. Bei solchen Truppen lernte man das Töten auf vielerlei Arten und praktizierte es auch. Man lernte ebenfalls, gejagt zu werden und trotzdem unentdeckt zu bleiben. Man lernte außerdem, Vierundzwanzigstundenverhöre unter verschärften Bedingungen durchzustehen und dabei allenfalls seinen Namen preiszugeben.

»Was wollen Sie, Leclerc?«, fragte Langley.

»Mit Ihnen reden«, gab Albin unumwunden zu.

»Ich habe Sie an der Kapelle gesehen, richtig?«

»Ich habe Sie dort ebenfalls gesehen.«

»Ich habe nichts zu erzählen als das, was die Polizei bereits weiß.«

»Genau das wüsste ich gerne.«

»Wozu?«

»Weil ich von Natur aus neugierig bin.«

»Das interessiert mich nicht.«

»Ich hätte vielleicht Dinge zu erzählen, die Sie nicht wissen, aber die Sie womöglich etwas angehen.«

»Welche Dinge?«

Albin zuckte mit den Achseln. Er fragte: »Kennen Sie den Leitspruch meiner früheren Spezialeinheit?«

»Nein, woher?«

»Quid pro quo«, erklärte Albin.

Dieses für das. Ein ökonomisches Grundprinzip. Gibst du mir etwas, gebe ich dir etwas, und wir beide profitieren davon. Natürlich war es kein offizielles Motto der Polizei. Eher eine Grundübereinkunft – wenngleich unter Umständen das Quid pro Quo auch bedeuten konnte: Gibst du mir nicht die Informationen, die ich will, gebe ich dir fünf Jahre Knast und eine gebrochene Nase obendrauf. Was wiederum eher nach Erpressung klang, die allerdings ebenfalls ein ökonomisch erfolgreiches Modell darstellen konnte – je nach Standpunkt.

»Kein Interesse«, sagte Langley. »Außerdem keine Zeit.«

»Schauen Sie«, sagte Albin und deutete auf die Sporttasche, dann nach draußen in Richtung des Carports, »ich sehe, dass Sie verreisen wollen, und ich bin mir ziemlich sicher, dass meine Kollegen davon nichts wissen, hm?«

Langley regte sich nicht.

Albin fuhr fort: »Vielleicht ist Ihnen Folgendes nicht ganz klar, Langley: Sie sind der Hauptzeuge in einem Dreifachmord. Ich sehe außerdem Ihr Fahrrad nicht – gewiss ist es beschlagnahmt worden. Vermutlich hat man Sie auch gebeten, Ihre Fahrradkleidung abzugeben. Man hat Sie erkennungsdienstlich behandelt, Fingerabdrücke genommen, vielleicht auch eine Speichelprobe genommen und Ihre Hände untersucht – ein paar Hautschuppen abgekratzt.«

Langley schwieg.

»Dazu hat man Ihnen erklärt, dass es darum geht, mögliche Spuren eines Täters zu isolieren. Vielleicht hat sich eine Zigarettenkippe im Profil Ihrer Reifen verfangen oder ein Kaugummi. Vielleicht hat der Wind ein Haar an Ihr verschwitztes Trikot geweht. Außerdem haben Sie mit Ihrer schieren Präsenz den Tatort mit Spuren kontaminiert, und man hat Ihnen erklärt, dass man Ihre DNS, Fingerabdrücke und alles Mögliche bloß als Ausschlusskriterium benötigt. Deswegen haben Sie das alles mitgemacht – und weil Sie sich natürlich keiner Schuld bewusst sind, noch nie mit der

Polizei zu tun hatten und annahmen, das gehöre alles dazu, wenn man drei ermordete Personen findet.«

Langley sah so aus, als wolle er etwas sagen, sagte aber nichts.

»Das ist alles Bullshit«, sagte Albin.

»Inwiefern?«, fragte Langley.

»Insofern«, erklärte Albin, »als dass Sie da oben die Leute vielleicht selbst erschossen und dann die Waffe weggeworfen haben. Dann haben Sie die Polizei angerufen und gaben vor, zufällig da vorbeigekommen zu sein.«

»In der Tat«, sagte Langley, »*das* hört sich nach ziemlichem Bullshit an.«

»Falsch – das hört sich nach Routinearbeit der Polizei an, denn natürlich sind Sie nicht nur Zeuge, sondern auch Verdächtiger. Man hat Ihnen ein paar Dinge erzählt, damit Sie mitmachen und man nicht erst Gerichtsanweisungen besorgen muss, um Ihre DNA und Fingerabdrücke und Kleidung zu erhalten und Ihre Hände nach Schmauchspuren zu untersuchen.«

Langley schien zu verstehen, worauf Albin hinauswollte.

»Man hat noch nichts gefunden, soweit ich weiß«, sagte Albin. »Aber vielleicht haben Sie Handschuhe getragen. In jedem Fall garantiere ich Ihnen: Wenn ich meine Kollegen anrufe, um ihnen zu sagen, dass ihr Hauptzeuge und vielleicht einziger Verdächtiger den Abflug machen will …«

Albin sah Langley an. Langley sah Albin an.

Albin sagte: »Würde Sie einerseits nicht gut aussehen lassen, andererseits würde die Polizei es verhindern wollen.«

Langley schwieg.

»Kommen Sie schon, Langley, Sie sind kein Dummkopf und kennen sich als Ex-Royal-Marine ein wenig aus, oder?

Sie haben doch nicht im Ernst angenommen, dass die Sie nicht für einen Verdächtigen halten?«

»Verstehe«, sagte Langley.

»Ist auch nicht so schwer zu verstehen, hm?« Albin lächelte.

»Kommen Sie rein«, sagte Langley, drehte sich um und verschwand im Haus. Albin zwinkerte Tyson zu. Dann folgten sie Langley.

»Ich habe tatsächlich eine Reise geplant«, sagte Langley im Gehen. »Ich muss wirklich dringend fort. Geschäftlich.«

Für Albins Geschmack hatte Langley eine Spur zu lange mit dem erklärenden Wort gewartet.

Albin sah sich um. Geschmackvolle Antiquitäten im Flur und im Wohnzimmer. Moderne Fotografien und Gemälde in zurückhaltenden Rahmen. Designersofas und -stühle. Langleys Haus hatte Stil, und dem Anschein nach musste nicht nur die Inneneinrichtung ein Vermögen gekostet haben, sondern auch das Haus samt der Renovierung – Albin schätzte, dass das höchstens drei bis fünf Jahre her sein konnte. Er sah außerdem einen kleinen Kasten im Flur – eine Alarmanlage.

»Geschäftlich?«, fragte er Langley, der jetzt nach draußen auf die Terrasse ging, wohin Albin ihm folgte. »Ich nahm an, Sie seien wie ich im Ruhestand?«

»Was man so Ruhestand nennt«, erwiderte Langley und bedeutete Albin, auf einem der Metallstühle Platz zu nehmen, auf deren Sitzflächen Kissen lagen. Sie gruppierten sich um einen mit Metallmustern versehenen Jugendstiltisch, der verwittert wirkte. Darauf standen eine leere Weinflasche und ein Glas mit eingetrocknetem Bodensatz aus Rotwein. Sah aus wie gestern getrunken und stehengelassen. Statt einer Markise war die Terrasse mit wildem Wein überdacht. In ockerfarbenen Blumentöpfen waren Kräuter und Lavendel gepflanzt.

Albin nickte, nahm Platz und bekam direkt eine Schwitzattacke, weil sich die warme Luft hier staute. Tyson verzog sich unter den Tisch und hechelte vor sich hin.

»Was für ein Geschäft ist das?«, fragte Albin.

»Wein«, sagte Langley. »Ich handle mit Wein.«

»Gibt Schlechteres.«

Langley nickte, musterte Albin, lehnte sich im Stuhl zurück und faltete die Hände im Schoß. »Ein Steckenpferd«, erklärte Langley. »Anfangs nur ein Hobby. Dann wurde mehr daraus.«

»Wie kann ich mir das vorstellen?«

Langley musterte Albin erneut. Er wirkte, als habe er keine Lust, Albin die ganze Geschichte zu erzählen, als sei ihm auf der anderen Seite aber klar, dass er es besser tun sollte, um Albin schnell loszuwerden.

Langley erklärte: »Ich kam vor einigen Jahren zum ersten Mal hierher. Ich war in der Provence, im Bordeaux, aber immer wieder in der Provence. Das Klima ist hier angenehmer als im guten alten England, und in den letzten Jahren meiner Militärlaufbahn hatte ich mich ohnehin an Hitze gewöhnt. Der Balkan. Irak. Afghanistan und ein paar andere Gegenden.«

Albin nickte.

»Ich hatte stets ein Faible für gute Weine, und Freunde in Großbritannien ließen sich von mir welche schicken. Diese Freunde hatten wiederum Freunde, und diese Freunde weitere Freunde oder Geschäftspartner. Worauf ich beschloss, Provisionen zu nehmen – wie dem auch sei: Eines kam zum anderen. Die Sache wuchs.«

»Und ist profitabel, wie man sieht«, sagte Albin und machte eine Geste in Richtung des Wohnhauses.

»Und ist profitabel«, bestätigte Langley.

»Mit welchen Weinen handeln Sie?«

»Mit teuren bis sehr teuren und seltenen. Alles andere interessiert mich nicht. Es ist immer noch ein Hobby.«

»Sie verkaufen nur nach Großbritannien?«

»Auch in die USA und nach China.«

»Sicher lukrative Märkte?«

»Sehr lukrative Märkte.«

»Sie haben teure Weine hier im Haus?«

»Ja.«

»Sie haben eine Alarmanlage. Das ist gut. Hier wird überall sehr viel eingebrochen.«

»Ich habe eine gute Versicherung. Die Versicherung hat ohnehin verlangt, dass ich das Haus absichere. Außerdem bin ich Zwischenhändler und Vermittler: Wirklich kostbare Weine lagere ich nicht hier.«

»Trotzdem sollten Sie sich noch besser absichern und eine Videoüberwachung einbauen.«

»Sie haben recht.«

Albin nickte, beugte sich vor und drehte die leere Weinflasche mit dem Etikett zu sich. Er schnalzte mit der Zunge. Es war ein gut gereifter St. Estèphe. Genauer: ein Estournel. Einer, wie er ihn im Wohnmobil an der Chapelle du Paty fotografiert hatte.

»Sie haben Geschmack. So etwas kann ich mir nicht leisten«, sagte Albin und schnippte mit dem Finger an die Flasche.

»Danke«, erwiderte Langley. Er schien über etwas nachzudenken. »Ich habe noch einen davon offen. Trinken Sie ein Glas?«

Plötzlich schien die Gastfreundschaft in Langley erwacht zu sein. Vielleicht loderte aber auch nur die Leidenschaft in ihm auf, sich über den guten Tropfen auszutauschen.

»Unbedingt«, antwortete Albin.

Langley stand auf und verschwand im Inneren des Hauses. Albin blickte unter den Tisch zu Tyson. »Alles klar?«, fragte er. Tyson schien zufrieden zu sein.

Der gleiche Wein, den auch die Kaltmanns bei ihrem letzten Abendmahl genossen haben, steht bei Langley zu Hause herum, dachte Albin.

Eher kein Zufall, oder?, schien Tyson zu fragen.

»Eher nicht«, erwiderte Albin.

Und was, wenn er reingeht, um seine Luger zu holen und sie dir in den Nacken zu pressen, Chef?

Darüber hatte Albin noch nicht nachgedacht und fröstelte. Er blickte sich über die Schulter um. Kein Langley.

Tyson hechelte und sagte: *Wir sollten hier verschwinden.*

»Angsthase.«

Wir haben hier sowieso nichts verloren. Gar nichts.

»Wie kommst du überhaupt auf die Luger, du Mops?«

Der Mann ist ausgebildeter Elitesoldat. Er hat das Töten gelernt. Er kennt sich fraglos mit Waffen aus. Er war an dem Ort, wo die drei Menschen erschossen wurden. Bei den Kaltmanns stand der gleiche Wein herum wie bei Langley auf dem Gartentisch. Vielleicht haben sie über Geld gestritten.

»Nur dass ein ausgebildeter Elitesoldat niemals eine ranzige Waffe wie eine alte Luger benutzen und sich dafür auch noch selbst die Patronen herstellen würde. Er würde eine verlässlichere Waffe nehmen und Munition, die ihm vertraut ist. Oder er würde den Leuten einfach das Genick brechen und sie verschwinden lassen.«

Ich weiß nicht, meinte Tyson.

»Ich auch nicht«, entgegnete Albin.

»Ich weiß immer noch nicht«, sagte der zurückkommende Langley, »was Sie eigentlich von mir wollen, Leclerc.«

Langley stellte zwei neue Gläser auf den Tisch. Er entkorkte die Flasche Estournel, goss die beiden Gläser halb voll, und damit war die Flasche leer. Langley setzte sich, fasste das Glas am Stiel, schwenkte es ein wenig hin und her und betrachtete die rubinrote Farbe.

Albin tat es ihm gleich. Er sagte: »Erzählen Sie mir, wie das oben an der Kapelle war. Erzählen Sie mir, was Sie den Kollegen berichtet haben.«

Langley trank einen Schluck Rotwein. Albin ebenfalls. Das Aroma explodierte förmlich im Mund. Man konnte sagen, was man wollte: Ab einer bestimmten Liga waren Rotweine wirkliche Kunstwerke.

Langley fragte: »Schmeckt's Ihnen?«

»Ein gewaltiger Tropfen«, entgegnete Albin beeindruckt.

Langley schien zufrieden zu sein. Er erzählte: »Die Royal Marines gehören zur Navy und haben eine sehr lange Tradition. Innerhalb der Marines gibt es Kommandogruppen, zu denen ich gehörte. Sie müssen sehr fit sein, wenn Sie da mitmachen wollen – vor allem im Gefecht. Das schalten Sie im Ruhestand nicht einfach ab. Ihr Körper ist daran gewöhnt, trainiert zu werden. Also fahre ich regelmäßig Rad und gehe zum Schwimmen an den See. So auch an diesem Morgen. Ich drehte meine Runde mit dem Mountainbike. Ich kam an der Kapelle vorbei. Ich sah das Wohnmobil und die Leichen. Ich habe mit einem Blick begriffen, dass die Menschen erschossen worden waren. Ich weiß, wie das aussieht. Ich habe mit dem Handy die Polizei verständigt. Das war's.«

»Kannten Sie die Leute?«

»Nein.«

»Was haben Sie getan, bis die Polizei eintraf?«

»Gewartet.«

»Fiel Ihnen irgendetwas auf?«

»Nein.«

»Was haben Sie gedacht?«

»Ich habe angenommen, dass es sich um einen Raubmord an Touristen gehandelt haben muss.«

»Eines der Opfer war ein Radfahrer wie Sie.«

»Ja, das habe ich gesehen.«

»Wie waren Ihre Gedanken dazu?«

»Ich habe mir gedacht, dass es ein Passant war – ein Mountainbiker wie ich. Ich habe mir gedacht, dass er zum falschen Zeitpunkt am falschen Ort war. Ich habe außerdem gedacht, dass ich genauso gut dieser Passant hätte sein können.«

»Der Täter hätte noch in der Gegend sein können.«

»Ja.«

»Vielleicht sogar im Wohnmobil.«

»Richtig. Aber dafür gab es keine Anhaltspunkte.«

»Inwiefern?«

»Ich hätte auf meinem Weg Schüsse hören müssen. Ich habe aber keine gehört. Also musste bereits einige Zeit vergangen sein.«

»Sie haben sehr rational gedacht und gehandelt.«

»Ich habe bereits mehr als einen Erschossenen in meinem Leben gesehen, Monsieur Leclerc. Ich habe mich in sehr viel ernsteren und bedrohlicheren Situationen befunden als in dieser, Sir.«

»Und Sie haben die Leute nie zuvor gesehen?«

»Nein. Ich weiß nach wie vor nicht, um wen es sich handelte.«

Albin sagte es Langley. Er nannte ihm die Namen und weitere persönliche Daten. Langley antwortete, dass er die Namen nie gehört habe. Albin stellte sich ein Szenario vor: Langley mit blutender Visage, gefesselt auf einem Stuhl mit Elektrokabeln und die Füße in einem Wasserbottich, um ihn herum irakische Soldaten, die mit Eisenstangen auf ihn einschlugen – und Langley, der immer nur seinen Namen wiederholte.

Albin leerte seinen Wein. Langley seinen ebenfalls. Albin fragte: »Wohin wollen Sie verreisen?«

»Nach England.«

»Verschieben Sie es um einen Tag.«

»Wozu?«

»Ich habe Ihnen vorhin gesagt, welchen Eindruck das auf die Kollegen machen würde.«

»Und?«

»Und Sie sollten sich die Zeit nehmen, bei der Polizei anzurufen und zu erklären, was Sie vorhaben.«

Langley dachte nach. Dann machte er eine Geste mit beiden Händen und sagte: »Gut. Sie haben mich überzeugt.«

Albin nickte und lächelte. »Ist besser so«, sagte er. Und dachte, dass es damit einen weiteren Tag Spielraum gab, um darüber nachzudenken, was es mit dem Estournel auf sich hatte. Eine Sache, die er außerdem Theroux melden musste. Und würde.

21

IM HAUS ROCH ES nach köstlichem Abendessen, während Albin mit Theroux telefonierte. Dieser regte sich fürchterlich darüber auf, was Albin ihm zu erzählen hatte, sowie über das, was er von Castel gehört hatte. Also: nicht über die Inhalte, sondern über die Tatsache, dass es ausgerechnet von ihnen beiden gekommen war.

Veronique hatte Stunden in der Küche zugebracht, morgens vor der Arbeit schon mit den Vorbereitungen begonnen und Albin erklärt, was sie genau tat und was er nächstes Mal zu tun habe, wenn er sie bekochen würde.

»Ich?«, hatte Albin gefragt.

»Heißt hier sonst noch wer Albin?«, war ihre Antwort gewesen.

»Aber das sieht kompliziert aus und dauert lang.«

»Es ist weder kompliziert, noch dauert es lang.«

Jedenfalls ging es um eine Estouffade à la Niçoise, was laut Veronique so etwas in der Art war wie ein Bœuf Bourguignon, nur mit Weißwein und Oliven statt kleinen Zwiebeln und Tomatensoße – und das bedeutete, dass Albin in der Lage wäre, gleich zwei Gerichte zu kochen, wenn er erst einmal das erste beherrschte. Man brauchte Speck, Zwiebeln, Rindfleischstücke, Mehl, Tomatensauce, Fleischbrühe Champignons, Oliven und natürlich Wein. Man warf erst ein paar Speckstreifen in einen Topf, danach Zwiebeln und schmorte alles in Olivenöl an. Dann war das Fleisch an der Reihe. Man bestäubte es nach dem Anbraten mit Mehl und briet es weiter. Schließlich kam die Tomatensauce dazu, einige Kräuter und ordentlich Weißwein. Dann ließ man alles für drei Stunden schmoren, röstete nebenbei die Pilze an und gab sie später samt Oliven dazu. Dazu gab es Salat und Weißbrot. Und während Veronique das Essen anrichtete, trank Albin vom übriggebliebenen Weißwein und ging mit dem Telefon am Ohr im Haus auf und ab, wobei Tyson ihn mit den Blicken verfolgte wie ein Zuschauer den Ball beim Tennismatch. Albin sagte abwechselnd »Ja« und »Nein« und »Vielleicht« und wartete ab, bis sich Theroux wieder einigermaßen gefangen hatte und anderen Worten gegenüber zugänglich wäre.

Schließlich hielt Albin den Zeitpunkt für gekommen. »Theroux, du kannst mir Vorwürfe machen, aber nicht Castel. Sie hat keine Dummheiten gemacht, sondern nur ein paar Leitungen angezapft. Sie spielt deutlich unter ihrer Liga.«

Theroux brummte etwas Unverständliches. Er sagte: »Kürzlich war ein Gabriel Martinet hier. Von der DCRI. Schon mal gehört?«

Das war die Abkürzung für Direction centrale du renseignement intérieur.

»Ja«, erwiderte Albin. »Und?«

»Wegen Castel.«

Aha, dachte Albin. »Und?«, fragte er erneut.

»Sie hat irgendwelchen Ärger am Hals, Albin. Keine Ahnung, um was es dabei ging, aber solche Burschen kommen nicht ohne Not zu uns.«

Da hatte Theroux recht, und Albin überlegte, was dieser Martinet vielleicht gewollt haben könnte. Fraglos ging es um irgendetwas aus Castels Vergangenheit. Vielleicht um die Geschichte, die sie ihm erzählt hatte.

Theroux fügte an: »Ich denke, Castel sollte den Ball lieber flach halten. Das habe ich ihr auch gesagt.«

»Wenn du immer nur den Ball flach hältst, schießt du nie ein Tor.«

»Ja, aber ...«

»Aber du wirst dir diesen Langley anschauen, richtig? Einen Durchsuchungsbeschluss besorgen?«

»Den bekommen wir nie – nur wegen einer Flasche Wein und weil du Gespenster siehst.«

»Sprich mit Bonnieux darüber.«

»Bonnieux ist auf einem ganz anderen Trip, Albin.«

»Immer noch dieser Lone-Offender-Quatsch?«

Theroux seufzte. Er schien mit sich zu ringen. Dann sagte er: »Danko Vukovic.«

»Der Bruder?«

»Ja.«

Albin stellte sich bewusst dumm. »Wegen seiner Pressekonferenz?«

»Wegen dem, was Castel herausgefunden hatte. Wir haben uns das angeschaut und wissen jetzt sicher, dass es Überweisungen über runde Summen von jeweils 25 000 Euro von den Konten der Kaltmanns auf seines gegeben hat. Vielleicht hatten sie Schulden bei ihm. Schulden können ein Motiv sein.«

»Klar«, sagte Albin. »Und weiter?«

»Bonnieux rückt etwas von der Lone-Offender-Sache ab und zieht Vukovic in engeren Betracht, und er arbeitet daran, einen Einblick in dessen Konten zu bekommen. Er war sowieso schon angepisst wegen dieser Pressekonferenz und dem nicht abgesprochenen Geld für eine Belohnung.«

»Kann ich mir vorstellen«, erwiderte Albin und dachte: Bonnieux wird noch mehr ausrasten, wenn Vukovic am nächsten Tag seine nächste Pressedarbietung an der Kapelle geben würde.

Albin fragte: »Dieser Kerl, mit dem Dunja Kaltmann verheiratet war – wer ist das?«

»Hat Castel nicht mit dir …«

»Ich weiß von gar nix«, log Albin.

»Ein Robert Kirk. Verstorben an einem Herzinfarkt. Er war früher Mitarbeiter beim Internationalen Roten Kreuz und verbrachte den Lebensabend in Florida als Antiquitätenhändler. Importierte Waren aus Europa und verkaufte sie an reiche Amis. War auf französisches Gerümpel spezialisiert. Wir haben eine Anfrage beim FBI über ihn laufen.«

Gut so, dachte Albin und runzelte die Stirn. »Theroux?«

»Was?«

»Verliert die Details nicht aus den Augen. Die Kaltmanns mögen Schulden gehabt haben – es ist nicht unnormal, dass ein Bruder seinem Schwager Geld leiht. Dunja Kaltmann mag eine Heiratsschwindlerin gewesen sein – auch das kommt vor. Aber die identische und eher seltene Sorte Wein auf dem Tisch des Hauptzeugen und im Wohnwagen der Kaltmanns?«

»Langley hat sie vielleicht mitgehen lassen.«

»Er ist Weinhändler. Vielleicht hat er sie ihnen ja verkauft.«

»Das ist nicht strafbar.«

»Langley ist außerdem ein ausgebildeter Killer.«

»Was wiederum mit der Weinflasche nichts zu tun hat.«

»Aber es ist komisch, und das weißt du.«

»Ja. Aber …«

»Verlier Langley nicht aus den Augen. Mehr sage ich nicht.«

Damit beendeten sie das Gespräch. Und beim Essen dachte Albin darüber nach, dass Langley mit Rotwein handelte und Robert Kirk mit französischen Antiquitäten. Er überlegte, dass beide in Kontakt mit Dunja Kaltmann standen – mit dem einen hatte sie sogar eine geheime Ehe geführt. Der andere hatte sie tot aufgefunden und war zudem ein Soldat, der wusste, wie man tötete. Und dann gab es noch die möglichen Schulden beim Bruder.

»Albin?«, fragte Veronique.

»Hm?« Er blickte auf.

»Schmeckt es dir?«

»Es ist großartig.«

»Wo bist du mit deinen Gedanken?«

Albin fragte: »Wenn du verheiratet wärst – würdest du es mir sagen?«

Veronique lachte. »Aber natürlich. Was soll die Frage?«

»Nur so. Und falls du es verheimlichen würdest, warum würdest du es tun?«

Veronique blähte die Backen. »Ich habe keine Ahnung. Vielleicht, damit du denkst, ich sei frei für dich?«

»Ja, aber du würdest nicht weit kommen mit der Lüge – denn wenn ich dich heiraten wollte, dann würdest du auffliegen.«

»Wird das ein Antrag?«

Albin lachte und zwinkerte. »Niemals auf diese Art und Weise.«

Er fragte sich, wie das mit Heiratsdokumenten aus dem Ausland war. Er konnte sich beim besten Willen nicht vorstellen, dass Kaltmann von der Ehe seiner Frau gewusst hatte, als er das Aufgebot bestellte. Das würde niemand tun. Aber: Musste man überhaupt irgendwie nachweisen, ob man in einem anderen Land bereits eine Ehe geschlossen hatte? Es war zu lange her. Albin konnte sich nicht mehr erinnern. Jedenfalls hatte es den Anschein, als sei ihre Ehe mit Robert Kirk bislang nicht aufgeflogen. Allein die Tatsache, dass sie noch rechtsgültig war, während Dunja Kaltmann lächelnd mit ihrem deutschen Mann vor dem Standesbeamten gestanden hatte – also, das musste man sich mal vorstellen!

Tyson lag neben Albin, sah ihm beim Essen zu und schien ihm zuzustimmen.

Was für ein eiskaltes Luder, bemerkte Albin in Gedanken in Richtung Tyson. Und fragte sich: Was konnte man einem solchen eiskalten Luder noch zutrauen? Er sollte mit Castel darüber reden. Andererseits …

Andererseits, schien Tyson zu erwidern, *war sie vielleicht kein eiskaltes Luder. Sie stammte aus Ex-Jugoslawien, oder? Hat in den USA studiert und dort eine Ehe geführt, die ihr vielleicht nicht wichtig war. Weil es eine Zweckehe war, um studieren zu können?*

Du gerissener Hund, dachte Albin.

»Albin, hallo?«, Veronique winkte ihm zu.

»Hm?«

»Schon wieder in Gedanken?«

»Ja, tut mir leid.«

»Ist Tyson hübscher als ich?«

»Auf keinen Fall, tut mir leid.«

»Vielleicht sollte ich beim nächsten Essen oben ohne am Tisch sitzen, um deine Aufmerksamkeit zu haben?«

»Das«, sagte Albin lächelnd, »würde mich doch noch viel mehr ablenken.«

Aber der Gedanke hatte etwas.

SECHZEHN KLEINE SOLDATEN, dachte der Mann. Die Hälfte hatte ihre Pflicht bereits erfüllt und war im Kampf gefallen. Die andere Hälfte war bereit, in den Krieg zu ziehen.

Mit einem leisen Klicken glitt die erste Patrone in das Magazin.

Leider waren die Rahmenbedingungen inzwischen etwas komplizierter geworden. Die Schlacht war nicht mehr so leicht zu führen. Es gab weitere Zielpersonen, und es gab eine neue Streitmacht auf dem Schlachtfeld, die diese Zielpersonen schützen würde.

Eine weitere Patrone klickte.

Der Vorteil daran war: Diese Armee, auch Polizei genannt, hatte keinen Schimmer, wen sie schützen sollte und warum. Sie würde von links nach rechts rennen und von rechts nach links. Sie war ein schwerfälliger Apparat. Ein Panzer. Mit einem Panzer konnte man wenig gegen einen einzelnen Guerillakämpfer anrichten, von dem man nicht wusste, wo er als Nächstes zuschlagen würde. Weil man nicht ahnte, warum er es tat. Weil man seine Motive und seine Taktik nicht kannte. Und wenn er dann doch zuschlug, war es längst zu spät.

Der Mann schob die dritte Patrone in das Magazin.

Vor allem, dachte er, war es schwierig für einen solchen behäbigen Apparat, wenn er sich mit einer hybriden Form des Guerillakampfes befassen musste. Bevor überhaupt jemand kapierte, was los war, wäre alles längst getan. Zur hybriden Kampfführung gehörte Desinformation. Zum Beispiel merkwürdige Kugeln und eine merkwürdige Waffe. Darüber würden sich sehr viele Menschen sehr viel Gedanken machen und erst sehr spät auf die Idee kommen, dass die Kugeln und die Waffe keine Rolle spielten und nur deswegen eingesetzt worden waren, um abzulenken.

Die vierte Patrone glitt ins Magazin.

Mehr als diese vier Kugeln würde er eigentlich nicht mehr benötigen. Die anderen vier waren Reserve, man wusste ja nie. Und, na ja, außer der schwerfälligen Armee waren weitere Mitspieler auf dem Feld erschienen, mit denen vorher nicht zu rechnen war. Wie hatte man das früher genannt? Auxiliarkräfte. Flankierende Truppen – und dummerweise welche, die ebenso flexibel waren wie der Mann selbst. Guerillakrieger, die außerhalb des Systems arbeiteten, aber das gleiche Ziel verfolgten wie die schwerfällige Division in Blau.

Der Mann betrachtete die vier übrigen Patronen. Er trank einen Schluck Wein. Dann noch einen. Er dachte, dass auch diese Hilfstruppen sicher keine Ahnung hatten, worum es ging. Aber sie konnten viel agiler operieren und taten das dummerweise auch. Sie konnten sehr schnell sehr gefährlich werden – weswegen vielleicht eine präventive Lösung nötig wäre. Noch nicht, aber …

… aber wer weiß, dachte der Mann. Und schob die vier weiteren Kugeln ins Magazin, lud eine in den Lauf, steckte sich die Luger in die Jackentasche und löschte das Licht.

DER ROTE CLIO mit Kennzeichen aus Aix-en-Provence hielt auf dem Parkplatz des Intermarché Super am Chemin de la Lègue am Ortsrand von Carpentras. Es war spät, sehr bald würde es dunkel werden. Dennoch trug Laila Hadjali ihre Sonnenbrille. Sie saß am Steuer, hatte das Fenster einen Schlitz weit geöffnet und zog heftig an ihrer Zigarette. Ihre Finger zitterten. Ihr Blick war auf einen Motorroller fixiert und auf den Rücken einer Polizistin, die von ihrer späten Schicht kam und abstieg, um noch schnell einkaufen zu gehen.

Cat. Caterine. Castel.

Wie einfach wäre es, zu ihr hinzugehen und in dem Moment, in dem sie sich umdrehte und erkannte, wer da stand, ihr ins Gesicht zu schießen! Laila musste sich beherrschen, das nicht zu tun. Natürlich würde sie einen weitaus besseren Moment wählen, aber – die Versuchung war enorm. Trotz der schwülen Hitze fror Laila, und die Bilder der Vergangenheit übermannten sie.

Mahmoud, Lailas nunmehr toter Bruder, hatte mit Cat angebandelt, um einen Draht zu den Polizeiinterna zu bekommen. Sicher, das war gegenüber Cat moralisch fragwürdig gewesen, aber wenn es um Millionengeschäfte ging, wurden viele unmoralische Entscheidungen getroffen. Trotzdem hatten sie alle ein großartiges Leben geführt. Im arabischen

Viertel von Marseille hatte Mahmoud ein Loft gehabt. Fraglos hätte er sich auch eine elegante Villa leisten können, aber das wäre zu auffällig gewesen. Und was hatten sie für Partys gefeiert! Cat, mit der sich Laila immer gut verstanden hatte, stets mittendrin. Sie hatte sich wirklich nicht beklagen können und Einblicke in ein Leben erhalten, von dem sie sich mit ihrem schmalen Polizeigehalt nicht einmal einen Zipfel hätte leisten können.

Laila wusste bis heute nicht, wie – aber Castel hatte irgendwann begriffen, wozu sie benutzt worden war. Oder jemand anders hatte es begriffen, den Spieß umgedreht und Castel als Waffe gegen Mahmoud eingesetzt.

Es war zu einer Übergabe am Hafen gekommen – ein größeres Geschäft sollte abgewickelt werden. Laila war dabei, weil sie immer dabei war, und hatte mit ihrer AK-47 zwischen zwei Containern gestanden, als plötzlich die Hölle losbrach und alle verstanden, dass sie in eine Falle getappt waren. Überall war mit einem Mal Polizei, und Laila hatte ein ganzes Magazin leergeschossen und dann ein neues eingeschoben. Sie hatte mitangesehen, wie Kugeln ihren Bruder in Stücke rissen.

Und dann hatte sie Cat gesehen. In Uniform und mit einer schusssicheren Weste.

»Cat?«, hatte sie gerufen. »Cat? Bist du das?«

Cat hatte sie angesehen. Laila hatte die Waffe hochgerissen und von einem Moment auf den nächsten alles begriffen. Sie hatte verstanden, dass Castel hinter allem steckte. Dass sie Mahmoud, Lailas geliebten Bruder, auf dem Gewissen hatte – und mit ihm Lailas bisheriges Leben.

Als Laila gerade ihr gesamtes Magazin in Castels Kopf entleeren wollte, wurde sie von hinten gepackt und fortgerissen.

Yussuf hatte sie einfach geschnappt, aufs Motorrad gesetzt und war mit ihr davongebraust, um sie in Sicherheit außer Landes zu bringen.

Sie waren nur knapp entkommen. Yussuf hatte sie zu einem kleinen Fischerort in der Nähe gefahren und dort auf eines der mit Hightech ausgestatteten hochseetauglichen Schnellboote gesetzt, die als Kurierfahrzeuge bei Nacht und Nebel über das Mittelmeer nach Algerien und wieder zurückfuhren. Mit der Fähre brauchte man über einen Tag, mit dem Schnellboot nur einige Stunden – je nachdem, wie viel Heroin an Bord war.

In einem anderen kleinen Hafenort in Algerien waren sie angekommen und dort von Geschäftspartnern über den Landweg nach Marokko gebracht worden, wo sie zunächst eine Weile untertauchten, weil auf der Hand lag, dass man sie mit internationalem Haftbefehl suchen würde. Laila hatte eigentlich in Algerien bleiben wollen, aber Yussuf bestand darauf, dass sie das Land verließen.

»Zu gefährlich«, sagte er.

Algerien, Tunesien, Libyen, die Nachwirkungen des arabischen Frühlings, der Bürgerkrieg und die Islamisten … Nein, Marokko war sicherer und außerdem hatte er dort bessere Kontakte. Laila willigte ein. Yussuf wollte dafür sorgen, dass sie in der Villa eines Handelspartners lebten, bis Gras über die Sache gewachsen war und sich alles beruhigt hatte.

»Er ist durch uns Millionär geworden«, sagte Yussuf. »Seine Villa ist weiß wie der Schnee. Sie verfügt über jeden Komfort. Überall blühen Yasmin, Hibiskus und Bougainvillea.«

Laila lehnte ab.

»Aber er verwaltet dein Geld. Dein Erbe.«

Laila blieb bei ihrer Entscheidung.

Gewiss, Yussuf wollte natürlich für ihre Annehmlichkeit im Exil sorgen, doch ihr war klar, dass niemand sie umsonst verstecken würde und dass sie, die Schwester von Mahmoud Hadjali, ein Pfund war, mit dem man in der Phase der Neustrukturierung der Geschäftszweige nach Mahmouds Tod erheblich wuchern konnte. Besser, dass sie abwarteten, bis sich alles neu sortiert hatte und es keinen mehr interessierte, wer Laila eigentlich war und sie keinen Wert mehr hatte.

Also waren sie auf der Plantage eines einfachen Bauern untergekommen. Was man so einfachen Bauern nannte. Tatsächlich war es eine recht große Plantage, auf der Bitterorangen, Geranien, Pfefferminze, Koriander und Chili auf Feldern und in Gewächshäusern wuchsen. Über zwei Jahre lebten sie dort und gaben sich anderen gegenüber als Ehepaar aus – wenngleich der Chef der Plantage, der außer Gewürzen, Kräutern und Blumen auch erstklassiges Marihuana anbaute, es besser wusste. Von ihm ging keine Gefahr aus, dessen war sich Laila sicher. Sie hatten ihm versprochen, dass er in zwei Jahren auf seine Kosten kommen würde. Yussuf unterstrich das Versprechen dadurch, dass er dem Mann ein Messer zwischen die Beine hielt.

Kein Tag war vergangen, an dem Laila nicht an Caterine Castel gedacht hätte. An Cat, und wie ihr Gesicht aussehen würde, wenn sie es zu Brei geschossen hätte.

Nachdem Laila fand, dass genug Zeit vergangen war, fuhren sie und Yussuf nach Marrakesch, um Lailas Geld zu besorgen. Was sich als schwierig herausstellte, denn der Mann mit der weißen Villa wollte es nicht herausrücken.

»Ich dachte, du bist tot«, sagte er.

»Ändert das irgendetwas?«, fragte Laila.

»Natürlich«, war seine Antwort.

Er hatte seine Auffassung später korrigiert, nachdem sich Yussuf seiner angenommen hatte. Als der Mann das Geld schließlich rausrückte, fuhren Laila und Yussuf zurück nach Algerien und überquerten im Gebirge heimlich die Grenze. Sie besorgten sich neue Dokumente, und am Hafen von Algier beschwor Yussuf Laila, nicht zurückzukehren.

»Ich würde dich lieber nicht gehen lassen«, sagte er.

»Ich kann nicht anders«, war ihre Antwort. Sie las in seinen Augen, warum er sie nicht loslassen wollte.

»Wenn du mich liebst«, sagte Laila, »dann verstehst du mich.«

»Ich verstehe dich«, erwiderte er. »Ich verstehe deinen Hass und deinen Durst nach Rache.«

»Dann unterstütze mich, und ich kehre zurück.«

Yussuf schaute eine Weile auf die Schiffe. Dann nickte er und nannte ihr einige Namen und Adressen, darunter die von Roger in Aix, der Laila diesen Wagen und die Informationen über Cat besorgt hatte.

Cat.

Laila verfolgte, wie Castel im Supermarkt verschwand. »Du bist tot, Cat«, flüsterte Laila wie zu sich selbst. »Du bist eine lebende Tote.«

24

ES WAR BEREITS DUNKEL, als Castel nach Hause kam. Ihre Schicht hatte spät geendet und war relativ unspektakulär verlaufen. Zwei Verkehrsunfälle, eine Körperverletzung, ein Einbruch und schließlich ein Diebstahl im Supermarkt, wohin sie anrücken mussten, weil der gefasste Dieb aus dem Ausland stammte und keine Papiere bei sich trug. In demselben Supermarkt war Castel anschließend einkaufen gewesen, hatte eine Flasche Wein besorgt und einige Fertiggerichte. Sie dachte an Leclerc und sein kaltes Huhn – und daran, dass sie wirklich besser auf ihre Ernährung achten sollte. Auch auf ihre Figur, denn das Mikrowellenzeug war sicher nicht gerade hüftschonend. Auf der anderen Seite war sie damit bislang ganz gut klargekommen – es hatte sich noch niemand über zu viel Hüfte bei ihr beklagt.

Castel fuhr im Halbdunkel mit dem Motorroller nach Hause. Der Himmel hatte am Horizont die Farbe von Lavendel. Am Firmament war er bereits blauschwarz, und erste Sterne leuchteten. Die Luft war noch sehr warm und fühlte sich weich an – selbst bei Tempo fünfzig. Am Haus angekommen, stellte Castel den Roller ab, nahm die Einkäufe und öffnete die Tür. Drinnen war es heiß und stickig, obwohl die Jalousien den ganzen Tag geschlossen gewesen waren. Also riss Castel alle Fenster und die Terrassentür auf, um durchzulüften. Sie verstaute die Einkäufe in der Küche und suchte leise fluchend nach dem Ladegerät fürs Handy, das sie nicht fand. Sie pellte sich aus der verschwitzten Uniform und ging geradewegs unter die Dusche, die sie eiskalt stellte. Während das Wasser sie erfrischte, dachte sie über das Gespräch mit Theroux nach. Er war ziemlich sauer darüber gewesen, dass Castel ihre Kompetenzen überschritten und sich auf kurzem Dienstweg Informationen über einen Fall besorgt hatte, der absolut nichts mit ihrem Gebiet zu tun hatte. Theroux war nahezu ausgeflippt, hatte sich aber ebenso schnell wieder gefangen, als ihm klar wurde, wie viel sich damit anfangen ließ.

»Die Informationen sind sowieso nicht von mir«, sagte Castel zu ihm.

Theroux hatte sie verstört angesehen. »Aber Sie haben mir das doch gerade erzählt?«

»Ja, sicher – dennoch: Die sind nicht von mir. Das sind Ihre Infos, verstehen Sie?«

Theroux hatte sie angestarrt und Castel sich gefragt, ob er wirklich so schwer von Begriff war oder nur so tat. Schließlich änderte sich sein Gesichtsausdruck, und man konnte den Groschen förmlich fallen hören.

»Ah«, sagte er dann. »Okay.«

Castel wusch sich die Haare und seifte sich mit Duschgel ab. Sie brauste den Schaum fort und gönnte sich noch einige Momente unter der Dusche, um ihren den ganzen Tag über aufgeheizten Körper herunterzukühlen.

»Machen Sie mit den Infos, was Sie wollen«, hatte sie Theroux gesagt.

»Klar. Und woher habe ich die offiziell?«

»Jedenfalls nicht von mir.«

»Ja, das habe ich schon verstanden, aber ...«

»Theroux, ich bin nicht Ihre Mutter, alles klar?«

»Nein. Okay.«

»Lassen Sie sich etwas einfallen. Und noch etwas …«

»Ja?«

»Eine Hand wäscht die andere, ja?«

»Warum?«

Castel verdrehte die Augen.

»Warum?«, fragte Theroux wieder. »Ich meine: Sie kommen hier an, tischen mir ein paar Dinge auf – Informationen, die Sie gar nicht haben dürften und die Sie nichts angehen. Sie sollten froh sein, dass ich Ihnen nicht den Arsch aufreiße, Castel. Sie hängen viel zu viel mit Albin Leclerc herum, das wird Sie irgendwann noch den Kopf kosten.«

»Ah«, sie hatte genickt, obwohl sie sich absolut nicht vorstellen konnte, dass Theroux irgendwem auch nur ein Haar krümmen konnte. »So einer sind Sie. Nutzen, was Sie gebrauchen können, ohne sich dafür erkenntlich zu zeigen. Habe verstanden.«

»So war das nicht gemeint.«

»Wie denn?«

»Sie sollten wirklich aufpassen. Hätten Sie das wem anders erzählt …«

»… genau deswegen habe ich es Ihnen erzählt. Leclerc hält große Stücke auf Sie.«

Theroux rang sich ein Lächeln ab.

»Also?«, hatte Castel gefragt. »Eine Hand wäscht die andere? Kann ich auf Sie bauen, wenn es einmal nötig ist?«

Theroux hatte genickt. Zögernd zwar, aber er hatte genickt.

Castel stellte die Dusche ab, nahm sich ein Handtuch und rubbelte sich im Gehen trocken. Sie ging ins Schlafzimmer und spürte jetzt erst, wie erschlagen sie war. Die Hitze machte einen wirklich fertig. Und laut Wetterbericht war in den nächsten Tagen mit keiner Änderung zu rechnen. Statt sich ein T-Shirt und einen Slip aus der Kommode zu nehmen, ließ sie sich rücklings aufs Bett fallen und stöhnte. Sie schloss die Augen und dachte eine Weile über Martinet nach. Über Laila. Sie dachte über Baron Münchhausen und Zöpfe nach. Sie dachte über die drei Toten an der Kapelle nach, über John Langley, Robert Kirk und …

Ein Geräusch von draußen sorgte dafür, dass sie ihre Augen wieder öffnete. Schwer zu sagen, welche Art von Geräusch es gewesen war. Ein knackender Ast? Steine? Zu dem Geräusch gesellte sich das unbestimmte Gefühl, dass sie nicht mehr allein war.

Leise richtete sie sich auf, wickelte sich das Badetuch um den Körper und öffnete die Schublade am Nachttisch, um ihre Waffe herauszunehmen. Schlich womöglich wieder Albin Leclerc ums Haus? So wie beim letzten Mal?

Castel richtete die Waffe auf den Boden, bewegte sich Richtung Schlafzimmertür und stieß sie mit der Schulter auf. Sie schaute auf den Flur und sah nichts außer sich sanft bewegende Vorhänge: Die Türen standen immer noch offen, ebenfalls die auf der Terrasse.

»Leclerc?«, rief sie. »Sind Sie das?«

Es kam keine Antwort.

»Das ist ein ziemlich bescheuertes Spiel!«, rief Castel und bewegte sich vorwärts. Durch den Flur. Hin zum Wohnzimmer. Sie spähte in die Küche und ins Bad. Sie sah niemanden. Sie ging weiter bis zur Terrassentür und trat ins Freie. Sie blickte nach links. Dann nach rechts. Dann geradeaus in die Dunkelheit. Doch sie sah nichts.

Castel blieb einige Augenblicke stehen. Spähte in die

Nacht. Lauschte. Dann ging sie an der Wand entlang einmal um das ganze Haus, inspizierte alles – und kam schließlich zu dem Ergebnis, dass sie langsam paranoid wurde. Der verfluchte Martinet hatte ihr den Virus eingeimpft, als er von Laila erzählt hatte. Und dieser Virus würde so lange aktiv sein, bis …

Na ja. So lange, bis Laila gefasst wurde, bis sie auf einmal vor der Tür stünde – oder gar nichts geschah und Castel sich daran gewöhnt hatte.

Sie ging wieder hinein, schloss die Terrassentür, legte ihre Pistole auf dem Küchentisch ab und nahm ein Fertiggericht aus dem Schrank. Dann öffnete sie die Mikrowelle und schob die Verpackung hinein. Es war etwas Chinesisches, und fast bedauerte Castel, dass es nicht doch Albin gewesen war, der wieder mit einem Topf ums Haus geschlichen war. Falls überhaupt jemand ums Haus geschlichen war. Vielleicht war es nur eine Katze gewesen. Vielleicht nicht einmal eine Katze. Vielleicht war es bloß die Abendfrische, die es im aufgeheizten Geäst hatte knacken lassen.

25

ES KNALLTE ZWEI MAL TROCKEN. Danach roch die Luft
nach Pulver. So als habe jemand in dem Raum ein Feuerwerk
abgefackelt. Das Knallen wurde von einem feucht matschigen Geräusch und einem Gurgeln begleitet. Dann von einem
dumpfen Aufschlag, als der Körper leblos zu Boden fiel und
den Blick freigab auf die Küchenzeile, deren Hängeschränke
mit einer Mischung aus Blut, Gehirn und Knochensplittern
besprenkelt waren. Das helle PVC am Boden färbte sich
rasch tiefrot ein.

Die Farbe von Sauerkirschen, dachte der Mann. Oder die
Farbe von fruchtigem Rotwein. Die Farbe des Blutes.

Seine Blicke wanderten über den leblosen Körper am Boden. Er würde noch einen Moment abwarten und den Körper dann durch die halb offenstehende Terrassentür ziehen,
durch die er vorhin geschlüpft war und auf den richtigen
Moment gewartet hatte, um zwei weitere kleine Soldaten in
den Krieg zu schicken. Ein Schuss in den Kopf. Einen weiteren zur Sicherheit ins Herz. Oder andersherum. Je nach
Situation.

Man tat das deswegen, weil es immer sein konnte, dass
ein Kopfschuss nicht richtig saß. Zum Beispiel konnte sich
das Ziel in genau dem Moment zur Seite drehen, wenn man
feuerte. Dann traf die Kugel vielleicht unglücklich auf, kratzte
durch das Halbrund im Inneren des Schädels entlang und

trat wieder aus, ohne den gewünschten Schaden anzurichten. Oder aber sie pflügte sich durch einen Teil des Gehirns, der nicht lebenswichtig und nicht für die Körperfunktionen zuständig war. Dann konnte man locker als sabbernder Lappen oder Amöbe noch hundert Jahre alt werden. Aber das wollte ja niemand, und deswegen ging man auf Nummer Sicher und setzte einen Schuss ins Herz hinterher. Nach einem Kopfschuss war es ziemlich gut zu treffen, zudem aus nächster Nähe. Da ging dann nichts mehr daneben, und ein Schuss mit einer Neunmillimeterkugel aus einem Meter Entfernung – da konnte nun wirklich nichts mehr schiefgehen.

Der Mann steckte die Waffe wieder ein. Sechs kleine Soldaten befanden sich noch darin. Das würde ausreichen.

Schließlich machte er sich ans Werk und seufzte leise, denn das würde jetzt richtig anstrengend werden. Ein lebloser Körper schien immer das Dreifache zu wiegen – wie leicht auch immer er vorher gewesen sein mochte.

26

ALBIN BLINZELTE in die Sonne. Dann schaute er zu Tyson herab, der ihn skeptisch anblickte. Nicht einmal einem Mops gefiel dieses alberne Schauspiel. Es trug sich an der Chapelle du Paty zu, die nach wie vor mit einem polizeilichen Flatterband abgesperrt war, das sich träge im lauen Wind bewegte. Die Absperrung war der Grund dafür, dass sich die fragwürdige Darbietung nicht an der Stelle abspielte, wo die Leichen gefunden worden waren, sondern am Eingang der Kapelle, und zwar direkt neben der Madonna. Albin glaubte ohnehin, dass Danko Vukovic dieses Setting für seine Kranzablage bewusst gewählt hatte, weil es sich fraglos auf Fotos und für die Filmkameras gut machen würde. Schließlich war er Medienprofi.

Etwa zwanzig Journalisten, Blogger und Kameraleute von Regionalsendern und Agenturen waren der Einladung gefolgt, an der Kranzniederlegung zum Gedenken an den Mord von Dunja Kaltmann und ihren Mann teilzunehmen. Albin hatte außerdem keinen Zweifel daran, dass Vukovic wiederum die Gelegenheit nutzen würde, um Druck auf die Behörden auszuüben. Eben erst war er in seiner Limousine angerollt – mit einigen Minuten Verspätung, die unter den Reportern für gelinde Unruhe gesorgt hatte: Was, wenn er doch nicht kommen würde?

Die Zeit hatten sich einige Medienvertreter damit verkürzt,

sich ein wenig umzusehen und dabei Albin Leclerc zu entdecken, der am Rande des Geschehens im Schatten einer Pinie
stand und rauchte. Was er denn hier mache? Welche Rolle er
spiele? Ob er Berater sei? Albin Leclerc, der Exkommissar,
der die Mordserie mit den Rothaarigen geklärt hatte, hier?
Aber Albin hatte geschwiegen wie ein Grab, kein Wort gesagt
und nur gelächelt – sosehr sie ihn auch löcherten. Ihm ent-
ging nicht, dass auch Bilder gemacht wurden, und er sah die
Überschriften schon vor seinem geistigen Auge tanzen – und
Staatsanwalt Bonnieux und Theroux und den ganzen Rest
durchdrehen. Aber: Was sollten sie ihm schon vorwerfen?
Dass er an einem öffentlichen Ort bei einem öffentlichen
Ereignis herumstand? Ja, wahrscheinlich genau das – na und?

Schließlich richtete sich die Aufmerksamkeit auf ein dunkles Fahrzeug, das heranrollte wie ein schwarzer Leichen-
wagen: Danko Vukovic. Gewiss war er bewusst mit einer
leichten Verspätung eingetroffen, damit die Presse ihn beim
Aussteigen aufnehmen konnte, was sich in ihren Beiträgen
besser machen würde. Und Albin hatte die Zeit des Abwar-
tens genutzt, um noch mal bei Castel anzurufen. Aber ihr
Handy war immer noch aus. Vermutlich war der Akku leer.

Jetzt stand Vukovic also schweigend neben der Madonna,
vor einem irrsinnig großen Blumengebinde, das er dort abgelegt hatte – den Kopf gesenkt, die Hände gefaltet. Wenn er
das Gesteck bei Veronique gekauft hätte, dachte Albin, dann
hätte sie wahrscheinlich so viel daran verdient, dass sie den
Laden für zwei Wochen hätte schließen können.

Vukovic trug einen schmalen dunklen Anzug und dazu
ein schwarzes Hemd. Der Wind zerrte an seiner schwarzen
Krawatte. Albin stand weiterhin mit Tyson im Schatten und
paffte. Bis auf das Rauschen des Windes in den Bäumen und

gelegentliche Auslösegeräusche von Spiegelreflexkameras war es vollkommen still. Vukovic stand einige Minuten regungslos einfach so da. Dann schien wieder das Leben in ihn zu kommen. Er straffte sich leicht, zog ein Taschentuch und tupfte sich die Augen ab. Er machte eine Geste zu den Reportern, die wohl hieß, dass sie ihm einen Augenblick geben sollten, um sich zu fassen. Als der Moment verstrichen war, wendete er sich mit gebrochener Stimme an die Presse.

»Tief bewegt«, sagte er, »stehe ich hier an dem Ort, an dem meine Schwester und mein Schwager sowie ein Unschuldiger brutal getötet worden sind. Dunja und Wolfgang liebten die Provence. Sie haben sich nie etwas zuschulden kommen lassen, und es ist erschütternd, dass sie von einem kaltblütigen Mörder aus dem Leben gerissen worden sind. Ich werde nicht ruhen, bis ich die Gründe für den Tod meiner Schwester erfahre, und verlange eine umfängliche Ermittlung von den Behörden, die sich nach wie vor weigern, mir den Körper meiner Schwester und ihres Mannes zu übergeben, damit ich sie bestatten kann.«

Darauf kannst du noch lange warten, dachte Albin erneut. So lange, bis die Ermittlungen weitgehend abgeschlossen waren und man die Körper auf keinen Fall mehr brauchen würde. Vorher würde Bonnieux sie nicht herausrücken.

Vukovic redete weiter: »Weiterhin halte ich die Belohnung aufrecht für Hinweise, die zur Ergreifung des Täters führen, und appelliere an die Staatsanwaltschaft und die Polizei, jedem eingehenden Hinweis nachzugehen. Ich zweifle nicht daran, dass alles darangesetzt wird, die Morde zu klären – aber ich muss Ihnen an dieser Stelle sagen, dass ich erschüttert bin über den pietätlosen Umgang der Behörden mit den Sachverhalten.«

Vukovic machte eine Pause. Natürlich deswegen, damit ihm Fragen gestellt wurden – die Steilvorlage dazu hatte er gerade geliefert.

»Was meinen Sie damit?«, fragten zwei Reporter fast gleichzeitig und streckten Vukovic die Mikrophone entgegen.

»Ich rede darüber, wie mit mir umgegangen wird«, sagte er. »Man hat mich dafür gerügt, dass ich meinen Teil dazu beisteuern will, dass die Ermittlungen vorankommen. Ich wurde heftig dafür kritisiert, dass ich eine Belohnung ausgesetzt habe.«

»Von wem und warum?«

»Von Staatsanwalt Luc Bonnieux«, erwiderte Vukovic.

Oops, dachte Albin und blickte zu Tyson, der so aussah, als wolle er ebenfalls gerade »Oops« sagen.

Vukovic fuhr fort: »Der Mann, der mir bislang nicht einen einzigen greifbaren Hinweis darauf geliefert hat, warum meine Schwester sterben musste, will verhindern, dass ich mich dafür einsetze, mit Hilfe der Bevölkerung Unterstützung zu leisten und Antworten zu finden.«

Die Journalisten kritzelten wie die Irren auf ihre Blöcke. Albin dachte: Bonnieux wird tot umfallen, wenn er das hört. Dabei war es emotional nachvollziehbar, dass ein betuchter Angehöriger ein Belohnungsgeld aussetzen wollte. Aber wie schon gesagt: In der Praxis brachte das zu einem so frühen Zeitpunkt der Ermittlungen und bei der enormen Unwahrscheinlichkeit, weitere Zeugen aufzutun, überhaupt nichts, höchstens Chaos.

»Außerdem«, fuhr Vukovic fort, »bin ich bestürzt darüber, auf welche Art und Weise man mich persönlich zu den Umständen des Todes meiner Schwester befragt hat.«

»Man verdächtigt Sie?«, rief einer.

»Was haben Sie dazu gesagt?«, fragte ein weiterer.

»Können Sie das konkretisieren?«, der nächste.

Vukovic machte eine abwehrende Geste und sagte, dass er sich nicht näher dazu äußern werde und lediglich darum bitte, dass man ihm künftig doch mit Respekt begegnen möge. Der Rest ging im allgemeinen Gebrabbel unter. Albin war zu weit entfernt, um Details zu verstehen.

Kein Wunder, meinte er in Gedanken zu Tyson.

Kein Wunder, schien Tyson zu bestätigen. *Sie haben ihm wegen der neuen Informationen über die finanziellen Transaktionen auf den Zahn gefühlt und werden ihm noch mehr auf die Nerven gehen.*

Ja, erwiderte Albin und trat die Zigarette aus. Und wir ebenfalls, hm?

Wir ebenfalls, meinte Tyson.

27

PHILIPPE RAYMOND zuckelte auf seinem Trecker durch die Straßen. Das Tuckern und Schaukeln wirkte einschläfernd. Er war noch nicht sehr lange auf und kam sich ein wenig vor wie ein halb schlafender Cowboy, der auf einem Maulesel durch eine gerade erst erwachende Kleinstadt getragen wurde. Erschwerend kam hinzu, dass sie gestern Abend eine sehr lange Sitzung der Bruderschaft gehabt hatten – der Confrérie des Bois des Plants Vigne. In Caromb und in ganz Frankreich gab es weitere solcher Zünften wie die der Weinbauern, oder besser: Zusammenschlüsse von Erzeugern, die sich für das Ansehen und die Qualität ihrer Produkte einsetzten. Das konnte außergewöhnliche Züge annehmen wie bei der Bruderschaft der Ritter der Blutwurst, der Confrérie des Chevaliers du Goûte Boudin – einer Kooperation von Blutwurstmetzgern aus Mortagne-au-Perche in der Normandie, der es um den internationalen Ruf ihres Produktes ging. Die Bruderschaft veranstaltet jährlich den größten Blutwurstwettbewerb der Welt mit Hunderten von Teilnehmern. Wer in die Confrérie des Chevaliers du Goûte Boudin aufgenommen werden wollte, musste einen Eid auf die Wurst von Mortagne-au-Perche schwören.

Na ja, das war natürlich leicht übertrieben. Dennoch ging es Raymond und Kollegen ebenfalls um die Qualität und das Ansehen ihrer Erzeugnisse. Jahr für Jahr nahmen sie an prozessionsartigen Umzügen von anderen Bruderschaften teil und veranstalteten selbst welche. Dann legten sie ihre blauen Umhänge mit den grünen Wappen um, ihre Orden an und setzten sich die schwarzen Hüte auf, um eine Karre mit einem Holzfass und dem Wappen der Confrérie durch die Straßen zu fahren.

Das war so Tradition, und am vorigen Abend hatten sie über ihre Teilnahme an einem solchen Umzug gesprochen, wobei verschiedenen Weinerzeugnissen umfangreich zugesprochen worden war. Als amtierendes Oberhaupt der Bruderschaft hatte Raymond mit gutem Beispiel voranzugehen und gewaltig einen im Tee gehabt. Entsprechend ging es ihm heute Morgen. Spielte aber keine Rolle, denn der Anhänger, den der Trecker zog, musste ins Weinfeld. Den Anhänger hatte er am Abend schon angespannt, bevor er sich zu Fuß auf den Weg zum Treffen gemacht hatte. Er war leer, noch, würde sich aber bald mit Unmengen von Schnittgut füllen. Vor der Rebblüte musste man im Sommer den Wuchs der Triebe stärken und unerwünschte herausbrechen. Außerdem wuchs eine riesige Laubwand heran, die man in Form halten musste, um den Trauben mehr Licht zu verschaffen. Mehr Licht gleich bessere Qualität.

Raymond wollte mit dem Feld beginnen, das in Nähe der Cave Saint-Marc lag. Das war der Name der Genossenschaft: Saint-Marc. Was Raymond auf dem Feld produzierte, gehörte nicht zu seiner Premiumlage, weshalb es an die Kooperative ging, der auch andere Erzeuger angehörten. Der Vorteil war neben gemeinsamer Produktion, Marketing und Vertrieb, dass man Personal, Geräte und Maschinen ebenfalls gemeinsam nutzen konnte. Für sein eigenes Produkt nutzte er außerdem die technischen Anlagen der Cave, die nun rechts von ihm auftauchte. Er ließ dort abfüllen und die Flaschen mit Etiketten bedrucken. Leider kamen die heute aus irgendwelchen Online-Druckereien und nicht mehr aus der guten alten örtlichen Druckerei Perdu, die stets höchste Qualität geliefert hatte, bis es sich nicht mehr lohnte.

Na ja, dachte Raymond und zuckelte am Schiebegitter des Lieferanteneingangs der Cave vorbei, die Zeiten ändern sich eben.

Er passierte einige Tanks auf dem umzäunten Areal, dann bog er ab und fuhr weitere hundert Meter vor sich hin, bis er in einen Feldweg steuerte und den Trecker vor einigen Rosenbüschen stoppte. Er warf einen routinierten Blick auf die Pflanzen an den Eingängen zum Weingarten, der aus recht alten Rebstöcken bestand. Die Rosen standen dort nicht aus Dekorationsgründen, sondern deswegen, weil sie früher vom Mehltau befallen wurden als der Wein. Hatten die Rosen Probleme, konnte man noch rechtzeitig eingreifen.

Raymond fummelte eine Zigarettenschachtel aus der Seitentasche seiner Cargohose und steckte sich eine an. Er blinzelte in die Morgensonne und überlegte, dass er doch besser eine Kopfschmerztablette eingeworfen hätte. Schließlich marschierte er um den Anhänger herum und ärgerte sich darüber, dass irgendeine beschissene klebrige Flüssigkeit ausgelaufen sein musste, als er an der Heckklappe ankam. Was war das? Öl? Irgendein Schmierstoff, der durch die Ritzen gelaufen und alles verklebt hatte? Aber woher sollte der kommen? Von den paar Werkzeugen, die er auf den Hänger geworfen hatte, sicher nicht. Raymond öffnete links und rechts die Verriegelungen. Er klappte das Heck auf. Wenige Augenblicke später schoss ihm der Rotwein vom Vorabend wie bei einer Vulkaneruption die Speiseröhre hoch.

28

SCHLIESSLICH BEENDETE Vukovic seine Pressekonferenz. Während die Medienvertreter mit Einpacken und Gesprächen untereinander beschäftigt waren, ging er langsam zurück zu seinem Wagen. Dort hatte Albin nebst Tyson in der Zwischenzeit Position bezogen und zog eine möglichst betroffene Miene. Er nickte Vukovic zu und sprach ihm erneut sein Beileid aus.

Vukovic nickte ebenfalls und machte eine Geste zur Fahrertür: »Danke. Darf ich jetzt …«

»Ich würde gern kurz mit Ihnen reden«, entgegnete Albin.

»Ich habe nichts mehr zu sagen, Monsieur …« Vukovic überlegte einen Moment. »Ich habe Sie schon gesehen, oder?«

»Ja«, erwiderte Albin. »Bei Ihrer anderen Pressekonferenz am Hôtel de Police.«

»Der Name ist mir entfallen.«

»Kirk«, sagte Albin. »Robert Kirk.«

Etwas veränderte sich schlagartig in Vukovic' Gesichtsausdruck und in seiner Haltung. Es war nur eine Nuance, denn er versuchte ohne Frage, sein Erstaunen zu unterdrücken. Was die Reaktion für Albins geschulten Ermittlerblick noch augenfälliger machte.

Vukovic fragte: »Sie … Sie waren doch von der Polizei, nicht?«

»Richtig.«

»Aber Sie heißen doch nicht so.«

»Sie kennen Robert Kirk?«

»Worauf wollen Sie hinaus?«, fragte Vukovic.

»Ich will darauf hinaus, dass Ihre Schwester eine Doppelehe geführt hat.«

Vukovic wollte sich an Albin vorbeidrängen. Er sagte: »Belästigen Sie mich nicht weiter. Ich wünsche Ihnen noch einen schönen Tag.«

Albin wich zur Seite aus, um Vukovic Platz zu machen. Dieser entriegelte die Tür mit der Fernbedienung und öffnete sie.

Albin sagte: »Gut, dann frage ich mal die Medien, was sie darüber wissen. Sind ja genug da.«

Vukovic stockte mit dem Türgriff in der Hand. Er betrachtete Albin, und Albin betrachtete Vukovic.

»Monsieur …«

»Leclerc. Albin Leclerc. Ehemals Kripo Carpentras.«

»Was wollen Sie, Monsieur Leclerc?«

»Wie schon gesagt: Kurz mit Ihnen reden. Aber ich rede sehr gern auch mit denen dort.« Albin deutete zu den Journalisten. »Einige von ihnen kennen mich noch. Ich denke, die fänden sehr spannend, was ich zu fragen hätte.«

»Sie dürfen als Polizist doch nicht einfach …«

»Expolizist. Das ist die Feinheit daran. Mir schreibt keiner was vor. Ich stehe außerhalb der Matrix.«

Vukovic musterte Albin kühl. »Sie würden große Schwierigkeiten mit meinen Anwälten bekommen.«

»Kein Vergleich zu den Schwierigkeiten, in die Sie geraten würden.«

Vukovic warf die Fahrertür wieder zu. Er vergrub die Hände in den Hosentaschen und sah Albin fragend an.

Albin sagte: »Sehen Sie es einfach als Training an, wenn Sie mit mir reden. Die Polizei und der Staatsanwalt werden Sie ohnehin darauf ansprechen. Besser also, Sie sind vorbereitet.«

»Die Polizei weiß, was Sie wissen?«

»Ist das ein Problem?«

Vukovic zuckte mit den Achseln. »Nein. Nur sehr privat.«

»Robert Kirk«, wiederholte Albin, »US-Bürger, Mitarbeiter des Internationalen Roten Kreuzes, Antiquitätenhändler aus Passion und in der Nähe von Miami vor zwei Jahren verstorben, war mit Ihrer Schwester verheiratet. Die Ehe gilt nach wie vor, obwohl Ihre Schwester inzwischen Wolfgang Kaltmann geheiratet hat.«

Vukovic zuckte die Achseln. »Und?«

»Warum hat sie die erste Ehe verheimlicht?«

»Hat sie das?«

»Sagen Sie es mir.«

»Darüber weiß ich nichts.«

»Warum wurde die Ehe nicht geschieden?«

»Keine Ahnung.«

»Warum wurde sie geschlossen?«

»Warum schließt man Ehen?«

»Sagen Sie es mir.«

Vukovic atmete tief durch. »Monsieur Leclerc, ich denke, das hier führt zu nichts.«

»Doch«, sagte Albin. »Denn wenn Sie sich so wie jetzt in der offiziellen Vernehmung verhalten, sind Sie reif, mein Lieber – Pietät hin oder her. Denn Ihre Schwester hat in Boston studiert und dort auch gelebt, während Kirk in Fort Lauderdale lebte. Die Ehe existierte nur auf dem Papier und wurde nicht gelebt.«

»Sagt wer?«

»Sagt einem der gesunde Menschenverstand.«

»Und?«

»Und jetzt erklären Sie mir, was es mit Robert Kirk auf sich hat.«

»Nun, er war offensichtlich mit meiner Schwester verheiratet, nicht?«

»Woher kannten Sie ihn?«

»Wer sagt Ihnen, dass ich ihn kannte?«

»Ihre Reaktion vorhin.«

»Das ist reine Spekulation.«

»Ich habe nur eine Frage gestellt, und Sie weichen aus.«

»Sie stellen Fragen, die Sie nichts angehen, Monsieur Leclerc.«

»Wie viel Geld haben Ihre Schwester und Ihr Schwager Ihnen geschuldet?«

»Wie kommen Sie jetzt darauf?«

»Hunderttausend? Und sie konnten es nicht zurückzahlen? Haben es in Raten abgestottert? Wozu diente das Geld?«

»Sie … Hat die Polizei etwa … Meine Konten …?«

»Wofür war das Geld?«

»Ich denke, ich sollte meinen Anwalt verständigen.«

»Wäre nicht verkehrt. Schulden können ein Motiv sein.«

»Sie behaupten doch nicht etwa …«

»Ich behaupte gar nichts. Nur, Sie sollten begreifen, dass man tiefer im Morast versinkt, wenn man sich zu sehr windet und dass jedes Ausweichen die Polizei skeptisch macht.«

»Wir sollten das Gespräch nun beenden, Monsieur Leclerc.«

Albin spitzte die Lippen. Er musterte Vukovic und vergrub die Hände in den Hosentaschen. Dann sah er zu Tyson. Tyson blickte zurück.

Albin sagte zu ihm: »Na, komm, Tyson, wir reden jetzt mit der Presse.« Und ging los.

29

DAS WAR KEIN ÖL oder irgendein Schmierstoff, der von der Ladefläche des Anhängers getropft war. Philippe Raymond hatte das innerhalb von Sekunden kapiert, als er das, was er sah, in einen Zusammenhang miteinander brachte. Allerdings weigerte sich sein Verstand noch, es zu begreifen oder zu akzeptieren. In jedem Fall fühlte er sich nun nicht mehr verkatert und übermüdet. Er fühlte sich blitzwach. Seine Speiseröhre brannte wie Feuer. Er schluckte schwer und verzog das Gesicht. Ihm entfuhr ein Zischlaut.

»Hallo?«, fragte er dann.

Was ziemlich unsinnig war, sicher, denn er würde garantiert keine Antwort bekommen.

Raymond nahm Schwung. Dann wuchtete er sich auf die Ladefläche. Darauf lag ein Körper. Alles war voller Blut, das zu einer klebrigen Masse getrocknet war und stank. Die Hälfte des Hinterkopfes fehlte.

Raymond stand einfach da und starrte auf die Leiche. Denn ohne Zweifel war es eine: Niemand, dessen Kopf so aussah, konnte noch leben. Trotz des Schocks stellte er sich tausend Fragen auf einmal.

Am drängendsten waren diese: Wie war der Körper auf die Ladefläche von Raymonds Anhänger gelangt? Warum befand sich die Leiche dort? Welche Schwierigkeiten würde das nun für ihn bedeuten?

Er blickte hinauf in den wolkenlosen Himmel. Er sah wieder hinab und hoffte für einen Moment lang, dass sich der Körper in Luft aufgelöst haben würde. Hatte er aber nicht. Er lag immer noch da.

Raymond drehte sich um. Sein Magen fuhr Karussell. Er sprang vom Anhänger herab, knickte mit wackligen Beinen um und fiel der Länge nach hin. Vor seiner Nase glühte die Zigarette im Gras, die ihm bei dem Sprung aus dem Mund gefallen war. Raymonds Inneres zog sich zusammen, verkrampfte, und mit einem Schwall Erbrochenem löschte er die Kippe, bevor er wieder aufstand, sich abtastete, das Handy fand und mit zitternden Händen die Notrufnummer der Polizei wählte.

30

»LECLERC«, SAGTE VUKOVIC, setzte Albin einen Schritt nach und hielt ihn am Oberarm fest.

Er ließ sofort wieder los – sicher aus Furcht, dass einer der Reporter das mitbekommen würde. Sie schauten ohnehin schon die ganze Zeit herüber und fragten sich womöglich, was die zwei zu bereden hatten.

Albin blieb stehen und wendete sich wieder zu Vukovic um. »Ja?«, fragte er.

Vukovic atmete tief ein und atmete tief aus. Er schien die Chancen und Risiken gegeneinander abzuwägen und auf eine neue Taktik einschwenken zu wollen. Was ihm augenscheinlich nicht leichtfiel. Er starrte auf den Boden und schien sich seine Worte zurechtzulegen. Dann blickte er wieder auf und sah Albin direkt in die Augen.

»Robert Kirk«, sagte er, »ist ein langjähriger Bekannter. Bekannter wäre sogar noch zu viel gesagt: Wir kannten uns früher gut. Meine Familie stammt aus Sarajevo. Damals, vor mehr als fünfundzwanzig Jahren, herrschte Bürgerkrieg. Wir waren noch Kinder. Mehr als zehntausend Menschen starben in den jahrelangen Gefechten während der Belagerung. Die serbische Artillerie zerbombte alles. Unser Haus wurde zerstört. Scharfschützen schossen auf Kinder, auch auf Dunja. Mich verletzte ein Granatsplitter an der Wade. Damals lernten wir Robert Kirk kennen. Er arbeitete beim Internationalen Roten Kreuz, das humanitäre Hilfe leistete, Hilfsgüter einflog und sich um die Verletzten kümmerte. Er schenkte mir Spiderman-Comics und Dunja eine Puppe. Robert hatte nie Kinder, wie ich später erfuhr. Er hätte gerne welche gehabt. Nach dem Krieg riss der Kontakt nicht ab. Die Jahre vergingen. Unser Land und unsere Stadt wurden wiederaufgebaut. Dunja wuchs heran. Sie wollte Zahnmedizin studieren. Ich habe gesagt: Studier in den USA, schau dir nur die Zähne der Amerikaner an. Bessere gibt es nicht. Sie wollte nicht, aber ich habe sie schließlich überzeugt. Das Studieren dort ging aber nicht ohne weiteres, weil dazu praktische Arbeit in Labors zählte, wozu man eine Greencard brauchte.«

Albin dämmerte etwas.

Vukovic sprach leise weiter: »Zu der Zeit war ich bereits Leiter eines größeren Reisebüros. Ich hatte aber keine Kontakte in die USA. Also fand ich über das Rote Kreuz Roberts Adresse heraus. Ich fragte ihn, ob er helfen kann.«

Albin nickt verstehend. Er konnte sich denken, wie die Geschichte weiterging, ließ Vukovic aber reden.

»Robert sagte, er wisse nicht, wie. Er stecke zudem in finanziellen Schwierigkeiten und könne niemanden in seiner Wohnung aufnehmen. Also machte ich ihm ein Angebot.«

»Sie boten ihm Geld, damit er eine Ehe mit Ihrer Schwester einging und sie in den USA studieren konnte?«

Vukovic sah an Albin vorbei und nickte schwach.

»Die Summe forderten Sie zurück?«, fragte Albin.

Vukovic erklärte: »Eine Zeit lief alles gut. Dunjas Studium kam voran. Da lernte sie an der Uni einen deutschen Studenten kennen und verliebte sich in ihn.«

»Wolfgang Kaltmann?«

»Ja. Sie planten, nach Deutschland zu gehen und zu heiraten. Dunja wollte ihr Studium in den USA hinwerfen. Ich war dagegen – schließlich hatte ich in sie investiert, um ihr den Weg zu ebnen und dafür zu sorgen, dass sich ihr Traum erfüllte. Ich war sehr ärgerlich. Ich wurde noch ärgerlicher, als sie wirklich heirateten. Wir haben uns darüber zerstritten.«

»Wie lange ist das her?«

»Inzwischen vier Jahre.«

»Und die Ehe mit Robert Kirk blieb wirksam.«

»Bis eben wusste ich das nicht. Dunja hatte sich vielleicht gedacht, wer weiß, ob ich nicht noch mal zurück in die USA gehe? Vielleicht hat sie es auch einfach ignoriert, noch verheiratet zu sein. Sie war in einigen Dingen recht naiv.«

»Und das Geld?«

»Ich habe es von ihr zurückgefordert. Ich war wütend, und mir ging es ums Prinzip.«

»Wie viel?«

»Hundertzwanzigtausend Euro.«

»Wie hat sie reagiert?«

»Sie war außer sich, weil ich zudem sagte, ich wolle jeden Euro zurück, denn sonst ließe ich die Sache mit der Scheinehe auffliegen und ihre Studienerfolge in den USA würden annulliert. Ich ... Ich bedaure sehr, dass ich so reagiert habe.«

Wie ein störrischer Patriarch, dachte Albin.

»Und dann?«, fragte Albin.

»Dann landeten eines Tages fünfundzwanzigtausend Euro auf meinem Konto. Überwiesen von Wolfgang. Er hatte einen guten Job, sie ebenfalls. Sie wollten reinen Tisch machen.«

»Wie viel standen am Ende noch aus?«

»Gar nichts mehr.«

Albin nickte. Hundertzwanzigtausend Euro verdiente Vukovic in seiner Position sicherlich locker im Jahr. Auf die Rückzahlung wäre er vermutlich nicht angewiesen gewesen – ihm ging es, wie er erwähnt hatte, ums Prinzip. Falls er nicht selbst Schulden hatte. Aber das würden die Kollegen fraglos herausfinden.

Vukovic sagte. »Das ist alles – es ist alles sehr unangenehm, aber ich werde den Behörden selbstverständlich die Umstände lückenlos schildern. Es hat absolut nichts mit dem zu tun, was hier passiert ist, und …«

Vukovic Stimme brach, als er zur Kapelle schaute. Er biss sich in die Faust, um die Trauer herunterzuschlucken. Daran war nichts gespielt.

Albin fragte: »Haben Sie schon einmal die Namen Stennalf Gustavson gehört? Oder John Langley?«

Vukovic schüttelte mit dem Kopf. Bevor er etwas sagen konnte, ging ein Ruck durch die Journalisten. Handys wurden gezückt, aufgeregt Telefonate geführt, Autotüren klappten, Motoren sprangen an.

Albin stellte sich einem Fotografen in den Weg. »Was ist los?«, fragte er.

»Sie haben in Caromb eine Leiche gefunden«, antwortete der und drängte sich an Albin vorbei.

31

ALBIN PARKTE DEN WAGEN am Straßenrand und stellte zur Sicherheit die Warnblinkanlage an. Er war früh dran: Hier standen erst zwei Polizeiwagen und der vom Notarzt. Na gut, und natürlich die Fahrzeuge der Pressevertreter, die ebenfalls früh dran waren – vermutlich hatte einer von ihnen einen Polizeifunkscanner oder so ein Zeug. Dann hatte sich die Nachricht unter den Medienfritzen blitzartig verbreitet. Vielleicht war auch ein Pieper ausgelöst worden. So war das manchmal mit denen – sprichwörtlich schneller als die Polizei erlaubt.

Albin kniff die Augen zusammen, um zu fokussieren, und lehnte sich am Steuer etwas vor, als ob er so besser sehen könnte. Er sollte sich wirklich bald mal eine Brille zulegen. Jedenfalls erkannte er in etwa fünfzig Meter Entfernung zwei Polizisten, die an einem Trecker standen und mit jemandem sprachen. Er erkannte zwei weitere Kollegen, die damit befasst waren, mit Flatterband eine Absperrung aufzubauen und die Journalisten zurückzuhalten, unter denen auch einige Schaulustige standen, die mit Handys filmten. Nicht lange, dann würde sich das alles über das Internet verbreiten – schrecklich war das, aber nicht zu ändern und nicht aufzuhalten.

Albin fasste nach seinem Handy, fand jedoch keinen Rückruf von Castel. Er versuchte erneut, sie anzurufen, hörte aber nur wieder die Ansage, dass sie zurzeit nicht erreichbar sei. Also schnallte er sich ab. Er stieg aus und steckte das Handy in die Gesäßtasche seiner Jeans, ging um den Wagen herum und öffnete die Heckklappe, um Tyson herauszuheben und ihn anzuleinen.

Schließlich marschierte er mit dem Mops in Richtung der Absperrung und zwängte sich zwischen die filmende, fotografierende und brabbelnde Meute. Er quetschte sich an einer adretten, gutgekleideten Reporterin vorbei, die mit einem Mikro in der Hand Position bezogen hatte und in das Objektiv eines Kameramannes redete. Sie hatte einen Knopf im Ohr und erzählte, dass man noch nichts wisse und noch nichts sagen könne und die Polizei keine Auskunft gebe, aber vermutlich eine Leiche gefunden worden sei und man bei Breaking News die Zuschauer über jede Entwicklung dieser Story weiter auf dem Laufenden halten werde. Super Nachricht, dachte Albin: Man hat vielleicht eine Leiche gefunden – und für so was verschwendeten die ihre Sendezeit.

Er tauchte unter der Absperrung hindurch, worauf sich einer der Polizisten sofort in Bewegung setzte, um Albin aufzuhalten. Auch der andere mit der Flatterbandrolle in der Hand merkte auf. Es waren wieder Perault und Fabius, die Albin bereits vor einigen Tagen an der Chapelle du Paty getroffen hatte. Die armen Kerle waren dem Dauerfeuer der Fragen der Medien ausgeliefert, mussten eine Absperrung aufbauen und sich jetzt auch noch um Albin kümmern. Aber niemand hatte je behauptet, dass der Job leicht sei.

»Das geht so nicht!«, rief Fabius und baute sich vor Albin auf. Er schwitzte. Seine Haare waren verwuschelt. Dann erkannte er Albin und fragte: »Leclerc? Was machen Sie denn hier?«

»Fünf Euro für jedes Mal, dass mir diese Frage gestellt wird«, erwiderte Albin, »und ich könnte auf Martinique auswandern.«

»Ich muss Sie trotzdem bitten, hinter der Absperrung zu bleiben.«

»Ich will nur zu den anderen«, sagte Albin und nickte in Richtung des Traktors.

»Leclerc …«

»Fabius«, zischte Albin und senkte die Stimme. »Verdammt, jetzt reißen Sie sich zusammen. Ist mir schon klar, dass ich nicht mehr zum Verein gehöre, aber ich war jahrzehntelang Mitglied, und wenn ich hier was Wichtiges sehe, dann trägt das zur Sache bei, weil ich kein Vollidiot bin, Mann, für wen halten Sie mich denn?«

»Aber …«

»Sie und Perault sind hier vollkommen überfordert und die Kollegen dahinten nicht minder. Haben Sie die Rechtsmedizin verständigt? Die Spurensicherung? Theroux und Konsorten?«

Perault nickte und zuckte gleichzeitig die Achseln. Albin zeigte auf einen Feldweg. »Und warum sichern Sie den Feldweg da hinten nicht ab? Wer sagt, dass der Trecker über diese Straße gekommen ist und nicht über die da? Warum stehen die Kollegen überhaupt am Trecker herum und nicht abseits – weil sie scharf drauf sind, den Fundort mit ihren Spuren zu kontaminieren? Wieso tragen Sie keine Mütze, Fabius, und lassen sich so abfotografieren und filmen? Ohne Dienstmütze sind Sie nicht volluniformiert und damit faktisch nicht im Dienst, weil nicht rundherum als Polizist erkennbar. Das wisst ihr ganz genau – jedes Mal der gleiche Scheiß.«

Fabius wollte etwas sagen und schnappte nach Luft.

Albin tippte ihm aufs Brustbein. »So, mein Freund, und jetzt kümmern Sie sich um den Feldweg, und ich gehe dahinten hin, sehe mir alles an und gebe es zu Protokoll, sobald Theroux und seine Leute auftauchen. Ich bin Albin Leclerc, verflucht nochmal, respektieren Sie das. Ihr Vater würde vor Scham im Boden versinken, wenn er das jedes Mal miterleben müsste mit Ihnen, Fabius. Und setzen Sie sich Ihre beschissene Mütze auf.«

Damit ließ Albin Fabius links liegen und ging zum Traktor. Weder Fabius noch Perault machten Anstalten, Albin aufzuhalten. Geht doch, dachte er.

32

ALBINS UNBEHAGEN WUCHS, je näher er dem Traktor kam, an dem ein Anhänger befestigt war. Er empfand es stets beklemmend, sich an Tatorten oder Fundorten von Menschen herumzutreiben, die eines gewaltsamen Todes gestorben waren. Sicher, man schaltete in einen anderen Modus. Die Toten waren tot, daran ließ sich nichts mehr ändern. Man konnte wütend sein, ja, traurig, was auch immer – aber nur für kurze Momente. Man durfte das nicht an sich heranlassen und tat es in der Regel auch nicht. Man betrachtete alles durch die professionelle Brille. Was hingegen nachts im Kopf vorging, wenn man nicht einschlafen konnte, war etwas anderes.

Berthe, die Rechtsmedizinerin, hatte Albin einmal gesagt: »Weißt du, es macht mir emotional kaum etwas aus, wenn ich den Körper einer erdrosselten missbrauchten Frau seziere – aber wenn mir eine fast erdrosselte missbrauchte Frau in der Gewaltopferambulanz gegenübersitzt, ich sie fotografieren, Abstriche machen und noch weiter entwürdigen muss, als ein Täter sie bereits entwürdigt hat, dann könnte ich heulen.«

Das eine war der Tod, das andere war das Leben. Mit dem einen konnte man nüchtern umgehen lernen. Mit dem anderen eher nicht. Wenn die Opfer Kinder waren oder man sich um Angehörige kümmern musste, wurde es richtig hart. Dann brannten sich die Dinge in die Gehirnwindungen ein und ließen einen nicht mehr los. Auch davor musste man sich schützen wie ein Stahlarbeiter, der einen feuerfesten Anzug trägt, um nicht zu verglühen. Klappte aber nicht immer verlässlich.

Und auch an einem harmlosen Ort wie diesem hier, im Sonnenschein an einem Feld bei Caromb gelegen, machte die Präsenz des Todes etwas mit einem. Daher Albins Beklemmung, die – wie er wusste – meist rasch verging, sobald man den ersten Blick auf die Leiche geworfen hatte und sich der Schalter im Kopf vollends umlegte. An diesem Feld würde niemand mehr entlangfahren, ohne zu denken: Dort haben sie mal eine Leiche gefunden. Kinder würden Mutproben anstellen und nachts herkommen, um sich zu gruseln. Es würde noch in dreißig Jahren erzählt werden. Dieser kleine Fleck Erde war von der finsteren Macht berührt worden und war nun mit Dunkelheit infiziert. Das klang melodramatisch, aber an der Sache war etwas dran. Schon die alten Römer hatten dafür einen Begriff: *Genius loci*, der Geist des Ortes, der seine Aura und Atmosphäre beschrieb – im Positiven wie im Negativen.

»Können wir Ihnen helfen?«

Die junge Polizistin, die gerade mit der Befragung eines kreidebleichen Mannes befasst war, merkte auf und sah Albin fragend an. Der Polizist neben ihr war Dodo – nicht der klügste aller Männer unter Gottes heißer Sonne, aber immerhin so schlau, um eins und eins zusammenzuzählen.

»Das ist Albin Leclerc«, sagte er mit einem genervten Tonfall zu ihr. »Der ist nicht unsere Baustelle.«

»Ehm«, machte die Polizistin, unsicher, was sie jetzt tun sollte, und nicht hundertprozentig überzeugt, dass es okay war, Albin hier herumlaufen zu lassen.

Albin machte es ihr etwas leichter, indem er sagte: »Fabius und Perault haben mich durchgewinkt. Verschaffe mir nur einen Eindruck. Bin gleich wieder weg.«

Er betrachtete den Mann, vermutlich den Fahrer des Treckers. Ein Weinbauer. Albin sah eine Lache Erbrochenes. Tyson schnüffelte in der Luft und zerrte an der Leine, um sich dorthin zu begeben. Albin zog ihn zurück.

»Ihr Trecker?«, fragte Albin.

Der Mann nickte.

»Philippe Raymond«, erklärte die Polizistin. »Er hat die Leiche gefunden.«

»Sie lag auf meinem Anhänger.«

Albin lupfte die Augenbrauen. Er machte einige Schritte um den Hänger herum und warf einen Blick auf die Ladefläche – und erstarrte. Er kannte das Hemd. Er kannte die Hose. Er sah, was noch vom Kopf übrig war. Er sah den roten Fleck dort, wo sich das Herz befand.

Mist, dachte Albin und hielt sich die Hand vor den Mund.

Tyson zappelte an der Leine.

John Langley, dachte Albin. Teufel auch.

Er ging wieder zurück, fragte Raymond, wo er am Vorabend gewesen war und ob er irgendeine Erklärung habe, wie der Tote auf seinen Anhänger gekommen war. Für das eine hatte Raymond eine Erklärung. Für das andere nicht.

Albin fragte: »Haben Sie den Namen John Langley schon einmal gehört?«

Raymond schien nachzudenken. Er nickte. »Ja«, erwiderte er. »Dieser Engländer. Handelte mit teurem Wein. Ist er …?«

»Ich wollte nur wissen, ob Sie ihn kennen.«

»Flüchtig.«

»Wer kennt ihn besser?«

»Pff«, machte Raymond. »Am besten fragen Sie Bernard Sylvain, den Bürgermeister. Er ist ein wandelndes Lexikon.«

»Wo treffe ich Sylvain?«

»Im Rathaus. Oder jeden Abend beim Pétanque.«

John Langley, dachte Albin. John Langley, der gestern noch überstürzt abreisen wollte – und jetzt für immer abgereist war.

33

THEROUX STARRTE ALBIN AN. Durch die getönten Gläser der Pilotensonnenbrille hindurch konnte Albin seine Augen nicht sehen, aber er wusste ganz genau, welchen Ausdruck sie hatten. Sie standen am Rand des Feldes, das inzwischen – wie der Traktor und der Anhänger – von der Spurensicherung in Beschlag genommen worden war.

»Meine Güte«, sagte Albin. »Jetzt reg dich nicht so auf.«

Theroux schwieg. Dennoch köchelte er vor sich hin. Oder brodelte. Das war unverkennbar.

Albin sagte: »Philippe Raymond fährt also morgens mit seinem Trecker los – er wohnt am Ortsrand und ist Vorsitzender der Confrérie du Plant de Vigne. Er nimmt diesen Weg.« Albin zeigte die Straße entlang. »Dann biegt er hier ein und will abladen, um den Wein zu schneiden. Er schaut auf den Hänger – da trifft ihn der Schlag: John Langley. Also: Er kann Langley nicht identifizieren, aber er kennt ihn aus dem Ort. Langley ist schließlich Weinhändler gewesen. Er wollte übrigens gestern verschwinden. Ich hatte ihn überzeugt, es besser sein zu lassen.«

»Du warst bei Langley?«, fragte Theroux leise.

»Ja, aber nicht alleine. Tyson war mit.«

Theroux fragte noch leiser: »Ist dir klar, dass du vielleicht der Letzte gewesen bist, der ihn lebend gesehen hat, und was das bedeuten kann? Albin? Checkst du das?«

Albin machte eine Geste und sagte: »Himmel, kommt ihr jetzt wieder mit dem Blödsinn, dass ich mich mit so etwas zum Tatverdächtigen mache? So wie letztens bei den rothaarigen Mordopfern? Mach dich nicht lächerlich, sondern denk lieber nach, Theroux. Warum, zum Teufel, sollte irgendjemand den Hauptzeugen umlegen? Warum wirft jemand die Leiche auf den Traktor von Raymond?«

»Wenn du schon so gut informiert bist«, zischte Theroux und rang nach wie vor um Fassung und danach, beherrscht zu klingen, »dann verrate mir, ob Raymond ein Alibi hat.«

»Er war am vermutlichen Tatabend nach seinen Worten bis spät in die Nacht bei einer Tagung der Bruderschaft. Er kam vollstramm nach Hause. Seine Frau schlief schon längst. Natürlich müsst ihr euch das bestätigen lassen. Langley ist in den Kopf geschossen worden und ins Herz. Ihr müsst …«

»Verflucht, Albin!«, blaffte Theroux. »Ich weiß ganz genau, was wir müssen! Natürlich werden wir uns Langleys Haus ansehen! Natürlich werden wir feststellen, wo der Tatort war und uns fragen, warum die Leiche auf dem Anhänger von Raymond abgeladen wurde! Natürlich werden wir …«

»Vernehmt ihr Danko Vukovic?«

Theroux blinzelte und zuckte bei dem plötzlichen Themenwechsel. »Was soll das denn jetzt?«

Albin erzählte Theroux, was er von Vukovic erfahren hatte.

»Ernsthaft?«, fragte Theroux.

»Ernsthaft«, erwiderte Albin. »Er wird das sicherlich genauso bei einer Vernehmung aussagen. Falls es stimmt, was er sagt, lädt er sich damit auch keine Schwierigkeiten auf und bringt seine Schwester nicht mehr in Misskredit. Sie ist tot, ihr Mann ist tot, Robert Kirk ist tot. Wenn man Dunja Kaltmann nachträglich das Studium in den USA annullieren würde, weil es auf Basis einer Scheinehe illegal zustande kam – wen kümmert es?«

»Glaubst du ihm?«

Albin zuckte die Achseln. »Warum nicht? Das meiste dürfte sich nachprüfen lassen.«

Theroux sagte: »Es ist jedenfalls wenig wahrscheinlich, dass Vukovic wegen geliehenen hundertzwanzigtausend Euro seine Schwester und ihren Mann umlegen lässt – zumal er einen großen Teil des Geldes schon zurückerhalten hat.«

»Kluger Junge«, sagte Albin. »Andererseits könnte die Geschichte eine Ausrede dafür sein, die Zahlungen auf sein Konto zu erklären. Es könnte einen anderen Hintergrund dafür geben.«

»Und welchen?«

»Keine Ahnung, Sherlock, du bist der Superermittler. Ich bin bloß ein armer Rentner.«

»Du bist ein unerträglicher Quälgeist, das ist alles.«

Albin lächelte.

Theroux sagte: »Aber es ist schon merkwürdig mit diesem Vukovic – ich meine: Als trauernder Bruder gibst du eine Pressekonferenz nach der nächsten, setzt dich selbst in Szene und haust die Behörden in die Pfanne?«

»Emotionale Reaktion«, erwiderte Albin. »Vukovic hält sich für einen Master of the Universe, einen Patriarchen, und er spielt auf der Klaviatur, die er als Medienprofi gewöhnt ist, um seine Ziele durchzusetzen.«

»Welche Ziele?«

»Dass ihr euren Arsch hochbekommt und den Täter dingfest macht.«

Theroux seufzte. »Aber warum zieht jemand Langley aus dem Verkehr?«

»Weil er als Zeuge vielleicht doch mehr gesehen hat, als er zugab. Oder etwas gesehen hat, von dem er nicht wusste, dass es Relevanz hat.«

Albin dachte an die Rotweinflaschen – dieselbe Marke auf Langleys Tisch wie im Wohnmobil der Kaltmanns. Er sagte: »Theroux, wenn ihr euch Langleys Haus anseht, nehmt ein paar Flaschen vom Estournel mit.«

»Albin, wir können doch keinen Wein klauen, geht's noch?«

Albin verdrehte die Augen. »Den sollst du als Beweismittel mitnehmen. Ich habe dir schon von den Flaschen im Wohnmobil erzählt – vergleiche den Estournel von Langley mit dem, den ihr im Wohnmobil beschlagnahmt habt. Gleiche Sorte? Gleicher Jahrgang? Gleiche Produktionsnummern? Vielleicht aus ein und derselben Lieferung?«

»Worauf willst du hinaus?«

»Sie könnten den Rotwein gemeinsam mit Langley getrunken haben. Oder sie haben den Wein bei ihm gekauft. Im einen wie im anderen Fall würde es bedeuten, dass Langley und die Kaltmanns sich begegnet sind. Falls das so ist, existierte eine persönliche Beziehung zu den drei Mordopfern. Dann wäre Langley weitaus mehr als nur ein Zeuge gewesen.«

Theroux nickte. Man konnte förmlich sehen, wie in seinem Kopf die Zahnräder rotierten, um die entsprechenden Schlussfolgerungen zu ziehen.

Albin sagte: »Du musst dich darauf konzentrieren, das verbindende Element zwischen den Opfern zu finden. Vielleicht lässt sich noch eine Verbindung zu diesem Jacques Latour herstellen – dem Radfahrer, der als Kollateralschaden firmiert.«

»Ja«, sagte Theroux, merkte auf und blickte zur Absperrung.

Weitere Polizeifahrzeuge kamen an. Dann blickte er wieder zurück zum Anhänger, von wo aus sich Grinamy von der Spurensicherung als auch die Rechtsmedinzinerin Berthe näherten, um mit Theroux zu reden. Albin blieb einfach stehen und sperrte die Ohren auf.

»Nichts Auffälliges bislang«, sagte Grinamy. »Keine Hülsen, keine Fremdspuren – bis auf ein paar Mops-Haare und Abdrücke der Quadratlatschen von Albin Leclerc.«

Albin hüstelte und schaute zur Seite, um den Blicken auszuweichen. Aus einem der Streifenwagen sah er Castel aussteigen. Castel sah zu ihm hin. Er machte eine grüßende Geste. Sie nickte ihm zu und sah sich um.

Albin hörte Berthe sagen: »Das Opfer hat einen Kopfschuss erhalten. Es gab einen weiteren Schuss ins Herz. Das gleiche Trefferbild wie bei den Opfern von der Chapelle du Paty. Es sieht nach einer Handfeuerwaffe aus, aber darüber wird die ballistische Untersuchung mehr Auskunft geben.«

Albin zog das Handy aus der Tasche und machte nebenbei damit eine fragende Geste in Richtung Castel, die das bemerkte. Sie zuckte mit den Achseln und machte ein paar Handzeichen, die Albin sagten, dass offenbar ihr Akku alle gewesen und noch nicht wieder aufgeladen war.

»Tatort gleich Fundort?«, fragte Theroux.

»Darauf deutet nichts hin. Ich würde annehmen, dass er anderswo erschossen wurde«, sagte Berthe.

Grinamy fügte hinzu: »An dem Hänger gibt es Schmierspuren von Blut. Jemand hat die Leiche auf die Ladefläche geschoben oder gezogen. Was für einen Täter spricht, der kräftig ist.«

Und für eine bewusste und geplante Platzierung, dachte Albin. Eine Platzierung, die dem Täter so wichtig war, dass er dafür das Risiko in Kauf nahm, beobachtet zu werden. Es sei denn, er wusste, dass Raymond ihn nicht würde beobachten können, weil er gar nicht zu Hause war, und dass Raymonds Frau schlafen würde.

Theroux sagte: »Gut, schicken wir Streifen zu Langleys Wohnhaus und zum Hof von Raymond.«

»Ich schicke sie los«, sagte Albin und marschierte in Richtung Castel.

»Albin!«, rief ihm Theroux mit einem genervten Geräusch hinterher. »Albin! Leclerc! Das machst du nicht, du hältst die Füße still …«

»Meine Güte«, hörte Albin Berthe zu Theroux sagen, »lass ihn doch. Ob du denen das sagst oder er – was macht das schon?«

Den Rest hörte Albin nicht mehr. Aber er lächelte und dachte: Berthe, mein Schatz, dafür bekommst du eine randvolle Tüte Schokocroissants frei Haus. Er schlenderte durch das trockene Gras und kam vor Castel zum Stehen.

»Wer ist es?«, fragte Castel.

»Langley«, erwiderte Albin.

Castel zog die Augenbrauen vor Erstaunen nach oben. Albin gab ihr eine knappe Zusammenfassung über das, was er wusste. Er sagte auch ein paar Sätze zu Danko Vukovic.

»Oh, wow«, schnaubte Castel und wischte sich mit dem Handrücken über die Stirn. Albin konnte das Tattoo auf der Innenseite des Gelenks erkennen. Warum Castel es wohl noch immer trug? Zu aufwendig zu entfernen, oder war die Vergangenheit noch zu präsent?

Er sagte: »Ich habe mehrfach versucht, Sie zu erreichen.«

»Tut mir wirklich leid. Das Handy war ausgeschaltet, Akku leer. Ich habe vergessen, es aufzuladen. Hole ich gleich im Wagen nach – ich kann das dort anschließen.« Sie verlagerte das Gewicht von einem Bein auf das andere, sog die Unterlippe ein und fragte. »Waren Sie ... deswegen zufällig bei mir gestern Abend oder so?«

Albin schmunzelte. »Das hätten Sie wohl gern, Sie Luder.«

»Von wegen, schmutziger alter Mann. Ich dachte nur, Sie bringen wieder etwas zu essen vorbei ...«

»Bin ich Ihr Kellner oder ein persönlicher Lieferservice?« Castel machte ein genervtes Geräusch.

»Nein«, erklärte Albin dann. »Ich war nicht dort. Warum?«

»Nur so eine Frage.«

»Warum?«, fragte Albin erneut.

»Nichts weiter.«

Albin nickte. Er sagte: »Ein Streifenwagen zu Langleys Haus, ein Streifenwagen zum Hof von Philippe Raymond. Alles sichern und durchgeben, wenn etwas auffällig erscheint. Langleys Haus kontrollieren. Er fährt einen silbernen SUV von Audi. Checken, ob der dort ist. Außerdem bei Raymond den Bereich ansehen, wo er Trecker und Anhänger parkt. Seine Frau befragen und seine Kleidung von gestern Abend sicherstellen.«

»Sagt wer?«, fragte Castel.

»Ich«, erwiderte Albin. »Im Auftrag von Theroux.«

Castel blickte skeptisch, aber Albin erkannte den Hauch eines Schmunzelns auf ihren Lippen.

Albin sagte: »Na ja, zumindest teilweise.«

Sie fragte: »Sind Sie nun wieder Teil des großen Netzwerks?«

»Nein, nur der Überbringer eines Befehls mit Ergänzungen.«

»Na dann: Alles klar, Herr Commissaire.«

Albin machte mit der Hand eine Geste, als wolle er eine Fliege verscheuchen. »Ab jetzt mit Ihnen!«

Er wartete, bis die Streifenwagen losgefahren waren. Dann stellte er sich an den Rand der Absperrung und betrachtete das Treiben. Er griff in die Hemdtasche, fingerte eine Packung Gitanes heraus und steckte sich eine an. Mit einem Ächzen setzte er sich auf einen Findling, der zur Begrenzung des Feldweges diente, und begann sofort, in der glühenden Sonne zu schwitzen. Tyson legte sich in seinen Schatten und hechelte.

Albin paffte und überlegte. Er sah einer Qualmwolke hinterher, die sich rasch im Wind vor dem kobaltblauen Himmel auflöste. Er dachte über Netzwerke nach. Ein Netzwerk bestand aus mehreren autonomen Objekten, die auf eine bestimmte Art und Weise miteinander in Beziehung standen und gemeinsam ein System bildeten, das Vorteile für jeden mit sich brachte, weil man gemeinsam Ressourcen nutzte und jeder unterschiedliche Kompetenzen einbrachte, die dem Gesamtsystem dienlich waren. Albin selbst hatte ein solches Netzwerk um sich herum geschaffen – und auch, wenn dessen Bestandteile manchmal extrem bockig waren, profitierten sie am Ende auf die eine oder andere Art und Weise alle davon. Bildete sich Albin jedenfalls ein.

Er stellte sich die nüchterne Frage, warum in der Provence ein Killer unterwegs war. Einen Killer schickte man, um Menschen aus dem Verkehr zu ziehen, die einem gefährlich werden konnten. Ein anderes Motiv war Rache. Man beauftragte jemanden oder nahm die Sache selbst in die Hand.

Und da waren die Opfer: drei Menschen, von denen zwei in einer ähnlichen Branche tätig gewesen waren. Nun kam noch die Person hinzu, die die Opfer angeblich gefunden hatte.

Wenn man annahm, dass es eine wie auch immer geartete Beziehung zwischen den vieren gab, dann stieß man vielleicht auf ein Netzwerk. Würde sich diese Annahme als zutreffend erweisen, dann wäre man in den Ermittlungen einige Schritte weiter und käme den Hintergründen deutlich näher.

Tyson schnaubte leise. Er lag mit der Schnauze auf dem Boden und verdrehte die Augen, um Albin anzusehen. Ein wirklich mitleidiger Blick.

Ich weiß, dachte Albin, ich habe es nicht leicht.

Du machst es dir nicht leicht, schien Tyson zu erwidern, *weil du dir diese ganzen Dinge an den Hals bindest, statt dich zu entspannen.*

Ich kann nicht anders.

Dann mach es dir doch leicht.

Und wie?

Betrachte nur die puren Fakten.

Was soll daran leicht sein?

Du weißt doch: Ein Fußball ist nur ein Ball – alles drumherum, die Fans, die Stadien, die ganzen Geschäfte, das Merchandising, die Spannung, die Aufregung: Das lenkt nur davon ab, dass es lediglich ein Ball ist, der alles andere ins Rollen bringt.

Albin inhalierte tief und stieß den Rauch durch die Nase aus. Wer also tauchte alles auf in diesem Spiel? Zwei Biotechnologen, eine Zahnmedizinerin und der einzige Zeuge. Drei Biotechnologen sogar, wenn man theoretisch den Fall Stennalf Gustavson einbezog. Allesamt waren als Urlauber in die Provence gekommen. Und wenn wir das weiterspinnen, dachte Albin, dann gibt es jetzt noch einen toten Engländer, der mit Wein gehandelt hat, und einen nach Amerika ausgewanderten Briten, der ebenfalls tot und vorher mit Antiquitätenimport befasst war: Robert Kirk.

Robert Kirk, mit dem die ermordete Dunja Kaltmann eine geheime Ehe geführt hatte, und irgendwo dazwischen ihr Bruder Danko Vukovic, der Strippenzieher. Zwei alte Angloamerikaner, die mit seltenen Gütern handeln. Ein jugoslawisches Kommunikationsgenie mit Profilneurose. Insgesamt drei tote Biospezialisten. Und ein professionell agierender Killer, der mit einer unprofessionellen Waffe herumlief und merkwürdige Munition verschoss.

Die Biospezialisten, der Import und Export exklusiver Güter und eine alte Luger.

Wie passte das zusammen? Albin hatte keine Ahnung.

Warum, fragte Tyson, *hat er die Leute ausgerechnet an der Kapelle erschossen?*

Weil die Gelegenheit günstig war und die Örtlichkeit verlassen.

Warum hat er Langley nicht gleich mit erledigt?

Weil er es zu dem Zeitpunkt noch nicht auf Langley abgesehen hatte, weil ihm etwas dazwischenkam oder weil Langley zu spät kam.

Langley hatte gesagt, er machte regelmäßig die Runde mit seinem Mountainbike. Dass er an der Kapelle vorbeifuhr, legt nahe, dass die jedes Mal auf seiner Route lag. Ausgerechnet an dieser Kapelle machen die Kaltmanns Station, statt weiter unten auf dem Campingplatz – was doch normal wäre, wenn man mit einem Wohnmobil unterwegs ist, oder?

Albin überlegte: Vielleicht sollte es eine Art geheimes Treffen geben – zwischen den Kaltmanns, Latour und Langley. Der teure Wein könnte ein verbindendes Element und Indiz für ein Treffen sein. Der Killer wusste davon und wollte sie alle gleichzeitig umlegen. Aber Langley kam zu spät. Der Killer wollte nicht das Risiko eingehen, auf ihn zu warten, und musste den Job daher später erledigen.

Was Langley geahnt hatte – deswegen wollte er abhauen, und Albin hatte ihn beim Packen erwischt. Möglich. Hätte Albin ihn nicht aufgehalten, wäre Langley vielleicht noch am Leben. Andererseits: Hätte Langley tatsächlich um sein Leben gefürchtet, wäre er trotz Albins Argumenten geflohen. Mit Sicherheit sogar.

Aber wo war das Motiv? Wo das verbindende Element? Alles, was man mit den Kaltmanns und Langley gemeinsam in Verbindung bringen konnte, war der Wein. Und weiter? Sie standen eben auf die gleiche Sorte. Viele Menschen trinken gerne einen ausgesuchten Estournel und haben das Geld, sich einen zu leisten.

Philippe Raymond, las Albin von Tysons Lefzen ab.

Richtig, dachte Albin: Wein. Wein bei den Kaltmanns, Wein bei Langley, Wein, Wein, Wein … Raymond, der Chef der Weinbruderschaft und selbst Weinbauer. Und der Täter macht sich die Mühe, Langleys Leiche auf seinen Hänger zu wuchten. Einen toten Luxusweinhändler, abgeliefert beim Chef der Weinerzeugerzunft. Aber wozu?

War John Langleys Leiche etwa eine Gabe, ein Symbol? Ein Blutopfer? Ein hingerichteter Luxusweinhändler, dem Chef der Weinbauerbruderschaft dargeboten? Und an anderer Stelle ein paar tote Biotechnologen?

Albin schnippte die Zigarette fort, stand auf und dachte darüber nach, dass der alte Alfred Beauval, der für den Mord an Stennalf Gustavson im Knast saß, ebenfalls Weinbauer war. Und Gustavson wiederum ein Chemiker wie Wolfgang Kaltmann und Latour.

Albins Gedanken drehten sich im Kreis.

»Ich brauche was zu trinken. Du auch?«, fragte Albin Tyson und zupfte sich am verschwitzten Hemd herum.

Tyson sprang sofort auf und hechelte. Es sah aus, als sei er ebenfalls für einen Drink zu haben. Also, dachte Albin, sollten sie sich einen genehmigen. Danach würde er Castel oder Theroux auf die Nerven gehen, um in Erfahrung zu bringen, was sie im Haus von Langley und auf dem Hof von Raymond entdeckt hatten. Und später noch eine Runde Boule in Caromb. Mal sehen, was es dort so alles zu hören gab.

34

CASTEL PARKTE DEN WAGEN am Straßenrand, stieg aus und nahm die Sonnenbrille ab. Unterwegs hatte sie das Handy zumindest wieder ein bisschen aufgeladen und steckte es ein. Sie musterte das Haus von John Langley und betrachtete das offenstehende Tor der Einfahrt zum Carport. Sie sprach mit dem Kollegen, mit dem sie heute Streife fuhr, und machte eine Geste in Richtung der Häuser gegenüber und nebenan. Der Polizist nickte knapp und setzte sich in Bewegung.

Castel ging durch das Tor. Ein Wagen war nirgends zu sehen. Ihre Schritte knirschten im Kies, auf den das Sonnenlicht die Schatten des wilden Weines warf, mit dem der Carport bewachsen war. Sie öffnete eine kleine Pforte und ging zur Haustür, wo sie zunächst prüfte, ob sie sich öffnen ließ, was nicht der Fall war. Sie schaute durch die Fenster, entdeckte aber nichts Besonderes. Also ging sie wieder zurück zum Carport. Zwei Kellerfenster befanden sich in Kniehöhe, beide waren geschlossen. Sie ging weiter, sah einige leere Weinkisten und gelangte durch eine windschiefe Holztür schließlich in den Garten von John Langleys Haus.

Er war nicht groß, wirkte gepflegt und verfügte über eine hübsche möblierte Terrasse. Die Terrassentür stand halb offen. Der warme Wind spielte in den weißen Gardinen, die am unteren Ende dunkelrot verfärbt waren.

Castel richtete den Blick auf den Boden. Die Steine der Terrasse waren ebenfalls verschmiert. Auch auf dem Rasen, der an einigen Stellen wie plattgedrückt wirkte, ließen sich Spuren von getrocknetem Blut erkennen. Castel zog ihre Dienstwaffe und stieß die Terrassentür mit der Schulter auf. Sie gelangte ins Wohnzimmer und sah sich um.

Im Flur begann die blutige Schleifspur, die im Wohnzimmer auf einmal im Nichts zu enden schien. Der Holzfußboden dort war in einem viereckigen Bereich heller als der Rest. Vermutlich hatte dort ein Teppich gelegen. Eine Leiche, dachte Castel, war aus der Küche hierhin auf einen Läufer gezogen worden. Danach war die Leiche auf dem Teppich ins Freie und zu Langleys Auto geschleppt worden – und das Auto war weg. Nach dem Wagen würde eine Fahndung herausgegeben werden müssen. Die Leiche war wahrscheinlich die von John Langley gewesen.

Castel sah sich weiter um. Sie ging bis in den Flur, hob die Dienstwaffe in Schussposition und machte sich mit der üblichen Floskel bemerkbar: dass sie von der Polizei sei und, falls sich jemand im Haus befinde, dieser Jemand mit erhobenen Händen langsam auf den Flur kommen solle. Es kam aber niemand. Castel wiederholte die Standardprozedur. Aber nichts geschah.

Sie richtete die Waffe auf die Treppe, die ins obere Geschoss führte, und bewegte sich mit seitlichen Schritten entlang der Schleifspur in Richtung Küche. Dort war der Geruch nach Blut überwältigend. Sie sah eine halb getrocknete Lache auf dem Boden und eine klebrige Substanz sowie blutige Schlieren an einem Schrank, dessen Holz um ein Loch herum gesplittert war. Ihr fielen zwei Patronenhülsen auf – eine davon lag auf dem Küchentisch.

Castel bewegte sich wieder rückwärts auf den Flur und ging die Treppe hinauf. Sie überprüfte Bad und Schlafzimmer, in dem sie zwei gepackte Koffer stehen sah. Das Bett selbst wirkte unbenutzt. Sie betrachtete Bilder, die auf einer Kommode standen. Es handelte sich um das gerahmte Wappen einer britischen Militäreinheit. Außerdem um Fotos – Gruppen von Männern in Uniform, die in die Kamera lächelten. Manchmal sechs Männer, manchmal nur zwei oder drei. Eines schien in einem Lazarett aufgenommen worden zu sein. Auf dem Foto war ein Emblem mit der Abkürzung SFOR zu sehen, und auf jedem der Fotos meinte Castel, John Langley in jüngeren Jahren zu erkennen. Ansonsten fiel ihr nichts weiter auf.

Sie ging wieder nach unten und kam vor einer Tür zu stehen, die in den Keller führte. Die Tür war abgeschlossen. Castel sah sich um. Sie bemerkte an der gegenüberliegenden Wand ein Schlüsselbrett. Sie griff nach einem alt aussehenden Schlüssel und steckte ihn ins Schloss der Tür, die sich mühelos öffnen ließ. Castel schaltete das Licht ein und bewegte sich auf ausgetretenen Stufen nach unten.

Die Sonne fiel durch die zwei Fenster, die sie eben am Carport bemerkt hatte. Der Keller stand voller Weinkartons und Kisten. Ein großer Kühlschrank mit Glastür, in dem weitere alt aussehende Weinflaschen lagerten, summte leise. Castel sah jede Menge Kisten mit Korken. Außerdem flache Kartons mit Beschriftungen von exklusiven Weingütern und einige Papierrollen.

John Langleys Schatzkammer – und anscheinend hatte niemand etwas gestohlen, dafür aber dem Schatzmeister in der Küche eine Kugel in den Kopf und eine ins Herz gejagt.

Schließlich ging Castel wieder nach oben und schaltete im

Gehen ihr Funkgerät ein. Sie machte Meldung darüber, dass das Haus gesichert war, und darüber, was sie hier vorgefunden hatte, sowie dass Langleys Wagen nicht da war.

Sie ging durch den Garten und hörte, dass die Kollegen in der Zwischenzeit den Hof von Raymond ebenfalls gesichert hatten, Raymonds Frau in der Nacht aber nichts weiter aufgefallen sei, weil sie wegen Raymonds Schnarchen immer Wachs in den Ohren trug. Sie bestätigte aber, dass er betrunken nach Hause gekommen, neben ihr eingeschlafen und wieder aufgewacht sei – sein Eintreffen habe sie bemerkt, weil er versehentlich das Licht im Schlafzimmer eingeschaltet und sich dafür einen Anschiss von ihr abgeholt hatte. Raymonds Kleidung und Schuhe hatten die Kollegen sichergestellt, daran aber kein Blut gefunden. Ein Auto, das dort nicht hingehörte und das vielleicht das von John Langley sein könnte, hatten sie auch nicht gesehen.

Als Nächstes funkte Castel die Zentrale an und stellte sich neben den Dienstwagen, von wo aus sie ihren Kollegen auf der anderen Straßenseite mit einer Frau reden sah. Im Haus daneben stand eine weitere Frau in der offenen Tür und starrte neugierig herüber. Castel gab den Namen von John Langley durch, erfuhr das Kennzeichen des auf seinen Namen zugelassenen Autos und forderte eine Fahndung an.

Mit der Hüfte lehnte sie sich an den Dienstwagen. Das Metall war heiß. Folgendes Szenario erschien ihr als wahrscheinlich: Jemand war in der Nacht hergekommen, wahrscheinlich durch die offenstehende Terrassentür eingedrungen und hatte John Langley in der Küche erschossen. Dann hatte er die Leiche ins Wohnzimmer auf einen Teppich gezogen und den Teppich zum Carport. Vorher hatte er den Autoschlüssel gesucht und die Leiche mitsamt Teppich in den SUV gepackt, war zum Hof von Philippe Raymond gefahren und hatte die Leiche von der Ladefläche des Audis auf die von Raymonds Hänger gezerrt. Den Teppich nahm er wieder mit und fuhr fort. Die Mühe mit dem Teppich hatte er sich deswegen gemacht, weil sich daran Spuren des Täters finden lassen konnten – Fasern oder DNA zum Beispiel, denn immerhin hatte er sich reichlich an dem Teppich zu schaffen gemacht. Aus dem gleichen Grund hatte er auch den Wagen mitgenommen und damit alle Spuren beseitigt. Natürlich auch deswegen, weil er wieder von Raymonds Hof wegkommen musste.

Das warf die Fragen auf: Wie war der Täter zuvor zu Langleys Haus gelangt? Warum hatte er nicht seinen eigenen Wagen benutzt, um die Leiche abzutransportieren?

Darauf gab es drei wahrscheinliche Antworten. Erstens: Er wollte keine Spuren des Toten im eigenen Wagen hinterlassen und nicht riskieren, dass irgendjemand seinen eigenen Wagen bemerken könnte. Zweitens: Langleys Wagen war praktischer für den Zweck als der Wagen des Killers. Drittens: Er besaß vielleicht gar keinen eigenen Wagen – oder fuhr, falls er ein Auftragskiller war und von außerhalb kam, ein Mietfahrzeug, das er nicht mit Blut besudeln wollte.

Castel machte sich Gedanken über die möglichen Motive als auch über die gepackten Koffer, die sie im Schlafzimmer gesehen hatte. Offenbar hatte Langley abreisen wollen, es aber nicht getan. Fürchtete er, der Killer könnte ihm auf der Spur sein? Eher fraglich, denn dann wäre er doch schon früher geflohen. Oder er hätte auf den Täter gewartet, sich bewaffnet und zur Wehr gesetzt. Nichts aber deutete darauf hin, dass es einen Kampf in dem Haus gegeben hatte. Es wirkte eher, als sei Langley kalt erwischt worden.

Castels Kollege kam über die Straße zum Dienstwagen zurück.

»Niemand hat etwas Besonderes bemerkt«, sagte er. »Außer die eine Nachbarin, die meint, sie habe in der Nacht Türenklappen gehört und bemerkt, dass Langley gegen dreiundzwanzig Uhr mit seinem Wagen weggefahren sei. Sie habe sich nichts dabei gedacht, weil Langley wohl verreisen wollte, denn er sei nachmittags mit Taschen herumgelaufen und habe am Wagen hantiert.

»War sie noch wach, dass sie das sehen konnte?«, fragte Castel.

»Sie sei von irgendetwas aufgewacht. Dann sei sie wieder eingenickt und habe die Geräusche gehört. Sie sei zum Fenster gegangen und habe Langley beim Einladen gesehen. Dann startete der Wagen, die Scheinwerfer gingen an, und der Wagen fuhr fort.«

»Vielleicht waren es die Schüsse, die sie geweckt haben, und sie konnte das Geräusch nicht einordnen.«

»Vielleicht.«

»Kann sie sicher sagen, dass es Langley war, den sie beobachtet hat?«, fragte Castel.

»Ich denke, von dort drüben und in der Nacht und im Halbschlaf kann sie sich nicht sicher sein. Sie hat angenommen, er sei es. Wer denn auch sonst? Sie hatte keinen Anlass, zu denken, er wäre es nicht.«

Ja, dachte Castel. Aber er war es nicht. Es war sein Mörder, bei dem es sich mit hoher Wahrscheinlichkeit auch um den Mörder von Dunja und Wolfgang Kaltmann sowie von Jacques Latour handelte.

»Da war noch etwas«, sagte der Kollege.

»Hm?«, machte Castel.

»Die Nachbarin sagt, während des Tages sei ein Besucher dagewesen. Ein Mann habe das Haus von außen betrachtet. Dann habe er mit Langley geredet und sei hereingegangen.«

»Kann sie den Mann beschreiben?«

»Älterer Herr, ziemlich groß, grauhaarig. Er hatte einen Hund dabei.«

Castel schwante etwas.

»Was für einen Hund?«, fragte sie.

»Es war ein kleiner Hund. Ein Pinscher oder ein Mops oder so.«

Albin war hiergewesen und hatte mit Langley gequatscht. Dabei hatte er Castel geschworen, das nicht zu tun! Es war einfach nicht zu fassen mit diesem Kerl. Castel war stinksauer. Dieser alte Sturkopf war erneut einige Schritte zu weit gegangen, und sollte er das noch mal tun, würde sie ihm gehörig in den Hintern treten.

Ein roter Renault Clio rauschte vorbei. Castel beachtete ihn nicht.

35

FWUMP, FWUMP.

Es gab zwei aufeinanderfolgende trockene Einschläge. Metallische Geräusche und gelegentliches Aufstöhnen. Dann wieder dumpfe Aufschläge und Rufen, das von weiter herkam. Hier ein Murren. Dort wieder ein Klicken. Die Sonne senkte sich langsam über das Massiv des Mont Ventoux in der dunstigen Ferne und tauchte die Landschaft in warme Farbtöne. Allerdings noch nicht warm genug für Albins Geschmack.

Er trug eine Sonnenbrille, denn ihm war, als würde er auf gleißend weißen Korallensand irgendwo auf den Bahamas starren. Oder auf Martinique. Tatsächlich starrte er aber keineswegs auf einen karibischen Strand – wenngleich hier im Augenblick in etwa so viel los war, schätzte er.

Der Bouleplatz in Caromb lag etwas abseits des Kreisverkehrs zwischen der Route de Carpentras und der Avenue de l'Europe, an der sich auch die Coopérative Vinicole Saint-Marc befand. Er grenzte an den Fußballplatz und einige Tennisplätze und war – mit Verlaub – alles andere als ein schlichter Platz. Vielmehr handelte es sich um ein Boulodrôme mit mehr als sechzig Plätzen, das annähernd das Format des Fußballplatzes nebenan hatte und mithin eher etwas für Profis sowie Turniere darstellte als bloß einen Platz für Feierabendspieler. Wobei das Publikum ziemlich gemischt war: Albin sah Profis und Amateure.

Die Plätze waren mit einem Belag aus hellen Kalksplittern gebaut und feinem Kies bestreut. Der Unterboden war knallhart. Längliche Betonelemente unterteilten die Fläche. Dazwischen waren Bäume gepflanzt, die ein wenig Schatten boten, wenn man sich auf eines der auf den Betonträgern aufliegenden Bretter setzte. Die Bäume waren aber klein genug, damit weder Laub, Feigen, Oliven oder kleine Zweige noch nervige Schatten auf die Spielfläche fielen.

Die Leute hier auf dem Bouleplatz machten dreierlei. Sie spielten. Sie standen herum, unterhielten sich und schauten verstohlen zu Albin herüber. Oder sie standen vor Albin, der ein halbvolles Glas Pastis in der einen Hand hielt und eine halbaufgerauchte Gitanes in der anderen, und fragten ihn, was, zum Teufel, denn da los war in der Stadt.

»Das fragt ihr den Falschen«, erwiderte Albin, paffte und trank und erklärte: »Ich bin nur ein Rentner, der sich hier die Zeit vertreibt.«

»Komm schon, Leclerc«, sagte Marechal, ein kräftiger Kerl mit Stiernacken, der Lkw-Fahrer war. Albin kannte ihn vom Tournier am Café du Midi neulich. »Raymond hat eine Leiche gefunden, das weiß jeder. War es der Engländer? Den ganzen Tag ist das Haus vom Engländer abgesperrt, überall ist Polizei gewesen. Sie haben vorhin erst eingepackt und Feierabend gemacht.«

»Na, dann wird da womöglich was passiert sein.«

»Jetzt lass dir nicht alles aus der Nase ziehen, Albin.«

Albin blickte auf. Er sah Marechal und die anderen Mitglieder seines Teams der Reihe nach an und schattete gegen die tiefstehende Sonne zusätzlich die Augen mit der Hand ab, in der die Kippe glühte.

»Marechal«, erklärte Albin. »Offensichtlich steht das eine

mit dem anderen im Zusammenhang. Was soll ich dazu noch mehr sagen?«

»Keine Ahnung.«

»Habt ihr den Engländer gekannt?«

Wozu jeder etwas zu sagen hatte. Dass man ihm aus dem Ort kannte, aber nur vom Sehen, und dies und das – doch insgesamt kam nichts Neues für Albin dabei heraus. Und das wenige, was neu war, fand er nicht berauschend.

»Also darum geht's?«, fragte Marechal. »Du willst uns aushorchen?«

»Wozu?«

»Du treibst dich doch nicht aus Spaß hier herum.«

»Nein, nur aus Spaß. Ich liebe es, im Gegenlicht in dein hübsches Gesicht zu schauen.«

Einige lachten. Marechal schmunzelte nur schwach. Er sagte: »Du willst was von uns, also wollen wir auch was von dir.«

»Du kannst von mir eine Packung im Pétanque kriegen. Das ist alles, mein Freund.«

Marechal lachte spöttisch und sah sich nach Unterstützung heischend um.

Albin sagte: »Bloß weil ihr hier einen solchen Platz habt, heißt das noch lange nicht, dass ich dich nicht mit Links abservieren würde.«

Albin schlürfte den Pastis aus und reichte Marechal das leere Glas, der es annahm.

»Danke«, sagte Albin.

Marechal sagte: »Ich nehme dich beim Wort, Leclerc. Hier hat keiner eine solche große Klappe, ohne sich beweisen zu müssen.«

»Von mir aus.«

»Also, was treibst du hier?«

»Bernard Sylvain.«

»Der Bürgermeister?«

»Ja, auf den warte ich.«

»Wozu?«

»Zum Schmusen.«

»Sylvain ist noch nicht da, wer weiß, ob er überhaupt noch kommt.«

»Doch, doch«, mischte sich eine scharfe Stimme unter die anderen. »Bernard Sylvain ist durchaus anwesend.«

Marechal drehte sich um. Die Gruppe teilte sich vor Albin wie das Rote Meer vor Moses, und im sich auftuenden Spalt erschien die hagere Silhouette eines großgewachsenen Mannes etwa in Albins Alter. Er hatte einen gewaltigen Schnäuzer und Terrierhaare, die vor der Sonne wie eine Korona abstanden, was Sylvain so aussehen ließ, als trage er einen Heiligenschein.

Albin blinzelte. Dann stand er auf, um nicht weiter ins Gegenlicht zu starren und am Ende noch blind zu werden. Er streckte Sylvain die Hand hin und stellte sich vor. Sylvain ergriff die Hand und stellte sich ebenfalls vor. Albins Name schien ihm nichts zu sagen.

»Können wir kurz reden?«, fragte Albin.

Sylvain schaute so drein, als passe ihm das nicht sonderlich und als würde er lieber etwas anderes tun, nämlich weswegen er hergekommen war: Boulen.

»Ich bin von der Kripo Carpentras«, erklärte Albin beiläufig. »Also: früher.«

Verstehend nickte Sylvain und musterte Albin. »Aber sicher«, sagte er dann. »Wir können auch gern länger sprechen«, sagte Sylvain.

»Gehen wir ein Stück«, erwiderte Albin und ließ die Gruppe von Männern einfach stehen. Tyson erhob sich freudig erregt und folgte Albin und dem Bürgermeister, deren Schritte auf dem Kies knirschten. Sie gingen in Richtung Fußballplatz.

Sylvain sagte: »Es ist fürchterlich, was in der Stadt geschieht. Erst die Morde an der Kapelle. Dann noch der an dem Engländer. Die Menschen im Ort machen sich wirklich ernste Sorgen, und ich mir auch. Können Sie sich vorstellen, was das für den Fremdenverkehr bedeutet? Zum Glück verfolgen die meisten Touristen nicht unsere Medien, aber es spricht sich natürlich herum. Die Gastronomie leidet – und wir sind nun wirklich auf die Saisontouristen und Tagesgäste angewiesen.«

Meine Güte, dachte Albin, Sylvain redete, als ob sein Dorf eine Mischung aus St. Tropez und Nizza war. Eine Handvoll Kneipen und ein Campingplatz … Andererseits sprach das Engagement für seinen Ort für ihn.

»Natürlich, ich verstehe«, bestätigte Albin.

»Und mir, als Bürgermeister, gibt man keinerlei Informationen. Ich rufe in Carpentras an, und alles, was ich höre, ist: Wir dürfen Ihnen nichts sagen.«

»Das ist nachvollziehbar.«

»Dürfen Sie mir etwas sagen, Leclerc?«

»Worüber?«

»Zum Stand der Ermittlungen und der Geschehnisse. Muss ich mir Sorgen machen? Müssen sich die Bürger Sorgen machen? Vier Morde innerhalb so kurzer Zeit in einem so kleinen Ort, du lieber Gott, Leclerc …«

Albin nickte vor sich hin und vergrub die Hände in den Hosentaschen. Er sagte: »Ich gehöre nicht mehr zur Polizei.

Aber so ein bisschen bekomme ich natürlich mit. Niemand wird mir eine Abmahnung schreiben, wenn ich Sie informiere – aber natürlich ist das nicht offiziell, was ich Ihnen sagen kann. Es stammt vom Hörensagen.«

»Selbstverständlich.«

Albin erzählte Sylvain, was er über die Morde und den Stand der Ermittlungen erzählen konnte, ohne dabei zu sehr in die Details zu gehen oder Dinge anzusprechen, die er von Danko Vukovic erfahren hatte: die privaten und familiären Verstrickungen der Kaltmanns. Das ging Sylvain nichts an.

Schließlich fasste er zusammen: »Nach meiner Meinung ist ein Killer unterwegs, der es gezielt auf bestimmte Personen abgesehen hat. Da läuft niemand herum und knöpft sich wahllos die Leute vor. Über den Anlass der Morde kann man nur spekulieren, aber ich denke nicht, dass sich die Bürger davor fürchten müssen, im Dunkeln auf die Straße zu gehen oder am See zu baden. Allerdings kann man nicht sagen, ob Langley das letzte Opfer war.«

»Immerhin«, sagte Sylvain und atmete auf, »ist es kein Verrückter oder ein Serienmörder.«

»Nein«, meinte Albin – und verkniff sich den Hinweis auf die Lone-Offender-Theorie.

Sylvain sagte: »Ich habe davon aber reden hören und Herrn Vukovic im TV gesehen. Überall in den Medien war die Rede von …«

»Herr Bürgermeister«, sagte Albin, »es ist so: Manchmal lanciert die Polizei eine Theorie an die Öffentlichkeit, um den Täter damit zu verwirren und ihn in Sicherheit zu wiegen. Nach dem Motto: Oh, Sie suchen einen Irren? Prima, ich bin ja Profikiller, da muss ich mir keine Sorgen machen. Zweitens plappern besorgte Angehörige manchmal Dinge aus, die sie nicht ausplappern sollten – denn im Zuge einer komplexen Mordermittlung geht man einer Menge Hinweisen nach und fängt bei den Angehörigen damit an und nicht mit wilden Theorien von irgendwelchen Serienkillern. Drittens stellen die Medien die Dinge gerne verknappt dar, was zu Fehlinformationen führen kann. Hier haben wir es mit einem Mix aus allem Möglichen zu tun.«

»So lange ich mir keine Sorgen um die Bevölkerung machen muss«, meinte Sylvain.

»Müssen Sie nicht«, erwiderte Albin.

Sie kamen am Fußballplatz zum Stehen. Es roch nach frisch gemähtem Rasen. Eine Fußballmannschaft trainierte auf der einen Hälfte. Auf der anderen drehte sich eine Sprinkleranlage zur Bewässerung. Albin lehnte sich gegen eine Brüstung. Tyson setzte sich neben ihn und verfolgte den hin und her rollenden Fußball mit Interesse – wenngleich der Ball recht groß für Tysons Verhältnisse war. Fast so groß wie er selbst.

Albin fragte: »Was weiß man über diesen Engländer?«

Sylvain erzählte im Wesentlichen das, was Albin bereits über Langley wusste – mit Ausnahme der Tatsache, dass Langley bei einer Militärspezialeinheit gewesen war. Davon wusste Sylvain nichts. Auch die anderen rund um Marechal hatten es eben nicht erwähnt.

»Es leben viele Engländer im Ruhestand in der Gegend«, erklärte Sylvain. »Und genau das wollen sie: ihre Ruhe und die Gegend genießen. Langley lebte seit einigen Jahren hier, und er fiel nie negativ auf. Grüßte freundlich, sprach gut Französisch. Die Stadtverwaltung und ich waren sehr froh, als er das alte Haus kaufte und mit viel Geld sanierte. Es war ein Schandfleck im Ort, und wir haben unser Möglichstes getan, um Langley nicht mit Auflagen Knüppel zwischen die

Beine zu werfen. Gebaut hatte es Ambroise Perdu im Jahr 1890 etwa, der die erste Druckerei in Caromb eröffnete.«

Albin zuckte mit den Achseln.

Sylvain redete weiter: »Langley wohnte früher weiter im Norden des Ortes, aber sein Weinhandel lief wohl sehr gut und in den letzten Jahren immer besser. Davon leistete er sich das Haus. Er hatte gute Geschäftskontakte und bekam gelegentlich Besuch. Er hat Geld in den Ort gebracht. Ein bisschen schade ist, dass mit der alten Druckerei dann doch nicht mehr passiert ist, aber immerhin haben die Einnahmen aus dem Verkauf geholfen, dass die Perdus nicht auch noch Privatinsolvenz anmelden mussten.«

Albin machte ein fragendes Gesicht.

Sylvain erklärte: »Ich rede von der Druckerei Perdu.«

»Sagt mir nichts.«

»Sie ging vor einigen Jahren pleite – der Wandel in der Druckindustrie, wissen Sie? Ich habe dort als Jugendlicher gejobbt. Die Immobilie stand einige Zeit leer. Zum Glück ist sie dann aufgekauft worden – mitsamt allem Inventar. Eigentlich sollte sie umgebaut werden und exklusive Ferienwohnungen in dem alten Gemäuer entstehen, aber vielleicht mangelte es dann doch am Geld – wir haben leider nie wieder etwas davon gehört. Ich hatte vor einem Jahr erst Langley darauf angesprochen, ob er mir eine Kontaktadresse des Investors geben könne – es hat dort gebrannt, das Areal ist auch nicht mehr hinreichend mit Bauzäunen abgesichert, aber ...«

»Was hat Langley mit der Druckerei zu tun gehabt?«

»Ich sagte ja, er hat Geld in den Ort gebracht durch seine Kontakte.«

»Er hat die alte Druckerei Perdu gekauft?«

»Nicht er selbst. Vielleicht war er beteiligt, das weiß ich nicht.«

»Wer hat die Druckerei dann gekauft?«

»Da war dieser Amerikaner, mit dem er kooperierte.«

»Amerikaner?«

»Ja, er hat die Druckerei samt Inventar erworben und dann alles ausräumen lassen. Und es steht immer noch alles leer. Wenn Sie wollen, zeige ich Ihnen die Ruine gleich. Ist nicht weit.«

»Gern«, erwiderte Albin, der den metallischen Geschmack von Adrenalin im Mund verspürte. Er nahm die Sonnenbrille ab und war mit einem Mal hellwach.

»Wissen Sie«, fragt er, »wie dieser Amerikaner heißt?«, fragte er.

»Robert Kirk«, sagte Sylvain.

36

DIE ALTE DRUCKEREI Perdu lag außerhalb der Stadt, doch
es war nicht weit bis dorthin. Albin konnte sich nicht daran erinnern, hier jemals zuvor vorbeigefahren zu sein. Das
Grundstück war verwildert. Überall wuchsen Büsche und
Bäume, wilder Rosmarin und Lavendel verströmten in der
Abendglut ihren Duft. Die Zikaden zirpten. Mücken tanzten. Einige Vögel flogen auf, als Albin mit Tyson und in
Begleitung von Sylvain das Gitter eines Bauzauns zur Seite
schob und das Grundstück betrat. Die Natur eroberte sich
zurück, was die Menschen ihr während der Industrialisierung
entrissen hatten und was das Zeitalter der Digitalisierung
nunmehr der Natur wiedergab.

Die Druckerei war weder groß noch besonders klein.
Ein durchschnittlicher Gewerbebau aus dem ausgehenden
19. Jahrhundert, an dem im Laufe der Jahrzehnte Anbauten
erfolgt waren und der noch heute den Eindruck eines dörf-
lichen Familienunternehmens hinterließ, das in begrenztem
Rahmen für bescheidenen bürgerlichen Wohlstand gesorgt
und einigen Menschen Arbeit und Brot gegeben hatte. An
der Front des Hauptbaus gab es zahlreiche große Fenster,
von denen die meisten erblindet oder zerschlagen waren.
Scherben lagen auf dem gesprungenen Boden aus grauem
Asphalt, der mit Schlaglöchern übersät und von Flechten
bewachsen war. Die Fassade war in einem hellen Ockerton

gestrichen und wirkte schmutzig. An einigen Stellen lag das Mauerwerk frei. Der Dachstuhl war kaum noch mit Ziegeln bedeckt. Dafür stachen verkohlte Sparren wie die Rippen eines verbrannten und ausgeweideten Tieres in den blauen Himmel.

Sylvain öffnete eine mit verblasstem Graffiti besprühte Tür, die ins Innere der Druckhalle führte. Dort roch es schwach nach Feuer und Urin. Einige Pfeiler trugen die Decke, von der abgeplatzte Farbflächen zerfleddert wie Stalaktiten herabhingen. An den Wänden gab es ebenfalls Graffiti und Schmierereien. Auf dem Boden lag Müll herum, auch Holzpaletten, die ebenfalls verkohlt waren.

»Irgendwelche Idioten«, erklärte Sylvain, »haben sich hier ein Feuerchen gemacht. Obdachlose, betrunkene Jugendliche, Junkies, wer weiß.«

Albin nickte. Das schmutzige Geheimnis eines jeden Dorfes und einer jeden Stadt – mochte es dort ansonsten noch so idyllisch sein.

»Vor etwa zwei Jahren brannte es hier«, fuhr Sylvain fort. Seine Worte hallten leicht. »Das Feuer richtete aber keinen großen Schaden an. Es war ja schon alles fort. Dennoch hatte ich gehofft, dass der Schandfleck bald verschwindet. Kaum vorstellbar, dass hier noch vor wenigen Jahren die Druckmaschinen liefen und die Auftragsbücher voll waren.«

»Kam das Inventar auf den Schrott?«, fragte Albin, der sich zwar vorstellen konnte, was tatsächlich damit geschehen war – doch er wollte es von Sylvain hören.

Sylvain lachte und schüttelte den Kopf. »Robert Kirk handelte mit Antiquitäten, und die Leute in den USA sind ja verrückt nach allem, was alt ist und aus Frankreich kommt. Hier gab es jede Menge alte Druckmaschinen, Tische, Setzkästen. Aus unserer Sicht mag das Schrott sein, aber es gibt Menschen, die dafür sehr viel Geld bezahlen – insbesondere auch kleine private Firmen, die sich auf exklusive Druckerzeugnisse spezialisiert haben, sind sicherlich sehr an solchen Gerätschaften interessiert. In den USA ist ja nichts wirklich alt. Was dort von 1890 datiert, kommt bei denen ins Museum. Eine alte Heidelberger Druckmaschine wird die Menschen dort womöglich entzücken. Ich schätze, Kirk hat mit dem Inventar sicherlich das Zwanzigfache von dem verdient, was er hier investiert hat.«

Albin war fassungslos. Robert Kirk, der Kerl, der mit Dunja Kaltmann eine Scheinehe eingegangen war, damit sie nach Worten ihres Bruders in den USA studieren konnte, tauchte plötzlich als Kumpel von John Langley auf. Dunja Kaltmann war tot. John Langley ebenfalls. Robert Kirk war bereits eines natürlichen Todes in Florida gestorben. Er bildete eine Brücke zwischen den Mordfällen – sozusagen das Missing Link. Durch ihn konnte man Langley, Wolfgang und Dunja Kaltmann sowie Danko Vukovic in Verbindung bringen, aber …

Aber warum das alles?

Albin hörte mit einem Ohr zu, wie Sylvain weitersprach und sich den Asterix-Schnäuzer zwirbelte. »Die Druckerei Perdu geriet im neuen Jahrtausend in schwere See, als man sich Drucksachen per Internet bestellen konnte und mit dem Digitaldruck alles billiger wurde. Die ganzen Druckvorstufen wurden abgeschafft, und Perdu hatte die Wahl: investieren oder sich spezialisieren. Sie hatten beschlossen, sich zu spezialisieren, und mit Handsatz und klassischen Drucktechniken eine Nische besetzt. Sie lieferten eine Qualität, die man digital nicht erzeugen konnte. Spezielle Tiefdruckverfahren, wirklich alles klassisches Handwerk. Heute kann das kein Mensch mehr bezahlen.«

»Die Welt verkommt immer mehr«, sagte Albin und dachte weiter nach.

»Perdu«, erzählte Sylvain, »hatte sich mit seinen Produkten einen phantastischen Ruf erarbeitet – weit über die Grenzen des Vaucluse hinaus. Da vorne standen die Setzkästen und die ganz alten Druckmaschinen, mit denen auf feinsten Papieren gearbeitet wurde. Dort hinten waren die großen Regale, wo die Druckplatten gelagert waren. Ein richtiges Archiv war das, und wenn man davorstand, meine Güte: die ganzen großen Namen. Petrus, Margaux, Lafitte, Estournel, Châteauneuf oder …«

»Was haben Sie gesagt?« Albin starrte Sylvain an.

»Wie bitte?«

»Sie haben eben Weingüter aufgezählt.«

»Ja.«

»In welchem Zusammenhang?«

»Habe ich doch erklärt?«

»Für wen hat Perdu gearbeitet? Für Top-Weingüter?«

Sylvain nickte. Er sagte: »Perdu war über Jahre hinweg die Adresse für Weinetiketten schlechthin. Wie ich erwähnte: Man spezialisierte sich, und die Druckereien, die noch leisten konnten, was Perdu zu leisten imstande war, und dabei außerdem eine angemessene Qualität lieferten, musste man mit der Lupe suchen. Perdu war eine der ganz wenigen Druckereien für luxuriöse Printprodukte im Süden. Alle namhaften Weingüter aus der Umgebung und von weiter weg haben bei Perdu drucken lassen, bis es auch denen schließlich zu teuer wurde.«

»Und Kunden waren die ganz großen Weingüter?«

»Absolut. Mein Lieber, Sie können keine Kiste für zehntausend Euro verkaufen und Etiketten aus dem Copyshop um die Ecke draufkleben, oder?«

»Nein«, sagte Albin und spürte, wie die Zahnräder in seinem Kopf rotierten und eins nach dem anderen beinahe hörbar mit einem Klick einrasteten. »Nein, natürlich nicht – aber sagen Sie: Haben Sie Robert Kirk jemals zu Gesicht bekommen?«

»Nein.«

»Dennoch hat er das alles hier gekauft?«

»Ja, natürlich. Langley hat ihm von der Druckerei berichtet. Kirk hat sie dann erworben. Langley hat vor Ort einige Dinge für ihn abgewickelt – ist nicht so leicht, wenn man als Ausländer in Frankreich Grundbesitz erwerben will und sich nicht auskennt.«

»Wann war das?«

»Vor drei oder vier Jahren. Aber mit der Immobilie passierte ja nichts weiter, eine Schande ist das. Sie blieb eine Ruine.«

»Wie teuer war die Druckerei?«

»Soweit ich weiß, ging es um irgendetwas in der Größenordnung von hunderttausend Euro.«

»Aber er war hier vor Ort, dieser Robert Kirk?«

»Ja, war er. Nicht oft. Selbst getroffen habe ich ihn leider nicht. Und inzwischen ist das wohl auch nicht mehr möglich – ich vernahm, dass er in Florida verstorben ist. Was nun mit der Ruine hier wird, man weiß es nicht. Eine wirklich blöde Situation. Wir kennen keine Erben.«

»Ja«, sagte Albin geistesabwesend.

»Und die haben absolut alles aufgekauft? Ratzekahl?«

»Ja. Die Regale und sämtliches Inventar.«

»Und abtransportiert?«

»Abtransportiert. Wie ich sagte: Das steht jetzt alles in den USA bei irgendwelchen texanischen Milliardären oder exklusiven Visitenkartendruckereien an der Wall Street herum, nehme ich an. Hier rollte ein Lkw nach dem nächsten an. Das hat ein paar Tage gedauert, kann ich Ihnen sagen.« Sylvain schmunzelte.

Albin nicht. Er musste dringend Castel anrufen und sofort mit ihr sprechen. Sie hatte heute Langleys Haus gesichert und sich mit ziemlicher Sicherheit dort umgesehen. Vielleicht müsste er auch noch mit Theroux reden, aber … Aber er wollte wirklich vollends sicher sein. Und dazu musste er wissen, was Castel gesehen hatte und ob ihr etwas aufgefallen war, und wenn nicht – ja, wenn nicht, dann müsste er eben noch mal selbst in Langleys Haus nachsehen.

37

»ALBIN LECLERC«, zischte Castel, »das werden Sie mit Sicherheit nicht tun!«

»Aber ja.«

»Nein! Verflucht!«

»Castel, hören Sie mir überhaupt zu?«

»Sie halten die Füße still, Albin! Sie sind nicht nur stur und bockig, sondern auch noch dumm und – und ich weiß nicht, was noch alles!«

»Sie haben mal anders über mich gedacht.«

»Ja.« Castel machte ein genervtes Geräusch und fuhr sich durch die Haare. »Da habe ich mich wohl vertan.«

»Castel, Sie sind nicht meine Mutter. Schreiben Sie sich das hinter die Ohren. Und Sie halten jetzt die Klappe und hören zu!«

Castel hielt die Klappe und hörte zu.

Leclerc berichtete ihr von der angeblichen Geschäftsbeziehung zwischen Robert Kirk und John Langley und von den anderen Dingen, die er inzwischen erfahren hatte. Dinge, die zwar bemerkenswert waren, aber nach Castels Meinung allenfalls neue Ermittlungsansätze boten, doch keineswegs belastendes Beweismaterial gegen irgendwen lieferten.

»Deswegen«, schloss Leclerc, »muss ich mich bei Langley umsehen.«

Castel ging im Wohnzimmer auf und ab. Es machte »Ping«

in der Mikrowelle, weil ihr Gericht fertig war, aber sie ignorierte das.

»Leclerc«, sagte sie. »Das geht nicht, weil das ein Tatort ist und das Haus versiegelt. Muss ich Ihnen das wirklich erklären? Erstens kommen Sie gar nicht rein. Zweitens wird man Ihnen den Kopf abreißen, wenn Sie es dennoch tun und einfach so ein polizeiliches Siegel brechen ...«

»Also sind die schon fertig mit der Spurensicherung?«

»Vorerst. Ich denke, die haben Feierabend für heute gemacht. Wir waren den ganzen Tag über mit dem Streifenwagen vor Ort zur Überwachung und Sicherung. Übrigens wird man Ihnen sowieso den Kopf abreißen, wenn man erfährt, dass Sie kurz vorher schon bei Langley waren, und ...«

»Das weiß Theroux doch längst. Habe ich ihm gebeichtet.«

»Aber ...«

»Woher wissen Sie das überhaupt, Castel? Von Theroux?«

»Nachbarn haben nachmittags einen älteren Mann mit einem Mops vor Langleys Tür gesehen.«

»Na gut«, sagte Leclerc und wehrte sich nicht. »Die Beschreibung ist recht eindeutig.«

Castel erzählte Albin, was die Befragungen der Nachbarn noch ergeben hatten. Und außerdem, was sie in Langleys Haus gesehen hatte. Auch von den Koffern.

»Er wollte verreisen, das stimmt«, bestätigte Albin. »Ich habe ihn davon abgehalten. Castel, Sie müssen mir sagen, was Sie noch in dem Haus gesehen haben.«

»Was genau meinen Sie denn überhaupt?«

»Alles.«

Castel machte ein genervtes Geräusch. »Wozu, Albin? Sie ... Sie waren doch selbst in dem Haus?«

»Aber nicht überall und nicht nach dem Mord.«

»Was versprechen Sie sich von meinen Beobachtungen? Welchen Erkenntnisgewinn soll das bringen?«

»Erkläre ich später. Aber es ist so: Wenn Sie verhindern wollen, dass ich ins Haus gehe, sollten Sie mir alles exakt berichten.«

»Haben Sie nicht eben gesagt, ich sei nicht Ihre Mutter und soll Ihnen keine Vorschriften machen? Dann kann es mir ja auch egal sein, was Sie tun und was Sie lassen.«

»Das ist richtig.«

»Na also.«

»Dennoch möchten Sie verhindern, dass ich in das Haus marschiere, weil Sie Muttergefühle für mich hegen, obwohl ich Ihr Vater sein könnte.«

Castel lachte spöttelnd auf.

»Also, legen Sie los«, sagte Albin.

Castel gab sich Mühe, alles zu schildern, was sie im Haus gesehen hatte. Den Carport, den Garten, das Wohnzimmer, die Küche, den Flur, das Schlafzimmer, den Keller. Sie schilderte, was sie gesehen hatte: die Blutspuren, die Küche, die Koffer, die gerahmten Fotos, die Weinflaschen im Keller, den Kühlschrank, die Kartons mit den Aufschriften von Weingütern …

Leclerc fragte: »Hat die Spurensicherung Gegenstände aus dem Haus mitgenommen?«

»Soweit ich beobachtet habe, nur ein paar Dinge. Sie nahmen einige Kartons mit Akten mit. Einen Computer ebenfalls. Ansonsten haben sie nur die Spuren gesichert und alles fotografiert und gefilmt.«

»Haben Sie selbst auch Bilder gemacht? Mit dem Handy?«

»Nein, wozu?«

»Castel, hat das viele Strafzettelaufschreiben Ihre Neuronen falsch sortiert? Wozu fotografiert man wohl an Tatorten?«

»Ich bin keine Ermittlerin, okay? Warum sollte ich Bilder im Haus von John Langley machen?«

Und außerdem hatte Castel nicht daran gedacht, ganz einfach.

Albin fragte: »Haben die Kollegen Dinge aus dem Keller mitgenommen?«

»Ich glaube nicht.«

»Aus dem Schlafzimmer?«

»Albin, wozu löchern Sie mich damit? Sie wissen doch, wie es läuft, oder? Man sichert die Spuren, nimmt das Nötigste mit, auch persönliches Datenmaterial. Der Rest wird gefilmt, fotografiert und verbleibt an Ort und Stelle, bis man es vielleicht braucht – dann wird alles versiegelt.«

»Haben Sie ein Bild von Robert Kirk?«

»Ich habe eines, das mir meine Freundin mitsamt den Heiratsdokumenten aus den USA in Kopie zugeschickt hat, ja.«

»Können Sie mir das irgendwie so senden, dass ich es auf dem Handy anschauen kann? Das geht doch technisch?«

»Natürlich ist das möglich.«

»Dann schicken Sie mir das bitte.«

»Gut. Und dann fahren Sie nach Hause zu Ihrer Liebsten und schauen sich eine schöne Fernsehsendung an.«

Am anderen Ende der Leitung hörte Sie Albins Schweigen.

»Leclerc?«

»Ja, sicher«, sagte er. »Eine Fernsehsendung. Wird ja auch schon dunkel draußen.«

»Leclerc, Sie fahren nicht zu Langleys Haus! Sie haben es

mir schon einmal versprochen und sich nicht daran gehalten. Sie haben mich behandelt wie eine Vollidiotin. Gut, ich gebe zu – ich kenne Sie inzwischen gut genug, dass ich damit hätte rechnen müssen. Dennoch ist es wirklich nicht sehr schön, wenn man so vorgeführt wird, okay? Ich traue Ihnen nicht, und das ist eine denkbar schlechte Basis. Denken Sie darüber mal nach.«

»Ich habe überhaupt nichts versprochen.«

»Ich habe Sie gebeten, die Finger von Langley zu lassen, und Sie sind trotzdem hingefahren, Sie Sturkopf.«

»Sie haben nicht auf die Feinheiten meiner Antwort geachtet, das ist alles. Sie sollten etwas fokussierter und aufmerksamer sein, Castel. Und achten Sie mal auf Ihren Tonfall, wenn Sie mit mir reden. Der gefällt mir nicht, junge Dame.«

»Ich bin nicht Ihre Tochter.«

»Dann benehmen Sie sich nicht wie ein kleines Mädchen.«

Castel machte ein genervtes Geräusch.

»Also«, sagte Albin. »Senden Sie mir das Bild. Wir sprechen uns morgen, wenn ich mehr weiß.«

»Albin, Sie …«

Damit klickte er sie weg.

Castel verdrehte die Augen. War das zu fassen? Sie ging auf und ab, das Handy in der Faust, die Lippen zu einem schmalen Schlitz zusammengepresst. Schließlich öffnete sie ihren Mailordner und sendete das Foto von Kirk an Leclercs Handy. Sie fragte sich, was zum Teufel in seinem Kopf vorging. Ohne Zweifel war er der Meinung, auf einer heißen Spur zu sein, aber … Aber, verflucht, das ging ihn nichts mehr an, und er würde wirklich in Teufels Küche kommen, wenn er versuchte, in Langleys Haus einzudringen, und sich möglicherweise an polizeilichen Siegeln zu schaffen machte.

Andererseits: Geschah ihm recht. Er brauchte mal einen Dämpfer von jemandem, der ihm die Grenzen aufzeigte.

Castel fluchte leise, beruhigte sich etwas und fragte sich, was Albin nun tun würde. Die Antwort lag auf der Hand: Er würde tun, was er sich in den Kopf gesetzt hatte.

»So ein Blödmann«, zischte Castel, atmete tief ein und aus.

Nein. Hier war die Grenze überschritten. Dieses Mal würde sie ihm das nicht sehenden Auges durchgehen lassen. Sie steckte das Handy in die Gesäßtasche ihrer Jeans. Sie schnappte sich unwirsch den Motorrollerschlüssel und marschierte ins Schlafzimmer, riss die Schublade der Kommode auf, griff sich ihre Pistole und steckte sie in ihren Hosenbund. Sie nahm ein paar Handschellen und pfropfte sie in die andere Hosentasche. Dann ging sie nach draußen, setzte sich ihren Helm auf und fuhr nach Caromb, das vielleicht eine Viertelstunde entfernt war. Und wenn sie Leclerc tatsächlich an Langleys Haus erwischen würde, dann würde sie ihn verhaften – und zwar nach allen Regeln der Kunst.

38

LAILA TIPPTE mit den Fingern einen Rhythmus auf dem Lenkrad. Im Radio lief ein Lied von Coldplay. Sie dachte an die Hafenterrassen von Marseille – eine Zone mit ehemaligen Lagerhallen im Bereich der alten Speicher, die in ein riesiges Shoppingcenter mit Hunderten Geschäften und einer Promenade umgewandelt worden war, an der es jede Menge Clubs und Restaurants mit internationalen Spezialitäten gab. Ein hochmodernes Vergnügungs- und Einkaufsviertel namens *Les Terrasses du Port*, nur ein paar Minuten vom alten Hafen entfernt.

Im dortigen Club Rooftop, unter freiem Himmel oben auf dem Dach, hatte sie bei einer Aftershowparty einmal Chris Martin, den Sänger von Coldplay, nach einem Konzert seiner Band kennengelernt. Na ja, sicherlich lernte der Typ jedes Jahr Zehntausende kennen. Sie erinnerte sich, als sei es gestern gewesen. Die Nacht lag über der Stadt, das ganze Meer schien voller Sterne zu sein, weil es einerseits den Himmel, andererseits die Lichter von einem halben Dutzend Kreuzfahrtschiffen spiegelte. Der Wodka floss in Strömen, ein paar angesagte DJs legten auf, und Chris Martin und ein paar andere hippe Promis lachten miteinander – und Laila hatte gedacht, ihr gehörte die Welt, weil es ihr Bruder war, der die Party schmiss.

Tja. Vorbei. Danke, Cat.

Laila beobachtete sie inzwischen seit ein paar Tagen. Sie war gestern um ihr Haus geschlichen – einfach, um zu testen, wie es sich anfühlte, und um die Lage zu sondieren. Aber Castel hatte etwas gemerkt, die blöde Kuh. Dabei hätte auch ein Tier ums Haus schleichen können. Man ging doch nicht sofort von Einbrechern aus, wenn ein Ast knackte oder ein Kiesel knirschte? Aber Cat war da anders. Vielleicht eine Berufskrankheit von Polizisten. Vielleicht war sie aber auch einfach hochnervös, weil sie wusste, dass sie irgendwann die Quittung für ihren Verrat bekommen würde. Das wiederum fand Laila gut: die Vorstellung, dass Cat nur noch ein zitterndes Nervenbündel war, das sich von Tabletten ernährte, um überhaupt noch zu funktionieren. Womöglich würde sie um Erlösung betteln, bevor Laila ihr die Pistole in den Mund schob und das Magazin leer schoss.

Laila hatte Cats Gewohnheiten studiert und ihre Dienstzeiten überwacht, die mal so, mal so ausfielen. Und sie musste sich jedes Mal fürchterlich zurückhalten, nicht sofort zu schießen, wenn sie Cat sah. Das entsprach zwar absolut nicht ihrem Temperament, doch hatte sie so lange auf ihre Gelegenheit gewartet – jetzt durfte sie es nicht verderben und außerdem nicht riskieren, erwischt zu werden. Erwischt werden gehörte bestimmt nicht zu Lailas Plan, der vorsah, so unauffällig wie möglich wieder aus dem Land zu verschwinden – zurück nach Algerien, wo Yussuf warten würde, und dann ab mit dem Geld in ein neues Leben unter neuer Identität, vielleicht in Südafrika.

Alles, was Laila jetzt noch fehlte, war eine gute Gelegenheit, Cat aus dem Weg zu räumen, die irgendetwas mit diesem alten Mann mit dem Mops am Laufen hatte. Laila war nicht klargeworden, worum es sich dabei handelte. Die beiden trafen sich ab und zu. Der Alte hatte Cat außerdem besucht – ein wenig merkwürdig. Oder war es Cats Onkel? Wer wusste das.

Doch am Ende war es ganz egal: Der Kerl war nur ein kleines Hindernis, das Laila im Auge behalten musste. Mehr nicht.

Sie parkte mit dem Wagen am Straßenrand kurz vor der Einfahrt zu dem Grundstück, auf dem sich Cats Haus befand. Laila fasste gerade nach vorn in den Fußraum des Beifahrersitzes nach einer Flasche Wasser, als sie das Röhren eines Zweitaktmotors hörte. Sie blickte wieder auf. Der Strahl eines Scheinwerfers durchschnitt das Halbdunkel, das sich sehr bald in tiefe Dunkelheit verwandeln würde. Dann folgte dem Lichtstrahl ein Motorroller, der aus der Einfahrt sauste und auf die Straße abbog. Laila wollte sich gerade wegducken, bemerkte aber, dass der Roller in die andere Richtung fuhr – nicht stadteinwärts und an ihr vorbei, sondern stadtauswärts.

Das war Cat.

Wo fuhr sie um diese Uhrzeit noch hin? Das tat sie sonst nicht. Gab es eine Verabredung? Hatte sie noch etwas zu erledigen? Was sollte sie um diese Uhrzeit noch zu erledigen haben?

Egal, dachte Laila und ließ den Motor anspringen, um Cat zu folgen. Cat alleine auf dem Motorroller in der Dunkelheit auf einer einsamen Landstraße – das klang ziemlich verlockend, dachte Laila, legte den ersten Gang ein und gab Gas.

39

ALBIN STELLTE DEN MOTOR AUS. Er schnallte sich ab und wendete sich nach hinten zu Tyson um, der auf der Ladefläche hinter der Rücksitzbank lag und nicht zu sehen war.

»Du wartest hier«, sagte Albin. »Ist das klar?«

Als Antwort kam nur ein Rascheln und Schmatzen.

»Das lasse ich als ein ›Ja‹ durchgehen. Guter Hund. Ich brauche auch nicht lange.«

Albin beugte sich vor. Er öffnete das Handschuhfach und entnahm dort zwei längliche Aufkleber und einen Stift. Dann stieg er aus.

Die Nacht hatte sich schlagartig über die Provence gelegt. Als habe man von einem Moment auf den nächsten einfach das Licht ausgeknipst. Eben noch das Dämmerlicht nach Sonnenuntergang, im nächsten Moment war dann schon alles dunkel.

Albin huschte über die Straße, öffnete das Gartentor und blieb vor der Eingangstür stehen. Sie war versiegelt, wie Castel angekündigt hatte – nun, und das war natürlich kein Wunder. Selbstverständlich war das Haus abgesperrt worden.

Die Spurensicherung hatte ein breites Siegel mit dem Aufdruck der Police Nationale über den Türspalt geklebt. Darauf waren der Name eines Sachbearbeiters notiert, ein Datum und eine Unterschrift. Außerdem hing dem Klebestreifen die Kopie eines richterlichen Beschlusses an, aus dem hervorging, dass das Haus und alles, was sich in ihm befand, von den Behörden als Beweismittel beschlagnahmt waren.

Albin kannte solche Beschlüsse zuhauf und hatte diverse Male selbst solche Siegel geklebt. Weswegen meist einige davon im Wagen herumlagen. Als er den alten Wagen verkauft und den SUV angeschafft hatte, verfrachtete er einfach den Inhalt des Handschuhfachs vom einen in das nächste Auto, was sich nun als praktisch erwies.

Mit den Fingernägeln knibbelte er das auf Klebeband gedruckte Siegel von der Tür ab, so wie es die Kollegen von der Spurensicherung morgen früh ebenfalls machen würden, wenn sie die Arbeit wiederaufnahmen. Vorsichtig entfernte er den Streifen von dem amtlichen Brief, was nicht leicht war, denn das Zeug klebte wie verrückt. Die obere Schicht des Papiers löste sich ab. Der Bescheid riss ein wenig ein. Halb so wild, dachte Albin. Das würden die morgen überhaupt nicht merken, weil ihnen gar nicht in den Sinn käme, dass jemand das Siegel gebrochen haben könnte.

Albin kniff die Augen zusammen und las, was der Kollege auf den Klebestreifen geschrieben hatte – Datum, Name, Unterschrift –, und übertrug es mit dem Stift auf den neuen Aufkleber. Dann knüllte er den alten zusammen, steckte ihn in die Hosentasche und klemmte den Bescheid unter den Arm. Wenn er hier drinnen fertig war, würde er das neue Siegel mitsamt der richterlichen Verfügung wieder an Ort und Stelle pappen – und kein Mensch würde sich morgen früh dabei etwas denken.

Voilà.

Er nahm das Handy und stellte die Taschenlampen-App ein, die Veronique ihm installiert hatte. »Du brauchst keine

Taschenlampe mehr«, hatte sie dazu gesagt, »weil du immer eine dabeihast – ist das nicht fürchterlich praktisch?«

Das war es. Die LED-Lampe entwickelte eine erstaunliche Leuchtkraft und schien in der Tat äußerst hilfreich für seine Zwecke zu sein.

Albin schob das flache Gerät so in die Brusttasche seines Hemdes, dass das Licht durch den Stoff hindurchstrahlen konnte und gleichzeitig ein wenig gedämpft wurde, damit es niemandem auffiel. Er zog seinen Schlüsselbund aus der Hosentasche, an dem sich ein Dietrich befand. Damit machte er sich am Türschloss zu schaffen und gab sich selbst drei Minuten. Früher hatte er solche Türen in zwei Minuten geöffnet – manchmal war es im Job unumgänglich, Schlösser zu knacken. Viele Kollegen konnten das. Albin hatte sich vor einigen Jahren einmal von Etienne Gaspard, dem Einbrecherkönig, in die Feinheiten des Türenöffnens einweihen lassen, nachdem sie ihn geschnappt hatten und Albin mit ihm einige Tatorte besuchte, worauf sich Gaspard mit der Hoffnung auf eine kürzere Haftstrafe eingelassen hatte.

Bevor Albin den Dietrich ansetzte, dachte er über die Alarmanlage nach. Als er Langley besucht hatte, war sie ihm aufgefallen. Er hatte Langley außerdem gerügt, dass er keine Videoüberwachungsanlage besaß. Aber vermutlich wäre das Sicherheitssystem ausgeschaltet, dachte Albin. Als der Killer die Wohnung betreten hatte, um Langley zu erschießen, hatte sie nicht ausgelöst. Und als später die Spurensicherung kam und dauernd hin und her laufen musste, hatten sie die Anlage garantiert sowieso ausgestellt. Falls sie sie wieder einschalten wollten, benötigten sie einen Code, und den besaß Langley. Eher unwahrscheinlich, dass sie extra danach gesucht hätten.

Also legte Albin los.

Es dauerte tatsächlich nur fast drei Minuten, bis das Schloss aufschnappte, Albin den Flur betrat und die Tür wieder hinter sich schloss. Die Alarmanlage ging nicht an. Glück gehabt.

40

NOCH SECHS KLEINE SOLDATEN, dachte der Mann, die
bereit waren, sich in die letzte Schlacht zu stürzen. Die waren mehr als ausreichend.

Mit dem SUV von Audi, an dem sich längst ein gestohlenes Kennzeichen befand, rollte er im Leerlauf den Berg hinab
in Richtung Caromb. Einige weitere Soldaten befanden sich
in einer Getränkekiste im Kofferraum. Eher die schwere Artillerie. Flaschen, die randvoll mit Benzin gefüllt waren und
ihren Geruch im Inneren des Wagens verströmten. In den
Flaschenhälsen steckten Lappen.

Der Mann musste beenden, was er begonnen hatte. Leider
war das zuvor nicht wie geplant möglich gewesen. Langley
war am betreffenden Tag an der Kapelle nicht rechtzeitig
aufgetaucht, und er hatte nicht auf ihn warten können. Diese
Unzuverlässigkeit, worin auch immer sie begründet lag,
hatte dazu geführt, dass das große Aufräumen nicht wie geplant erfolgen konnte, der Zeitplan durcheinandergebracht
und außerdem die Aufmerksamkeit der Polizei erregt worden war.

Schlecht.

Aber etwas Flexibilität gehörte dazu. Nicht immer lief alles
rund.

Er hatte John Langley erschossen und dann die Leiche
beseitigt. Das hatte mehr Zeit in Anspruch genommen als

gedacht und war nicht so einfach gewesen: Langley war ein schwerer Brocken. Eigentlich hatte er danach zurückfahren und den Rest erledigen wollen, aber es graute bereits der Morgen, und die Chance, entdeckt zu werden, war zu hoch.

Abgesehen davon plante er sowieso, ein sprichwörtliches Störfeuer zu legen, um damit vom Hauptziel abzulenken und die Polizeikräfte an einer falschen Stelle zu bündeln, damit ihm niemand in die Quere kam.

Er hatte heimlich beobachtet, wie die Polizei Langleys Haus in Beschlag nahm. Er hatte außerdem aus einer Seitengasse verfolgt, wie sie einige Kartons herausschleppten und dann irgendwann Feierabend machten. Auch die Streifenwagen waren fortgefahren. Das Haus wurde nicht überwacht. Die Polizei hielt das offenbar nicht für nötig. Ihr Fehler – sein Vorteil, und den würde er nun nutzen. Wenn er dort fertig war, würde er den restlichen Schmutz zusammenkehren.

Der Mann legte den Gang ein und ließ den Motor schnurren. Er passierte das Ortseingangsschild. Er plante, den Wagen in der schmalen Seitengasse zu parken, in der es keine Straßenlampen gab und auch keine Fenster. Anschließend würde John Langleys Haus mitsamt allem verbrennen, was sich darin befand. Es würde nichts mehr übrig bleiben außer Staub und Asche, dachte der Mann. Verbrannter Boden.

41

ALBIN ZOG DAS HANDY aus der Hemdtasche. In dem kalt-
weißen LED-Licht sah er überall am Boden des Flures Markierungen der Spurensicherung. Es roch außerdem ziemlich
übel. Wie im Hinterhof einer schlecht belüfteten Metzgerei
im Hochsommer, was fraglos am vielen Blut lag. Blut konnte
stinken wie der Teufel. Albin sah die Schlieren auf dem Boden. Er machte einige Schritte und leuchtete in die Küche,
wo er noch mehr davon sah. Die Türrahmen und Wände als
auch Teile des Fußbodens und die Möbel wirkten schwach
verrußt, was auf das Pulver zurückzuführen war, mit dem
die Forensiker Finger- und Schuhabdrücke sichtbar machten. Ansonsten sah es hier im Prinzip so aus wie an dem Tag,
an dem Albin Langley besucht hatte. Das war erst gestern
gewesen.

Albin wendete sich wieder um. Nun fiel ihm auch die Tür
auf, die in den Keller führen musste – Castel hatte sie erwähnt. Oben im Schlafzimmer war sie auf Langleys Koffer
gestoßen. Sie hatte Albin außerdem von gerahmten Fotografien berichtet, was er sehr interessant fand.

Er überlegte: Von unten nach oben vorarbeiten oder besser von oben nach unten?

Albin dachte nicht lange nach, denn zunächst ging es ihm
darum, seinen Verdacht in Bezug auf Robert Kirk zu veri-
fizieren. Dazu musste er die Fotografien im Schlafzimmer

ansehen und mit dem Foto abgleichen, das Castel ihm geschickt hatte. Also setzte er sich in Bewegung und ging die Stufen hinauf, ohne den Handlauf zu berühren, der ebenfalls mit Pulver bestäubt worden war.

Oben angekommen, schlich er über den schmalen Flur und betrat Langleys Schlafzimmer. Hier herrschte ein ziemliches Durcheinander. Die Kollegen hatten das Gepäck von Langley durchsucht und den Inhalt auf das Bett geworfen. Sie hatten außerdem die Schränke durchwühlt und die Kommoden, um irgendetwas zu finden, mit dem sie was anfangen konnten.

Aber die gerahmten Fotografien hatten sie dagelassen.

Vermutlich, weil sie sowieso Fotos davon gemacht und einmal mit der Videokamera darübergefilmt hatten. Die Originale würden ja nicht weglaufen.

Albin leuchtete mit dem Handylicht über die Bilder, bis er das gefunden hatte, das ihn am meisten interessierte. Castel hatte es ihm beschrieben: ein Foto, das in einem Lazarett entstanden war und Sanitäter sowie ein SFOR-Logo zeigte.

Wie Albin wusste, handelte es sich bei SFOR um die Abkürzung für *Stabilization Force*. Diese Stabilisierungsstreitkräfte gehörten der Nato an. Sie waren im und nach dem Bosnienkrieg eingesetzt worden – wenn man damals regelmäßig die Nachrichten im Fernsehen, Radio und der Presse verfolgt hatte, konnte man der Abkürzung gar nicht entkommen. Das Foto, das Albin in Augenschein nahm, zeigte einen deutlich jüngeren John Langley in Militäruniform. Albin erkannte ein Nato-Logo auf Langleys aufgekrempeltem Uniformhemd sowie im Hintergrund den SFOR-Schriftzug. Langley war also damals für die Nato in Ex-Jugoslawien im Bürgerkrieg gewesen – er hatte das auch im Gespräch mit

Albin kurz erwähnt. Es war derselbe Krieg, überlegte Albin, von dem Danko Vukovic ihm an der Chapelle du Paty berichtet hatte. Der Krieg, in dem Vukovic und seine Schwester verwundet worden waren – und von einem Mann des Internationalen Roten Kreuzes gepflegt, der später Dunja Vukovic alias Dunja Kaltmann geheiratet und dafür Geld genommen hatte: ein Amerikaner namens Robert Kirk.

Albin schaltete die Lampen-App aus und suchte das Fotoverzeichnis auf dem Handy. Er öffnete das Bild, das Castel ihm geschickt hatte. Keine Frage: Darauf war der gleiche Robert Kirk zu sehen, der auf dem anderen Foto seinen Arm kumpelhaft um John Langleys Schultern gelegt hatte und mit ihm für die Kamera posierte. Ein Erinnerungsbild aus Kriegstagen – und Castel musste wirklich Tomaten auf den Augen gehabt haben, denn schließlich wusste sie bereits, wie der Kerl aussah. Andererseits war Castel aufgeregt gewesen, als sie das Haus inspizierte. Und sie hatte nicht geahnt, wonach sie suchen sollte.

Albin schon. Und damit war die Sache für ihn nun klar: Kirk und Langley waren zwei alte Kumpel, die sich aus Kriegstagen in Sarajevo kannten.

Blieb als Nächstes der Keller zu überprüfen, dachte Albin. Er stellte die Lampen-App wieder ein, die unverschämt viel Strom fraß, wie der schrumpfende Balken an der Ladeanzeige verriet. Dann ging Albin los.

42

DER MANN stellte den Wagen wie geplant in einer Seitengasse ab. Er stieg aus und nahm drei Molotow-Cocktails aus dem Kofferraum, um sie vorsichtig in eine Umhängetasche zu stecken, in der sich außerdem ein Brecheisen befand. Die übrigen ließ er in der Getränkekiste. Er hatte mehr vorbereitet, als er benötigen würde, aber es verhielt sich damit wie mit den Kugeln: besser, eine kleine Reserve zu haben.

Ein Molotowcocktail war ein Wurfbrandsatz. Eine sehr effektive und sehr einfach herzustellende Waffe. Sie hatte ihren Namen aus dem russischen Bürgerkrieg. Man füllte eine Flasche mit Benzin, steckte ein Tuch in den Hals und zündete es an. Dann warf man die Flasche gegen ein hartes Ziel, wo sie zersprang. Der brennende Docht setzte sofort das Benzin in Flammen. Es gab einen Feuerball, und die herumspritzende Flüssigkeit entzündete Decken, Wände, einfach alles.

Der Mann schloss den Kofferraum und ging los. Er passierte einen silbernen SUV, der hinter ihm parkte. Er stockte einen Moment, stutzte und blickte sich um. Das Licht einer Straßenlaterne fiel auf das Gesicht eines Hundes, der durch die Heckscheibe schaute. Es war ein Mops. Der Mann zählte eins und eins zusammen und musste schmunzeln. Was für ein Zufall. Er spürte das Gewicht der Luger im Hosenbund und das Gewicht der mit jeweils einem Liter Benzin gefüllten Flaschen in der Umhängetasche. Wie es aussah, ließen sich gleich zwei Probleme auf einmal lösen. Auf die eine oder die andere Art und Weise.

Der Mann ging weiter. Er passierte den Gehweg der menschenleeren Straße, die zu Langleys Haus führte. Das Tor zum Carport stand offen. Er ging hindurch und bemerkte einen schwachen Lichtschimmer aus den Kellerfenstern. Es sah aus wie der Schein einer Taschenlampe. Leise stellte der Mann die Tasche ab. Er nahm das Brecheisen hervor, mit dem er ein Kellerfenster einschlagen würde. Dann zog er ein Feuerzeug aus der Hosentasche, um damit den Docht des ersten Brandsatzes zu entzünden.

43

CASTEL BRAUSTE auf dem Motorroller durch den Abend. Sie war noch immer stinkwütend auf Albin Leclerc. Sie malte sich aus, wie er bereits am Türschloss des Hauses von Langley herumfummelte oder durch den Garten schlich. Sie würde sofort hundert Euro darauf verwetten, dass sie mit dieser Vermutung richtiglag.

Am Kreisverkehr der Route de Bedoin und Rocade Nord fuhr sie nach rechts Richtung Buis-les-Baronnies auf den Chemin de Carpentras, der dann auf der Route de Carpentras direkt nach Caromb hereinführen würde, wo man an der Cooperative Saint-Marc vorbeikam. Den gleichen Weg hatte sie in umgekehrter Richtung etwas früher genommen, als sie mit dem Streifenwagen zurück zum Hôtel de Police gefahren war. Das Hinweisschild am Kreisel zeigte, dass es bis Caromb acht Kilometer waren. Ein Teil der Strecke führte auf der sehr schlechten, schmalen und nicht beleuchteten Straße noch an Feldern und Wohnhäusern vorbei. Der Roller ruckelte auf den Bodenwellen, Löchern im Straßenbelag und den Rissen. Dann kam gar nichts mehr, nur noch Landschaft links und rechts, und voraus begrenzten die schwarzen Umrisse des Mont Ventoux den Horizont.

Sie reduzierte das Tempo, als sie durch zwei scharfe Kurven fuhr. Sie bemerkte ein Fahrzeug, das schon seit einigen Minuten hinter ihr fuhr und nun dichter herankam. Die Abblendlichter blendeten Castel in den Seitenspiegeln. Sie kniff die Augen zusammen. Verflucht, das nervte. Der sollte endlich überholen.

Dann wurde die Straße besser und verlief wieder schnurgerade. Links und rechts lagen Weinfelder. Die Straße vor ihr war völlig frei. Also steuerte Castel leicht nach rechts, damit der Wagen hinter ihr endlich überholen konnte.

Das Auto zog auch tatsächlich nach links auf die Mitte der Fahrbahn und beschleunigte. Jetzt war es neben Castel. Dann ruckte es auf einmal nach rechts und krachte seitlich gegen Castels Roller.

44

ALBIN GING im Schein der LED die Kellertreppe hinab. Das Licht anschalten wollte er auch hier nicht – hinterher sah das noch jemand, der draußen vorbeiging, oder ein Nachbar, und fragte bei der Polizei nach, was da los war. Am Ende der Stufen erstreckte sich ein Raum, der größer war, als Albin ihn sich nach der Beschreibung von Castel vorgestellt hatte. Er mochte vielleicht zehn mal acht Meter groß sein und dürfte damit fast die gesamte Grundfläche des Wohnhauses einnehmen. Augenscheinlich war die Spurensicherung hier ebenfalls tätig gewesen – darauf deuteten einige Markierungen hin. Albin gab darauf acht, nichts davon versehentlich zu berühren.

Im Kellerraum standen diverse Weinkisten und Kartons. Es gab summende Kühlschränke, Regale und Tische, die mit allen möglichen Dingen voll standen. Auch mit beschrifteten Pappschachteln.

Albin erinnerte sich an das Gespräch mit Langley, der gesagt hatte, er agiere nur als Zwischenhändler und lagere hier keine besonders wertvollen Weine. Das war nach Albins Meinung ein wenig untertrieben. Nach den Aufdrucken der Kisten zu urteilen und dem, was Albin mit geschultem Blick in den Weinregalen an Flaschen erkannte, befanden sich hier sicherlich Weine im Gegenwert von einigen tausend Euro. In der anderen Ecke des Kellers hingegen standen jede Menge

Weinkisten mit Flaschen, die nicht so leicht zuzuordnen waren. Es waren schlichte, unetikettierte Flaschen, allerdings abgefüllt und verkorkt.

Überhaupt: die Korken.

Neben einem Tisch voller Kartons gab es Behälter mit Massen davon. Einige wirkten neu und waren auch bedruckt. Andere wirkten gebraucht, waren vom Rotwein verfärbt oder von Korkenziehern aufgebröselt worden.

Vor allem jedoch interessierte sich Albin für die Pappkisten auf dem Tisch, die Castel beschrieben hatte. Es waren flache Kartons. Solche, in denen man Dokumente aufbewahren würde oder die man aus einem Kopierladen heraustrug, wenn man sich dort Drucksachen hatte herstellen lassen. Auf den Kartons waren mit Filzstift die Bezeichnungen für sehr namhafte Weingüter aufgebracht worden. An den Seiten der Kartons befanden sich verblichene Aufkleber mit dem Schriftzug »Perdu – Caromb«.

Albin legte das Handy ab, nahm aus der Gesäßtasche seiner Jeans ein paar Latexhandschuhe und zog sie über – kein Grund, hier unnötig seine Spuren zu hinterlassen. Er nahm den Deckel des ersten Kartons ab und sah hinein. Dann öffnete er den nächsten Karton. Schließlich einen weiteren und dann die restlichen. In allen sah er das Gleiche – und pfiff zwischen den Zähnen hindurch.

DIE GELEGENHEIT war einfach perfekt, dachte Laila. Eine verlassene schmale Landstraße. Kein Verkehr. Dunkelheit. Sie musste zuschlagen.

Sie benötigte nicht mehr als eine Handbewegung, um Castel sprichwörtlich aus dem Verkehr zu ziehen. Ein kurzer Schlenker nach rechts. Ein heftiger Ruck mit dem kleinen Clio. Ein Krachen und Splittern. Das Aufheulen eines Motors. Ein gedämpfter Aufschrei.

Laila warf einen Blick in den Rückspiegel. Sie sah das Licht von Castels Roller mehrfach aufblitzen. Als ob man eine Taschenlampe durch die Luft warf, die sich mehrfach unkontrolliert um die eigene Achse drehte.

Laila bremste und hielt mitten auf der Straße an. Sie legte den Rückwärtsgang ein und fuhr mit sirrendem Getriebe ein paar Meter, bevor sie das Lenkrad einschlug und in einen geschotterten Feldweg einbog. Dort stand eine kleine Hütte aus Bruchstein zum Lagern von Gerätschaften. Sie war mit Graffiti besprayt. Ziemlich genau davor strahlte der Scheinwerfer des Motorrollers in den Himmel hinauf. Laila stellte den Motor ab und schaltete das Licht aus.

Der Vorteil war, dass Cat ohne Frage verletzt wäre und Laila ihr bloß noch den Rest geben musste, um sie dann einfach liegen zu lassen. Vielleicht konnte Laila ihr einfach mit der Schuhhacke die Luftröhre zerquetschen. Das Ganze würde als Unfallflucht mit Todesfolge durchgehen. Alles, was sie dann noch tun musste, war, den Wagen loszuwerden.

Dennoch war nicht auszuschließen, dass Cat bewaffnet war. Deswegen nahm Laila ihre Pistole und spürte bereits beim Aussteigen eine heiße Woge der Genugtuung durch ihre Adern rollen. Sie trat auf einen größeren Stein. Sie bückte sich danach und nahm ihn auf. Er wog schwer in ihrer Hand, war spitz und groß wie eine Männerfaust. Das passte ja gut, dachte Laila, und eine neue Idee schoss ihr durch den Kopf. Sie setzte sich in Bewegung.

46

ALBIN FAND IN DEN KARTONS auf hochwertiges Papier gedruckte Etiketten für Produkte von Weingütern, deren Namen auf dem Deckel der Kisten vermerkt waren. Es handelte sich um die jeweiligen Vorderseiten und Rückseiten. Die Bögen waren unbeschnitten und im Format DIN-A4. Albin las die Namen: Margaux, Estournel, Petrus, Châteauneuf, Lafitte und diverse weitere. Er blätterte ein paar Stapel durch und sah, dass die Jahreszahlen unterschiedlich waren. Einige reichten bis in die siebziger Jahre zurück. Manche der Etiketten wirkten dunkler, andere heller, einige wie verwischt und damit wie Fehldrucke. Oder die Farben stimmten nicht oder waren zu intensiv oder zu blass. In einem der Kartons erkannte er Blanko-Steuerbanderolen.

Außer den Drucksachen befand sich noch etwas anderes in den Pappkisten. Es war schwer und jeweils in Wachspapier und Stoff eingeschlagen. Es waren Platten aus Metall. An den Rändern waren sie gelocht. Einige wirkten auf der Vorderseite wie gummiert, andere nicht. In die Oberflächen waren die Bilder und Schriftzüge spiegelverkehrt hineingeätzt, die sich auf den jeweils dazugehörenden Etiketten befanden.

Albin nahm das Handy wieder auf, leuchtete zwischen den Kartons hin und her und dachte über die Zusammenhänge nach.

Mit dem Ankauf der alten Druckerei waren Kirk und Langley offensichtlich an diverse alte Druckplatten gelangt. Bürgermeister Sylvain hatte vorhin erzählt, dass solche als Archiv in den Schränken bei Perdu gelagert worden waren. Offensichtlich in Kartons. In diesen Kartons lagen jeweils einige Proofs – Vordrucke und Kontaktabzüge, die man zum Justieren der Platten auf den Druckmaschinen machte. Und wenn man ein Fälscher war, dann konnte man sich mit solchen Druckplatten dumm und dusselig verdienen.

Albin betrachtete die Korken. Die wie neu wirkenden lagen links, die anderen rechts. Er griff in den Behälter mit den neuwertig wirkenden und nahm sie in die Hand. Er betrachtete sie genauer und stellte fest: Sie hatten nur auf den ersten Blick neu gewirkt. Tatsächlich waren sie jeweils am einen Ende rötlich verfärbt und am anderen nicht. Sie waren an den Seiten bedruckt, und die Oberseiten …

Albin rieb mit dem Daumen drüber. Glatt wie ein Babyhintern. Dennoch, wenn man genau hinsah, war zu erkennen, dass es feine Unterschiede in den Korkmustern gab. Mit anderen Worten: Gebrauchte Verschlüsse waren wieder auf neu getrimmt worden – vielleicht mit irgendwelchen Kunstharzen, die in die Korkenzieher-Bohrungen gespritzt worden waren? Außerdem waren die Korken schlank, nicht aufgebläht, wie es bei alten Korken meist der Fall war.

Albin überlegte. Der eine handelt mit Weinen, der andere mit Antiquitäten. Ein perfektes Netzwerk. Fehlte nur noch das Hauptprodukt.

Albin leuchtete in die Ecke, in der er die unetikettierten Flaschen gesehen hatte. Es waren recht viele, vielleicht an die hundert. Sie steckten in Kisten aus Holz, andere in weißen Kartons. Die Flaschen hatten leicht unterschiedliche Formen und Farben. Die Kisten und Kartons wiederum hatten einen Aufdruck. Der Aufdruck war bei allen identisch.

»Ich werd verrückt«, murmelte Albin.

Seine Blicke flitzten hin und her, als er weiter nachdachte und sich ein Puzzleteil in das nächste fügte.

»Sagenhaft«, murmelte Albin und wendete sich wieder von den Flaschen ab.

Im nächsten Moment krachte und splitterte es. Durch eines der Kellerfenster kam eine Flasche geflogen. Es war jedoch definitiv kein Rotwein drin. Das kapierte Albin im Bruchteil der nächsten Sekunde.

47

CASTEL KAM mit einem Huster zu sich und fühlte sich, als sei sie gerade aus einem wirren Albtraum erwacht. War sie bewusstlos gewesen? Hatte sie sich irgendetwas gebrochen? War noch alles an ihr dran? Wo war sie überhaupt? Was war geschehen?

Sie spuckte Erde aus. Der Motorroller lag halb auf ihr und hatte eine Schneise in die staubige Erde gepflügt. Ihr Knöchel war eingeklemmt und tat weh, schien aber nicht gebrochen zu sein. Ihr linker Oberarm fühlte sich taub an. Vermutlich geprellt. Genau wie ihr linker Unterschenkel, und – Gott, verflucht, dachte Castel, was hatte sie doch für ein Glück gehabt, dass sie statt eines Motorrads einen Roller fuhr und der breite Kunststoffrahmen ihre Beine geschützt hatte, als ...

Genau, dachte Castel, blinzelte in das grelle Licht des Scheinwerfers, der nach oben in den Nachthimmel strahlte. Ja, als der Wagen, der sie überholen wollte, auf einmal gegen sie gerammt war. Sie war ins Schlingern geraten, fast zur Seite gekippt, dann auf den schmalen Seitenstreifen geschlittert, und – bämm, hier lag sie nun. Der Motor zischelte vor sich hin. Das Vorderrad war fort.

Castel ächzte, als sie sich aufrichtete, und bemerkte Blut, das aus einer respektablen Schürfwunde an ihrem rechten Arm herablief. Im Licht des Scheinwerfers sah sie eine mit

Graffiti bemalte Bruchsteinmauerwand – wie es aussah, hatte sie das Häuschen knapp verfehlt. Was für ein Glück.

Castel keuchte, biss die Zähne zusammen. Ihr tat alles weh. Sie stemmte einen Fuß gegen das Chassis des Rollers und versuchte, den anderen unter dem Wrack herauszuziehen. Es gelang ihr. Sie löste den Verschluss ihres Helms unter dem Kinn und nahm ihn ab, wischte sich mit der linken Hand durchs Gesicht, betrachtete die Handfläche, sah aber kein Blut. Es schien, als sei sie glimpflich davongekommen, weil sie auf relativ weichem Boden gelandet war.

Aber wo, zum Teufel, war der bescheuerte Fahrer, der sie gerammt und den Unfall verursacht hatte? Der war doch wohl nicht einfach weitergefahren?

»Hallo?!«, rief Castel und versuchte, sich umzusehen und zu orientieren.

Sie erkannte die Umrisse eines Wagens. Dann hörte sie Schritte. Rascheln im hohen Gras des Seitenstreifens und in den Blättern der Rebstöcke. Die Konturen einer Person schälten sich aus dem Nichts und tauchten ins Scheinwerferlicht. Es war eine Frau.

»Hallo, Cat«, sagte die Frau. Sie beugte sich vor, näher zu Castel.

Es gab nicht viele Personen, die Castel bei ihrem Spitznamen nannten, der einerseits eine Abkürzung war, andererseits cool klang und drittens angeblich Castels Wesen beschrieb. Ihre engen Freundinnen nannten sie so, und die konnte man an einer Hand abzählen. Und welche von denen sollte schon hier und jetzt …

Aber, dachte Castel, das konnte unmöglich sein, dass tatsächlich …

… doch genau das hatte Martinet gesagt, oder? Als er ins

Hôtel de Police gekommen war und erzählt hatte, dass Laila wieder im Land sei? Dass sie vielleicht hinter Castel her war?

Castels Augen weiteten sich. Der Scheinwerfer strahlte die Frau von unten an, was ihr Gesicht gespenstisch wirken ließ. Castel kannte das Gesicht der Frau, die einen faustgroßen Stein in der einen und eine Pistole in der anderen Hand hielt. Ihre Haare waren kürzer als früher. Die ganze Figur schmaler, die Nase wirkte spitzer. Ihre Augen waren schwarz.

Castel versuchte, den Namen der Frau zu nennen, brachte aber nur ein Husten zustande.

»Ich bin's, Cat.«

»Laila?«, röchelte Castel.

»Weißt du, was die Scharia als Strafe für Verrat vorsieht?«

Castels Gedanken überschlugen sich.

»Steinigung«, sagte Laila.

48

VOM EINEN AUF DEN NÄCHSTEN Moment stand der Keller in Langleys Haus in hellen Flammen. Flüssiges Feuer ergoss sich über die Regale, Tische und Kisten. Es setzte die Kartons in Brand und verwandelte den Fußboden in ein orangerot glimmendes Meer.

Albin stürzte zurück, prallte gegen die Wand und hob schützend die Hände vors Gesicht. Die plötzliche Hitzewelle raubte ihm die Atemluft. Dann flog erneut etwas in den Keller. Es gab ein Klirren und dann eine zweite puffende Explosion. Nun brannten auch eine Wand und Teile der Decke.

Nichts wie raus hier, dachte Albin. Etwas anderes hatte keinen Platz in seinem Kopf – nicht mehr die Frage nach dem großen Warum und dem Wer. Nur noch: Überleben.

Doch das Feuer schnitt ihm den Weg zur Treppe ab. Die Flammen züngelten hoch. Inzwischen war es heiß wie in einer Sauna. Albin zögerte nicht lang. Er griff hinter sich, zog zwei Flaschen aus den Kisten und schleuderte sie auf den lodernden Kellerboden, wo sie zerplatzten, Teile des Feuers löschten und nasse kleine Inseln hinterließen. Albin warf noch eine Flasche. Dann eine weitere. Er musste schnell sein, dachte er. Schnell genug durch die Flammen laufen, damit seine Kleidung nicht in Brand geriet. Es waren sowieso nur etwa fünf Meter bis zur Treppe. Schließlich duckte er sich und rannte los.

49

»DAMIT HAST DU nicht gerechnet, Cat«, sagte Laila.

»N-nein«, stammelte Castel und verhielt sich so ruhig wie möglich.

In der Tat hatte sie Laila nicht erwartet. Befürchtet hatte sie durchaus, dass sie aufkreuzen könnte. Deswegen hielt Castel ihre Waffe immer griffbereit und hatte sie dabei. Aber: Jetzt und hier? Castels Gedanken rasten.

Es gab einen dumpfen und lauten Knall, als Laila mit einem Schuss die Lampe des Motorrollers zum Erlöschen brachte. Castel zuckte zusammen. Jetzt war alles dunkel. Nur noch der Mond schien auf das Feld. Castels Augen brauchten einige Momente, um sich daran zu gewöhnen.

Laila sagte: »Es kommt mir passend vor, dein Gesicht mit diesem Stein zu Brei zu schlagen. Aber vielleicht werde ich dich auch einfach erschießen.«

»Laila«, keuchte Castel und kroch einige Zentimeter rückwärts, ohne ihr Gegenüber aus den Augen zu lassen. »Das führt zu nichts.«

Laila lachte hell auf. »Oh, doch, tut es«, erwiderte sie. »Es führt dazu, dass du krepierst. Hast du eine Ahnung, wie lange ich auf diesen Moment warte? Ziemlich lange, Cat. Ich glaube, ich will ihn ein wenig genießen, und dich zu erschlagen ist sehr viel persönlicher, als dich einfach abzuknallen.«

Castel dachte wieder an ihre Waffe. Sie hatte sich die Pistole im Rücken in den Hosenbund gesteckt. War sie noch da? Sie konnte nicht danach tasten, ohne dass Laila es bemerken würde. Also schob sie sich wieder einige Zentimeter rückwärts und achtete dieses Mal darauf, ihr Kreuz fest an den Boden zu pressen. Sie spürte den Druck am Ende ihrer Wirbelsäule. Ja, die Pistole war noch dort. Aber wenn sie auch nur eine schnelle Bewegung machte, würde Laila sofort schießen. Castel veränderte ihre Position und bewegte dabei möglichst unauffällig ihre rechte Hand, um sie enger an ihre Hüfte zu bringen. Die Finger fühlten sich nass und klebrig vom Blut an, das aus der Schürfwunde am Oberarm sickerte.

»Wie«, fragte Castel, »hast du mich gefunden?«

»Nun, es gibt Mittel und Wege. So schwer ist das nicht.«

Castel bewegte vorsichtig ihre Hand weiter, schob die Finger unter ihren Hintern. Im nächsten Moment traf sie ein harter Schlag im Gesicht. Laila hatte den Stein geschleudert. Castel stöhnte laut auf. Hinter ihrer Schädeldecke explodierte der Schmerz und tauchte die Welt in gleißendes Weiß. Ihr Kopf schlug durch die Wucht in den Nacken.

Für einen Moment dachte sie, sie müsse sich übergeben. Dann brannte es heiß in ihrem Gesicht. Warme Nässe lief die Nasenwurzel entlang. Dann wich das gleißende Licht tausend tanzenden Sternen, die weniger und weniger wurden, bis sie wieder einigermaßen klar sehen konnte.

»Ich glaube, du hältst mich für blöd, Cat«, sagte Laila. »Denk nicht mal dran, deine Waffe zu ziehen. Ich bin mir nämlich ziemlich sicher, dass du eine dabei hast.«

»Laila, ich …«

»Scheiß drauf, Cat! Scheiß auf dich«, blaffte Laila, nahm ihre Pistole hoch und ging auf Castel zu.

MIT EINEM großen Ausfallschritt rettete sich Albin auf die Kellertreppe und ließ das vernichtende Inferno hinter sich. Keuchend kam er auf dem Flur an – und wirbelte herum, als er Glas splittern hörte. Er sah, wie durch die zerdepperte Terrassentür ein weiterer Molotowcocktail geflogen kam und im Wohnzimmer an der Wand zerplatzte. Sofort stand das halbe Zimmer in Flammen. Die Tische, die Stühle, der Holzfußboden ... Hier war nichts mehr zu retten – außer Albin selbst.

Er hastete zur Eingangstür, wollte sie öffnen – und mit einem Mal hatten das große *Warum?* und das große *Wer?* sich ihren Platz in Albins Gedanken zurückerobert.

Denn das *Wer?* war unmittelbar mit diesem Brandanschlag verknüpft. Albin hatte keinen Zweifel, dass dort draußen der Kerl ums Haus lief, der bislang vier Menschen erschossen hatte. Auch wenn es für Albin den Anschein hatte, als gelte der Brandanschlag ihm selbst – das war Unsinn. Der Täter wollte das Haus abfackeln. Er vermutete Albin fraglos nicht hier drinnen. Dazu hatte er keinen Anlass. Und damit war Albin im Vorteil. Doch wenn er nun hinausliefe, würde er womöglich direkt in den Killer hineinrennen. Der Killer wäre ohne Zweifel bewaffnet. Albin hatte lediglich einen Schlüsselbund und das Handy dabei. Trotzdem hätte er möglicherweise die Chance, den Kerl zu sehen – und sei es nur von hinten, während der Kerl entkam.

Albin wirbelte ein weiteres Mal herum. Tastete den Flur mit Blicken ab. Ihm fiel der Eingang zur Küche ins Auge. Er lief dorthin, ignorierte das getrocknete Blut auf dem Boden und die Markierungen der Spurensicherung. Er riss eine Besteckschublade auf. Dann noch eine. In der dritten fand er schließlich, was er suchte. Er wählte ein großes Küchenmesser und kehrte zurück zur Haustür. Jetzt musste er sich wirklich beeilen. Der Flur war bereits voller Qualm, und falls er den Täter auf der Flucht noch erkennen wollte – wenigstens das Nummernschild eines Fluchtfahrzeugs –, dann musste er jetzt endlich raus hier. Er holte tief Luft und nahm den Türknauf in die Hand.

51

LAILA STAND JETZT direkt über Castel und zielte mit der Pistole auf ihre blutende Stirn.

Sie brüllte: »Warum hast du das gemacht, Cat? Ich dachte, du liebst ihn! Ich dachte, du liebst mich! Aber einen Scheiß hast du getan! Du hast uns verraten und verkauft! Du hast ihn auf dem Gewissen! Du hast mein Leben zerstört!«

Castel stützte sich auf den Ellenbogen ab und hob ihre Handflächen beschwörend zu Laila.

»Es war anders, Laila«, erwiderte Castel und versuchte, dabei so ruhig wie möglich zu klingen.

Aus den Augenwinkeln nahm sie auf der Straße ein schwaches Licht wahr. Ein Auto fuhr schnell heran. Es kam aus Richtung Carpentras.

»Und wie?« Laila kickte Castel mit dem Fuß in die Rippen. »Wie war es? Erzähl's mir. Ich habe mir tausend Nächte lang den Kopf zerbrochen, warum du es getan hast. Also«, sie schrie jetzt fast. »Spuck's aus, Cat.«

»Ich hatte keine Wahl«, sagte Castel und keuchte nach dem Tritt in die Rippen.

Sie hob die rechte Hand, um sich das Blut aus dem Gesicht zu wischen, das aus der Platzwunde an der Stirn floss. »*Sie* haben mir keine Wahl gelassen.«

»*Sie*? Wer denn? Die Außerirdischen, oder was? Fällt dir nichts Besseres ein, als irgendwen anders verantwortlich zu machen? Das ist billig und feige. Aber es passt zu dir, weil du auch billig und feige bist.«

Castel atmete tief ein und tief wieder aus. Der Lichtschein auf der Straße näherte sich. Ein leises Motorengeräusch war zu hören.

Halt an, dachte Castel, *schau verdammt nochmal gleich nach rechts und bemerk den Unfall und halt an …*

»*Sie* waren es, ja«, wiederholte Castel. »Die Polizei natürlich.«

»Ach ja«, sagte Laila spöttelnd, »hatte ich ganz vergessen, stimmt. *Die* waren es ja auch, die Mahmoud erschossen haben. *Du* hast dabei überhaupt keine Rolle gespielt, hm?«

»Er hat mich ausgenutzt, Laila. Mahmoud hat mich verraten, nicht ich ihn. Und nein, ich habe ihn nicht erschossen …«

»Spar dir deine schmutzigen Lügen, Cat.«

»Meine Lügen?«, schnauzte Castel und ballte die Fäuste. »Er hat mir eine verdammte Wanze in die Wohnung und Spionageprogramme ins Telefon gesetzt! Er hat mich angemacht, weil er wusste, für wen ich arbeite und was ich so treibe in Marseille! Nur deswegen, verflucht, und ich bescheuerte Kuh habe mich in ihn verliebt und gedacht, er liebt mich auch! Ich habe gedacht, du liebst mich wie eine Schwester! Aber du hast sein Spiel mitgemacht! Ihr habt mich beide nur benutzt, also erspar mir dein bescheuertes Gefasel von Verrat, Laila!«

»Du riskierst eine ziemlich dicke Lippe, Cat.«

»Was willst du dagegen machen, hm? Mich erschießen? Das tust du doch sowieso, und den Gefallen zu jammern und zu betteln werde ich dir nicht tun!«

Castel setzte sich etwas auf, um besser sehen zu können. Das Auto war jetzt verdammt nah. Auch Laila bemerkte es. Sie warf einen raschen Blick über die Schulter. Zu schnell für Castel, um zu handeln.

Halt an, betete Castel, *schau nach rechts! Du kannst den kaputten Roller sehen, verflucht! Du kannst auch das parkende Auto sehen, wenn du nur nach rechts schaust! Und zwei Personen, die kannst du im Licht des Mondes auch erkennen und kapieren, dass etwas passiert ist, weswegen du anhalten musst … Schau nach rechts!*

»Also«, sagte Laila und schien das Auto zu ignorieren, »hast du aus Rache gehandelt. Das war es. Du hast es herausgefunden und hast dir gedacht: Fick dich, Mahmoud, jetzt mache ich dich fertig. Und fick deine dreckige Schwester, die mache ich ebenfalls fertig. Ist es so gelaufen, Cat? War es wirklich so billig?«

»Nein«, flüsterte Castel und zwang Laila damit, sich etwas vorzubeugen, um besser hören zu können. »Nein, so war es nicht. Ich habe herausgefunden, dass er mein Handy und mich überwacht hat, um an Informationen zu gelangen, weil er auf dem Laufenden bleiben wollte, um zu erfahren, ob wir gegen ihn ermitteln, oder was wir sonst so tun. Aber das haben wir nicht. Niemand hatte nur einen vagen Schimmer davon, was Mahmoud möglicherweise am Laufen haben könnte. Die ganze Aktion mit der Wanze und dem Telefon hat mich und meine Kollegen überhaupt erst darauf gebracht, dass mit Mahmoud und seinen Geschäften etwas nicht stimmte. Es war seine eigene Schuld. Er hat sich selbst damit reingeritten, indem er mich benutzt hat. Und als meine Kollegen dann herausgefunden hatten, was genau Mahmoud am Laufen hatte und was er für eine große Nummer war, haben meine Kollegen *mich* benutzt, Laila. Ich hatte kein Interesse an Rache. Ich war nur tief verletzt und traurig. Aber sie haben mich gezwungen mitzuspielen.«

Das Auto rauschte vorbei.

Halt … flehte sie, halt doch an! Halt an! Brems!

Aber der Wagen fuhr weiter.

Castel sah die roten Rücklichter, die hinter der nächsten Kurve verschwanden, womit auch das Motorengeräusch erstarb.

Was jetzt, dachte Castel. *Was, um Himmels willen, tue ich jetzt?*

»Wobei mitzuspielen?«, fragte Laila kalt.

»Mahmoud fertigzumachen«, sagte Castel leise. »Sie haben gesagt: Caterine, wir haben dich am Arsch. Du bist die Geliebte eines Schwerkriminellen, und wer sagt uns, dass du die Überwachungssoftware nicht selbst in deinem Handy installiert hast, um uns zu täuschen? Sie haben den Spieß umgedreht und von mir das Gleiche verlangt, wozu Mahmoud mich missbraucht hat: Informationen sammeln und diese dann einsetzen. Sie haben gesagt: Du wanderst in den Bau, Caterine. Es sei denn, du überzeugst uns vom Gegenteil – nämlich, dass du nicht für ihn gearbeitet hast – dadurch, dass du tust, was man von einer Polizistin erwartet und kooperierst.«

»Und das hast du getan.«

»Entweder er oder ich, Laila. Und er hatte mich verraten. Die Wahl fiel nicht schwer.«

»An mich hast du dabei gar nicht gedacht, hm?«

»Du hast doch mitgemacht, Laila. Du hast doch genau gewusst, was ablief. Du warst ein Teil des Ganzen.«

»Vielleicht«, sagte Laila. »Aber vielleicht spielt das auch überhaupt keine Rolle.«

Und damit presste sie Castel den Lauf der Pistole gegen die Stirn.

52

ZWEI SCHÜSSE KNALLTEN. Die Kugeln sirrten Albin um die Ohren und stanzten krachend Löcher in die Haustür.

Albin warf sich sofort zu Boden. Er sah die Umrisse einer Person, die fortlief. Er hörte die Schritte auf der Straße hallen und das Grollen und Knistern des Feuers hinter sich. Und er spürte seinen eigenen Herzschlag, der die Schläfen fast zum Platzen bringen wollte. Er schnaufte, keuchte.

Verdammt, der Killer musste ihm aufgelauert haben. Wie konnte das sein? Vielleicht hatte er das Licht der Taschen-lampen-App gesehen und den Schluss gezogen, dass jemand im Haus herumgeisterte. Zum Glück hatte er Albin nicht erwischt. Oder sollten das nur Warnschüsse sein? Hatte der Killer etwa Albins Wagen in der Straße parken sehen, der …

Tyson!

Albins Augen weiteten sich. Er umfasste den Griff des Küchenmessers, rappelte sich auf und lief sofort los. Er sprintete durch den kleinen Vorgarten und riss das Metalltor auf. Er bog nach rechts ab, rannte die Straße entlang. Noch einmal rechts abbiegen, dann in die schmale Gasse, in der sein Auto mit Tyson im Laderaum parkte. Gleißendes Licht blendete Albin, als ein großer Wagen mit aufheulendem Motor aus der schmalen Straße an ihm vorbeischoss. Die Front erwischte Albin um ein Haar. Er blieb auf den Zehenspitzen abrupt am Bordstein stehen. Der Außenspiegel streifte seinen Bauch.

Mit quietschenden Reifen bog das Auto um die Ecke. Albin schleuderte das Messer hinterher. Es landete scheppernd auf der Straße, auf der der Wagen mit glühenden Rücklichtern irgendwo nach links abbog und in der Dunkelheit verschwand. Es war ein silberner SUV von Audi. So viel hatte Albin erkannt. Einer, wie Langley ihn gefahren hatte und der spurlos verschwunden war. Aber vielleicht war es sogar genau dieser Wagen gewesen, der Albin gerade umgefahren hatte. Langleys SUV, der gestohlen worden war. Leider hatte Albin die Nummernschilder am Heck nicht erkennen können. Kein Wunder in der Dunkelheit. Vielleicht gab es auch gar keine Nummernschilder – und falls doch, dann waren sie wahrscheinlich ohnehin gestohlen.

Albin lief weiter zu seinem Wagen.

»Tyson?«, rief er. »Tyson!«

Tyson kläffte, hüpfte auf der Ladefläche herum, stellte sich auf die Hinterbeine und presste die Nase fragend an die Glasscheibe.

Albin fiel ein Stein vom Herzen. Hastig öffnete er die Tür, sprang auf den Vordersitz und ließ den Motor an. Er gab Vollgas und schoss mit dem SUV so aus der Gasse wie zuvor der Audi.

»Den schnappe ich mir!«, rief er Tyson zu. »Schnall dich an!«

Albin raste über die Straße und riss das Lenkrad herum, um in die Straße einzubiegen, die der Dreckskerl nach seiner Meinung ebenfalls genommen haben musste, und stieg erneut aufs Gaspedal.

Verflucht, dachte Albin, warum war dem Kerl so gelegen daran, Langleys Haus abzufackeln? Um Beweismittel zu vernichten?

Weil er reinen Tisch macht, rief Tyson von hinten. *Tabula rasa*.

Das konnte sein, überlegte Albin und hoffte, dass er zu dem flüchtenden Wagen würde aufschließen können.

Ich habe eine Ahnung, dachte Albin, wo er hinwill.

Vermuten wir das Gleiche, Chef?

Möglich, erwiderte Albin – und suchte nach dem Sicherheitsgurt, weil ihm das Piepsen der Warnanlage auf die Nerven ging. Nach seinem Telefon suchte er auch. Es steckte in der hinteren Hosentasche.

Prima, dachte Albin, dass ich gerade dann draufsitze, wenn ich es ausnahmsweise dringend mal brauche.

53

CASTEL VERSUCHTE, zu schlucken. Aber ihre Kehle war wie ausgedörrt. Laila presste den Lauf ihrer Waffe nach wie vor direkt in die Platzwunde, was höllisch weh tat.

»Vielleicht«, zischte Laila, »habe ich nur gedacht: Ich bin glücklich, dass Mahmoud endlich jemanden gefunden hat, den er liebt und der ihn ebenfalls liebt. Vielleicht habe ich gedacht: Sie ist eine Polizistin, na und? Nicht gerade perfekt, aber was will man machen? Vielleicht habe ich gedacht: Cat ist einfach so großartig, dass mir auch egal wäre, wenn sie eine drogenabhängige Straßennutte ist. Vielleicht hat Mahmoud dein Handy nur deswegen abgehört, weil er sichergehen musste, dass du ihn nicht verrätst, Cat, oder man dich auf ihn angesetzt hat. Vielleicht wollte und musste er nur sich selbst und mich beschützen. Hast du darüber schon einmal nachgedacht? Nein, hast du sicher nicht. Du hast nur an dich gedacht und deinen bescheuerten Job und deine Rache.«

»Ich habe …«

»Lüg mich nicht an!«

Castel versuchte ein weiteres Mal, ihre Finger unter die Hüfte zu schieben und gleichzeitig mit Worten Lailas Temperament zum Kochen zu bringen, damit sie abgelenkt wäre. Das war Castels einzige Chance. Laila konnte sowieso jeden Moment abdrücken, also blieb Castel nichts weiter übrig, als den entscheidenden Moment so lange wie möglich hinauszuzögern und Laila am Reden zu halten.

»Lüg du mich nicht an, Laila!«, blaffte Castel zurück. »Du erzählst Bullshit, und das weißt du genau! Mahmoud hat mich von Anfang an benutzt, und das hast du gewusst!«

Laila schwieg. Sie schaute nach rechts. Etwas raschelte. Vermutlich nur ein Tier in den Weinreben. Castel schob ihre Finger weiter unter den Körper. Die Kuppen stießen gegen etwas Hartes. Der Knauf ihrer Pistole.

Laila wendete sich wieder zu Castel. »Ich habe dich gemocht, Cat«, sagte sie dann. »Was auch immer gewesen ist: Ich mochte dich sehr. Und du hast mir das Messer ins Herz gerammt und mir das Herz dann herausgerissen.«

»Du klingst so melodramatisch wie früher.«

»Es ist ein melodramatischer Moment.«

»Erinnerst du dich daran, als wir an Mahmouds Geburtstag bis in den Morgen getanzt haben? Er feierte am Strand, und du und ich standen mit den Füßen im Meer und schauten in den Sonnenaufgang«, sagte Castel und versuchte, den Pistolenknauf mit den Fingerspitzen zu fassen zu bekommen. Was ihr gelang.

Laila bemerkte es nicht. Sie war zu abgelenkt. Dummerweise lastete Castels ganzes Gewicht auf dem Steißbein und damit auf dem Lauf der Waffe.

»Ich erinnere mich«, sagte Laila. Sie schien sogar zu lächeln. »Jede von uns hatte eine Flasche Champagner in der Hand, und wir haben gedacht, dass wir unschlagbar wären und niemand uns jemals etwas anhaben könnte.«

»Ja«, sagte Castel und hatte das Gefühl, dass sich die Waffe zu bewegen schien.

»Wir haben uns getäuscht, hm?«

»Wir haben uns getäuscht«, erwiderte Castel.

Laila hob das Kinn schwach an. Sie umfasste den Griff ihrer Waffe fester.

»Bitte ...«, flüsterte Castel.

»Bitte, was?«

»Laila ... Ich ... Bitte tu das nicht.«

»Zu spät.«

»Bitte tu es nicht. Lass mich einfach hier liegen und verschwinde wieder aus Frankreich.«

»Das werde ich. Aber vorher stirbst du.«

»Laila«, flüsterte Castel. »Bitte lass mich leben.«

»Jetzt flehst du ja doch.«

»Ja, ich ... Ich flehe dich an, und ... Und du wirst alles noch schlimmer machen, sie werden dich finden, und ...«

»Niemand wird mich finden.«

»Sie wissen schon längst, dass du da bist.«

Laila lachte. »Vergiss es, Cat. Auf die Tour brauchst du mir gar nicht erst zu kommen. Nenn mir nur einen einzigen guten Grund, warum ich dich leben lassen sollte, mir fällt nämlich keiner ein. Und mach weiter mit dem Betteln, das gefällt mir.«

»Sie ... Sie wissen, dass du da bist. Du warst unvorsichtig. Du hast eine Karte am Bahnhof von La Ciotat gelöst. Es ist nur wenige Tage her ...«

Laila blinzelte. »Na und, vielleicht habe ich das.«

»... Sie haben Kameras überall, und du hast dein Aussehen verändert, aber das reicht nicht, denn seit den Anschlägen haben sie neue Gesichtserkennungssoftware ...«

»Blödsinn.«

»Du hast eine Sonnenbrille ins Haar gesteckt und trugst einen grünen Schal um den Hals. Du hattest eine schwarze

Tasche über der Schulter. Ich habe das Bild gesehen. Sie haben es mir gezeigt.«

Laila schwieg.

»Du wirst nicht weit kommen. Die sind hinter dir her. Eben hast du mich gefragt, ob ich dich für blöd halte. Das tue ich nicht. Aber halte du die Polizei auch nicht für blöd ... Sie werden ...«

»Mach's gut, Cat«, flüsterte Laila. »Und grüß Mahmoud, falls du ihn triffst. Ich bete, dass er dir vergeben wird.«

In diesem Moment klingelte das Handy in Castels Gesäßtasche. Laila blinzelte. Dann sah Castel, dass Laila auch deswegen blinzelte, weil ihr ein roter Lichtpunkt durch das Gesicht tanzte. Ein zweiter kam dazu.

»Laila Hadjali!«, rief eine Stimme von rechts. »Runter mit der Waffe! Hände über den Kopf! Legen Sie sich auf den Boden!«

Laila blinzelte erneut. Überrascht. Verunsichert. Ein Zittern schien durch ihren Körper zu laufen.

Gott sei Dank, dachte Castel. *Gott sei Dank, wer auch immer ihr seid und woher auch immer ihr kommt ... Gott sei Dank ...*

»Ich lege sie um!«, schrie Laila und blickte sich hektisch zu beiden Seiten um.

»Weg mit der Waffe!«, rief nun eine andere Stimme von links. »Runter damit, Laila! Es ist aus!«, kam wieder die Stimme von rechts.

Beide waren männlich. Es raschelte. Leise. Die roten Lichtpunkte bewegten sich über Lailas Gesicht. Ohne Zweifel stammten sie von Laserzieleinrichtungen.

Immer noch klingelte Castels Handy in der Hosentasche. Sie zog kräftiger am Knauf der Waffe und bekam nun den Griff zu fassen.

»Laila, tu, was sie sagen«, sagte Castel.

Was sie jedoch nicht tat. Sie kreischte: »Ich lege sie um, hörte ihr! Waffen runter! Wer seid ihr, Scheiße! Verpisst euch!«

»Polizei«, gellte die Stimme von rechts. Nun kam sie von näher. »Ich sage es nur noch einmal, Laila Hadjali! Weg mit der Waffe! Hände über den Kopf! Auf den Boden legen mit dem Gesicht nach unten!«

»Sonst was?!«, schnauzte Laila.

Unverkennbar, sie zitterte wie Espenlaub. Castels Finger schlossen sich um den Griff. Langsam zog sie daran. Der Lauf flutschte aus dem Hosenbund.

»Sonst«, erwiderte die Stimme von links, »werden wir schießen.«

»Damit killt ihr diese Frau, weil ich schneller bin!«

»Castel!«, rief die Stimme von rechts aus der Dunkelheit. »Alles in Ordnung?«

»Alles okay!«, rief Castel zurück. Was angesichts der Umstände eine kühne Äußerung war.

Nun schälten sich zwei dunkle Gestalten aus dem Weinfeld. Sie bewegten sich sehr langsam. Fast schlichen sie. Sie hatten Laila in der Zange, aber …

Aber wer, zum Teufel, waren die? Egal, denn zum Glück waren sie auf der Bildfläche erschienen.

»Sie werden nicht schießen, Laila«, sagte die Stimme von links. Der Mann war jetzt nah genug, dass er nicht mehr rufen musste. Das Handy in Castels Tasche verstummte. Sie zog die Waffe nun vollends aus der Jeans. Ihr Zeigefinger suchte den Abzug.

»Waffe weg, Laila«, wiederholte die Stimme von rechts. »Oder Sie gehen drauf. Wenn Sie Castel erschießen, erschießen wir Sie. Ganz einfach. Sind Sie bereit, den Preis zu bezahlen? Sie werden sterben, Laila, wenn Sie nicht aufgeben.«

»Gib auf, Laila«, flüsterte Castel. »Es ist aus. Tötest du mich, töten sie dich. Gib auf.«

Doch das Problem war, dachte Castel, dass sie selbst dann ebenfalls tot wäre. Und konnte sie sich darauf verlassen, dass einer der beiden Männer als Erstes schoss? Die Polizeitaktik sah vor, so lange auf jemanden einzureden, bis er von selbst aufgab – um Zeit zu gewinnen, bis Unterstützung eintraf. Aber welche Art von Polizisten lief mit Laserzieleinrichtungen durch die Nacht? Woher wussten die überhaupt, dass es Castel war, wer sie war und wer Laila? Waren das am Ende Typen, die mit Mahmoud noch eine Rechnung offen hatten – oder mit Laila? Aber warum sollten die dann …

Spielt alles keine Rolle, dachte Castel. Wenn sie hätten schießen wollen, hätten sie es längst getan. Ihr Zeigefinger fand den Abzug.

Laila zitterte heftig. Der Lauf der Pistole kratzte über Castels Stirn. Laila schluchzte auf. Ihre Augen glänzten feucht im Mondlicht. Sie schien eine Entscheidung getroffen zu haben.

»Wir sehen uns«, flüsterte sie mit brechender Stimme.

»Laila«, sagte Castel. »Tu es nicht. Bitte …«

»Wir sehen uns auf der anderen Seite, Cat und dann stehen wir wieder im Meer und trinken Champagner. Wir …«

Im nächsten Moment zerplatzte Lailas Kopf in einer feuchten Wolke. Ihr Körper schlug nach hinten. Dann fiel sie einfach in sich zusammen. Wie eine Marionette, der die Fäden durchtrennt worden waren. Der Körper sackte zu Boden, die Pistole hielt sie noch immer in den Händen. Daraus hatte sich nicht ein einziger Schuss gelöst.

Castel sprang auf und ignorierte den stechenden Schmerz im Bein. Sie riss ihre eigene Waffe hoch, zielte wie ein sich drehender Radar abwechselnd nach links und rechts. Sie sah die roten Punkte auf dem Boden tanzen. Die Männer hatten die Waffen nun nach unten gerichtet.

»Wer seid ihr?«, schrie Castel mit sich überschlagender Stimme. »Keinen Schritt näher! Keinen Schritt!«

»Beruhig dich, Castel«, sagte die Stimme von rechts. »Ich bin's, Martinet.«

Castels Augen weiteten sich. Ihr Mund formte sich zu einem »Oh«. Taschenlampen flammten auf.

»Das da drüben ist Dennier, mein Kollege.«

»Nehmen Sie bitte die Waffe runter, Castel«, sagte Dennier.

Er stand jetzt fast vor Castel. Er wirkte recht massig, trug ein Hemd und hatte lockige Haare. Er leuchtete auf Lailas Leiche.

»Die tut Ihnen nichts mehr«, bemerkte Dennier, hockte sich hin und nahm Laila dennoch die Waffe aus der Hand. Dann fummelte er an ihrer Jacke herum. Sicher, um nach Papieren zu suchen.

Castel kapierte noch nicht ganz. Martinet? Sie atmete hektisch. Ihr Puls raste.

Martinet trat aus der Dunkelheit heran. Er kam direkt vor Castel zum Stehen, legte die Hand auf den Lauf ihrer Waffe, um sie nach unten zu drücken.

»Alles vorbei, Castel«, sagte er. »Bist du verletzt? Bei dem Unfall irgendwas gebrochen?«

»Ich …«, stotterte Castel, »ich habe keine Ahnung, ich …«

»Du siehst nicht sonderlich gut aus. Aber du kannst immerhin stehen und herumschreien. Das klingt okay für mich.«

»Wo-woher …«, stammelte Castel.

Martinet griff in die Tasche seiner Jeansjacke. Er zog eine Packung Taschentücher hervor, machte damit eine Wischbewegung vor seinem Gesicht und reichte die Packung an Castel.

Martinet sagte: »Wir haben dich überwacht. Also: Nicht konkret dich, sondern eigentlich Laila. Du erinnerst dich an meinen Besuch bei dir kürzlich im Hôtel de Police in Carpentras? Was ich dir erzählt habe?«

»Ja«, erwiderte Castel, steckte sich die Waffe in die Tasche und nahm ein Taschentuch aus der Packung. Sie wischte sich mit zitternden Fingern das Blut aus dem Gesicht und presste das Tuch auf die Platzwunde.

»Ich habe mich gefragt«, erklärte Martinet, »ob Laila wirklich nur deinetwegen hergekommen ist. Sie war ein paar Jahre fort, tauchte dann auf einmal wieder auf, und zwar allein. Was also kann sie hier wollen? An Geld von ihrem Bruder gelangen? Wo sollte das sein? Wer weiß, habe ich mir gedacht, vielleicht will sie so oder so Castel ans Leder. Also überwachen wir doch Castel und warten ab, ob Laila auftaucht. Falls nicht, stellen wir uns andere Fragen. Falls doch – voilà.« Martinet deutete auf die Leiche.

»Uns fiel ein Wagen auf«, schilderte er weiter. »Ein kleiner roter Clio. Wir fanden heraus, dass er ein gestohlenes Kennzeichen hatte. Wir haben Fotos von der Fahrerin gemacht.« Martinet imitierte das Klicken einer Kamera. »Wir haben die Bilder mit denen abgeglichen, die uns von Laila vorlagen, und was soll ich sagen? Wir hatten einen Treffer. Also haben wir weiter nach dem Renault Ausschau gehalten und sehen ihn heute Abend vor deinem Haus parken. Ich nehme das Telefon und will einen Zugriff einleiten, um Laila aus dem

340

Verkehr zu ziehen. Da biegst du auf einmal mit deinem Roller um die Ecke, und Laila fährt dir hinterher. Also hängen wir uns an euch dran.«

»Dann wart ihr das eben mit dem Wagen, der hier vorbeifuhr?«, fragte Castel.

Martinet nickte. »Dennier und ich waren etwas spät dran. Wir dachten schon, wir hätten euch verloren. Diese Straße führt nur nach Caromb und nirgends andershin. Als wir aus der Kurve kommen, sehen wir euch aber nirgends. Keine Rücklichter, kein gar nichts, obwohl man einige Kilometer weit schnurgeradeaus schauen kann. Wir hätten euch sehen müssen. Also schauen wir ein wenig nach links und rechts – und entdecken den Clio. Wir sehen deinen kaputten Roller. Wir sehen euch. Es war klar, was da ablief. Also rollen wir ein paar Meter weiter, schalten das Licht aus, fahren rechts ran und schleichen uns durch das Feld – Dennier nimmt die eine Seite, ich die andere. Den Rest kennst du.«

»Ihr … habt mich als Köder benutzt.«

Martinet rollte den Kopf im Nacken, hob die Arme und ließ sie wieder sinken. »Komm schon, Castel«, sagte er leicht vorwurfsvoll. »Du weißt doch, wie das läuft. Ein bisschen Dankbarkeit wäre außerdem ganz okay, meinst du nicht? Die Schlampe wollte dich umlegen und hätte es auch fast geschafft.«

Dennier hatte inzwischen offensichtlich die Papiere und den Autoschlüssel gefunden. Er warf beides auf den Bauch von Lailas Leiche und sagte: »Sie hätte dich umgelegt, Castel.«

»Sie hätte das ohne Zweifel getan«, wiederholte Martinet. »Wir haben dir das Leben gerettet.«

»Ja«, sagte Castel. »Ich weiß.« Sie holte tief Luft und atmete langsam wieder aus. Sie ergänzte: »Ihr habt einfach drauflosgeschossen.«

Martinet nickte.

»Ich hatte eine verdammte Waffe am Kopf!«, fauchte Castel.

»Wäre es dir lieber gewesen, draufzugehen? Hätte dir das besser gefallen?«

Castel sagte nichts. Wieder klingelte ihr Telefon.

»Du hast dir den Mist selbst eingebrockt«, redete Martinet weiter. »Habe ich dir doch gesagt, oder? Ich habe gesagt, die Jauche steht dir bis zum Hals, und wenn du noch etwas herumzappelst, ertrinkst du darin. Und was ist passiert? Ich habe dich rausgeholt aus dem Sumpf, also reg dich wieder ab und …«

Castel holte mit der flachen Hand aus und schlug Martinet ins Gesicht. Er sah Castel mit geweiteten Augen an. Dennier keuchte ein leises Lachen hervor, klopfte seinem Kollegen auf die Schulter und sagte: »Lass sie, Martinet. Sie hat ein paar harte Momente gehabt.«

Martinet funkelte Castel an. Dann wendete er sich zu Dennier und fragte: »Was hast du gefunden?«

Castel wendete sich ab. Sie zog das Handy aus der Hosentasche. Sie sah die Nummer von Albin Leclerc auf dem Display und nahm das Gespräch an.

»Wieso gehen Sie nicht dran?«, fragte Albin.

»Ich konnte gerade nicht«, antwortete Castel.

»Sie müssen Theroux anrufen. Er soll in die Hufe kommen. Sie müssen die Feuerwehr rufen. Das Haus von Langley brennt nieder.«

»Albin, ich habe gerade …«

»Ich folge dem Killer.«

»Sie tun *was*?«

»Ich folge dem Killer. Rede ich Chinesisch?«

»Was?« Castel war mit einem Mal wieder vollkommen fokussiert und fühlte sich nicht mehr wie in Trance.

»Haben Sie die Kollegen nicht gerufen?«, fragte sie.

»Das müssen Sie für mich tun.«

»Albin, warum ...«

»Castel«, schnauzte Leclerc. »Ich sehe schlecht, bin beinahe verbrannt, folge einem Killer und kann mit dem beschissenen Handy nicht umgehen! Wenn ich Sie anrufen will, drücke ich mit dem Daumen auf die Wahlwiederholung! Während ich fahre, kann ich aber keine anderen Nummern aus dem Speicher suchen oder tippen! Es ist Nacht, und ich fahre sehr schnell! Mein Akku hat nur noch ein Prozent, weil ich das verfluchte Taschenlampen-Programm benutzt habe! Reicht das für Sie?«

»Ja, ich ...«

»Sie müssen die Anrufe tätigen! Fahndung nach flüchtiger Person in dem Audi-SUV von Langley, Kennzeichen unbekannt. Ich verfolge den Wagen zurzeit in Richtung Murs. Danach geht es vermutlich in Richtung Roussillon und Bonnieux weiter! Fragen Sie nicht, machen Sie einfach! Und die Feuerwehr nach Caromb schicken! Der Scheißkerl hat Molotowcocktails ins Haus geworfen, als ich gerade drin war!«

»Es ist sicher der Killer?«

»Geschossen hat er auch auf mich!«

»Ich bin ganz in Ihrer Nähe, Albin ...«

»Dann geben Sie Gas und schließen auf!«

»Ich ... Albin, wohin soll ich aufschließen? Sie müssen die Leitung aufrechterhalten, und ...«

»Ich habe eine Ahnung, wohin er will. Ich melde mich, wenn ich das bestätigen kann.«

Bevor Castel noch etwas erwidern konnte, hatte Leclerc sie einfach weggedrückt. Wie er es öfter tat, wenn er keine Diskussionen zulassen wollte und dafür sorgen, dass die Leute »in die Hufe« kamen.

Castel schluckte schwer. Sie überlegte, was sie jetzt tun sollte. Sie fragte sich, ob sie überhaupt psychisch und physisch dazu in der Lage wäre, auch nur irgendetwas zu unternehmen – nach dem, was sie eben erlebt hatte. Dann gab sie sich selbst eine Antwort: Ja, sie war in der Lage.

Während Martinet und Dennier weiter miteinander sprachen und gleichzeitig telefonierten, ging Castel zu Lailas Leiche. Sie zwang sich, ihr nicht ins Gesicht zu sehen beziehungsweise in das, was noch davon übrig war. Sie hockte sich hin, nahm den Wagenschlüssel von Lailas Bauch. Dann stand sie wieder auf und ging zu dem Clio. Sie öffnete die Fahrertür und hörte Martinet rufen.

»Castel!«

Sie ignorierte ihn und setzte sich ans Steuer.

»Castel! Bist du irre? Was soll das werden?«

»Es gibt eine flüchtige Person!«, rief sie Martinet zu und ließ den Wagen an. »Ich brauche ein Fahrzeug! Meins ist kaputt, oder?«

»Ist sie jetzt durchgedreht?«, fragte Martinet.

»Da ist ein Killer auf der Straße!«, rief Castel. »Ich muss hinterher!«

»Castel! Sofort raus da!« Martinet kam herübergelaufen.

»Oder was?«, rief Castel.

Sie rammte den Rückwärtsgang rein und setzte zurück auf die Straße. Dann haute sie den ersten Gang rein. Martinet stand neben dem Wagen und schlug mit der Faust auf die Motorhaube.

»Castel! Das geht nicht! Komm da raus!«

Castel ignorierte Martinet, gab Vollgas und schnallte sich im Fahren an.

»Dann geben Sie Gas und schließen auf«, hatte Albin gesagt. Bin schon unterwegs, dachte Castel.

Sie würde einfach in die gleiche Richtung wie Leclerc fahren. Was blieb ihr auch anderes übrig? Dann nahm sie das Handy in die Hand, um die Leitstelle und Theroux zu kontaktieren. Mit Tippen und Telefonieren im Dunklen war sie bedeutend besser als Albin, keine Frage. Sogar noch mit blutigen Fingern.

54

ALBIN HATTE ein wenig gelogen. Also: nicht ganz die Wahrheit gesagt und Castel nicht vollumfängliche Informationen geliefert. Richtig war im Kern, dass er einen flüchtigen Wagen verfolgte und annahm, dass es in Richtung Bonnieux gehen würde. Richtig war aber ebenfalls, dass er den Audi längst aus den Augen verloren beziehungsweise noch nicht einmal im Blickfeld gehabt hatte. Albin hatte zwar durchaus eine Vermutung, wohin der Kerl fuhr – aber es verhielt sich so: Wenn Castel alle Mann dorthin schickte, Albin sich aber getäuscht hatte, war das schlecht. Besser war hingegen, die Einsatzkräfte mobil und in der Nähe zu halten, bis sich Albins Verdacht bestätigt hatte. Dann könnte die Verstärkung innerhalb von Minuten vor Ort sein. Lag er falsch, hatten sie wenigstens diese Minuten nicht verschwendet. Er würde das verbleibende Prozent Akku nutzen, um Castel zu verständigen.

Albin setzte den Blinker und raste mit deutlich überhöhter Geschwindigkeit weiter. Er stellte sich währenddessen einige Fragen und gab sich außerdem einige Antworten.

Er dachte an die zahllosen Korken, die alten, die neuen und die auf neu gemachten alten, die er in Langleys Keller entdeckt hatte. Warum trimmte man alte Korken auf neu? Einfache Antwort: Weil man wollte, dass alte wie neu aussahen. Man betrachtete nach dem Öffnen einer Flasche – wenn überhaupt – sowohl den Aufdruck auf dem Korken als auch die Farbe sowie das Sediment an der Unterseite und schnüffelte daran. Aber jeden Beleg dafür, dass der Korken ein Fake und das frühere Bohrloch mit Acryl oder Werweißwas aufgespritzt war, hatte man bereits zerstört. Da fiel einem nichts mehr auf.

Doch woher bekam man das Rohmaterial? Vermutlich aus den Mülleimern von wirklich guten Restaurants oder von Sammelstellen. Manche Sommeliers vernichteten Flaschen und Korken nach Gebrauch eigenhändig, damit niemand Schindluder damit trieb. Aber bestimmt nicht alle. Korken, die auf teuren Flaschen gesessen hatten, konnte man sich also besorgen. Mit den Brandmarkungen und Aufdrucken hatte man entweder Glück, und sie passten zu den neuen Flaschen. Oder man fälschte den Aufdruck ebenso wie die Kapsel, die den Korken auf der Flasche umhüllte. Im Prinzip musste man dazu nur ein paar Originale scannen und sie mit einem hochwertigen Drucker oder Kopierer reproduzieren: In Zeiten, wo eine simple Datei als Vorlage für einen Digitaldruck reichte, sollte das keine große Hürde darstellen.

Flaschen benötigte man ebenfalls, denn: Flasche war nicht gleich Flasche, vor allem bei alten und teuren Weinen. Natürlich konnte man sich solche ebenfalls aus dem Altglas von Nobelherbergen organisieren. Oder man gelangte an welche, weil man Antiquitätenhändler war. Vielleicht organisierte man sich auch Flaschen von geringerwertigen Produkten eines Luxusweingutes, die ähnlich aussahen wie die teuren – je nachdem, welchen Wein man am Ende imitieren wollte. Abgesehen davon konnte man sich Originalflaschen von Superweinen im Internet beschaffen. Solche wurden dort in Mengen angeboten. Käufer waren Leute, die sich derlei Pullen zum Angeben ins Regal stellten, ihre Tischgäste beim Essen verblüffen und hereinlegen wollten – oder eben Burschen, die etwas anderes im Schilde führten …

Die ganzen Details, dachte Albin, nahm man sowieso nur dann wahr, wenn man ein Liebhaber war und eine Flasche Wein wirklich vor dem Öffnen genüsslich betrachtete. War man hingegen Millionär, stellte man sich eine teuer bezahlte Kiste einfach nur als Wertanlage in den Keller, und fertig.

Viel wichtiger als Korken, Kappen und Flaschen waren fraglos die Etiketten. Und an solche waren Langley und Kirk gelangt. Sogar an die Druckplatten, Steuerbanderolen, Stempel … Etiketten fielen auf. Die bewunderte man zuerst, und fiel einem daran etwas Merkwürdiges auf, schaute man genauer hin und inspizierte den Rest. Insofern hatten Langley und Kirk angesichts des Materials aus der Druckerei Perdu die Lizenz zum Gelddrucken gefunden.

Und wann wird ein solcher Betrug erst perfekt? Wenn teurer Wein schmeckt wie teurer Wein. Fraglos gab es da Taschenspielertricks. Man konnte bei einer Verkostung eine einzelne echte Flasche Superwein in die Kiste stellen und zum Vorführen benutzen, während in den restlichen Flaschen Billigwein gefüllt war. Gab es aber vorher keine Kostprobe und man hatte es mit einem Kenner zu tun, der den teuren Luxuswein auch trank und nicht nur in den Keller stellte, musste man dafür sorgen, dass der Wein, den man als einen Dreitausend-Euro-Wein verkaufte, auch wie ein Dreitausend-Euro-Wein schmeckte. Nicht nur das: Ein Margaux musste zudem wie ein Margaux und ein Estournel wie ein Estournel schmecken.

Und wie bekam man das hin?

Alberne Frage, bemerkte Tyson von hinten. *Biotechnologie natürlich.*

Richtig, dachte Albin, Biotechnologie.

Genau genommen zum Beispiel synthetische Biologie. Bio- und Gen-Hacking.

Albin erinnerte sich an das Telefonat mit Berthe über dieses Thema. An gelben Broccoli, der nach Cola schmeckt, und leuchtende Bäume. Wenn so etwas möglich war, stellte Albin sich vor, dann wäre man vermutlich auch in der Lage, mit Aromastoffen oder anderen Manipulationen einen Durchschnittswein so zu bearbeiten, dass er wie ein teurer schmeckte und außerdem ein gewisser Charakter treffend imitiert wurde.

Mit Weinfälschungen, so viel war mal klar, konnte man Millionen verdienen. In China schnellten zum Beispiel die Preise für edle Weine aus Frankreich in die Höhe, und es wurde massenweise dorthin exportiert. Auch nach Russland und in die USA. Albin erinnerte sich an ein Fahndungsersuchen, das ihm vor einigen Jahren in die Finger gekommen war. Europol war einem Fälschernetzwerk auf der Spur gewesen, das einige hundert Flaschen Durchschnittswein als teuren Romanée-Conti verkauft und damit zwei Millionen Euro kassiert hatte. So eine Flasche kostete zehntausend Euro pro Stück. Die köpfte man nicht einfach so und trank sie. Vielmehr handelte es sich dabei um lukrative Wertanlagen.

Sehr ähnlich hatten nach Albins Einschätzung vielleicht auch Langley und Kirk gehandelt. Sie hatten sich ins Fäustchen gelacht und sich gesagt: Wir verticken das alles an texanische Ölmultis oder reiche Erbinnen in Fort Lauderdale sowie an chinesische Banker und Textilfabrikbosse, die nicht einmal wissen, wo Frankreich überhaupt liegt.

Sie hatten sich außerdem vielleicht gedacht: Die Amis und

Chinesen sind Banausen, die ohnehin nie eine Flasche öffnen werden – und falls doch, dann müssen wir geschmacklich Vorsorge treffen.

Wie gesagt, meinte Tyson, *mit Hilfe von synthetischer Biologie.*

Exakt, erwiderte Albin.

Dazu brauchte man Biologen wie Wolfgang Kaltmann und Jacques Latour, die sich in Geldsorgen befinden, leicht manipulierbar sowie außerdem an einem hübschen, illegal verdienten Sümmchen interessiert sind. An deren Adresse gelangt man, weil zum Beispiel einem Robert Kirk in Fort Lauderdale einfällt: Da ist diese Bosnierin, die ich geheiratet habe, damit sie in den USA studieren kann und deren Bruder mir dafür eine üppige Summe gezahlt hat, die er von der Schwester nun zurückhaben will, weil sie mit diesem – ja, du hörst richtig, mein Freund John Langley – deutschen Gentechnikexperten durchgebrannt ist.

Danko Vukovic hatte es ja beschrieben, dachte Albin: Es ging um hundertzwanzigtausend Euro. Davon hatten Langley und Kirk vielleicht Wind bekommen und die Situation der Kaltmanns ausgenutzt. Nach dem Motto: Wir bezahlen euch die Summe, wenn ihr für uns arbeitet – und falls nicht, dann binden wir den Behörden die Informationen über die Scheinehe auf die Nase, was dafür sorgen wird, dass das schöne teure Studium von Dunja Kaltmann in den USA ungültig und vergebens war.

Vielleicht, überlegte Albin, war das Geld, das Kirk für die Scheinehe kassiert hatte, sogar das Startkapital gewesen, um die Druckerei Perdu kaufen zu können. Das machte die Sache rund.

Ja, meinte Tyson, *könnte sein.*

Denke ich auch, erwiderte Albin.

Und wohin fährst du jetzt, Chef?

Ich fahre zu dem Ort, wo ein schwedischer Biotechniker namens Stennalf Gustavson und seine Ehefrau ermordet worden sind, weil dieser Weinbetrug vielleicht schon sehr viel länger läuft, als wir annehmen.

Du fährst zu …?

Ja, antwortete Albin. Genau zu dem.

55

CASTEL FUHR durch die Dunkelheit. Die Wunde an ihrer Stirn pochte. Ihre Schulter und Hüfte schmerzten, der
aufgeschürfte Oberarm brannte. Sie war vom Stress aufge-
putscht. Ihr war gleichzeitig heiß und kalt. Sie unterdrückte
das Zittern mit Willenskraft, riss ihre Augen weit auf und
starrte auf die Straße.

Alles in dem Wagen roch nach Laila. Auf dem Beifahrersitz lag noch ihr Telefon. Eine Tasche mit ihren Sachen. Der
Fußraum war vermüllt mit Getränkeverpackungen und zu-
sammengeknüllten Papiertüten vom Bäcker. Im Ablagefach
neben der Handbremse lag ein Block. Auf dem Block waren diverse Uhrzeiten notiert. Wären Martinet und Dennier
nicht aufgetaucht ...

Besser nicht daran denken.

Castel hatte eben die Feuerwehr verständigt, die gesagt
hatte, sie seien bereits nach Caromb unterwegs, weil Nachbarn einen Brand gemeldet hatten. Sie hatte außerdem die
Leitstelle über das flüchtige Fahrzeug verständigt und gesagt, sie sollten die Gendarmerie informieren und alles, was
sie an Streifen in der Gegend rund um Murs, Roussillon und
Bonnieux zur Verfügung hätten, in Alarmbereitschaft versetzen und auf die Straßen schicken. Sie gab außerdem Leclercs
Kennzeichen und den Fahrzeugtyp durch.

Sie suchte mit der rechten Hand im Nummernspeicher

nach der Nummer von Theroux und wählte sie an. Sie kaute auf der Unterlippe, ignorierte das Summen ihres Handys, als sie ein erneutes Mal von einem unbekannten Teilnehmer angerufen wurde, bei dem es sich fraglos um Martinet handelte …

… oder seinen Partner, während das Gespräch zu Theroux noch nicht durchgestellt war. Castel riss die Augen so weit wie möglich auf. *Achte auf die Straße*, dachte sie, weil die Straße zu Schlieren im Scheinwerferlicht verschmolz. Noch einen Unfall konnte sie nicht gebrauchen. Sie blinzelte heftig und fokussierte auf den Asphalt.

Achte auf die Straße. Die Straße geht geradeaus. Leclerc verfolgt den Killer. Aufschließen, Münchhausen. Zieh dich am Schopf raus aus dem Sumpf, Castel. Aufpassen im Kreisverkehr. Richtige Ausfahrt nehmen.

Schließlich ging Theroux dran. Castel meldete sich, und er fragte, was passiert sei. Castel erzählte von dem Feuer in Caromb und von Leclerc, sagte jedoch kein Wort zu Laila. Das war Martinets und Denniers Baustelle, die vermutlich gerade verzweifelt versuchten, ein paar Streifenwagen zum Tatort zu beordern und sich von der Leitstelle anhören mussten, was da draußen heute Nacht sonst noch los war. Fraglos würden die beiden Castel verfluchen und schon darüber nachdenken, welche Dienstverstöße sie begangen und welche Gesetze sie übertreten hatte, als sie mit einem Täterfahrzeug von einem Tatort verschwunden war und sich außerdem den Anweisungen der leitenden Ermittler widersetzt hatte.

Theroux stammelte: »Was? Albin hat … Er hat … was?«

»Theroux, ich habe weder Zeit noch die Nerven zu diskutieren.«

»Und jetzt?«

»Jetzt setzen Sie Ihren Hintern in Bewegung.«

»Wohin denn?«

Castel sagte: »Sie schicken ein paar Leute nach Caromb. Sie fordern einen Hubschrauber an, der sich in Richtung Roussillon begeben soll. Sie sorgen außerdem für Straßensperren.«

»Aber das macht die Gendarmerie doch selbst. Die sind dahinten zuständig.«

»Ja, und wo wir zuständig sind, machen wir das. Klar. Aber sagen Sie es der Gendarmerie dennoch. Versetzen Sie außerdem die Interventionsgruppen in Alarm, sie sollen sich ebenfalls auf den Weg machen und in Bereitschaft halten.«

Theroux sagte: »Ja. Okay. Ich ... Ich mache das ... Aber, Castel ... Sind Sie sich sicher, dass Leclerc den richtigen verfolgt?«

»Nein.«

»Ehm ...«

»Theroux, wir müssen davon ausgehen, dass er das tut. Das reicht, okay? Ich habe keine Ahnung, wen genau er verfolgt, aber ich habe keinen Anlass, an seiner Einschätzung zu zweifeln.«

»Es ist zum Kotzen mit ihm.«

»Ja. Aber im Moment haben wir andere Sorgen. Er führt uns vielleicht auf die Spur des Killers. Und deswegen sagen wir: Danke, lieber Albin – und gehen davon aus, dass er weiß, was er tut.«

»Wohin fährt er überhaupt genau?«

»Keine Ahnung. Das Gespräch brach ab, weil sein Akku fast leer war. Leclerc hat nur die Richtung angegeben.«

»Haben Sie nicht irgendeine Ahnung? Irgendetwas, was er

angedeutet hat? Denn wenn es ein Ziel gibt, dann könnten wir dort …«

»Verstehe«, kürzte Castel ab.

Sie dachte nach. Ihr fiel nichts ein.

»Nein«, wiederholte sie. »Er hat nur gesagt, er habe eine Ahnung. Er melde sich, wenn er den Verdacht bestätigt sieht. Ansonsten verfolge er ein Fahrzeug.«

»Warum hat er nicht einfach gesagt, wohin er will?«

»Weil wir dann alles, was wir haben, vielleicht zu einem falschen Ort geschickt hätten, falls sich sein Verdacht als falsch erweist?«

»Da ist was dran. Trotzdem: Roussillon? Bonnieux? Was soll das? Warum geht es in diese Richtung, verdammt? Was glauben Sie, wohin Leclerc dem Täter folgt?«

Wieder dachte Castel nach. Da war etwas. Eine Idee, die sich hinter dem rasenden Kopfschmerz versteckte, aber nicht nach vorne kommen wollte.

Castel antwortete: »Ich habe im Augenblick nicht die geringste Ahnung.«

DER MANN JAGTE mit Vollgas über die Straßen. Immer wieder versicherte er sich mit Blicken in den Rückspiegel, dass ihm niemand folgte. Er fragte sich, ob er einen Fehler damit begangen hatte, dass er diesen verfluchten Leclerc nicht erschossen, sondern nur zwei Warnschüsse auf ihn abgefeuert hatte. Ärgerlich genug, dass ihn keiner der Molotowcocktails erwischt hatte.

Warum nur hatte er an Leclerc vorbeigeschossen? Wahrscheinlich ein Reflex. Es war etwas anderes, gezielt auf Leclerc zu schießen, als in Kauf zu nehmen, dass er als Kollateralschaden in Flammen aufgehen würde. Am Ende lief es natürlich auf dasselbe heraus, aber es machte trotzdem einen Unterschied. Leclerc hatte sich zudem nichts zuschulden kommen lassen. Er war ein Störfeuer, ja. Ein Hindernis. Eine elende Zecke. Doch er hatte nichts mit der Sache zu tun und musste folglich auch für nichts bestraft werden.

Aber wie es aussah, hatten die Schüsse ihren Zweck erfüllt und Leclerc abgeschreckt. Er klebte ihm nicht am Hintern. Falls er trotzdem noch auftauchen würde – nun, beim nächsten Mal würde er sicherlich nicht danebenschießen. Viele Kugeln waren nicht mehr übrig. Dennoch würden sie ausreichen, um den letzten Teil der Rechnung zu begleichen. Jetzt. Und hier.

Die Reifen knackten über den Schotter. Der Mann stellte

den Motor ab. Er stieg aus, spähte in die Dunkelheit. Er lauschte. In der Ferne nahm er das Geräusch eines sich nähernden Autos wahr. Dann war es wieder fort. War ihm Leclerc doch gefolgt? Nein, im Rückspiegel hatte er kein Auto gesehen.

Oder ahnte Leclerc womöglich, wohin die Fahrt gehen würde? Vorsicht, dachte der Mann, ist die Mutter der Porzellankiste.

57

DIE STRECKE bis nach Bonnieux hatte Albin unter Missachtung sämtlicher Geschwindigkeitsvorschriften in erheblich kürzerer Zeit absolviert als neulich. Jetzt reduzierte er das Tempo massiv und blinkte nicht einmal, als er den Wagen in die geschotterte Einfahrt zum Weingut von Jean Beauval rollen ließ. Die Schweinwerfer durchschnitten die Schwärze und schwenkten auf den kleinen Kiosk. Im Licht tauchte das Heck eines silbernen Wagens auf. Soweit Albin erahnen konnte, war es ein Geländewagen von Audi.

Langleys Wagen.

Bingo.

Albin stoppte und verschloss mit seinem SUV die Zufahrt wie ein Korken. Er stellte die Lichter ab. Den Motor ebenfalls. Er ließ das Seitenfenster runter, lehnte sich etwas heraus und lauschte, hörte aber nichts, bis auf den Wind und zirpende Zikaden. Auf dem Gehöft brannten ein oder zwei Lichter, soweit zu sehen war. Er nahm sein Handy zur Hand und hoffte, dass das verbleibende Prozent Akkuleistung noch für einen kurzen Anruf bei Castel ausreichen würde.

»Jean Beauval«, sagte er leise zu sich selbst. »Wer hätte das gedacht.«

Ich weiß nicht, erwiderte Tyson von hinten. *Wie passt das alles zusammen?*

Gute Frage. Eine, über die man später immer noch nachdenken konnte. Alles würde sich fügen, alles würde sich erklären. Und dennoch ...

Albin hielt das Telefon in der Hand und schaute auf das
Display, blickte aber ins Nichts.

Wie passte das zusammen?

Sie fälschten also teure Weine und verkauften sie. Langley
und Kirk steckten nach Albins Meinung dahinter. Sie be-
dienten sich dazu der Hilfe von Gentechnikern: Jacques Latour, Wolfgang Kaltmann, vermutlich davor bereits Stennalf
Gustavson. Jemand aber legte diese Gentechniker um – vielleicht, weil sie zu viel wussten oder zu viel Geld wollten,
oder weil sie jemanden erpressten. Und für den Mord an
den Gustavsons saß immer noch der alte Alfred Beauval ein.
Langley und Kirk hatten ihren Betrieb aber erst deutlich nach
dem Mord an dem skandinavischen Ehepaar aufgenommen.
Als der Schwede gekillt wurde, lebte Langley noch nicht in
Caromb. Die Druckerei war noch nicht gekauft worden.
Warum wurde überhaupt Langley getötet? Weil er vielleicht
ebenfalls zu viel gewusst oder gewollt hatte. Die Weinkartons
in seinem Keller hatten Albin den Weg hierher gewiesen – sie
trugen Aufdrucke der Domaine Beauval ... Vielleicht verhielt
es sich also so: Die Beauvals steckten hinter allem. Sie fälschten ihren Fusel schon seit langem. Zuerst hatte Stennalf
Gustavson ihnen geholfen. Dann musste Gustavson aus dem
Weg. Dabei waren sie unvorsichtig gewesen, und der alte
Beauval hatte sich eine Geschichte ausgedacht, um seinen
Sohn zu schützen, und war in den Knast gegangen, damit
der Betrieb unter der Leitung von Jean weiterlaufen konnte,
der ansonsten ebenfalls in den Bau gewandert wäre. Nachdem Gras über die Sache gewachsen war, legte Jean Beauval

wieder los. Er kam in Kontakt mit Langley – alles Weitere ergab sich dann. Und nun machte Beauval Tabula rasa – und hatte zuvor eine alte Wehrmachtswaffe genutzt, die er möglicherweise auf dem Dachboden gefunden hatte. Die Patronen dafür hatte ihm irgendjemand angefertigt, oder er hatte es selbst getan. Mit Waffen kannte er sich immerhin etwas aus – er hatte ein stattliches Gewehr von Steyr-Mannlicher besessen.

Klingt nicht schlecht, dachte Albin.

Klingt nicht schlecht, antworte Tyson, *aber ...*

Was, aber?

Tyson sagte nichts. Albin zuckte mit den Achseln. Er drückte die Wahlwiederholung. Nach dreimal Klingeln ging Castel dran.

»Ja?«, hörte Albin sie fragen. »Wo sind Sie?«

»Das Weingut von Jean Beauval zwischen Bonnieux und Menerbes. Alles hierhin, was laufen kann.«

»Ich bin kurz vor Bonnieux.«

Castel musste ebenfalls gerast sein.

»Jean Beauval?«, fragte sie.

»Der Sohn von dem Kerl, der die Schweden umgelegt hat. Sie erinnern sich?«

»Ich erinnere mich. Albin. Sie rühren sich nicht von der Stelle!«

»Niemals.«

»Versprechen Sie das!«

»Ich bewege mich keinen Zentimeter und warte auf die Kavallerie.«

»Die Kavallerie ist unterwegs. Ich bin in fünf Minuten da. Wie lange die Streifenwagen, die Gendarmerie, der Hubschrauber und die Sondereinsatzgruppen brauchen, weiß ich nicht, aber Sie bleiben an Ort und Stelle, Albin, denn ...«

Dann brach das Gespräch ab. Der Akku war tot. Das Handy ging aus. Zu dumm, dachte Albin, nun konnte er Castel nicht mehr sagen, dass er es sich mit dem Bewegen doch anders überlegt hatte.

Albin öffnete die Tür, stieg aus und streckte sich. Natürlich würde er jetzt nicht einfach losmarschieren. Er war ja nicht lebensmüde und außerdem unbewaffnet. Er würde hier wie angewurzelt stehen bleiben.

Albin fasste in die Hosentasche. Er zog die zerknitterte Gitanes-Packung heraus und steckte sich eine an. Er paffte eine weiße Wolke in den Nachthimmel, machte einen weiteren tiefen Zug und stieß den Qualm durch die Nasenlöcher wieder aus.

Aber, hatte Tyson gesagt. Wie hatte er das gemeint? Fragte er sich, ob Jean Beauval über eine militärische Vorbildung verfügte, weil er seine Schüsse so platziert hatte? Einen in den Kopf, einen ins Herz? Ob ein Steyr-Mannlicher-Gewehr ausreichend Grund zu der Annahme gab, dass Beauval sich so gut mit Waffen auskannte, dass er seine Patronen selbst herstellte oder jemanden kannte, der das tat? Ob es ausreichte, dass alte Wehrmachtspistolen immer wieder auf dem Speicher von Bauernhöfen wie dem von Jean Beauval auftauchten, weil jemand aus der Familie mal in der Résistance gewesen war? Möglich, dass sich Tyson solche Fragen stellte.

Etwas knackte hinter Albin. Er klemmte die Zigarette in den Mundwinkel, drehte sich um und schaute in den Lauf einer Luger 08, die ihm direkt vor das Gesicht gehalten wurde. In der anderen Hand hielt der Mann eine Flasche, in deren Hals ein Tuch steckte.

»Albin Leclerc«, sagte der Mann, der die Waffe hielt, »du Blödmann gehst mir wirklich auf die Nerven.«

Jean Beauval war es nicht.

CASTEL FUHR mit quietschenden Reifen um eine scharfe Kurve, das Handy am Ohr, die Augen weit aufgerissen. Fast hätte sie die Abzweigung verpasst.

»Ja!«, rief sie ins Telefon. »Bin gleich da! Wie weit ist das vom Kreisverkehr?«

»Zwei Kilometer«, antwortete Theroux.

Castel hörte im Hintergrund eine Sirene. Vermutlich hatte Theroux das Blaulicht an. Er war ebenfalls im Auto unterwegs und lotste Castel zum Weingut, denn sie hatte keinen Schimmer, wo sich das befand, und der Wagen außerdem kein Navi.

»Jean Beauval, im Ernst?«, fragte Theroux.

»Meine Güte, ich weiß es doch auch nicht. Scheint so, oder?«

»Aber wie soll das …«

»Theroux! Ich! Weiß! Es! Nicht!«

»Okay. Moment … Bleiben Sie in der Leitung …«

Castel fauchte. Sie schwitzte und fror immer noch nahezu gleichzeitig. Hinter ihrer Stirn schien ein kleines Männchen mit einem Presslufthammer zu sitzen. Theroux beredete etwas mit jemandem, der offenbar neben ihm saß. Sie hörte außerdem ein Rauschen, Pieptöne und eine blecherne Stimme aus einem Funkgerät, die sie nicht verstehen konnte. Dann drückte Theroux sie für einen Moment weg, und sie hörte eine Pausenmelodie. Castel verdrehte die Augen: Es war ein Lied von Celine Dion.

Dann war Theroux wieder zurück: »Castel?«

»Ja.«

»Da ist etwas merkwürdig. Wir haben eine Fahndung nach einem roten Clio, in dem Sie sitzen sollen.«

»Ich sitze in einem roten Clio.«

»Es soll eine Schießerei bei Caromb gegeben haben mit einem Todesopfer, und Sie ...«

»Bitte. Später.«

»Was ist da los? Castel, es geht nicht, dass ...«

»Theroux, verflucht, ich weiß, dass es dort eine Schießerei gab, weil mich jemand erschießen wollte!«

»Aber ...«

»Nichts aber! Jetzt konzentrieren Sie sich auf Jean Beauval, verdammt. Der Rest klärt sich dann, und wo Sie mich gleich finden, wissen Sie auch, oder?«

»Ehm, ja.«

»Irgendwelche Streifenwagen schon vor Ort?«

»Nein. Brauchen noch ein paar Minuten.«

»Die Sondereinsatzgruppen?«

»Alarmiert.«

»Der Hubschrauber?«

»Hat abgehoben.«

»Gut. Ich melde mich gleich wieder. Ich lege das Handy fort, sonst baue ich noch einen Unfall ...«

»Castel! Sie ...«

»Ja, mein Gott«, schnauzte Castel, »ich bleibe in der verfickten Leitung und lege Sie nur weg! Mann!«

Damit warf Castel das Handy auf den Beifahrersitz, nahm das Lenkrad in beide Hände und gab Gas. Der Clio beschleunigte. Er krachte durch Schlaglöcher, die jedes Mal eine Explosion in Castels Kopf verursachten, wenigstens …

… wenigstens ist er nicht wirklich explodiert. Die Mündung auf der Stirn. Kratzen in der Wunde. Lailas Kopf, der mit einem Mal da war, dann fort – nach einem nassen Klatschen und Knacken, als würde eine Wassermelone zerplatzen …

… wenigstens blutete die Platzwunde nicht mehr. Castel spähte nach rechts, achtete auf eine Einfahrt – und dann sah sie ein Werbeschild an der Straße. Darauf stand »Domaine Beauval«. Wenige Meter weiter befand sich eine Einfahrt.

Castel bremste. Sie riss das Lenkrad herum. Fast brach der Clio nach hinten aus, als sie auf eine Schotterpiste gelangte. Im nächsten Moment ging sie voll in die Eisen, als das Heck eines SUVs auftauchte. Die Reifen des Clio knirschten und furchten durch den Kies. Wenige Zentimeter vor dem Stoßfänger am Heck kam der Renault zum Stehen. Castel schnappte nach Luft. Sie blickte auf. Sie starrte in das ernste Gesicht eines Mopses, der sich auf der Ladefläche auf die Hinterbeine gestellt hatte und Castel durch die Heckscheibe ansah.

»Tyson«, keuchte Castel.

Sie schnappte sich das Handy, riss die Fahrertür auf, stieg aus und fiel fast hin, weil ihr verletzter Knöchel nachgeben wollte. Offensichtlich hatte der Sturz mit dem Roller sie doch härter erwischt als gedacht. Sie griff sich ins Kreuz, zog die Pistole und spähte in die Dunkelheit. Sie erkannte einen weiteren Geländewagen, einen von Audi – und sah, dass die Fahrertür von Leclercs Wagen offen stand. Leclerc selbst war aber nirgends zu sehen.

»Blöder … Kerl …«, zischte Castel. Sie hörte Tyson im

Heck des Wagens leise jaulen. »Alles gut, Tyson«, murmelte sie. »Bleib ganz ruhig, ja? Bin gleich zurück.«

Sie nahm das Handy ans Ohr.

»Theroux?«

»Ja?«

»Langleys Wagen ist hier, wie Leclerc beschrieben hat. Leclercs Wagen ist ebenfalls vor Ort. Aber Leclerc ist nicht da.«

»Verfluchte! Scheiße!«, schrie Theroux. »Wo ist der jetzt hin?«

»Ich weiß es nicht«, erwiderte Castel. »Ich sehe ihn nirgends. Die Wagentür steht offen, und Tyson ist noch im Auto. Leclerc würde die Tür nicht offen stehen und Tyson einfach im Wagen lassen. Das passt nicht zu ihm.«

»Ist er zum Haus gegangen?«

»Ich weiß nicht, ich …«

Castel hörte es zwei Male krachen. Zwei Schüsse, sie kamen aus Richtung des Weinguts.

»Zwei Schüsse«, keuchte sie ins Telefon. »Ich muss rein.«

»Castel!«

Aber sie hatte Theroux schon weggedrückt, steckte das Handy in die Hosentasche, rannte, so gut es ging, los und nahm die Waffe in beide Hände.

59

CASTEL HUSCHTE geduckt über die Hofeinfahrt. Sie lief auf dem Seitenstreifen im Gras, um so wenig Geräusche wie möglich zu machen. Das Handy summte in der Gesäßtasche. Mist, das konnte sie jetzt echt nicht gebrauchen. Sie nahm es hervor, sah Theroux' Nummer, stellte den Vibrationsalarm ab und das Telefon auf lautlos. Dann lief sie humpelnd weiter und biss die Zähne zusammen. Sie zitterte nicht mehr. Ihr war auch nicht mehr abwechselnd heiß und kalt. Laila war für den Moment vergessen.

Castel bewegte sich an einem Seitengebäude vorbei, einer Scheune, und presste sich mit dem Rücken an die Bruchsteinmauer. Sie konnte etwa die Hälfte der Hoffläche überblicken und sah das Haupthaus. Hinter zwei Fenstern im Erdgeschoss brannte Licht. Sie warf einen Blick um die Ecke, sah aber nichts. Alles war verlassen. Also konzentrierte sie sich erneut auf das Haupthaus. An den Fenstern waren Gardinen zu sehen. Keine Schatten dahinter, die auf Menschen hindeuteten. Gar nichts. Sie schaute noch mal um die Ecke, um zu sehen, ob ihr etwas entgangen war. Und in der Tat war es das: Ein schwacher Lichtschein fiel auf den Hof. Auf den ersten Blick war es kaum zu erkennen.

Castel bewegte sich vorwärts. Sie bog um die Ecke und ging so leise wie möglich an der Wand entlang auf den Lichtschein zu. Er kam aus einem Fenster des Seitengebäudes.

Schwer zu sagen, was sich dahinter verbarg. Außerdem erkannte Castel eine alte Holztür. Durch die Ritzen fiel ebenfalls schwaches Licht nach draußen.

Castel umfasste die Waffe fester und schlich hin. Sie hörte gedämpfte Stimmen. Knapp neben dem Fenster und der Tür blieb sie stehen, den Rücken an die Wand gepresst. Die Stimmen waren nicht zuzuordnen. Es war kaum zu verstehen, was gesprochen wurde.

Castel nahm die Pistole in die Linke und fischte mit der rechten Hand das Handy aus der Hosentasche. Sie stellte die Kamera ein und schaltete sie um auf Selfie-Modus, um das Display des Gerätes wie einen Spiegel zu benutzen. So konnte sie um die Ecke schauen, ohne dabei selbst gesehen zu werden. Dann wechselte sie das Handy in die Linke und die Waffe zurück in die rechte Hand. Vorsichtig und mit spitzen Fingern schob sie das Smartphone an das Fenster heran, so dass das direkt über dem Display angebrachte Objektiv für Selbstporträts auf das Innere des Raumes gerichtet war und einfing, was darin vor sich ging.

Die Wiedergabe war verrauscht und das Fenster außerdem ziemlich schmutzig, aber Castel konnte erkennen, dass der Raum nicht sonderlich groß war. Dort standen alle möglichen Geräte herum. Eine Person lag am Boden und regte sich nicht. Sie sah einen dunkelgekleideten Mann, der ihr den Rücken halb zugewandt hatte und etwas in der Hand hielt, womit er auf einen anderen Mann zielte. Der andere Mann stand mit dem Rücken zur Wand. Es war Albin Leclerc.

Rasch nahm Castel das Handy wieder fort und biss sich auf die Unterlippe. *Verdammt*, dachte sie. *Verdammt, verdammt, verdammt.*

60

HATTE MAN ES mit jemandem zu tun, der einen erschießen wollte, blieben einem vier Möglichkeiten: Man konnte sich seinem Schicksal ergeben und noch mal schnell die besten Momente des Lebens vor dem geistigen Auge passieren lassen. Man konnte wimmernd zu Boden fallen und um sein Leben flehen. Man konnte zum Angriff übergehen und kämpfen. Oder man redete sich den Mund fusselig und setzte alles dran, den großen Knall so lange hinauszuzögern, wie es eben möglich war.

Zunächst durfte man sich nicht in die eigene Tasche lügen und musste sich die Sachlage klar vor Augen führen. Wenn man mit einer Waffe bedroht wurde, befand man sich in der Gewalt eines Täters. Punkt. Damit war es eine Art Geiselnahme. Punkt. Es konnte damit enden, dass man starb, verletzt wurde oder davonkam – die Statistik besagte, dass es überproportional gut ausging. Nochmals Punkt.

Für die Opfer von Geiselnahmen gab es eine Reihe von Verhaltensvorschlägen und außerdem einige Fakten zu berücksichtigen. Zu Beginn der jeweiligen Situation waren alle ziemlich aufgeregt, weil man wusste: Wir alle können draufgehen – sowohl der Mann mit der Waffe als auch der Mann ohne Waffe. Man mochte sich vorstellen, dass diese Nervosität günstig wäre, um einen Täter zu überwältigen, falls man selbst die Nervosität unterdrücken und eiskalt handeln könnte. Das war Blödsinn und ging – ebenfalls Statistik – meist schief. Denn am Anfang war der Täter außerdem deswegen hypersensibel, weil er noch nicht Herr der Lage war. Die Gefahr, dass er sofort schoss, falls man nur mit der Wimper zuckte, war daher wirklich groß. Wichtig war also vielmehr, den Burschen zu beruhigen. Ihm zu verdeutlichen, dass man akzeptierte: Du bist der Mann mit der Knarre, du bist der Chef und hast alles unter Kontrolle, und ich respektiere das und werde keinen Scheiß bauen.

Dazu durfte man nicht hysterisch werden. Man musste außerdem seine Würde behalten – Jammern, Winseln, Betteln, Bitten und Herumheulen sorgten hingegen dafür, dass man sich selbst entpersonalisierte. Was bedeutete: Man setzte sich selbst als Individuum herab. Schlechte Idee. Denn es war schwerer, jemanden zu töten, den man als ebenbürtiges menschliches Wesen und nicht als ein jammerndes und kriechendes Etwas wahrnahm.

Weiter sollte man versuchen, eine persönliche Verbindung mit dem Geiselnehmer herzustellen, aber dabei absolut vermeiden, Dinge zu tun, die von ihm als Manipulationsversuche verstanden werden konnten oder ihm das Gefühl von Kontrollverlust vermittelten.

Logischerweise sollte man den Mann mit der Waffe auch nicht beleidigen oder Diskussionen anfangen und sensible Themen zur Sprache bringen. Vielmehr sollte man aufmerksam zuhören, empathisch sein und versuchen, seine Beweggründe zu verstehen, und ansonsten bei allem mitspielen.

Tu, was du zum Überleben tun musst, war die Devise – in der Hoffnung, dass in der Zwischenzeit irgendetwas passierte, was die Situation veränderte.

Und es war eigentlich keine Frage, dachte Albin, dass sich

innerhalb der nächsten Viertelstunde die Sachlage dramatisch verändern würde: Der Hof würde vor Polizei nur so wimmeln. Unklar allerdings war, ob sich Albins Chance, das hier zu überleben, dadurch eher verbessern oder eher verschlechtern würde. Mit anderen Worten: Albins Lage war alles in allem ziemlich beschissen.

Er starrte den Mann mit der Waffe an. In dem Raum roch es jetzt nicht mehr nur nach Chemie. Es roch nun außerdem nach Pulver und nach Blut. Es roch nach Tod. Albins Ohren klingelten noch von den beiden Schüssen, die hier eben abgefeuert worden waren.

Der Raum, in dem er sich befand, war weder sonderlich groß noch sonderlich klein. Vielleicht fünf mal fünf Meter Kantenlänge. Unter der Decke hing eine schlichte Glühbirne. Früher mochte das Zimmer als Abstellkammer für landwirtschaftliche Geräte gedient haben. Danach war es eindeutig nicht mehr als Abstellkammer genutzt, sondern in eine Art Labor umfunktioniert worden. Es standen verschiedene technische Geräte herum, deren Zweck Albin nicht zuordnen konnte – Glaskolben und alles Mögliche andere, das man in Labors vermuten würde. Sogar Vorrichtungen, die an Mikrowellen erinnerten.

Albin lehnte mit der Hüfte an einem Tisch. Er blickte auf die Holztür und ein von Schmutz fast blindes Fenster. Er blickte außerdem auf einen Toten am Boden, dessen Hinterkopf ein Krater war. Aus der Wunde in der Brust sickerte das Blut in die Holzdielen. Der Tote war Jean Beauval.

»Warum das alles?«, fragte Albin.

»Wegen der Farbe des Blutes, Leclerc.«

»Ich habe keine Ahnung, was du damit meinst. Die Farbe des Blutes, Delvaux?«

François Delvaux.

Der François Delvaux, der Albin seine Waffensammlung gezeigt und sich mit ihm betrunken hatte. Der Delvaux, der mit ihm zusammen verhaftet und wieder laufengelassen worden war. Und, nicht zu vergessen, der François Delvaux, der damals bei der Gendarmerie als Erster vor Ort gewesen war, als Stennalf Gustavson und seine Frau ermordet worden waren. Und zwar, wie er vor ein paar Minuten zugegeben hatte, von ihm höchstpersönlich. Nicht von Alfred Beauval, der dafür im Knast saß.

Delvaux stand etwa drei Meter vor Albin. Etwa zwei Meter neben ihm befand sich ein Tisch. Darauf stand ein Molotowcocktail, mit dem Delvaux vermutlich den Laden auf die gleiche Art und Weise abfackeln wollte, wie er das schon beim Haus von John Langley getan hatte.

Delvaux erwiderte: »Vermutlich hältst du mich für einen Irren, hm?«

»Habe ich nicht behauptet.«

»Mit Wahnsinn hat das alles nichts zu tun.«

»Wenn du das sagst.«

»Und ich will keine Absolution, Leclerc.«

»Ich glaube, das willst du doch.«

»Ach ja?«

»Ja. Du hättest mir vorhin schon das Licht ausknipsen können, Delvaux. Gleich zwei Mal. In Caromb vor Langleys Haus und eben an meinem Wagen. Stattdessen führst du mich in Beauvals Hobbyraum, knallst ihn vor meinen Augen ab und erzählst mir dieses und jenes, damit ich *sehen* und *verstehen* soll. Weil du willst, dass ich deine Beweggründe erkenne und dann vielleicht sage: Oh, ach so verhält sich das, ja wenn das so ist, dann hast du natürlich völlig richtig damit gehandelt, dass du die ganzen Leute erschossen hast. Das würde ich durchaus eine Absolution nennen. Aber da musst du schon wirklich gute Argumente haben, um mich zu überzeugen.«

Denn das, dachte Albin, wollten die meisten dieser Irren, wenn ihr Weg zu Ende war: sich mitteilen und sich erklären. Sie wollten Verständnis. Vergebung. Sagen, was passiert ist, und warum. Dieser Drang war manchmal sogar stärker als der Drang, seine Gründe zu verschleiern. Komisch, aber wahr.

Delvaux fragte: »Verstehst du denn nicht, was die getan haben?«

Albin zögerte mit der Antwort. »Doch«, erwiderte er dann. »Sicher. Das waren Kriminelle, die andere Leute betrogen haben, um sich zu bereichern. Als Expolizist weißt du, was man mit denen tut: Man verhaftet sie und steckt sie in den Knast. Aber das hast du nicht getan, und ich kapiere einfach nicht, warum sie sterben mussten. Erklär es mir.«

»Unser Land«, murmelte Delvaux, »ist auf Blut gebaut. Was wir sind, ist auf dem Boden der Revolution gewachsen. Unser Stolz ist, was die Erde Frankreichs uns schenkt. Wer diese Werte nicht respektiert, spuckt uns allen ins Gesicht.«

»Ja«, sagte Albin. »Da bin ich deiner Meinung.«

»Siehst du, so schwer ist es gar nicht.«

»Ich bin mir nicht sicher. Lass mich das richtig verstehen: Deswegen hast du damals bereits den Schweden und seine Frau getötet? Wegen mangelndem Respekts? Was hatten die mit dir zu tun? Haben die dich beleidigt, oder ...«

Delvauxs Stimme klang hasserfüllt, als er sagte: »Mit dem Schweden fing das alles an. Die Beauvals und ihre Panscherei ... Hier, in diesem Raum, hat der Schwede mit irgendwelchen biotechnologischen Tricks minderwertige Produkte auf hochwertig getrimmt. Unsere Weine, Leclerc, sind das Blut Frankreichs. Sie sind weltweit und seit Jahrhunderten Stolz unserer Nation. Wer sie verwässert und fälscht, ist viel mehr als nur ein Betrüger. Er ist ein Verräter.«

»Deswegen mussten also die Gustavsons sterben? Wegen Weinpanscherei?«

»Wer unser Blut vergiftet, tötet unsere Seele. Es musste ein Zeichen gesetzt werden, damit die Beauvals mit ihrem Treiben aufhören.«

»Warum hast du dann nicht die Beauvals umgelegt, sondern die beiden Schweden?«

»Weil die Beauvals Franzosen sind. Mitbürger. Sie hatten eine Chance verdient. Aber sie haben nichts gelernt. Gar nichts.«

Albin nickte. Innerlich konnte er nur den Kopf schütteln. Delvaux hatte sich in den letzten Jahren ganz offensichtlich in eine sehr gefährliche Gedankenwelt begeben und darüber den Verstand verloren. Im Grunde konnte man sagen, dass er zu einem Terroristen mutiert war – zu einem paranoiden Überzeugungstäter in eigener Sache. Und was über Jahrzehnte hinweg im Kopf eines solchen Menschen gereift war, wischte man nicht in einem fünfminütigen Gespräch vom Tisch.

Albin sagte: »Eins muss ich dir lassen: Du hast dich geschickt angestellt. Der alte Beauval ist für die Tat in den Knast gegangen, weil das Jagdgewehr seines Sohnes die Tatwaffe …«

Delvaux lachte leise. »Ja«, sagte er. »Komische Geschichte. Ein Tierschützer aus der Nachbarschaft regte sich auf, weil streunende Hunde erschossen worden waren. Also fuhr ich herum und kontrollierte ein paar Waffenbesitzer in der Gegend. Jean zeigte mir sein Gewehr, das er hier in der Scheune im Schrank aufbewahrte. Es war alles korrekt, keine Schüsse waren damit abgegeben worden. Ich rügte ihn, dass er es nicht verschlossen hält – und dann renne ich plötzlich in den Schweden, der aus diesem Labor gestolpert kommt. Er und Beauval verhielten sich auffällig. Drucksten herum. Ich frage mich natürlich: Was haben die denn da am Laufen? Also notiere ich mir das Autokennzeichen vom Schweden und schaue mir das alles genauer an, komme nachts mal her – und kapiere schließlich, was die da tun.« Delvaux machte eine Pause und schüttelte den Kopf. »Ich konnte es nicht fassen. Ich bin fast ausgerastet. Ich beobachte die Burschen also, und sie sind auf einmal total vorsichtig, weil ich ja in den Schweden reingelaufen war, und sie denken: Hm, Polizei, ist ja nichts passiert, aber lass uns mal lieber vorsichtig sein. Sie treffen sich in der Folge woanders, und zwar an diesem Parkplatz und immer nur noch im Dunkeln. Aber wozu kannst du dir im Internet Nachtsichtgeräte kaufen? Also beobachte ich sie weiter, schleiche dann vor einem ihrer Treffen in die Scheune und hole mir Jeans Gewehr aus dem Schrank. Ich beobachte das Treffen und warte, bis Jean wieder verschwindet. Dann erledige ich den Schweden mitsamt Frau und stelle das Gewehr wieder zurück, als Jean gemütlich mit seinem Vater Fernsehen schaut.«

»Warum hast du die Frau vom Schweden getötet?«

»Weil die halt da war. Mitgefangen, mitgehangen. Ließ sich nicht vermeiden.«

»Und weiter?«

»Danach werden die Leichen entdeckt, und die halbe Provence steht Kopf. Wir kontrollieren alle Waffenbesitzer –

und siehe da: Wir finden die Tatwaffe, nämlich Beauvals Mannlicher in der Scheune. Und die Beauvals müssen sich schleunigst überlegen, wie sie das erklären, haben nicht die geringste Ahnung, wie ihnen geschieht. Der alte Alfred denkt sich also eine irrsinnige Geschichte aus und gesteht die Morde, um seinen Sohn aus dem Spiel zu halten. Tja. Und ich hatte gehofft, das wäre ihnen eine Lehre gewesen. Ich hatte gehofft, Jean hätte kapiert, dass das Schicksal ihm einen Wink gab, mit dem Pantschen aufzuhören. Hat er aber nicht. Er machte stattdessen alles noch viel schlimmer.«

»Und weil er weitermachte, mussten Kirk und Langley sterben und die Menschen an der Chapelle du Paty? Und am Ende Jean Beauval selbst?«

»So ist es. Ist alles seine Schuld. Er hatte jeden Kredit verspielt.«

Albin nickt. Dann fragte er: »Und jetzt?«

»Jetzt habe ich noch zwei Kugeln übrig.«

»Du hast ziemlich besondere Kugeln hergestellt, wie ich gehört habe.«

»Besondere Kugeln für besondere Zwecke.«

»Eine für dich und eine für mich?«

»Eigentlich nur für dich«, sagte Delvaux.

61

CASTEL NAHM DAS HANDY wieder an sich und hielt die
Luft an, während drinnen weitergesprochen wurde. Sie versuchte, etwas davon zu verstehen, nahm aber nur Gesprächsfetzen wahr. Sie dachte nach – und richtete das Smartphone
erneut aus, genau wie zuvor. Dieses Mal drückte sie allerdings den Auslöser und schoss zwei Aufnahmen, um die Bilder an Theroux zu senden – in der Hoffnung, dass er die
Fotos an eine der Spezialeinsatzgruppen weiterleiten würde,
damit diese sich ein Bild von der Lage vor Ort machen konnten. Es dürfte wirklich nicht mehr allzu lange dauern, bis sie
eintrafen.

Die Situation war jedenfalls glasklar: Der Mann mit der
Waffe hatte Leclerc in seiner Gewalt und dem Anschein nach
einen anderen Mann erschossen – Castel hatte keine Idee,
um wen es sich bei dem Toten handelte. Was tun?

Sie hatte eine Pistole. Niemand hatte sie bemerkt – weder
Leclerc noch die Person, die ihn mit der Waffe in Schach
hielt. Castel könnte einschreiten und den Bewaffneten
durch das Fenster niederschießen. Aber vielleicht schoss dieser dann auf Albin, denn der Bewaffnete stand dem Fenster nicht komplett mit dem Rücken zugewandt, sondern
nur halb, und würde daher vielleicht Castels Bewegung am
Fenster bemerken. Falls das geschah, würde er vielleicht auf
Castel schießen, bevor sie ihn überhaupt nur ins Visier neh-

men konnte. Oder auf Leclerc. Sie könnte auch abwarten, bis Theroux, die Streifenwagen und die Einsatzkommandos eintrafen. Aber bis dahin hatte der Killer Leclerc vielleicht bereits erschossen, und alles wäre zu spät.

So oder so ergäbe sich eine schwierige Situation für die Einsatzkräfte, überlegte Castel. Sie kannte die Vorgehensweise bei Geiselnahmen. Entweder es gab eine Belagerung und den Versuch, mit dem Geiselnehmer zu verhandeln. Oder aber die Scheune würde gestürmt werden. Das Risiko, dass Leclerc dabei sterben würde, war enorm hoch.

Die dritte Alternative war, dass Scharfschützen vom Haupthaus aus mit Hilfe von Nachtsichtgeräten und Infrarotzielfernrohren den Täter ausschalteten. Was nach Castels Einschätzung die wahrscheinlichste Variante war. Allerdings würde es einige Zeit dauern, bis solche Scharfschützen Position bezogen hatten, und bis dahin müsste der Geiselnehmer hingehalten werden. Fraglich, ob das machbar wäre. Der Killer hatte bereits jemanden erschossen und damit seine Entschlossenheit bewiesen.

Denk nach, spornte sie sich selbst an.

Das Dumme war: So viel gab es gar nicht nachzudenken. Castel wusste, dass sie im Grunde nur zwei Optionen hatte – handeln oder nicht handeln, und beides hatte enorme Tücken. Wie dem auch sei, dachte sie. Sie sollte Leclerc einen Hinweis geben, dass er nicht länger alleine war, damit er nicht aus eigener Initiative etwas Dummes anstellte, das ihn das Leben kosten konnte.

62

ALBIN RANG NACH WIE VOR um Fassung und gab sich alle Mühe, so ruhig wie möglich zu bleiben.

Er sagte zu Delvaux: »Wir stehen hier und plaudern so schön, und du willst mich umlegen, obwohl ich mit der ganzen Sache nichts zu tun habe?«

»Richtig.«

»Du könntest dich auch einfach umdrehen und gehen.«

»Werde ich aber nicht. Denn du bist der Einzige, der über mich Bescheid weiß, Leclerc.«

»Guter Punkt. Dennoch kenne ich jetzt deine Beweggründe und könnte sie dem Rest der Welt mitteilen. Wenn du mich erschießt, wird niemals jemand verstehen, warum du das alles getan hast. Außerdem hättest du mich heute schon zweimal erschießen können, hast es aber nicht getan, weil du mir deine Geschichte erzählen wolltest, und jetzt …«

»Rede ich Chinesisch? Du kennst meine Identität!«

»Das ist richtig«, Albin nickte. »Aber ich glaube nicht, dass du es noch schlimmer machen willst, indem du mich umlegst. Zudem es nicht wirklich einen Nutzen für dich hat.«

»Von wollen kann nicht die Rede sein. Ich muss es tun.«

»Es bringt dir allenfalls Zeitgewinn. Und Zeit gewinnst du auch, wenn du mich bewusstlos schlägst und fesselst. Sie erkennen auch ohne mich sehr bald, dass du dahintersteckst. Vielleicht wissen sie das schon längst. Sie haben deinen Wagen, und sie werden herausfinden, dass die Kieselsteine in den Profilen zu dem Schotter an der Kapelle passen. Sie werden Spuren von dir in Langleys Wagen entdecken. Sie werden auch hier überall nach Fingerabdrücken suchen und deine finden. Innerhalb von spätestens vierundzwanzig Stunden wissen sie über dich Bescheid. Die sind nicht blöd, das weißt du ganz genau. Und sie werden nicht nochmals so dämlich sein, dass du ihnen entwischst. Was meinst du, wie sauer die sind, dass sie dich in den Fingern hatten und du sie ausgetrickst hast?«

Delvaux schmunzelte. »Zu dumm mit meinem Wagen. Dabei brauchte ich dringend einen. Musste ich also den von Langley nehmen.«

»Die Tatwaffe und alles andere hattest du sicher Wer-weißwo versteckt, aber bestimmt nicht auf deinem Grundstück?«

Delvaux nickte. »Alles vergraben im Garten. Die Blödiane sind über das Grundstück getrampelt, ohne eine Ahnung zu haben.«

»Und die Luger in deiner Hand?«

»Ist eine andere als die, mit der ich die Leute erschossen habe. Aber die Patronen sind die gleichen – alles selbst hergestellt.«

»Und mir hast du alles gezeigt, deine ganze Waffensammlung. Ganz schön riskant.«

»Eigentlich nicht. Am besten verbirgt man sich immer noch in aller Öffentlichkeit.«

»Da ist was dran«, sagte Albin. »Und an der Kapelle hast du Handschuhe getragen, weswegen niemand Schmauchspuren fand?«

Delvaux nickte.

Albin nickte ebenfalls und sagte: »Siehst du, und heute hast du die Handschuhe vergessen. Wie ich sagte: Sie werden deine Fingerabdrücke finden. Folglich ist es egal, ob ich deine Identität kenne. Lass mich einfach hier stehen und hau ab, solange es noch geht.«

Albin bemerkte eine Bewegung am Fenster. Er fokussierte seinen Blick so, dass er die Augen weiter auf Delvaux gerichtet hielt, aber das Fenster scharf stellte.

»So einfach ist das nicht«, sagte Delvaux.

»Eigentlich schon«, sagte Albin. »Außerdem warst du Mitglied im Club: Wenn du einen Polizisten umlegst, machst du alles sehr viel schlimmer. Egal, wen du vorher alles getötet hast.«

»Du bist ein Expolizist.«

»Spielt keine Rolle.«

Albin erkannte die Umrisse einer Frau am Fenster, die ihm Zeichen machte und eine Waffe hochhielt. Dann verschwand sie wieder.

Castel, Gott sei Dank! Doch gleichzeitig sackte ihm das Herz in die Hose. Ihm wurde schlagartig schwindelig. Er dachte: *Bau bloß keinen Mist, Castel …*

63

CASTEL ATMETE RASCH. Sie schloss die Augen, rutschte an der Wand herunter und umfasste die Waffe mit beiden Händen, bis die Knöchel weiß hervortraten.

Was tust du jetzt?

Noch war der Überraschungsmoment auf ihrer Seite, überlegte Castel. Noch hatte sie einen Vorteil, denn der Killer rechnete nicht mit ihrem Auftauchen. Und mit jeder Sekunde, die sie zögerte, verschlechterten sich ihre Chancen.

Ihre Gedanken rasten. Sie hatte eine Waffe, Albin hatte keine. Ihre Chancen waren damit insgesamt erheblich günstiger als die von Albin. Also wäre es besser, wenn der Täter auf sie, Castel, zielte statt auf Leclerc.

Castel kaute auf der Unterlippe. Sie rutschte an der Wand herab, bis sie auf den eigenen Hacken saß.

Jede Sekunde, die sie nachdachte, war Zeit, die von Leclercs Konto abging. Und da sagten ihr immer alle, sie solle den Ball flach halten. Wie denn, bitteschön, wenn sie dauernd …

Castel öffnete die Augen und versuchte zu schlucken.

Den Ball flach halten, dachte sie. *Ja, halte den Ball am besten einfach flach.*

64

DELVAUX ERGÄNZTE: »Du hast mir noch nicht damit gedroht, dass hier gleich alles von Polizei wimmelt.«

Albin antwortete: »Wozu soll ich dir drohen? Du hast die Waffe. Du bist der Boss. Bin ich bescheuert und drohe dir?«

Delvaux sagte: »Du hast sie selbstverständlich angerufen, und es bleibt uns daher nur noch wenig Zeit.«

»Das wäre dann noch ein Argument dafür, dass du mich nicht umlegen solltest«, sagte Albin. »Du würdest gar nicht erst von hier fortkommen.«

»Dank dir. Also hast du dir alles Folgende selbst zuzuschreiben.«

Albin schwieg.

»Hast du sie angerufen?«

»Mein Akku ist leer«, sagte Albin. »Ich kann nicht telefonieren.«

»Blödsinn.«

»Mein Akku ist leer«, wiederholte Albin. »Immer, wenn man die Dinger braucht, nutzen sie einem nichts.«

»Ich glaube dir kein Wort.«

Sehr vorsichtig senkte Albin eine Hand und zog mit spitzen Fingern das Handy aus der Hosentasche. Er ging in die Hocke, ohne den Blick von Delvaux zu lösen, und ließ das Gerät über den Boden zu ihm hinschlittern. Dann stellte er sich wieder hin.

»Sieh nach«, sagte er. »Der Akku ist leer. In Langleys Haus hatte ich eine Taschenlampen-Funktion genutzt. Dann ging es aus.« Was nicht ganz die Wahrheit war. Aber wen scherte das jetzt?

Delvaux nahm das Handy auf, ohne die Pistole von Albin abzuwenden. Er überprüfte das Gerät und stellte fest: »Der Akku ist tatsächlich leer.«

»Warum sollte ich lügen?«, fragte Albin.

Delvaux sagte: »Egal. Hast du irgendwen verständigt oder nicht?«

Albin wollte gerade antworten, da wummerte es an der Tür.

Albin zuckte. Das Geräusch durchfuhr ihn wie ein Stromschlag. Delvaux durchfuhr es fraglos ebenfalls, aber er reagierte nicht, sondern stand da wie schockgefroren.

Der gedämpfte Klang einer Frauenstimme war zu hören.

»Polizei! Das Gebäude ist umstellt! Legen Sie Ihre Waffe nieder und lassen Leclerc herauskommen!«

»Einen Scheiß ist das Gebäude!«, rief Delvaux zurück.

Albin atmete tief ein und tief wieder aus. Er erinnerte sich an die Alufolie an Delvauxs Lampen und den Steckdosen. An seine Paranoia davor, überwacht und mit Strahlen traktiert zu werden. Albin sagte: »Verdammt, die müssen dich kontrolliert haben. Ich schätze, sie haben dich schon die ganze Zeit überwacht. Von Anfang an.«

Delvaux sagte nichts. Man konnte sehen, wie es hinter seiner Stirn arbeitete. Er fragte sich zweifellos, was er nun tun sollte. Vielleicht käme er zu dem Schluss, wie eine Ratte in der Falle zu sitzen. In solchen Situationen waren Ratten am bissigsten.

Albin sprach weiter: »Würde mich nicht wundern, wenn

die Geheimdienste dahinterstecken, die sich gesagt haben: Okay, lassen wir Delvaux die Bastarde umlegen, die unseren Wein fälschen, da müssen wir uns die Hände nicht schmutzig machen. Und wenn er fertig ist, ziehen wir ihn aus dem Verkehr. Was für Schweine. Sie haben dich benutzt und lassen dich fallen wie eine heiße Kartoffel.«

Wieder wummerte es an der Tür. »Polizei! Das ist die letzte Warnung! Wenn Sie nicht aufgeben, muss ich von der Schusswaffe Gebrauch machen!«

Hektisch blickte Delvaux von Albin zur Tür und von der Tür zurück zu Albin.

Der fuhr fort: »Wer weiß, wahrscheinlich richten sie im Moment einen Satelliten auf die Scheune aus, um deine Konzentration zu stören. Kein Wunder, dass ich die ganze Zeit Kopfschmerzen habe. Oder machen sie das mit Strahlenkanonen?«

Draußen brüllte Castel weiter: »Sie haben keine Chance! Das Gebäude ist umstellt! Legen Sie die Waffe nieder! Lassen Sie Leclerc gehen! Das Spiel ist aus! Ich zähle bis drei, dann ...«

»Verflucht«, keuchte Delvaux zu Albin. Seine Augenlider flatterten. »*Sie* ist das, oder? Dein Schatten? Diese Castel. Sie ist das, die blöde Schlampe, du hast sie angerufen ...«

»Ich komme jetzt rein! Runter mit Ihrer Waffe, sonst werde ich schießen!«, hörte man von draußen.

»Ich habe keine Ahnung, Delvaux«, sagte Albin. »Echt nicht.«

Und dachte: *Castel! Bau keinen Scheiß!* Und überlegte: *Sie wird Mist bauen! Sie baut Mist! Stopp sie, Albin, verflucht! Sie wird alles vermasseln!*

Delvaux starrte Albin an. Die Tür. Dann wieder Albin.

Zwei Kugeln hat er noch, dachte Albin. Zwei Kugeln nur noch.

Es gab einen heftigen Schlag gegen die Tür.

Delvaux riss instinktiv die Waffe herum. Machte einen Schritt zurück. Er schoss in Richtung Tür. Zwei Kugeln, dachte Albin. Das Chaos brach aus.

65

»ZWEI KUGELN BITTE«, sagte Albin. Er hielt zwei Finger hoch und lächelte.

Matteo sah Albin an, als habe er nicht mehr alle Tassen im Schrank. Er trug eine verblichene Jeans, die ihm eher unter den Hüften als auf den Hüften saß, darüber ein fleckiges Poloshirt. Er hatte ein Handtuch mit der Aufschrift »Ricard« in die Gesäßtasche der Hose gesteckt und hielt einen schmalen Block in der Hand sowie einen Kugelschreiber, wie um eine Bestellung aufzunehmen. Was Albin ziemlich affig fand: Matteo benahm sich geradezu, als sei er ein wahrhaftiger Wirt, und nicht das, was er tatsächlich war: der Kerl, dem die großspurig als »Café« ausgeflaggte Bar Tabac gehörte, in der man sich unter anderem auch etwas zu trinken bestellen konnte.

Am Café du Midi rauschte heute kaum Verkehr vorbei. Es war außerordentlich still. Die Art von Stille, die nur ein heißer Sommertag mit sich bringt, wenn in den Städten alle Mittagspause machen, wegen der Hitze die Fensterläden geschlossen sind und selbst die Fliegen davor Angst haben, in der Sonne zu verglühen. Und es war wirklich ein prächtiger Sommertag. Das Licht ergoss sich unerbittlich in die Canyons und Klüfte der Provence. Es glühte auf den alten grauen Mauern der Kirchen und Klöster und reflektierte gleißend auf den schwappenden Bächen und Flüssen, über denen bunt schillernde Libellen surrten oder pfeilschnelle

Eisvögel flogen. Aushalten konnte man es nur im Schatten, unter den grünen Dächern der Platanen und der bunten Markisen der Cafés und Restaurants.

»Zwei Kugeln«, wiederholte Albin und lächelte nach wie vor.

Er blickte an Matteo vorbei und hin zu Veroniques Blumengeschäft schräg gegenüber auf der anderen Straßenseite. Ein hübscher Laden in einem hübschen Haus. Veronique hatte das Schaufenster mit diversen alten Gegenständen dekoriert, in denen Blumen steckten.

Es gab Eimer und Gießkannen oder alte Holzkisten. Alles war weiß gestrichen – die Art von Weiß, die einen an alte Zeiten denken ließ. An Bettwäsche aus Leinen. Vor dem Schaufenster und neben der Tür befanden sich schmale Ständer mit Gebinden aus trockenem Lavendel, kleinen Körbchen mit Lavendelbüschen oder größeren mit ganzen Lavendelstauden.

Neben Veroniques eigenem Fahrrad parkte dort auch Albins altes rostiges, das Veronique ebenfalls mit weißer Farbe bepinselt hatte. Auf dem Gepäckträger klemmte eine weißgestrichene Kiste. Darin befanden sich getrocknete Blumengebinde.

Der Drahtesel vermittelte den nostalgischen Eindruck, als sei man so um 1920 herum mit einem Strohhut auf dem Kopf gerade mal losgeradelt, um sich rasch auf dem Feld ein paar Büschel von dem Zeug zu schneiden. Als ob das irgendwer tun würde, aber Veronique hatte gemeint, es gehe um die romantische Vorstellung, dass jemand es täte. Na ja, so oder so: Es war erstaunlich, welches Potential in einem rostigen Fahrrad steckte, wenn man es nur erkannte.

Veronique konnte das. Sie hatte diese Gabe. Sie sah ja sogar das Potential in einem alten rostigen Expolizisten. Mit dem Unterschied, dass Albin noch nicht weiß lackiert war und keine Lavendelstauden zwischen die Zähne geklemmt hatte. Albin machte sich ohnehin nicht viel aus dem Zeug. Man sah und roch es überall. Wenn man hinter einem Trecker herfuhr, der frisch geernteten Lavendel geladen hatte, konnte einem richtig schlecht davon werden. Albin jedenfalls. Aber es war nun einmal so: Die Touristen waren verrückt danach und gaben ihr letztes Geld dafür aus. Später, wenn sie wieder zu Hause waren, riefen sie vermutlich von morgens bis abends »Oh« und »Ah« wegen des herrlichen Duftes in ihrer Wohnung und erzählten ihren Besuchern, das sei nicht irgendein Lavendel, sondern *aus der Provence mitgebrachter* Lavendel. Als ob der anders riechen würde. Na ja, vielleicht tat er das. Albin hatte, ehrlich gesagt, noch nie einen anderen gerochen.

Er warf einen Blick zur Kirchturmuhr. Nicht mehr lange, dann würde Veronique den Laden schließen und Mittag machen. Sie würde in ihrem geblümten Kleid herauskommen, die Tür abschließen, ihre Audrey-Hepburn-Brille aufsetzen und herüberkommen mit einem Gang, der Sophia Loren und Gina Lollobrigida vor Neid erblassen lassen würde.

»He«, sagte Matteo. »Bist du eingeschlafen?«

»Was?«, fragte Albin.

»Ich habe was gefragt.«

Albin sah Matteo an. In einem Comic hätte man ihm ein Fragezeichen über die Halbglatze gemalt. Albin vermutlich ebenfalls.

»Und was?«

»Da. Jetzt ist es so weit.«

Matteo stemmte die Hände, in denen er den Kuli und den Block hielt, in die breiten Hüften.

»Er hat Alzheimer.«

»Ich wünschte, ich hätte Alzheimer. Dann würde ich wenigstens vergessen, wie die Plörre schmeckt, die du Kaffee nennst.«

»Es hat sich noch niemand über meinen Kaffee beschwert.«

»Doch. Ich.«

»Aber sonst niemand.«

»Weil sie alle Angst haben, sich mit dem Vorsitzenden des örtlichen Marine-Le-Pen-Fanclubs anzulegen.«

Matteo verdrehte die Augen. »Jetzt werd' nicht persönlich.«

Castel stöhnte betont laut und streckte sich im Stuhl aus. Sie legte die Hände auf die Tischplatte, senkte das Kinn und schaute über den Rand ihrer Pilotensonnenbrille zu Matteo.

»Vanille«, sagte sie.

Matteo machte eine *Geht-doch*-Geste. »Also zwei Kugeln Vanille für die gnädige Frau, wunderbar. Kommt sofort.«

Und damit schwirrte er ab.

Albin sagte zu Castel: »Ich hoffe, Sie bekommen keine Salmonellen davon.«

»Albin, das glaube ich nicht.«

Albin sagte sie jetzt. Vorher hatte sie ihn immer nur beim Nachnamen genannt.

Er machte eine abschätzende Geste und erwiderte: »Ich bin mir nicht sicher, ob bei Matteo jemand schon mal Eis bestellt hat. Vermutlich ist es Vintage-Eis von 1994.«

Castel lachte. Sie nahm eine Hand von der Tischplatte und setzte fort, was sie eben unterbrochen hatte: Tyson, der es sich in Castels Schatten bequem gemacht hatte, zwischen den Ohren zu kraulen.

»Das Eis«, sagte Albin, »habe ich Ihnen schon seit längerem versprochen.«

»Ich weiß«, antwortete Castel. »Mehrfach.«

»Ich halte, was ich verspreche.«

»Ein echter Kavalier und Gentleman.«

Castel schmunzelte. Sie trug eine Baseballkappe, um damit das Pflaster auf ihrer Stirn zu verdecken. Die Platzwunde war mit einigen Stichen genäht worden. Vielleicht würde eine Narbe zurückbleiben, hatte Castel gesagt, eine wie bei Harry Potter. Albin wusste nicht, wer der Kerl war, hatte aber geantwortet, dass man mit kosmetischer Chirurgie ja heute alles Mögliche wieder hinbekommen konnte. Außerdem trug Castel ein T-Shirt und Jeans-Shorts. Unter dem Ärmel lugte ein Verband hervor. An ihren Waden konnte man den getrockneten Schorf von Schürfwunden sehen und einen Stützverband aus Plastik am Sprunggelenk. Gips, hatte sie Albin erklärt, verwende man heute kaum noch.

Albin erinnerte sich daran, wie er Castel auf dem Hof von Jean Beauval im hellen Licht gesehen und sich erschrocken hatte. Als sei ein Panzer über sie hinweggerollt. Blutverkrustet, schmutzig und die Augen so weit aufgerissen, als habe sie einen überdosierten Cocktail aus Ecstasy und Amphetaminen geschluckt.

Einige Minuten später hatte er dann erfahren, dass sie kein Panzer überrollt hatte, sondern vielmehr ein Schatten ihrer Vergangenheit mit dem Namen Laila Hadjali. Kurz darauf wimmelte es nur so von Polizei. Ein Hubschrauber kreiste in der Luft. Dann waren diese zwei Kerle aufgetaucht. Martinet und Dennier, die darauf pochten, dass man Castel verhaften sollte. Theroux, der von der gesamten Situation ohnehin überfordert zu sein schien, war darüber völlig ausgerastet, hatte die beiden vom Hof gejagt, da sie hier nichts zu suchen hätten und er eine Dienstaufsichtsbeschwerde einreichen würde, falls sie sich nicht sofort zum Teufel scherten. Castel war daraufhin eingeschritten und hatte erklärt, dass Dennier und Martinet recht hätten und sie mit den beiden jetzt ins Hôtel de Police fahren würde, eine Aussage machen und dann im Anschluss Theroux für alles Weitere zur Verfügung stehe. Theroux hatte das überhaupt nicht gepasst, aber er hatte nachgegeben.

Albin hatte das ebenfalls nicht gepasst. Er hatte Castel tief in die Augen geschaut, als Martinet und Dennier sie am Oberarm packten, um sie abzuführen.

»Ganz sicher?«, hatte er Castel gefragt. »Absolut sicher?«

»Habe ich eine Wahl?«, fragte sie zurück.

Nein, hatte sie natürlich nicht. Sie musste sich dem stellen, was sie an diesem Abend eingeholt und fast umgebracht hatte. Wie hatte Oscar Wilde einmal gesagt? Der einzige Reiz der Vergangenheit ist, dass sie vergangen ist.

Albin hatte Castel nachgeschaut und Theroux erklärt: »Castel hat mir das Leben gerettet.«

»Das hätte ziemlich schiefgehen können, Albin«, war Theroux' Antwort gewesen.

Allerdings. Es hätte enorm schiefgehen können.

Und ehrlich gesagt: Castel war reichlich verrückt gewesen. Aber an ihrer Stelle hätte Albin vermutlich nicht anders gehandelt. Er hätte nicht abgewartet, bis die Kavallerie eintraf. Castel hatte in der Kürze der Zeit verschiedene Optionen geprüft und sich dafür entschieden, wie eine Polizistin zu handeln. Als Polizist fordert man einen Mann mit einer

Waffe auf, sie niederzulegen, und droht damit, im anderen Fall von der Schusswaffe Gebrauch zu machen. Was Castel getan hatte. Als Polizist klopft man außerdem freundlich an eine Tür, bevor man hereinstürmt.

Castel war dabei davon ausgegangen, dass Delvaux auf sie schießen würde. Weswegen sie auf eine spezielle Art und Weise an die Türe geklopft hatte. Sie hatte sich rücklings auf den Boden gelegt und mit beiden Füßen und mit voller Wucht dagegengetreten. Daraufhin hatte Delvaux abgedrückt und die aufspringende Tür mit zwei Schüssen durchlöchert – und zwar in der Höhe, in der man den Angreifer vermuten würde: in Höhe der Brust oder des Kopfes. Deswegen hatte er beide Male über Castel hinweggeschossen.

Nun war es an Albin gewesen zu handeln, der wusste: Delvaux verfügte nur noch über zwei Kugeln, und die hatte er gerade verschossen. Andererseits war das vielleicht gelogen. Es blieb Albin eine Fünfzig-zu-fünfzig-Chance übrig: Entweder Delvaux' Magazin war leer – oder nicht. Rouge oder Noir.

Fünfzig Prozent sind besser als gar nichts, hatte sich Albin gedacht. Mit Gebrüll hatte er sich auf Delvaux gestürzt, der instinktiv herumwirbelte und auf Albin zielte – was Castel sofort ausnutzte. Sie schoss zweimal und traf Delvaux in der Schulter und in der Hüfte. Mit einem Aufschrei brach er zusammen. Albin trat ihm aus vollem Lauf gegen die Hand und kickte ihm die Pistole aus den Fingern. Als er sie aufsammelte, stand Castel bereits im Raum, um den schwerverletzten Delvaux in Schach zu halten.

Worauf Albin Castel geschockt angeschaut und gefragt hatte: »Meine Güte, sind Sie unter einen Panzer geraten?«

Jetzt beugte sich Albin in der strahlenden Sonne vor, nahm eine weitere Zigarette aus der Schachtel und steckte sie an, ohne Castel aus den Augen zu lassen.

»Sie rauchen zu viel«, sagte Castel.

»Ehrlich?«, fragte Albin und paffte weißen Rauch aus.

»Ehrlich.«

»Sagt Veronique auch immer. Stellen Sie sich vor, Castel: Ich darf nicht einmal mehr in meinem eigenen Haus rauchen. Sie schickt mich vor die Tür – und zwar nicht vor die Terrassentür in den Garten. Nein, nein – vor die Haustür.«

»Sie Ärmster.«

Albin nickte. Betrachtete Castel eine Weile schweigend. Dann sagte er: »Ich habe mit Theroux gesprochen.«

Castel merkte auf. »Und?«, fragte sie.

»Er sagt, Delvaux ist raus aus der Intensivstation, und sie haben ihn befragen können. Theroux sagt außerdem, dass das ganze Verfahren gegen den alten Alfred Beauval wiederaufgerollt werden wird, der ja offensichtlich mit einem falschen Geständnis in den Bau gewandert ist und dessen Anwalt schon in den Startlöchern sitzt. Sie rollen außerdem den alten Stennalf-Gustavson-Fall wieder auf und betrachten alles im neuen Licht.«

»Was sagt Delvaux über die anderen Toten?«

»Sie haben nicht viel aus ihm herausbekommen. Aber ich habe mir viele Gedanken gemacht. Interessiert Sie das?«

Castel nickte.

»Delvaux«, sagte Albin, »hat Beauval die ganze Zeit über im Blick gehabt. Im Lauf der Zeit fiel ihm auf, dass neue Leute in seinem Umfeld auftauchten. Langley, Kirk, dann die Wissenschaftler: Wolfgang Kaltmann, Jacques Latour. Delvaux hat ein paar Recherchen angestellt und kapiert, was da abläuft. Dass Beauval weitermacht mit der Fälscherei. Dann kam der Punkt, an dem Delvaux sich entschloss, zuzuschlagen.«

»An der Kapelle.«

»Ja. Ich nehme an, dass an der Chapelle du Paty eine Art konspiratives Treffen stattgefunden hat. Ich nehme außerdem an, dass dort Kostproben von dem gefälschten Wein genommen wurden – die aufgefundenen Flaschen deuten jedenfalls darauf hin. Delvaux muss von dem Treffen gewusst haben. Vielleicht hat er die Personen beobachtet, und vielleicht war es nicht das erste Treffen dieser Art.«

»Warum trafen die sich ohne Beauval?«

»Keine Ahnung.«

»Es ist schon bemerkenswert, dass Beauval einfach weitergemacht hat. Er musste doch wissen, dass sein Vater niemals hinter dem Mord an Gustavson und dessen Frau steckte. Und wenn er nicht ganz blöd war, hat er doch Zusammenhänge zu der Weinpanscherei ziehen müssen.«

»Vielleicht ist er aber ganz blöd?«

Castel zuckte die Achseln.

Albin sagte: »Ihm wird natürlich klargewesen sein, dass sein Alter nicht dahintersteckte. Aber wer und warum … Es gehörte zu Delvaux' Konzept des Terrors, dass die Beauvals im Unklaren über die Gründe waren. Jean Beauval mag sich gedacht haben: Was und wer auch immer hinter dem Mord an dem Schweden steckt – es ist inzwischen Gras über die Sache gewachsen. Die Leute reden sich alles Mögliche schön, wenn nur genug Zeit vergangen ist. Das Schlimme vergisst man schnell. So ist der Mensch eben programmiert. Am Ende wird sich alles klären, wenn sie den alten Alfred Beauval im Knast neu vernehmen. Er hat nun ja keinen Grund mehr, seinen Sohn zu schützen, und kann auspacken. Außerdem hat er eine Bombenchance, freizukommen. Möglicherweise hängen sie ihm etwas wegen der Fälscherei an. Aber ich denke eher, dass Staatsanwalt Luc Bonnieux ihm einen Deal anbieten wird: Straffreiheit oder Anrechnung auf die bereits abgesessene Haftstrafe, wenn er alles erklärt.«

»Wie kamen Jean Beauval und Langley überhaupt in Kontakt miteinander?«

Albin zuckte die Schultern. »Langley war Weinhändler, Beauval war Produzent. Ich nehme an, dass Beauval für seine Produkte bei Langley geworben hat. Langley wird schnell kapiert haben, dass Beauvals Weine nicht seinen Qualitätsansprüchen genügen. Vielleicht kamen sie dann darüber ins Gespräch, und anschließend führte eines zum anderen.«

Castel nickte nachdenklich.

Matteo kam herbei. Er balancierte einen Eisbecher auf einem Silbertablett und servierte ihn nach allen Regeln der Kunst. Albin war beeindruckt. Matteo bemerkte das und sagte: »Alte Schule.«

Albin erwiderte: »Das ist das erste Mal in deinem Leben, dass du auf diese Art und Weise einem Gast einen Eisbecher serviert hast, oder?«

»Bloß, weil du keine Manieren hast, bedeutet das längst nicht, dass andere auch keine haben.«

Albin grinste und rauchte.

»Der Gast ist bei mir König«, sagte Matteo, nahm seinen Lappen und wischte beiläufig über den Tisch.

»Ich etwa auch?«, fragte Albin amüsiert.

Matteo faltete das Tuch und verstaute es wieder in der Gesäßtasche seiner Jeans. »Du natürlich nicht. Du bist ja kein Gast. Du bist eine Plage.«

Castel lachte.

Albin sagte: »Der Herr hat mich gesandt, um dich für deine Sünden büßen zu lassen.«

»Sünden? Ich?«

»Ich möchte lieber nicht wissen, was in deinem Kopf vorgeht, wenn du mit diesem gewissen Blick das Bild von Marine Le Pen über deiner Theke anstarrst.«

»Pff«, machte Matteo, ließ eine aufgeregte Geste folgen und sagte im Weggehen: »Meine Güte, was soll ein Mann dann schon denken bei so einer tollen Frau?«

»Will ich ebenfalls nicht wissen«, murmelte Castel, probierte dann das Eis und wirkte beeindruckt.

»Jahrgang 94?«, fragte Albin.

»Nein, sicher nicht. Es schmeckt wirklich gut. Und frisch.«

»Ohne Quatsch?«

Castel nickte und leckte sich über die Lippen. Sie fragte: »Warum eigentlich immer diese Frotzeleien zwischen euch?«

Albin stieß etwas Rauch durch die Nasenlöcher aus. »Keine Ahnung«, erwiderte er. »Ergab sich irgendwann mal so.«

»Was sich liebt, neckt sich?«

»Lieben kann einen Menschen mit dem Gesicht von Matteo ohnehin nur eine Mutter. Und necken …« Albin deutete in der Luft herum. »Castel«, sagte er. »Können Sie ein Wort wie *necken* wirklich ernsthaft mit Matteo in Verbindung bringen?«

Castel schwieg, schmunzelte und machte sich weiter über ihr Eis her. Sie fragte: »Mir ist Delvaux' Motiv immer noch schleierhaft.«

»Von seinen irren Ideen über französische Qualitätsprodukte haben Sie aber schon gehört?«

Castel nickte. »Ja, trotzdem.«

»Er war ein irrer Fanatiker. Das ist im Grunde alles. Er lebte über lange Jahre hinweg allein und isoliert in seiner eigenen Gedankenwelt. Wenn Sie so wollen, war er ein Terrorist in eigener Sache, die er aber für ein nationales Anliegen hielt. Es gibt inzwischen leider jede Menge solcher Überzeugungstäter, die sich in unterschiedliche Ideologien hineinsteigern. Wenn sie dann noch ein wenig wirr im Kopf sind, ist der Schritt nicht mehr weit. Dann fangen sie an, Bomben zu legen oder die Leute zu erschießen. Denken Sie an einzelne Attentäter, die sich plötzlich auf den IS berufen und sich im stillen Kämmerlein radikalisiert haben. Denken Sie an den Lkw-Fahrer von Nizza. Denken Sie an Anders Breivik in Norwegen. So war Delvaux ebenfalls, und sein Anliegen hatte mit dem zu tun, womit er sich übermäßig intensiv beschäftigte: dem ›Blut‹ Frankreichs.«

»Fanatismus ist immer schlecht«, meinte Castel. Sie kratzte die letzten Reste Eis zusammen. Dann nahm sie den Becher und stellte ihn auf den Boden neben Tyson, der sofort anfing, lautstark zu schlecken. »Oh, ich habe gar nicht gefragt«, meinte Castel. »Darf er das? Tyson?«

Albin blähte die Backen. »Jetzt ist es eh zu spät. Er wird das gleich bei einem Spaziergang wieder abtrainieren.«

Castel nickte und lehnte sich im Stuhl zurück. Sie verzerrte das Gesicht etwas, so als würde ihr die Bewegung Schmerzen bereiten.

»Dieser Danko Vukovic ...«, begann sie angestrengt.

»... ist auf dem Heimweg«, ergänzte Albin. »Er hatte mit der ganzen Sache nichts zu tun. Wenngleich, na ja.« Albin zögerte und zog an der Zigarette. »Wenn man so will, hat er natürlich einige Dinge ausgelöst. Er hat seine Schwester zum Studium in den USA bewegt und Robert Kirk daraufhin

Geld gezahlt. Ohne das Geld hätte Kirk vielleicht nicht die Druckerei in Caromb erwerben können. Ohne das Studium in den USA hätte die Schwester nicht Wolfgang Kaltmann kennengelernt. Andererseits hat Danko Vukovic nur das Beste gewollt. Man kann ihm nichts vorwerfen – außer, dass er sich bei den Pressekonferenzen wie ein Idiot aufgeführt hat. Allerdings wie ein ziemlich professioneller, das muss man ihm zugestehen.«

»Bonnieux war darüber fuchsteufelswild.«

»Das schadet dem nicht. Vukovic diskutiert immer noch mit ihm herum, sagt Theroux. Sie streiten über die Leiche von Dunja Kaltmann – Vukovic will sie in Sarajevo beisetzen. Bonnieux will sie aber noch nicht freigeben und sagt außerdem: Die war mit dem Kaltmann verheiratet und sollte neben ihm auch beigesetzt werden.«

»Das hat Bonnieux doch nicht zu entscheiden?«

»Er fühlt sich in der moralischen Pflicht.«

»Meine Güte ...«, machte Castel.

»Und Sie?«, fragte Albin.

»Ich?«

»Ja, Sie. Sie haben verdammtes Glück gehabt, Castel, aber das ist Ihnen sicher klar.«

»Glück wegen Delvaux?«

»Nein, wegen dieser Laila. Ein weiteres Beispiel von Fanatismus, oder? Persönlichem, nicht religiösem oder politischem.«

Castel antwortete nicht.

Albin ließ einen Moment schweigend verstreichen. Er drückte die Zigarette aus.

Albin fragte: »Was stellen die jetzt mit Ihnen an? Dieser Martinet und dieser Dennier?«

»Das muss ich abwarten. Einerseits bin ich zurzeit krankgeschrieben. Andererseits bin ich auch suspendiert.«

Was beides zu erwarten war, dachte Albin.

Castel erklärte: »Ich habe meine Aussagen getätigt. Ich habe meine Berichte geschrieben. Weil ich mit dem Fahrzeug von Laila Hadjali fortgefahren bin und der Aufforderung von Martinet und Dennier nicht nachkam, das Fahrzeug wieder zu verlassen und mich außerdem nicht vom Tatort zu entfernen, läuft allerdings ein internes Ermittlungsverfahren gegen mich. Ein weiteres gibt es wegen des Einsatzes auf dem Beauval-Hof: Ich war nicht im Dienst und hatte sowohl meine Privatwaffe dabei als auch eingesetzt sowie meine Kompetenzen überschritten.«

»Sie haben Delvaux gestoppt und dafür gesorgt, dass er gefasst wird.«

»Ja.«

»Sie haben indirekt außerdem dafür gesorgt, dass Laila Hadjali gefunden wurde. Sie waren damit maßgeblich daran beteiligt, dass die Polizei eine seit Jahren flüchtige Schwerverbrecherin aus dem Verkehr zieht. Natürlich werden Martinet und Dennier die Lorbeeren dafür auf ihr Konto einstreichen. Aber egal: Ohne Sie wären diese Burschen niemals an Laila Hadjali herangekommen. Sie waren außerdem diejenige Polizistin, die mit Delvaux einen mehrfachen Mörder dingfest gemacht und durch ihr Eingreifen einen weiteren Mord verhindert hat.«

»Ja, aber ich hätte warten müssen, bis die Kavallerie kommt. Ich hätte nicht eigenmächtig handeln und meine Privatwaffe einsetzen dürfen. Mein Gott, ich hätte dies nicht und das nicht … Pff.« Sie machte eine wegwerfende Handbewegung.

Albin nickte. »Sie haben mir das Leben gerettet. Das finde ich am wichtigsten. Ob Sie dabei Kompetenzen und Vorschriften überschritten haben, ist mir völlig gleichgültig.«

Castel ging darüber hinweg, dachte einen Moment lang über etwas nach. Sie öffnete den Mund, um es auszusprechen, schloss ihn dann aber wieder.

»Was?«, fragte Albin.

Castel dachte weiter nach. Schließlich rutschte sie auf dem Stuhl herum und fragte: »Kennen Sie den Baron von Münchhausen?«

»Den auf der Kanonenkugel?«

Castel nickte. Sie starrte gedankenverloren auf Tyson. Was der Mops zu merken schien und statt in der leeren Eisschale nun an Castels Hand herumschleckte.

»Ja«, erwiderte Castel, »den auf der Kanonenkugel. Den Lügenbaron. Ich … Ich hatte gedacht …« Sie lächelte gequält und rieb sich am Kinn. »Ich habe bis zum Hals im Morast gesteckt. Ich hatte gehofft, ich könnte mich daraus befreien. Mich selbst am Schopf aus dem Schlick hochziehen.« Sie zuckte mit den Achseln. »Hat nicht geklappt. Irgendwie stecke ich jetzt noch viel tiefer drin, obwohl ich nur das Beste erreichen wollte. Wissen Sie – fast ein wenig wie Vukovic. Ich weiß nicht, wie ich es erklären soll, aber: Man tut etwas, um etwas Gutes zu erreichen – aber man hat einfach nicht unter Kontrolle, was dann passiert, ohne dass man es …«

»Castel?«

»Ja?«

Albin beugte sich vor, hob die Augenbrauen und schaute sie direkt an. Ihre Augen konnte er nicht sehen. Dafür seinen eigenen ernsten Ausdruck im Spiegelbild auf ihren Sonnenbrillengläsern.

»Münchhausen«, sagte er, »heißt nicht umsonst Lügenbaron.«

»Ich weiß.«

»Er hat Quatsch erzählt.«

»Sicher.«

»Man kann sich nicht am Schopf aus dem Schlamm ziehen.«

»Nein, natürlich nicht ...«

»Die Schwerkraft verhindert es.«

»Das weiß ich ...«

»Die Schwerkraft ist eine gute Sache.«

»Inwiefern?«

»Weil sie uns Bodenhaftung verleiht. Damit wir nicht abheben.«

»Oder sie zieht uns runter und sorgt dafür, dass wir nicht wieder nach oben kommen.«

»Mir gefällt das Gleichnis mit dem Frosch besser.«

Castel machte ein fragendes Gesicht.

Albin erklärte: »Der Frosch fällt in einen Eimer Milch und denkt, er muss ersaufen. Er paddelt wie ein Irrer – und plötzlich hat er die Milch zu Butter geschlagen und steigt bequem aus.«

»Ach, dieses Gleichnis. Geht das mit Morast auch?«

Albin machte eine abschätzende Geste. »Denke schon. Ist natürlich eklig, darin so herumzuplantschen, aber man muss sich nunmal an die Umstände anpassen und das Beste daraus machen.«

»Ach, da sitzen ja die beiden Herrschaften!«

Veroniques Lächeln strahlte mit der Sonne um die Wette. Sie kam näher und blieb am Tisch stehen, wo sie sich zunächst ausgiebig mit Tyson befasste, der sie herzlich hechelnd begrüßte und vor Freude knurrte und winselte. Veroniques Gesicht war mit einem leichten Schweißfilm überzogen, ihre Schultern von der Sonne gerötet. Schließlich ließ sie von Tyson ab, schaute mit einem Seufzen zu Castel und legte ihr die Hand auf die Schulter. »Geht es Ihnen wieder besser? Es ist so schrecklich, was geschehen ist. Albin hat mir davon berichtet. Aber ich möchte Ihnen wirklich von Herzen danke sagen. Sie haben mir meinen Liebsten gerettet.«

Castel sagte: »Ja, es geht besser, danke. Und ansonsten habe ich nur meinen Job getan. Wenn Ihr Liebster sich benehmen würde wie ein normaler Rentner, hätte ich ihn nicht retten müssen.«

Veronique lachte und schaute Castel mütterlich an. Sie legte den Kopf etwas schief, fächelte sich Luft zu. »Kommen Sie heute doch zum Essen, Caterine. Ich darf doch Caterine sagen? Ich will gerade zum Einkaufen fahren. Albin wird ein wenig kochen.«

»Ich?«, fragte Albin.

Veronique ging darüber hinweg und drückte Castel sachte an der Schulter. »Und keine Sorge, ich werde ihn überwachen. Sie essen ebenfalls dieses fürchterliche Mikrowellenzeug, nicht? Albin hat mir das berichtet. Ist das eine Polizistenseuche? Das geht so nicht. Sie müssen wieder zu Kräften kommen und vernünftig essen. So ein dummes Fertiggericht haben Sie in der gleichen Zeit gemacht wie einen Salat – und es kostet dasselbe.«

»Ich?«, fragte Albin erneut. »Ich soll kochen? Was soll ich denn kochen?«

»Schscht …«, machte Veronique, wedelte mit der Hand zu Albin, als wolle sie eine Fliege verscheuchen, und bedeutete ihm damit, die Klappe zu halten. Was er auch tat.

»Was meinen Sie, Caterine?«, fragte Veronique. »Sechs Uhr? Passt Ihnen das? Sie können ein wenig mithelfen und das Gemüse putzen. Ich zeige Ihnen, wie das geht.«

»Ich weiß, wie man Gemüse putzt«, bemerkte Castel amüsiert.

»Wunderbar«, erwiderte Veronique, klatschte in die Hände. »Ich fahre dann mal los.«

Sie beugte sich zu Albin, gab ihm einen Kuss auf die Stirn und rauschte dann ab in Richtung ihres Autos. Veronique fuhr meist sehr schnell, weswegen die Reifen durchdrehten, als sie startete.

Castel sagte: »Ihre Freundin duldet nicht viel Widerspruch.«

Albin seufzte, erhob sich aus dem Stuhl. Er kramte in der Jeanstasche herum, fingerte einen Fünfeuroschein heraus und legte ihn auf den Tisch.

»Sie kennt das Wort Widerspruch nicht«, erklärte er. »Das heißt: Vielleicht hat sie es irgendwo schon einmal gehört. Das kann sein. Aber der Inhalt ist ihr vollkommen unbekannt. Wenn sie sich etwas in den Kopf gesetzt hat, dann setzt sie das um. Ob irgendwer etwas dagegen hat, interessiert sie gar nicht erst.«

»Erinnert mich an jemanden.«

»Ja?«, fragte Albin unschuldig und streckte sich. »Keine Ahnung, was Sie meinen. Außerdem war das übertrieben von mir ausgedrückt – Veronique ist ein sehr einfühlsamer Mensch, auch wenn man das vielleicht nicht sofort merkt.«

»Mhm«, machte Castel nur und lächelte wissend.

Tyson kam hervor. Er stellte sich erwartungsvoll neben Albin, der zu Castel sagte: »Es ist Zeit für eine kleine Runde. Ich weiß, Sie sind zurzeit gehbehindert, aber …«

»Ich werde sicher nicht weit laufen können, Albin. Gehen Sie nur.«

»Seit wann nennen Sie mich eigentlich beim Vornamen?«

Castel schaute drein, als würde ihr das gerade erst bewusst. »Oh, tue ich das?«

Albin nickte. »Das tun Sie. Als Nächstes fangen Sie dann an, mir heimlich SMS zu schreiben, und wollen sich mit mir verabreden. Aber ich muss Sie enttäuschen: Sie sind immer noch nicht mein Typ. Mit jungen Mädchen wie Ihnen kann ich nichts anfangen, schreiben Sie sich das hinter die Ohren.«

Castel grinste und tat so, als schreibe sie sich etwas hinter die Ohren.

»Also«, bemerkte Albin, »was ist jetzt? Ich habe nicht ewig Zeit. Kommen Sie? Aber erwarten Sie bloß nicht, dass ich Sie trage.«

»Ich glaube, ich verzichte besser«, sagte Castel.

»Alles klar«, sagte Albin und schenkte Castel ein Lächeln. »Schönen Tag noch. Und seien Sie heute Abend pünktlich. Sie wollen Veronique nicht erleben, wenn Sie unpünktlich sind.«

»Auf keinen Fall«, versprach Castel und winkte.

Albin nickte ihr zu, ließ sie sitzen, wo sie saß, und ging mit Tyson die Straße entlang. Er schaute noch einmal zurück und musterte Castel, die sich genüsslich im Stuhl ausstreckte und bei Matteo noch etwas bestellte. Dann schlenderte er weiter, vergrub die Hände in den Hosentaschen und kickte eine leere Blechdose in den Rinnstein. Tyson trottete neben ihm her, sah manchmal zu ihm hinauf, manchmal nicht.

»Was ist?«, fragte Albin.

Tyson blieb stumm.

»Irgendwas ist doch.«

Tyson sagte nichts, schnaubte nur.

»Tu nicht so. Ich weiß genau, worüber du nachdenkst.«

Ich meine ja nur, erwiderte Tyson.

»Sprich es ruhig aus.«

Ich meine ja nur, dass sie jetzt auch nichts mehr zu tun hat. Genau wie du.

Albin nickte im Gehen. Er und Castel: Zwei V8-Motoren im Leerlauf. Dazu gebaut, die Straßen zum Glühen zu bringen, derzeit aber ohne Getriebe. Was für eine Schande.

Vielleicht ist dies der Beginn einer wunderbaren Freundschaft, meinte Tyson.

Albin lachte auf. Mein Hund zitiert aus »Casablanca«, dachte er. Hält man das für möglich?

Aber wer weiß, dachte Albin.

In seiner hinteren Hosentasche summte das Handy ein einzelnes Mal. Das Zeichen dafür, dass eine Nachricht eingegangen war. Albin fischte das Smartphone hervor und betrachtete das Display. Er schattete es mit der Hand ab, um bei der grellen Sonne besser sehen zu können. Mit einem Daumendruck öffnete er die Nachricht. Er lächelte. Sein Lächeln wurde breiter. Er atmete tief ein. Er atmete tief aus. Nahm sich eine Zigarette und steckte sie an. Er lehnte sich mit dem Rücken an einen Baum und sah nach oben in den Himmel, durch die Baumkrone hindurch, in deren Blättern ein heißer Wind leise rascheln ließ.

Die Mail stammte von Manon, Albins Tochter. Sie hatte auf seine Nachricht von neulich geantwortet. Mit einigen Tagen Verspätung zwar, aber sie hatte ihm tatsächlich geantwortet. Nach so langer Zeit. Nach Jahren.

»Meine Tochter hat mir geschrieben«, murmelte Albin.

Tyson stellte die Ohren auf.

»Ich hatte ihr getextet, dass ich jetzt einen Mops habe, der Tyson heißt.«

Tyson schmatzte.

»Sie hat geantwortet: ›Papa, was machst du für Sachen?‹. Dabei kann ich überhaupt nichts dafür, dass ich Hundebesitzer bin. Und schau mal. Sie hat einen Smiley angefügt.«

Meine Tochter, dachte Albin und setzte sich wieder in Bewegung, hat mir ein Lächeln geschickt und *Papa* zu mir gesagt. So, als wäre nie etwas gewesen.

Die Welt, erwiderte Tyson und trottete Albin hinterher, *wird wirklich immer verrückter.*

Und es geht weiter
mit der spannenden Serie von

Pierre Lagrange

LESEPROBE

aus dem dritten Fall
für Albin Leclerc

1

RYAN GRÉVAIS GOSS etwas Weißwein in ein Glas und dachte über die Frauen nach, die er gerne töten würde. Er erinnerte sich außerdem an die, die bereits in Fässer voller Säure aufgelöst worden waren. Ihm war etwas nostalgisch und melancholisch zumute, eine merkwürdige Stimmung an einem so schönen Tag wie heute. Er stellte die Flasche zurück in den großen amerikanischen Kühlschrank, nahm einige Eiswürfel aus dem Gefrierfach, gab sie in das Glas und schlüpfte aus seinem blauen Zweireiher mit den goldenen Knöpfen. Er warf ihn mit einer Bewegung aus dem Handgelenk im Gehen über eines der Ledersofas im Wohnzimmer der altehrwürdigen Villa, sah sich selbst im Spiegel im Foyer und schmunzelte amüsiert, als er die Treppe hinaufging. Ohne das Sakko sah er aus wie ein Arzt. Wie ein Schönheitschirurg, so ganz in Weiß mit dem weit aufgeknöpften Hemd, der gesunden, gebräunten Haut darunter und dem Brusthaar in der Farbe von Asche.

Nahezu lautlos bewegte er sich in den Wildlederslippern über den flauschigen Teppich im oberen Stockwerk, roch den Duft der Lilien, die in eleganten, schlanken Vasen steckten. Der schwere Siegelring kratzte über das beschlagene Kristallglas, als er sich im Arbeitszimmer setzte und beschloss, seine Stimmung ein wenig zu heben. Er klappte den Laptop auf, der auf einem schweren Jugendstil-Sekretär stand, und öffnete die Website eines namhaften Unterwäscheherstellers. Seine Hände waren feucht und kalt. Er klickte sich durch die Galerie und blieb am Bild eines ausgesucht hübschen Models hängen, vergrößerte es etwas und fragte sich, wie lange das Mädchen es wohl aushalten würde, wenn er mit einem Akkuschrauber ihren Fußknöchel bearbeitete oder die Wirbel des Rückgrats. Sicher nicht besonders lange. Das taten die wenigsten. Nur die wirklich Guten schafften das für eine Weile – die mit starkem Charakter und unbedingtem Willen zum Überleben. Dieser Wille ließ sich unter den Schmerzen jedoch meist recht schnell brechen. Dann jammerten und wimmerten sie und flehten darum, dass es schnell vorbei wäre und man sie endlich umbringen möge.

Daran war Grévais aber nicht gelegen. Er ließ sich gerne Zeit, und dazu war erstklassiges Material erforderlich. Denn wenn sie so schnell einknickten und sich selbst aufgaben – das verdarb doch den Spaß und außerdem alle Mühe, die man sich machte. Was hatte man von einem Boxkampf, der schon nach einer Runde beendet war? Was genau war das Vergnügen am Betrachten von nicht einmal zehn Sekunden dauernden Hundertmeterläufen? Nein, Grévais empfand sich in dieser Hinsicht eher als Marathonmann, der stets über die volle Rundenzahl ging.

Er kam zu dem Schluss, dass die kalifornische Schönheit auf dem Foto schon nach einigen Minuten aufgeben würde. Sie wirkte zu zerbrechlich, obwohl ihre Kurven sie üppig erscheinen ließen. Ihr Blick war aufgesetzt und nur für die Kamera selbstbewusst und herausfordernd. Was jenseits davon lag, dachte Grévais, dass sie bereits kriechen und heulen würde, wenn man bloß mit der Bohrmaschine vor ihren Augen herumfuchtelte, ein paar Mal den Elektromotor sausen ließ und ihr skizzierte, was man mit einem Rasiermesser und ihrem Gesicht so alles anstellen könnte. Wobei an Kriechen und Heulen nichts verkehrt war. Zeigt ihnen die Instrumente, hieß es, und genießt die Vorfreude.

Er nippte an seinem Glas und warf einen Blick aus dem offenstehenden Fenster, strich sich mit zittrigen Fingern durch das graumelierte Haar. Es war ein strahlender Tag. Licht flutete wie flüssiges Gold durch die Vorhänge. Langsam senkte sich der Abend über das Land. Die blaue Stunde war nicht mehr fern. Draußen im Garten bereiteten die Kinder und Yvonne das Barbecue vor. Ein paar Geschäftspartner würden erscheinen, außerdem Freunde wie die Briards, Clément Baladier von Baladier International mit seiner Entourage sowie Lina Cloutenier, die Erbin des Textilimperiums. Vermutlich würde sie wieder einen ihrer marokkanischen Toyboys mitbringen und als persönlichen Assistenten oder Chauffeur vorstellen.

Grévais hörte die Rufe von Yvonne, die Anweisungen gab, wo welche Tischdecken zu platzieren seien und an welchen Stellen sie Kerzen wünschte und an welchen nicht. Er lächelte. Er war ein glücklicher und sehr reicher Mann. Wenn da nur nicht dieser entsetzliche Druck in seinem Kopf wäre und dieser unkontrollierbare Drang, den niemand außer ihm verstehen würde. Dabei war es im Grunde so einfach: Jede Form von Druck provozierte eine Reaktion. Presste man hinten auf eine Zahnpastatube, kam vorne Zahnpasta heraus. Ließ man hingegen den Schraubverschluss zu und stellte sich auf die Tube, platzte sie auf. Ähnlich verhielt es sich bei Menschen. Grévais trug in seinem Job bei der Bank enorme Verantwortung und hatte außerdem diese, na ja, diese sehr besonderen und sehr prägenden Erlebnisse in seiner Vergangenheit gehabt. Daher war es besser für alle, wenn er von Zeit zu Zeit Druck abbaute und seinen speziellen Bedürfnissen nachgab. Ansonsten würde er früher oder später wie eine Autobombe explodieren und alles in seiner Nähe zerfetzen.

Grévais wendete sich wieder dem Laptop zu. Er trocknete sich die schmalen Hände mit den manikürten Fingernägeln an der hellen Leinenhose und klickte die Galerie mit den Unterwäsche-Mädchen weg.

Stattdessen öffnete er eine andere Website, die deutlich versteckter war, und wechselte auf eine mit mehreren Firewalls abgesicherte Leitung. Sie verband ihn mit einem Darknet-Server. Dorthin gelangte nur, wer vorher eine persönliche Einladung erhalten hatte und wer sich außerdem überprüfen ließ, um akzeptiert zu werden und die notwendigen Passwörter zu erhalten.

Auf der Website, die wie ein Forum gestaltet war, suchte Grévais nach einem bestimmten Verzeichnis und schaute sich dann einige kurze Filmclips an, um seine Stimmung weiter zu heben. Die Videos waren in einem karg eingerichteten Raum aufgenommen worden. Einige Stühle, deren roter Samtbezug in einem geradezu obszönen Kontrast zu dem sehr schäbigen Zimmer stand, waren im Kreis aufgebaut und mit Beobachtern besetzt, deren Gesichter im Halbdunkel verborgen waren. Die meisten trugen Anzüge. In der Mitte des Kreises baumelte der von einem Spot beleuchtete nackte Körper einer Dunkelhäutigen. An den Handgelenken befand sich ein Strick, dessen anderes Ende an einem Fleischerhaken unter der Decke verknotet war. Ein sehr schlanker Mann, der eine schwarze Ledermaske trug, ging um die Frau herum und schlug dann und wann mit einem Rohrstock auf sie ein, was sie zum Schreien brachte. Die Zuschauer beugten sich interessiert vor. Einige schienen zu lächeln. Lust und Schmerz, dachte Grévais, kann ja so nahe beieinander liegen. Und die Macht über beides war wie süßer Nektar – übertroffen nur noch davon, zwischen Leben und Tod zu entscheiden. Eine Entscheidung, die – wie Grévais wusste – auf den weiteren Filmausschnitten getroffen wurde und nicht zugunsten der Farbigen ausging.

»Ryan, kommst du endlich!«, hörte er die Stimme von Yvonne aus dem Garten.

Grévais wischte sich ein weiteres Mal die Hände an der Hosennaht trocken und klickte sich zurück auf die Foren-Oberfläche. Ihm fiel dort das Symbol für den Newsletter auf, der ankündigte, dass es in Kürze einige neue und sehr besondere Angebote geben würde. Das klang vielversprechend, dachte er. Geradezu aufregend, und hoffentlich würde es nicht allzu lange damit dauern, denn er musste unbedingt etwas tun. Wirklich äußerst dringend.

Schließlich schloss er die Website und kappte die Verbindung ins Darknet. Er loggte sich aus, klappte den Laptop mit einem Lächeln zu und ging runter in den Garten. Die Gäste würden bald kommen – und sich fraglos alle darüber wundern, warum Ryan Grévais so unverschämt gutgelaunt war.

2

SOMMER IN DER PROVENCE. Sommer in Gordes. Die Gastronomie glühte wie das ganze Land. Und Isabelle Lefebvre hatte das Gefühl, hier im *Les Cuisines du Château* am Place Genty Pantalay direkt gegenüber der Festung im Zentrum des Vulkans zu stehen, als sie die letzte Rechnung des Abends kassierte. Es waren Ferien. Der Laden brummte wie der Teufel, was auch für die anderen Restaurants des kleinen Ortes galt, dessen alte Häuser wie Schwalbennester auf einen großen Felsen der Monts de Vaucluse gepfropft worden waren und sich um die massive Festung aus dem Jahr 1031 gruppierten. Die Gassen waren eng, die Hitze des Tages staute sich dort bis nach Mitternacht. Tagsüber waren sie von Touristen angefüllt, die außer den Restaurants die Galerien frequentierten, von denen es hier traditionsgemäß viele gab: Marc Chagall hatte in Gordes gelebt, Victor Vasarely und andere. Das hatte einige Spuren hinterlassen.

Davon abgesehen, gab es in unmittelbarer Nähe viele Sehenswürdigkeiten wie das Zisterzienserkloster Abbaye de Senanque mit seinen Lavendelfeldern, die noch heute von Mönchen bewirtschaftet wurden, deren gregorianischen Gesängen man zur Mittagszeit lauschen konnte. In der Gegend befanden sich zudem exklusive private Landsitze mit Swimmingpools, Fünfsterneferienhäuser und die Bories – merkwürdige Häuschen, die wie aus grauen Steinen gebaute Iglus aussahen und bei denen es sich heute um saisonale Unterkünfte der Landbevölkerung handelte.

Und mittendrin im Auge des Hurrikans das *Cuisines du Château*, dessen letzte Gäste nun gingen und Isabelle ein ordentliches Trinkgeld gaben.

Sie hatte gefühlte fünfhundert Portionen Foie Gras, Rinderfilet mit Roquefortsauce, Seebarsch aus dem Ofen und Tarte Tatins serviert. Dabei war das *Les Cuisines* eher klein – ein überschaubares Eckrestaurant mit weinroten Markisen, hölzernen Fensterläden in derselben Farbe und einer hübschen Außenterrasse, auf der ebenfalls weinrote Stühle an kleinen Bistrotischen standen. Wenn allerdings alle davon besetzt und nur zwei Bedienungen draußen im Einsatz waren – so wie heute –, dann schien es, als sei der Laden doppelt- oder dreimal so groß.

Weswegen Isabelle völlig erschlagen war. Sagte man nicht, dass es Anfang dreißig bergab ging? Dann war sie voll auf der Talfahrt nach diesem Tag – auch wenn sie bequeme Sneakers und nur ein Tanktop getragen sowie sich zwischendurch immer wieder mit Deo aufgefrischt hatte: Ihre Füße taten weh, und sie war durchgeschwitzt. Sie räumte die letzten Teller ab und schlängelte sich durch das enge Innere, wo die Holzbalken an der Decke so weiß gestrichen waren wie das große alte Regal an der Wand, in dessen mit kleinen Kreidetäfelchen ausgezeichnete Fächern jede Menge Weinflaschen standen, als handle es sich um Ausstellungsobjekte.

»Ich kann nicht mehr«, keuchte sie zu Matthieu, der gerade die Abrechnung machte. Sie löste das Haargummi aus dem Pferdeschwanz und fuhr sich durch das kastanienbraune Haar. Zu Hause würde sie ausgiebig duschen – und dann einfach umfallen.

Matthieu nickte müde. »Was für ein Tag«, sagte er. »Mach Schluss, Isa.«

Was sie sich nicht zweimal sagen ließ. Sie griff nach dem kleinen Rucksack mit ihren Sachen, verließ das Restaurant und machte sich auf den Weg um die hohe Mauer der Festungsanlage herum zu ihrem Auto. Die Straßen und Gassen des Ortes waren menschenleer.

Schon nach ein paar Schritten an der kühlen Luft fühlte sich Isabelle erfrischt, obwohl ihre Beine schmerzten wie nach einem Marathonlauf. Dabei machte sie regelmäßig Sport. Zeit genug hatte sie ja. Seit sie sich vor drei Jahren von Georges getrennt hatte, war sie Single und hatte nach dem Studium der Kunstgeschichte ein Anschlussstudium in Aix en Provence aufgenommen. Sie jobbte als Führerin im Papstpalast in Avignon und als Kellnerin in Gordes. Das reichte aus, um klarzukommen. Für Privates blieb da keine Luft mehr, und nach der Geschichte mit Georges, der sie wegen einer zehn Jahre jüngeren Frau verlassen hatte, hatte sie seit einiger Zeit sowieso die Nase gestrichen voll von Beziehungen. War man mit dreißig Jahren etwa schon so alt, dass man sich gegen eine Zwanzigjährige austauschen lassen musste? Nein, die Kerle konnten Isabelle vorerst gestohlen bleiben.

Natürlich gefiel dieses lockere und etwas unstete Leben Papa überhaupt nicht. Er sagte das nie direkt, das war nicht seine Art. Er stellte sich für seine einzige Tochter schon etwas anderes vor als das Leben einer Dauerstudentin, die sich mit Gelegenheitsjobs über Wasser hielt. Er wünschte sich fraglos, dass sie in ihrem Alter endlich auf eine gerade Spur gelangte und in ruhigeres Fahrwasser kam – in *ihrem Alter* ... Und er hätte es auch lieber, wenn es einen *anständigen* Mann an ihrer Seite gäbe. Tja, wie das bei Vätern immer so ist: Erst wollen sie, dass niemand ihre Prinzessin auch nur ansieht, und hinterher fürchten sie, dass sie keiner mehr will.

Sie stellte den Rucksack auf den Beifahrersitz und ließ den Wagen an, legte den ersten Gang ein und gab Gas.

Isabelle fuhr durch die schmale Rue de la Combe und ließ die Seitenfenster herab. Die Fassaden der alten Häuser reflektierten das Röhren des kleinen Motors. Aus den Boxen des Autoradios klang ein altes Lied von Radiohead: »Creep« – einer ihrer Lieblingssongs. Sie stellte die Musik lauter und steuerte mit nur einer Hand am Lenkrad durch die enge Nadelkurve am Ausgang des Ortes, in der das blau gekachelte Objekt von Victor Vasarely stand, dem in Gordes einmal ein Museum gewidmet gewesen war. Dann weitete sich der Blick von der Route de Cavaillon aus auf die vom Mondlicht erfüllte Ebene unterhalb von Gordes, über der ein sternenklarer Himmel schien.

Isabelle bog nach rechts ab, wo ein Hinweisschild anzeigte, dass es zur Abbaye de Senanque ging und dass es bis Venasque noch sechzehn Kilometer waren. Die Straße führte an schier endlosen flachen Mauern vorbei, die aus kleinen grauen Steinen aufgeschichtet worden waren.

Sie reduzierte das Tempo, weil direkt vor ihr ein weißer Lieferwagen fuhr, ein Sprinter oder etwas in der Art. Na toll, das fehlte ihr noch. Vermutlich würde der den ganzen Weg durch die engen Serpentinen vor ihr herzuckeln. Ganz großartig, jetzt könnte sie eine halbe Stunde lang auf die schmutzige und verbeulte Flügeltür am Heck des Transporters starren.

Sie befand sich mittlerweile außerhalb jeglicher Bebauung auf der offenen Landstraße. Links und rechts gab es nur verbranntes Gras, graue Felsen, dichtes Gebüsch und Olivenbäume. Die Fahrbahn wurde zunehmend schlechter. Als ein längerer, schnurgerader Abschnitt kam, stieg die Straße an, und der Sprinter wurde langsamer. Der Tacho zeigte nur noch eine Geschwindigkeit von vierzig Stundenkilometern an. Isabelle machte ein genervtes Geräusch und scherte leicht nach links aus, um zu prüfen, ob sie überholen konnte. Und es sah ganz gut aus. Also blieb sie gleich halb auf der Gegenfahrbahn und setzte den Blinker – in der Hoffnung, dass der Sprinter etwas nach rechts fahren würde, damit sie gefahrlos an ihm vorbeipasste.

Doch bevor sie etwas tun konnte, sprang eine der Hecktüren vor ihr auf.

Isabelle riss erschrocken die Augen auf und umklammerte das Lenkrad. Aber es stürzte ihr keine Ladung entgegen. Stattdessen leuchteten ihre Scheinwerfer wie ein Spot in das panisch verzerrte Gesicht einer Frau, die sich durch den Spalt zu zwängen schien und Isa anstarrte. Ihre Haut war dunkel und glänzte. Es sah aus, als würde etwas an ihren Handgelenken baumeln.

»Gott«, zischte Isa und dachte: *Die wird doch nicht etwa … Sie wird doch nicht …*

Die Frau schien Isabelle etwas zuzurufen. Und dann sprang sie aus dem Lieferwagen.

Isabelle sah, wie sie mit den Beinen auf der Fahrbahn aufkam. Isabelle schrie auf und riss das Steuer nach rechts, um dem Körper auszuweichen, der jetzt an ihrem Wagen vorbeiwirbelte. Der Fiat bockte und sprang, als seine Räder am Fahrbahnrand einen Begrenzungsstein erwischten. Ein harter Schlag traf das Lenkrad. Rechts zweigte eine schmale

Straße ab. Der Fiat machte einen weiteren Satz, geriet auf diese Abzweigung – und kippte dann auf einer Böschung zur Seite, ohne zum Stillstand zu kommen.

Isabelle wurde wie eine Puppe hin und her geschleudert. Es krachte mehrmals laut unter dem Wagen. Dann stand die Welt Kopf. Äste und Zweige schlugen gegen den Wagen, der sich um seine eigene Achse zu drehen schien. Metall kreischte. Kunststoff krachte. Die Scheibe splitterte. Etwas traf in Isabelles Gesicht. Der Motor jaulte, zischte und schnaufte.

Dann passierte auf einmal gar nichts mehr. Die Welt stand still.

Einige Momente, Minuten oder Jahre später schreckte Isabelle auf. Ihr Gesicht tat weh, ebenso ihr rechtes Bein, und sie konnte kaum noch atmen. Sie wurde sich ihrer Situation bewusst. Eine Frau war aus dem vor ihr fahrenden Lieferwagen gesprungen. Isabelle war ausgewichen, um sie nicht zu überfahren. Dabei hatte sie einen Unfall gehabt und sich …

… überschlagen!

Sie versuchte, sich zu orientieren, was ihr einigermaßen gelang. Der Fiat schien auf dem Kopf zu liegen und in die dichten Büsche gerutscht zu sein. Äste ragten ins Innere. Einer davon musste Isas Wange erwischt haben, die sich feucht und klebrig anfühlte. Der Airbag hatte sich aufgeblasen. Der Sicherheitsgurt schnitt ihr die Luft ab. Sie erstickte sich mit ihrem eigenen Gewicht.

Hektisch suchte Isabelle nach dem roten Knopf an der Arretierung, um den Gurt zu lösen. Sie fand ihn. Der Gurt löste sich, und damit fiel Isabelle auf das Innendach, schlug sich den Kopf an und verkeilte sich halb.

Dann hörte sie Geräusche. Etwas Schweres bahnte sich den Weg durch das Unterholz.

421

»Hilfe«, wimmerte sie, unfähig, sich aus ihrer Lage zu befreien. Ihre Haut kratzte über Splitter von Verbundglas, die überall verstreut waren. »Hilfe!«

Sie kniff die Augen zusammen, als sie vom Licht einer Taschenlampe geblendet wurde.

»Und jetzt?«, fragte eine tiefe männliche Stimme.

Eine andere wandte sich an Isabelle: »Sind Sie verletzt?«

»Ja«, wimmerte sie. »Bitte, helfen Sie mir ...«

»Tja«, sagte die tiefe Stimme wieder und wiederholte: »Und jetzt?«

»Wir können die hier nicht liegenlassen. Sie hat die Schlampe gesehen und den Wagen und alles.«

»Also packen wir sie ein?«

»Ja, wir packen sie mit ein. Den Fiat entdeckt hier eh kein Mensch, so tief, wie der im Gebüsch steckt.«

»Und wenn sie nicht zu gebrauchen ist?«

»Sehen wir dann. Nicht unser Problem.«

Isabelle schnaufte und versuchte angestrengt, sich aus ihrer Position zu befreien. Was ihr nicht gelang. Worüber redeten die da? Was waren das für Typen, um Himmels willen? Und was war das eben für eine Frau gewesen, die aus dem Lieferwagen ...

Im nächsten Moment spürte Isabelle, wie kräftige Hände an ihre Fußgelenke fassten, um sie durch die zerborstene Frontscheibe des Fiats nach draußen zu ziehen.

ALBIN PFIFF die Melodie des Liedes mit, das im Küchenradio lief. Es ging darin um irgendetwas, das mit »Happy« zu
tun hatte. Das passte zu seiner Stimmung. Albin war heute
bestens aufgelegt. Er hatte gut geschlafen, war früh aufgestanden und hatte sich bislang nicht gelangweilt. Stattdessen
hatte er ausgiebig an seinem geheimen Plan gefeilt und war
wieder und wieder jedes Detail Schritt für Schritt durchgegangen. Denn es kündigten sich spektakuläre Ereignisse
an: Er, Albin Leclerc, Commissaire im Unruhestand und
Mopsbesitzer, würde das Abendessen kochen.

Auf der Arbeitsplatte lag ein Stück Fleisch. Davor stand
Albin mit dem Messer in der Hand. Mensch kontra Bestie.
Jäger und Beute. Wie in Hemingways »Der alte Mann und
das Meer« oder Melvilles »Moby Dick« – mit dem Unterschied, dass es bei Hemingway und Melville jeweils um sehr
widerborstige und große Tiere ging und in Albins Fall lediglich um ein mittelgroßes Stück Schweinehüfte, von der keine
Gegenwehr zu erwarten war. Er freute sich schon jetzt auf
Veroniques überraschtes Gesicht, wenn sie von der Arbeit im
Blumenladen heimkommen würde, der Tisch bereits gedeckt
und der Braten à la provençale samt mediterranem Gemüse
servierfertig war.

Albin hatte sich früher nie etwas aus Essen gemacht und
konnte eigentlich gar nicht kochen. Als er noch im aktiven

Dienst bei der Kripo in Carpentras gewesen war, hatte er sich vornehmlich von Mikrowellen- und Dosengerichten ernährt. Was Veronique nicht tolerierte. Seit sie in sein Leben getreten war, hatte sich ohnehin so einiges geändert – nicht nur die Ernährung. Jedenfalls war es ihr erklärtes Ziel, Albin beizubringen, wie man ein vernünftiges Essen zubereitete. Sie würde daher völlig von den Socken sein, wenn er sie mit einem ohne jede Unterstützung angefertigten Gericht überraschte.

Tyson lag auf dem Küchenboden und kaute an einem Knochen – Tyson, sein Mops. Auch der hatte so einiges in Albins Leben verändert. Nicht, dass sich Albin darum gerissen hätte. Die Kollegen hatten ihm den Hund zum Ruhestand geschenkt, damit er als Rentner beschäftigt war und niemandem mehr auf den Geist ging. Dass sie ausgerechnet einen Mops für Albin auswählten, der ein normannischer Schrank von fast zwei Metern Größe mit schlohweißem Haar und dem Gesicht eines faltigen Sofakissens war – na ja, sie hatten sich fraglos darüber amüsiert.

Tatsächlich war der kleine Kerl Albin längst ans Herz gewachsen. Er hatte sich sogar extra einen SUV gekauft, weil man nach seiner Meinung als Hundebesitzer solch ein Auto haben sollte. Wobei sich in der Praxis herausgestellt hatte, dass der Geländewagen für den kleinen Hund viel zu groß war und der Mops immer in den Kofferraum und wieder herausgehoben werden musste.

Seither war Tyson Albins ständiger Begleiter, der nicht mehr von seiner Seite wich. Auch in der Mission Schweinebraten. Er hatte Albin zum Schlachter in der Rue Vigne in Carpentras begleitet – der Boucherie Brunet – und eine Scheibe Wurst ergattert, während Albin die Waren in der

Auslage betrachtet hatte wie Schuhe bei Prada und sich versichert hatte, dass das ausgewählte Fleisch von vornehmster Herkunft war und das dem Schlachter persönlich bekannte Schwein sein Leben mehr oder weniger freiwillig hergegeben hatte.

Und nun rieb Albin das Stück Braten mit Salz ein – mit exklusivem Fleur de Sel, das in Albins Vorstellung von einem Weisen der Salzherstellung dem Meer entrissen worden war, in dessen Familie sich das geheime Wissen um die Kunst des Salzschöpfens von Generation zu Generation vererbt hatte. Zumindest war das Salz entsprechend teuer gewesen. Ähnlich verhielt es sich mit dem Pfeffer, der angesichts seines sprichwörtlich gepfefferten Preises vermutlich im Austausch gegen eine Kiste feinster Perlen auf einer Rudergaleere aus Indien nach Madagaskar geschifft und dann von Karawanen durch den Orient nach Frankreich transportiert worden war. Die Kräuter waren hingegen umsonst gewesen. Albin hatte sie selbst gepflückt. Rosmarin und Thymian wuchsen schließlich überall, sogar in seinem Garten.

Schließlich schnitt er das Gemüse klein – Auberginen, Zucchini, Tomaten und einige Paprikaschoten vom Gemüsemann, bei dem Veronique auch immer kaufte. Er legte den Braten in eine Auflaufform und schob ihn in den auf hundertachtzig Grad vorgeheizten Backofen, wo er dann knapp zwei Stunden lang garen sollte. Das Gemüse gab er in eine Pfanne und stellte den Herd an, um es schon einmal anzubraten. Dann müsste er es nur noch aufwärmen, sobald Veronique erschien. Er goss etwas Olivenöl dazu, rührte alles um und wartete, dass die Herdplatte heiß wurde. Dabei stellte er sich mit einem Lächeln auf den Lippen vor, wie Veronique um die Ecke kommen und in der Bewegung erstarren würde, wenn sie Albin jetzt so in der Küche sähe. Sie war etwas jünger als er mit seinen inzwischen sechsundsechzig Jahren, aber nicht viel, und sie war schon Großmutter. Wenngleich man sich das kaum vorstellen konnte. Veronique würde für höchstens Anfang fünfzig durchgehen. Sie trug ihre Haare meist zum Bauernzopf geflochten und dazu eines ihrer geblümten Sommerkleider sowie eine Audrey-Hepburn-Sonnenbrille auf der Nase.

Albin rührte in der Pfanne herum und schaute zu Tyson. Tyson blickte nachdenklich zurück.

»Da schnallst du ab, mein Freund, hm? Wäre doch gelacht, wenn ich das nicht hinbekomme«, murmelte Albin.

Tyson merkte auf, als Albins Handy klingelte. Albin seufzte, ließ von der Pfanne ab und ging ins Wohnzimmer, wo das Smartphone lag. Das Display zeigte eine unbekannte Nummer an. Albin ging dran. Bertrand Lefebvre meldete sich, und Albin klappte der Unterkiefer herab.

»Lefebvre?«, fragte Albin. »Du lebst noch?«

»Ja«, antwortete Lefebvre mit einem heiseren Lachen. »Ich boxe mich so durch. Wie geht's dir, mein Lieber?«

»Meistens gut.«

»Das höre ich gerne«, erwiderte Lefebvre und machte eine Pause.

Wie lange hatten sie nicht mehr miteinander gesprochen? Und sich wann zum letzten Mal gesehen? Es musste bestimmt zehn Jahre her sein, überlegte Albin. Lefebvre war vermutlich ebenfalls inzwischen in Rente. In jedem Fall war es eine ziemliche Überraschung, ihn wie aus heiterem Himmel am Telefon zu hören. Und wenn Lefebvre sich die Mühe machte, Albins Nummer herauszufinden und nach so langer Zeit anzurufen, dann brannte ihm fraglos etwas auf den Nägeln.

Was auch immer das wäre: Albin würde sich darum kümmern und ihm alle Aufmerksamkeit widmen, denn er stand tief in Lefebvres Schuld. Der Mann hatte bei Albin nicht nur einen Stein im Brett, sondern einen ganzen Kieslaster. Die Gründe dafür lagen lange zurück.

Albin ging raus auf die Terrasse, wo eine Packung Gitanes und ein Feuerzeug auf dem kleinen Bistrotisch lagen. Normalerweise durfte er nicht einmal hier rauchen. Veronique zwang ihn dazu, es vor der Haustür zu tun. Aber wenn die Katze aus dem Haus war ...

Er steckte sich eine an und fragte: »Bist du immer noch bei der Freiwilligen Feuerwehr?«

»Seit zwei Jahren im Ruhestand«, erwiderte Lefebvre. »Mit mir können die nichts mehr anfangen.«

Albin paffte eine Wolke Qualm in den Himmel. Er kannte das Gefühl. »Und die Tankstelle?«

»Habe ich verpachtet. Bringt mir ein bisschen zusätzliches Geld zur Rente.«

»Mhm«, brummte Albin, nach wie vor in seine Gedanken vertieft.

Er erinnerte sich daran, wie sie früher immer bei Lefebvre die Streifenwagen getankt und gewaschen hatten. Wenn es Kleinigkeiten zu reparieren gab, erledigte er das in der angeschlossenen Werkstatt. Aber nachdem die Autos komplizierter geworden waren und hochgezüchteten Computern glichen, war das nicht mehr möglich gewesen. Außerdem hatte die Polizei irgendwann aufgrund von Sparmaßnahmen die Tankstelle gewechselt und war seit einigen Jahren Großkunde bei einer Kette.

»Woher hast du meine Nummer?«, fragte Albin.

»Habe ich von Theroux.« Lefebvre räusperte sich. »Hör

mal«, fuhr er fort, »ich will nicht lange herumreden. Ich möchte dich um Hilfe bitten. Es gibt ein Problem.«

»Welches?«, fragte Albin.

»Meine Tochter«, sagte Lefebvre sehr leise, »ist verschwunden.«

»Verdammt«, murmelte Albin. »Was ist passiert?«

»Ich weiß es nicht. Sie kam vor drei Tagen nicht von der Arbeit zurück. Sie kellnert in Gordes. Ich wollte dringend etwas mit ihr besprechen, kann sie aber telefonisch nicht erreichen. Sie erschien auch nicht mehr im Restaurant. Isabelle ist wie vom Erdboden verschluckt.«

»Habt ihr engen Kontakt?«

»Wenig. Wie man so Kontakt zu seiner erwachsenen Tochter hat.«

»Hast du eine Vermisstenmeldung …«

»Natürlich«, kürzte Lefebvre ab. »Aber ob ich das getan habe, oder nicht, weißt du? Es macht mir Sorgen, dass sich die Polizei nicht richtig darum kümmert. Abgesehen davon – wer weiß, es passiert so viel. Nichts ist mehr wie früher.«

»Ja«, erwiderte Albin.

Er verstand die Befürchtungen. Er wusste außerdem, wie viele hundert Vermisstenmeldungen Jahr für Jahr eingingen und wie damit umgegangen wurde – zunächst abwartend und beruhigend, wenn es keinen hinreichenden Verdacht darauf gab, dass eine Straftat vorlag, der Vermisste schwerkrank oder suizidgefährdet beziehungsweise minderjährig war oder es irgendwo einen Unfall gegeben haben könnte. Das machte Angehörige verständlicherweise nervös, und sie nahmen schnell an, die Polizei sei faul oder gleichgültig. Aber die allermeisten Vermissten tauchten rasch wieder auf, und die Gründe ihres Verschwindens klärten sich schnell. Ein spontaner Urlaub, der Besuch bei Freunden, ein kurzer Klinikaufenthalt sowie mangelnde Kommunikation darüber – es gab mannigfaltig harmlose Ursachen. Aber natürlich gab es auch sehr ernste.

Albin zog an der Zigarette und entließ den Rauch durch die Nase. Einen ganzen Schwall offenbar, denn er stand regelrecht in einer Qualmwolke.

»Lefebvre«, sagte er. »Lass uns das persönlich besprechen. Die Kollegen tun fraglos, was zu tun ist. Aber ich komme heute Abend vorbei. Dann reden wir. In Ordnung?«

»Ja. Danke.«

Damit beendete Albin das Gespräch, paffte, nebelte sich noch dichter ein und überlegte, dass er sehr gut nachvollziehen konnte, wie Lefebvre sich fühlte. Die Angst eines Vaters um seine Tochter. Das verstand man wirklich nur dann, wenn man selbst Kinder hatte, und …

Tyson stand in der Terrassentür, starrte Albin an und gab ein heiseres Bellen von sich. Das tat er sonst nie. Einen Moment später verstand Albin, dass der dichte Rauch nichts mit seiner Gitanes zu tun hatte.

»*Mist*«, fluchte Albin, warf die Zigarette auf den Rasen und stürzte ins Haus.

Im Wohnzimmer und vor allem in der Küche sah es aus, als habe eine Spezialeinheit einige Nebelgranaten gezündet. Aus der Pfanne, in der Albin das Gemüse anbraten wollte und die er über das Telefongespräch völlig vergessen hatte, schoss der Rauch in dichten, stinkenden Schwaden heraus. Albin kniff die Augen zusammen, hielt die Luft an und fasste nach dem Griff. Er riss die Pfanne vom Herd, wollte sie zunächst im Waschbecken löschen, aber dachte daran, dass eine Fettexplosion die Folge sein könnte. Deswegen sprintete er mit der Pfanne in der Hand nach draußen auf die Terrasse und stellte sie auf den mediterranen Natursteinplatten ab. Er packte sich den Gartenschlauch, nahm drei Schritte Abstand und überprüfte, ob Tyson sich hinter ihm in Sicherheit befand. Was der Fall war.

»Deckung«, raunte er Tyson zu.

Dann drehte Albin den Schlauch auf und richtete den Wasserstrahl auf das brennende Gemüse. Das heiße Metall zischte und fauchte. Noch dichterer Qualm stob in den Himmel. Dann wurde das Zischen leiser und verstummte. Der Dunst lichtete sich.

Albin stellte den Schlauch wieder aus und riskierte einen Blick auf den verkohlten Inhalt der mit Wasser gefüllten Pfanne. Er sah eine eklige schwarze Brühe, die sich zum Teil auch auf die Steinplatten ergossen hatte.

Er seufzte und fuhr sich mit der Hand durchs Gesicht.

Unter »Ablöschen«, überlegte er, verstand man beim Kochen vermutlich etwas anderes.

Der dritte Fall für Albin Leclerc erscheint 2018
bei FISCHER Scherz.

Pierre Lagrange
Mörderische Provence

Ein heißer Sommer in der Provence. Die Landschaft flirrt unter der erbarmungslosen Mittagssonne. Doch irgendwo im Dunkeln geschehen eiskalte Morde.

Commissaire Albin Leclerc bekommt einen Anruf. Ein alter Freund bittet ihn um Hilfe, denn dessen Tochter Isabelle ist verschwunden. Sie kellnerte in einem Café in Gordes, doch eines Abends kam sie nach der Arbeit nicht mehr nach Hause. Albin begibt sich auf Spurensuche. Hinweise führen ihn zu einem provenzalischen Schlosshotel. Undercover bei einem berühmten Sternekoch, macht Albin eine grauenhafte Entdeckung...

448 Seiten, broschiert

Weitere Informationen finden Sie auf
www.fischerverlage.de

AZ 596-70164/1

Pierre Lagrange
Tod in der Provence
Roman
Band 03254

Ein mörderischer Sommer in der Provence

Carpentras, ein malerischer Ort in der Provence. Das Hamburger Ehepaar Hanna und Niklas erbt dort ein halb verfallenes Chateau. Doch der Traum wird zum Albtraum. In der Nähe des Chateaus findet man eine Frauenleiche – und ihr fehlen die Füße. Hanna erfährt, dass schon früher in der Gegend Frauen verschwunden sind – Frauen mit roten Haaren wie sie. Geht in der Provence ein Serienmörder um, der Körperteile sammelt? Commissaire Albin Leclerc nimmt die Ermittlungen auf.

Erster Band der Reihe um den sympathischen
Commissaire Albin Leclerc.

Das gesamte Programm gibt es unter
www.fischerverlage.de